KB083130

오키나와
문학 선집

오키나와문학 선집

초판인쇄 2020년 2월 5일 **초판발행** 2020년 2월 10일

편역자 곽형덕 **펴낸이** 박성모 **펴낸곳** 소명출판 **출판등록** 제13-522호

주소 서울시 서초구 서초중앙로6길 15, 1층

전화 02-585-7840 **팩스** 02-585-7848

전자우편 somyungbooks@daum.net **홈페이지** www.somyong.co.kr

값 25,000원 ⓒ 곽형덕, 2020

ISBN 979-11-5905-500-3 03830

잘못된 책은 바꾸어드립니다.

이 책은 저작권법의 보호를 받는 저작물이므로 무단전재와 복제를 금하며,

이 책의 전부 또는 일부를 이용하려면 반드시 사전에 소명출판의 동의를 받아야 합니다.

오키나와

Anthology of Okinawan Literature

문학 선집

곽형덕 편역

야마시로 세이츄
이케미야기 세키호
구시 후사코
오타 료하쿠
야마노구치 바쿠
오시로 다쓰히로
미야기 소우
마타요시 에이키
이치하라 치카코
사키하마 신
메도루마 슌

 소명출판

일러두기

1. 일본어 고유명사 표기는 되도록 국립국어원의 외래어 표기법을 따랐다. 하지만 한국어로 뉘앙스가 이상하다고 판단되는 것은 최대한 근접한 형태로 표기했다.

2. 작품에 영어가 번역되지 않고 그대로 나온 부분은 원문 그대로이다. 한글 옆에 별도로 표시된 현지어 발음은 우치나구치(오키나와 말)로 이 또한 원문의 이중표기 체계를 번역에서 재현한 것이다.

3. 작품에 달린 각주와 미주는 모두 편역자에 의한 것이다.

4. 작품 출처는 각 작품 끝부분에 표기했다.

이 책에 실린 작품의 저작권은 각 작품의 작가에게 있으며, 한국어 번역 저작권은 저자와 직접 계약한 번역자에게 있습니다. 다만, 수록 작품 중 오타 료하쿠의 「흑다이아몬드」와 미야기 소우의 「A사인바의 여자들」은 저작권자를 찾고자 지속적으로 노력하고 있음을 밝혀둡니다.

『오키나와문학 선집』을 내며

　오키나와문학 선집을 세상에 내놓는다.

　이 선집의 씨앗은 2006년에 뿌려졌다. 와세다대학 문학연구과 세미나에서 오키나와문학을 처음 접한 순간이다. 하지만 당시는 그 중요성을 전혀 인식하지 못했다. T 교수님은 '일본문학세미나'에서 오키나와문학을 중요하게 다뤘지만 당시는 큰 감흥을 받지 못했다. 매주 다른 작품을 읽고 발표 준비를 해야 했기에 흥미보다는 부담이 더 컸다. 그로부터 7년이 지난 2013년에 처음으로 오키나와 땅을 밟으면서 T 교수님이 오키나와문학을 세미나에서 다뤘던 이유를 비로소 이해했다. 글로는 제대로 알 수 없었던 맥락들이 오키나와 현지에 도착해 작가들과 만나고, 오키나와 구석구석을 돌아다니며 오감으로 느끼면서 생생히 다가왔다. 오키나와를 식민지 조선이나 타이완과 이어서 사유하고, 동아시아 냉전체제의 비극이 함축된 공간이자 이를 극복할 수 있는 가능성을 배태한 장소로 인식하게 된 순간이기도 하다. 『오키나와문학 선집』의 작품 수록 기준 또한 이런 인식과 이어져 있다.

　이 선집에는 작품 발표순으로 1910년에서부터 2019년에 이르기까지 11명 작가의 소설 12편과 시 16편을 번역 수록했다. 오키

나와 근대문학의 태동기라 할 수 있는 제2차 세계대전 이전 시기
는 야마시로 세이츄, 이케미야기 세키호, 구시 후사코의 작품을 실
었다. 이들의 작품은 일본의 일부가 된 후, 자기부정自己否定의 심연
을 헤매는 우치난추(오키나와 사람/민족)의 비극과 그로부터의 부상
浮上을 담고 있다. 오키나와전쟁 직후는 오타 료하쿠, 야마노구치
바쿠, 오시로 다쓰히로의 작품을 수록했다. 이들 작품은 자기부정
보다는 자기비판 쪽에 초점을 맞추고 있으며 타자를 향해 열린 자
세를 보였다는 점에서 놀랍고 신선하다. 전쟁 직후에 오키나와의
자폐적인 자기인식과 뒤틀린 아이덴티티를 고통스럽게 응시하고
밖으로 자신을 열어갔다는 점에서 그렇다. 특히 오시로 다쓰히로
의 「2세」는 작가의 초기 작품임에도 높은 완성도와 긴장감이 돋보
인다. 오키나와문학연구회의 회장인 손지연 선생님의 소개로 수
록하게 됐음도 특기해 둔다. 미군기지와 우치난추의 관련 양상은
미야기 소우와 마타요시 에이키의 작품에서 확인할 수 있다. 미군
기지와 관련된 '기지촌 소설'이라는 점에서 한국문학과 비교해볼
수 있을 것이다.

나머지 세 작가인 이치하라 치카코와 사키하마 신, 그리고 메도
루마 슌의 작품을 수록한 이유는 각각 다르다. 이치하라 치카코 시
인과는 2017년 여름 오키나와 본도本島에서 서남쪽으로 290킬로
떨어진 미야코섬宮古島에서 처음 만났다. 그때의 만남으로 미야코섬
을 배경으로 한 『등대는 뱀』 등의 시를 번역했다. 오키나와가 제도

諸島임을 잘 알 수 있는 시다. 사키하마 신은 오키나와에서 주목받는 젊은 작가이다. 오키나와문학의 현재를 가장 잘 보여주는 작가라는 판단에서 두 편의 작품을 골랐다. 메도루마 슌의 「버들붕어」는 오키나와가 직면하고 있는 가장 첨예한 문제를 다룬다. 메도루마 자신이 참여하고 있는 헤노코 반反기지 투쟁을 오키나와전쟁과 이은 수작이다. 이 작품은 T 교수님의 추천으로 넣게 됐음도 밝혀둔다. 아쉽게도 수록하지 못한 작품이 많다. 특히 사키야마 다미崎山多美와 오시로 사다토시大城貞俊의 작품이 그렇다. 언제가 될지 모르겠지만 두 번째 오키나와문학 선집을 낸다면 두 작가의 작품을 꼭 넣고 싶다. 한편『오키나와문학 선집』이라는 책 제목을 보고 의아하게 생각하는 독자도 있을 것이다. 일본문학 선집은 많이 봤지만, 일본의 한 지역 명칭을 딴 선집은 한국에서 유례를 찾아보기 힘들기 때문이다.『오키나와문학 선집』이 한국에서 나올 수 있는 필연성은 여러 가지가 있겠으나 구구절절 늘어놓기보다는 눈 밝고 마음 깊은 독자의 판단에 맡기고 싶다.

이 선집은 오키나와문학을 만나고 한없이 빠져들었던 지난 7년간의 여정을 담고 있다. 선집을 엮는 일은 혼자만의 힘으로는 불가능하다. 이 선집은 오키나와의 작가 및 연구자들과의 교류, 그리고 오키나와문학연구회 '동지'들과의 협업 속에서 나왔다고 할 수 있다. 특히 지난 3년여 동안 오키나와 곳곳을 함께하며 격려와 지원을 아끼지 않은 고명철 선생님과, 이 선집에 수록된 대부분의 작품을 2017년부터 2년 동안 실어준 계간 시 전문지 『POSITION』의 차주일 시인께 감사의 마음을 드린다. 이런 환대와 동행이 없었더라면 선집 번역 작업을 마무리하지 못했을 것이다. T 교수님은 은사님인 다카하시 토시오高橋敏夫 선생님임을 밝혀둔다. 일본 본토 사람이라는 자기비판을 겸한 『오키나와문학선沖縄文学選』(2003)의 편자이기도 하다. 『오키나와문학 선집』을 엮는 동안 내내 뇌리를 떠나지 않은 책은 바로 『오키나와문학선』이었다. 다카하시 선생님의 『오키나와문학선』이 없었다면 오키나와로 가는 길은 쉽게 열리지 않았을 것이다.

이 선집이 오키나와를 이해하고 사랑하는 사람만이 아니라 많은 독자에게 닿기를 소망한다.

편역자 곽형덕

차례

야마시로 세이츄
山城正忠

❧

쓰루오카라는 남자

쓰루오카라는 남자

국화가 피기엔 아직 이른 10월 초 무렵이다.

그날은 아침부터 비가 주룩주룩 내렸다. 노랗게 변한 침엽수 잎이 진창 바닥 위에 깔려 있는 으스스 추운 어느 날 해질녘에 뜻밖의 손님이 찾아왔다. 같은 고향 마을의 울타리 건너집에 살던 쓰루오카鶴岡로 본명보다는 별명인 '가자미'로 통하던 썩 볼품없으며 멍청한 남자다.

그는 집 뒤편의 경계인 돌담 위에 후쿠로기福禄木라고 하는, 선인장과 꼭 닮은 길쭉하게 큰 나무를 심어 늘어놓은 길을 따라 작은 대나무 대문을 자주 출입했다. 후쿠로기는 4월 무렵 노란색 꽃이 피는 타원형으로 잎이 두꺼운 류큐 특유의 식물이다. 그는 때로는 나를 자기 집으로 데려가서는 알코올 성분이 가득 들어있는 고구마로 만든 술(아와모리泡盛)*을 대접하고는 새로운 소설 이야기 등을 얻어듣고 즐거워했다. 뒤편에는 아주 적은 면적의 고구마 밭이 있

---

* 아와모리(泡盛)는 오키나와의 전통주다. 좁쌀 혹은 쌀로 담근 독한 소주의 일종이다.

었고 그 주위에는 타오를 것 같은 붉은 맨드라미꽃이 가득 피어 있었다. 그는 역시나 문학을 좋아하여 타계한 고요 산진紅葉山人(오자키 고요尾崎紅葉)에 푹 빠져 있었다. 입만 열면 고요의 작품인「불언불어不言不語」나「갸라마쿠라伽羅枕」를 잊지 않고 거론했다. 신인 작가의 이름은 모르면서 겐유샤硯友社에서 활동하던 무렵의 작가는 본명까지 모두 기억하고 있었다.

이 남자는 술이 취하지 않았을 때는 매우 온순하여 어느 쪽인가 하면 무뚝뚝할 정도였지만 술버릇만은 아주 지독했다. 자주 고주망태가 돼 친어머니를 후려치고 발로 차거나, 술값이 없으면 종종 어머니의 사촌까지 찾아가 털어갔다. 나도 처음에는 술 상대를 해줬으나 어머니가 그를 지독하게 싫어하는 데다 얼러가며 마신다는 말을 해서 그를 애써 피했다. 그래서 열어뒀던 뒷문도 모두 닫아 놓았다.

그로부터 세월이 꽤 흐른 어느 날 밤의 일이다. 어디서 마시고 온 것인지 그는 사지를 잘 가누지 못할 정도로 곤드레만드레 취해 주택 부지 안을 난폭하게 돌아다녔다. 어떻게 할 도리가 없을 정도로 곤란해서 인근 젊은 사람들이 모여들어 몸부림치는 '가자미'를 반 장난 식으로 붙잡아 삼노끈으로 묶고 그 위에 다시 한번 종려나무 줄기 털로 꼰 줄로 친친 감아서 뜰에 있는 동백나무에 묶었다. 달 밝은 밤, 하얗고 붉은 얼룩무늬 꽃잎이 모래먼지 속에 술에 취해 쓰러진 그의 등 위로 흘러 떨어지고 있었다. 달빛이 '가자미'의 얼굴을 새파랗게 비췄다. 그의 어머니는 그 꼴을 보더니 뜰로 내려가며 울어서 부어오른 눈을 슴벅거리면서 "네가 고주망태 깡패더냐. 그럴 바엔 죽어 버려" 하고 말한 후 울음을 터뜨렸다.

그에게는 형이 한 명 있다. 변호사를 하며 나가사키長崎에서 분수에 맞게 살고 있다고 한다. 게다가 부모님에게 생활비 명목으로 매달 얼마간 보내오고 있다고 했다. 그렇게 해도 모자라는 부분은 그의 어머니가 온 힘을 다해서 벌었다. 이십 년 전에 남편이 죽은 후 줄곧 집안을 책임진 꽤나 착실한 노파였다. 그녀는 해가 잘 드는 툇마루에서 곧잘 무명을 짰다. 때로는 밤늦게까지 노란 불꽃을 피우고 있는 휴대용 석유등 아래서 일을 했다. 졸린 모양으로 탁탁탁 거리는 소리에 섞여 쓸쓸한 시골 마을 밤공기를 타고 남쪽 나라의 베틀 짜며 부르는 민요가 서글프게 우리집까지 들렸다. 좁고 답답한 나가야長屋(용마루가 긴 집) 뒤에 다다미 여덟 장을 깐 넓이의 방에, 다다미 세 장을 깐 곳간으로 이뤄진 집이다.

그때는 '가자미'도 어느 회사에서 사무원으로 일하고 있었는데, 얼마 지나지 않아 조금 정신이 이상해졌다는 소문이 돌았다. 그후 바로 회사에서 해고를 당한 모양이다. 그것은 내가 상경한 후의 일이다.

그 남자가 갑자기 찾아왔다.

"이야! 가메龜 씨 오랜만이군요. 나도 결국 고향에서 쫓겨났어요" 하고 무뚝뚝한 어투로 예전처럼 빠르게 말한다.

쓰루오카라는 남자

'가메 씨'는 시골에서 부르던 내 어릴 적 이름이다.

"이야! 자네가 오리라고는 생각조차 하지 못했어. 언제쯤 온 겐가?"

"방금 전에 도착했습니다."

"그런데 내 하숙을 어찌 찾아왔나. 도쿄에는 처음이지?"

"아닙니다. 이래봬도 벌써 두 번째죠. (메이지) 삼십일 년(1898)이 었나요. 제가 열아홉이던 무렵 친형이 이쪽에 있어서 저도 함께 지내며 와세다^{早稲田}중학교에 다녔습니다. 실은 에도가와^{江戶川} 바로 근처의 고이나타^{小日向}에 있는 스이도쵸^{水道町}에서 살았습죠. 하지만 이젠 완전히 변해 버렸답니다. 그 무렵 도쿄에는 철도마차^{鐵道馬車}가 긴자 시내의 대로를 여전히 왕래하고 있었으니까요."

그는 내가 편히 밀어준 방석에 긴장한 듯한 모양새로 앉는다.

들고 온 짐이라고는 푸른 담요에 작은 중국식 가방뿐이다. 4, 5년 전쯤 시골에서 한때 유행했던 줄무늬 양복에 붉은색 줄이 들어간 보라색 빛이 나는 넥타이를 매고 있다. 머리는 9미리 정도로 거의 삭발했으며 남쪽나라 사람들처럼 검붉은 색이다. 네모진 얼굴은 나이가 들어 조금씩 늘어지기 시작했다. 눈은 토끼처럼 붉게 충혈 돼 무언가 말을 할 때마다 이마에 깊은 주름이 새겨졌으며 쐐기처럼 굵고 검은 눈썹이 움찔움찔 움직이고 있다. 눈썹과 눈썹은 거의 이어진 것처럼 보였다. 내가 태어난 시골에서는 그것을 가나브이^{カナブイ}라 불렀다. 유령이나 남쪽 나라의 Miracle 등 불가사의한 현상을 볼 수 있는 사람의 인상을 부를 때 전해져 내려오는 말이

다. '가자미'는 그 괴이한 안광으로 상대방의 얼굴을 유심히 바라보는 것이 습관이다. 나는 처음부터 그것이 꽤나 신경 쓰여서 참을 수 없었다.

"나도 선생님처럼 문학을 하겠습니다."

"그런가? 그거 좋지. 그런데 어느 학교에 들어갈 생각인가?"

"네, 와세다 문과에 들어갈 생각입니다. 저는 고향에서도 회사를 그만두고서 독서를 꽤 했습니다. 여기에 오기 전에는 핫켄덴八犬伝을 읽었습니다. 그거 참 걸작이더군요."

"핫겐덴이라! 나는 잘 모르네."

"그렇습니까? 한가할 때 읽어보시기 바랍니다. 정말로 좋습니다" 하고 말하더니 잠시 뜸을 둔 후 "저도 작가가 되겠습니다" 하고 말한다.

"그거 좋지. 다만 공상이 아니라 실제로 보여줘야 하네. 자네 눈으로 뭔가 특수한 것을 관찰할 수 있겠나. 요컨대 허리 아래로는 아무 것도 없는 유령과 같은……"

너무 건방진 것이 아니꼬워서 이렇게 밉상스러운 말을 했다. 하지만 신경이 둔한 그에게 그것은 아무런 반향도 전해주지 못했다.

내 방은 일층에 있는 다다미 네 장 크기의 방으로 남색 종이를 바른 벽이 비 때문에 벗겨졌고 황갈색 흙덩이가 벽에서 흐슬부슬 흘러 떨어져서 이층 보다 한 시간 더 일찍 해가 진다.

그곳으로 하숙집 딸이 떫은 차와 대나무 잎으로 싼 과자를 가져왔다. 방금 학교에서 막 돌아온 것인지 포도색 하오리羽織*에 남보랏빛 하카마袴**를 걸치고 엷은 남빛 리본을 달고 있다.

"치요 씨, 그 하오리보다는 얼마 전 입었던 모란색이 더 새것이라 그런지 색조가 화려해서 좋았어. 둘 다 나쁘지 않지만."

"그래요?"

하고 말하더니 어쩐 일인지 흰 뺨을 붉히며 차를 따르고 있다.

"요즘 정말 예뻐졌는데. 방심할 수 없겠는걸."

"어머 알미운 소리를 하시네요. 이제 그만 하세요."

하고 말하더니 째려보는 시늉을 한다. 소녀와 같은 커다란 눈에 물기가 돌았다. 그녀는 결국 허둥대며 뛰어나갔다. 쓰루오카는 입을 다물고 계속 지켜봤다.

어쨌든 이삼일 사이에 쓰루오카는 이층에 있는 다다미 세 장 크기의 방을 빌리기로 정하고 짐을 올려놓았다. 그것이 정리되자 양복을 일본옷으로 갈아입고 지친 몸을 달래기 위해 깨끗한 서양 수건을 늘어뜨리며 혼자서 바깥에 있는 목욕탕으로 나갔다.

불이 켜져 있을 무렵, 비를 헤치고 부府에 있는 소학교 교원인 다

---

* 하오리란 기모노 위에 입는 것으로서 양복에서 말하는 가디건이나 재킷 같은 것을 말한다.
** 하카마는 일본의 전통 의상이다. 바깥에 드러내는 겉옷이며, 하반신에 착용하는 하의이다.

무라田村와 고등사범학교 교원인 다루이樽井, 그리고 잡지 기자인 데라오寺尾까지 이렇게 고향친구 셋이 찾아왔기에 오랜만에 서양요리를 두세 점 시켜서 맥주를 마셨다.

조금 지나자 쓰루오카가 돌아온 것 같아 불렀더니 목욕을 금방 끝낸 번질번질한 얼굴을 하고 느릿느릿 들어왔다. 기차 안에서 샀다는 가마쿠라 햄 통조림을 두 개 정도 따서 가져왔다.

책상 위에 놓은 램프에는 테두리를 분홍빛으로 채색한 종이로 만든 삿갓을 씌운 아름다운 등 불빛이 선명하게 실내를 비췄다. 친구의 얼굴은 모두 붉게 달아올랐다.

거품이 이는 맥주를 훌쩍훌쩍 마시고 흰 양배추를 씹으면서 이런저런 이야기가 나왔다. "현실 폭로의 비애"나 "근대인의 무신앙"이라는 말도 나왔다. 그중에서도 다루이는 Hanrick Ibaan의 "Eruen fra Harvet"에 관해 꽤나 길게 이야기했다. 일본 작품 중에서는 모리타 소헤이森田草平의 「매연煤煙」에 대한 이야기가 나왔다. 그 사이에 쓰루오카는 입을 다물고 모인 사람들의 얼굴을 말똥말똥 둘러보고 있었는데, 이야기가 일단락되자 이런 기이한 물음을 던졌다.

"이런 건 뭐라고 합니까, 그러니까 요리 이름이……"

"이거 말인가? 자넨 정말로 이게 뭔지 모르나. 도쿄에서 일 년이나 있었다면서. 놀랍네 정말. 그러니까 시골뜨기는 입 다물고 있는 게 좋아" 하고 말하자 다른 친구들이 모두 킥킥대며 웃는다.

"모릅니다. 제가 학교에 다닐 무렵에는 한 달에 한 번 소바(메밀국

수)를 먹으러 갔으니까요. 이 붉은 고기는 소고기인가요?"

"그렇네. 비프스테이크라 해서 코쟁이들 요리지. 이것이 커틀릿, 이것은 고로케라네."

"그렇군요. 잘 알겠습니다. 이건 류큐 고구마군요. 그런데 되게 작군요."

"자네 이상한 소리를 하면 못써. 이건 감자야. 소고기에 감자는 필수적인 게 아닌가. 구니키다 돗보国木田独歩는 그것을 이상적으로 비유해서 소설을 썼다네."

"그렇습니까? 저는 이게 고구마의 손자거나 증손자라고 생각했습니다"라고 말하며 눈을 번쩍인다.

그 자리에 앉아 있는 사람들도 더 이상 참을 수 없는 모양으로 허허 하고 웃음을 터뜨렸다.

조금 지나 다무라가 "실례지만 쓰루오카 씨는 역시 회사에 들어가려는 것인가요?" 하고 묻자,

"네, 실은 실업계 방면에서 활약해 보고자 합니다만" 하고 말한다. 나는 이상한 남자라고 생각했다. 방금 전까지는 작가가 되겠노라 말했던 사람이 갑자기 실업가로 변모하다니. 나는 단단히 혼내 주려고 하다가 '역시 아직 혼이 비정상이군' 하고 생각하며 그대로 내버려 뒀다.

"실업가라면 어떤 쪽을 말하는 겁니까? 자본가가 돼 어딘가에 회사를 만들기라도 하겠다는 건가요?" 하고 입이 걸걸한 데라오가

진지하게 빈정대자,

"그렇습니다. 점차 그렇게 해볼 방침으로…… 그러니까 아와모리 술 제조회사 등 아직 누구도 손대지 않은 사업을 해보고자 하는 계획입지요."

"그거 좋군요. 꼭 해보시기 바랍니다. 그때는 우리도 선배의 뒤를 따라서 활동합시다"하고 말하더니 데라오는 옆에 있는 나를 쿡 찌른다.

다무라와 다루이는 시시하고 재미없는 듯 하품을 억제하고 있다.

"아니면 친형처럼 법률가가 돼보려 합니다"하고 말하더니 쓰루오카는 다무라의 Camellia를 은박지 속에서 하나 꺼내 물고는 불을 붙였다.

그 후 다시 문단에 대한 잡담으로 화제가 바뀌자 쓰루오카의 취기는 이미 머리 꼭대기에 올랐다. 그러자 그의 무거운 입이 가벼워지더니 시골 출신임이 몽땅 드러나는 사투리가 쏟아져 나왔다. 그러더니 의기양양하게 류큐세쓰琉球節(류큐 민요)를 웅얼대기 시작한다. 노래할 때는 표정이 꽤 풍부하고 아주 처량한 목소리다. 사랑 노래도 했다.

이삼일 동안 비가 계속 내렸다.

쓰루오카는 직업을 찾아 쩔쩔맸다. 아침밥을 다 먹으면 언제나 구메지마久米島 명주에 파란 줄을 넣은 수제 하오리를 입고서 주황색 귀마개가 붙어 있는 새로 산 사냥 모자를 비스듬하게 쓰고 외출

쓰루오카라는 남자

했다. 물론 밤이 되면 녹초가 돼 돌아왔다. 점차 안달복달 하는 듯한 그의 얼굴에는 진한 Melancholy의 그림자가 비치기 시작했다.

"도쿄는 넓은 것 치고는 직업이 적은 곳이네요. 여기가 오사카나 고베였다면 어땠을까요. 이삼일이나 이렇게 빈둥빈둥 거리지는 않았을 겁니다." 어느 날 밤 그가 이렇게 이야기했다.

"그렇다면 오사카나 고베로 가면 어떻겠나?"

나는 가능한 쫓아낼 심산으로 이렇게 말했는데, '가자미' 선생은 당치도 않다는 표정으로,

"안됩니다. 안 되고말고요. 아무리 직업이 있다 해도 학문을 할 수 없다면 어쩐단 말입니까. 그러니까 꼭 도쿄에 있고 싶습니다. 일간 뭔가 할 일이 생기겠죠. 오늘은 오쓰카大塚까지 갔습니다."

"그랬군. 그런데 거기에는 무슨 일로 갔나?"

"그러니까 마침 제가 왔던 날 밤이었죠. 다루이 씨 말로는 오쓰카 주변에 정원사가 많이 살고 있다고 들어서 갑자기 정원사의 제자가 되고 싶었답니다. 좋지 않아요? 고상하고 우미하고 사계절 마다 꽃을 키우는 직업은 예술과도 아예 무관치 않으니 제 성격과도 잘 맞습니다."

"그래서 이야기가 잘 됐나."

"겨우 한 집 꼭 맞는 집을 찾아내서 부탁해 보니 애꿎게도 마침 주인이 외출 중이더군요. 노파와 딸이 있었지만 주인에게 물어보지 않으면 모르겠다고 하더군요. 여하튼 잘 될 것 같습니다. 내일

또 그 쪽에 다시 방문하겠다고 약속하고 왔습니다."

"그렇군. 그러면 잘 됐네."

"그 집 딸은 열여덟 정도인데 상당한 미인이었습니다. 잘 되면 그 여자를 아내로 삼아서 평생 오쓰카에서 정원사를 하며 묻혀 살고 싶습니다."

"쓰루오카 군, 자넨 지금 직업을 찾고 있는 건가, 아니면 신부감을 찾고 있는 건가? 어느 쪽이 진심인가?"

"헤헤헤헤" 하고 웃을 뿐 그는 질문에는 제대로 답하지 못했다. 나도 그대로 입을 다물고 ××출판사에 보낼 단카短歌 원고를 쓰기 시작했다. 그러자 그도 조용히 밖으로 나갔다. 나는 너무나 쉽게 동요하는 쓰루오카가 평생 어둡고 차가운 동굴 속을 더듬어 찾아가고 있는 것 같은 느낌이 들었다.

다음날은 토요일로 쓰루오카는 하루 종일 모습을 보이지 않았다. 비는 여전히 내리고 있었다.

일요일 아침이 되자 하늘이 활짝 개었다.

열어둔 미닫이 사이로 아침 햇살이 오랜만에 방안 가득 쏟아져 들어왔다. 햇살은 눈부실 정도로 노랗게 불타오르며 밝게 빛났다. 붉은 니스로 칠한 건너편 지나(중국) 요리집에서 창문에 걸린 녹색 커튼을 한쪽으로 쳐놓았는데 귀걸이를 한 지나 여자가 창문으로 얼굴을 내밀었다. 하숙집 입구에 종이우산을 늘어놓고 말리고 있다. 하늘은 자수정처럼 맑고 구름 한 점 없다.

나는 엎드려 누워서 나가이 가후永井荷風의『프랑스 이야기フランス物語』를 읽고 있었는데 10시 무렵에 되자 쓰루오카가 졸린 얼굴에 멍한 표정으로 들어왔다. 아무런 말도 하지 않고서 조간『요미우리 신문』을 집어 들더니 일요일 신문에 들어 있는 부록을 들여다보며 때로 나른하다는 듯 선하품을 하고 있다. 그를 주의 깊게 살펴보니 어딘가 마늘 냄새가 나는 남자다. 게다가 술 냄새도 심하다.

"자네 술을 마셨나?"

"네 마셨습죠" 하고 말하면서 고개를 들고 있는 얼굴을 보자 눈꺼풀이 조금 부어 올라있다.

"어제는 전차를 타고 료고쿠両国까지 가서 거기서 무카이지마向島에서부터 아사쿠사浅草 방향까지 더듬어 일을 찾아봤습니다. 관음님을 뵙고 직업을 주실 것을 청원했습니다. 변함없이 꽤 번성한 곳이더군요. 그 후 그 십이 층 건물*에 올라갔습니다. 그 건물은 정말로 높았습니다. 고향에 있는 나미노우에波の上 언덕보다 높을 겁니다."

"그야 물론 더 높겠지."

"분명히 더 높습니다. 그 위에서 요시와라吉原(유곽)를 보고 있자

---

* 료운카쿠(凌雲閣)를 말한다. 일본 도쿄 아사쿠사 공원에 있었던 전망대였다. 1890년 메이지 시대 때 준공되어 일본에서 가장 높은 건축물이었으나, 1923년 관동대지진 때 반쯤 무너져 결국 철거되었다. '능운각'이란 이름은 '구름을 능가할 정도로 높다'는 의미다.

니 어쩐지 이상한 기분이 들었습니다. 시골에서 자주 찾던 단골 유녀도 떠오르더군요" 하고 말하더니 히죽히죽 웃는다. 검은 얼굴에 흰 치아를 드러내놓고 웃는 것이 꼭 아프리카의 숲에 사는 고릴라를 연상시킨다.

"그래 그래서 어찌 됐나?"

"결국 그곳에 갔습니다. 거기에 있는 메밀국수 집에 있다가 기세를 더해 불빛이 들어올 즈음에 어슬렁어슬렁 외출했습니다."

"그래서 들어갔나?"

"네 들어갔습니다. △△루라고 하는 서양식 삼층 건물입니다. 유녀의 가명은 시구레였는데 살이 희고 보조개가 있는 미녀였습니다. 정말로 친절하게 대해줬습니다. 나이는 열아홉으로 고향은 니이가타新潟라고 했던 것 같습니다. 어젯밤은 거의 한잠도 못 잤습니다" 하고 말하더니 궐련에 불을 붙였다. 그는 보라색 빛이 감도는 노란색 연기를 후우 하고 내뱉으면서 눈을 감았다. 어젯밤에 돈으로 산 요염한 덧옷 차림의 유녀와 방안에 있는 어스레한 사방등의 빛과, 붉은 모슬린(부드러운 모직물)으로 된 얇은 이불을 그가 떠올리고 있다는 생각이 들자 내 마음은 어딘가 쓸쓸해졌다.

"그런짓을 하고 다녀선 안 된다네. 자기 한 몸 건사하지 못하면서 그런 짓을 하면 못 써" 하고 말하자, 심성이 솔직한 그는 꽤나 당황한 모양새로, "두 번 다시 그런 곳에는 안 가겠습니다. 이제 와서지만 저도 후회하고 있습니다. 형편없는 욕망을 억제할 수 없어서 소중한 돈을 3엔이나 털렸습니다. 우발적인 충동이었습니다. 처음에는 유녀를 조금 놀린 후에 집에 갈 생각으로 그 주변을 헤매고 있었는데 갑자기 격자 안에서 붉은 색 담뱃대가 쑤욱 나오더니 저를 끌어당겼습니다. 그러더니 하는 말이 놀다 가세요. 바가지 씌우지 않을 테니까 하면서 담뱃대에 잡힌 저를 놓아주지 않는 겁니다. 그런 말을 듣자 갑자기 참을 수 없어져서 안으로 들어갔습니다. 아아 정말로 바보 같은 짓을 했습니다".

그렇게 말하더니 가네가후치鐘ヶ淵 쪽에 있는 방적회사에 일자리가 있을 것 같다며 그것을 기대해 보겠다고 한다.

그날 밤 그는 아사쿠사에 있는 싸구려 여인숙으로 숙소를 옮겼다. 돈이 부족하다면서 한 벌밖에 없는 양복과 쓰던 고무 밑창 신발을 전당포에 맡기고 하숙료를 모두 냈다.

"언젠가 다시 오겠습니다. 방적회사에 들어가면 한 잔 하시죠. 제가 꼭 사겠습니다. 지난번처럼 커틀릿과 비프스테이크를 준비하고 술도 맥주로 하시죠" 하고 말하더니 중국식 가방만을 맡기고서 파란색 모포로 싼 짐을 들고 나갔다.

5일 정도 지난 황혼 무렵에 쓰루오카가 다시 찾아왔다.

"어쩐 일일까요. 지난 번 시골에서 올라왔을 때처럼 마치 말뚝처럼 서있던데요" 하고 기숙사 딸이 알려줬다.

이상하게 생각하고 들어오라고 하니 역시 몰라보게 변한 차림새다. 부수수하고 먼지투성이인 머리에는 모자도 쓰지 않고, 가느다란 띠를 몸에 두르고 있는 모양새로 주뼛주뼛 들어오더니 다다미 위에 갑자기 쓰러져 훌쩍훌쩍 울기 시작한다.

"정말 뵐 면목이 없습니다" 하고 말하더니 고개도 들지 않는다. 콧물을 힝힝 하고 훌쩍대고 있다.

"쓰루오카 군, 자네 정말 어쩌려고 그러나. 아무리 울어도 러시아 빵 조각 하나 자네한테 떨어지지 않아."

"네."

"하는 수 없으면 경찰서 문 앞에 가서 쓰러져 보게. 그러면 행려병자라 해서 먹여주고 재워줄 것이야. 자네 그렇게 해보게."

"......"

숙이고 있는 얼굴이 눈물에 젖어 있다.

"살아 있는 말의 눈도 빼간다는 도쿄가 아닌가. 도시의 압박을 자네와 같은 패배자가 견뎌낼 수 있겠나. 빨리 고향으로 돌아가게. 하루라도 빨리."

"네 감사합니다. 저도 돌아가는 편이 좋다고 생각합니다……."

"그리 하게. 돌아가서 어머님께 효도를 해야지. 지금까지 하지 못했던 것을 채우려면 열 배도 스무 배도 더 노력해야 해. 응. 그렇지?"

그는 그저 훌쩍대며 울고 있다. 정말 그런 그가 싫어졌다.

"나한테 뭔가 할 말이라도 있나?" 하고 묻자 잠시 꾸물대더니,

"네, 실은 오늘 이렇게 찾아뵌 것은 그러니까, 정말로 이런 것을 부탁드릴 처지가 아닙니다만, 돈이 한 푼도 제 손에 없어서 하숙비를

　　　　　　　　　　쓰루오카라는 남자

낼 형편이 아닌지라. 네, 그러니까 뭐라 말씀을 드려야 할까요……."

"자네 말을 나는 전혀 알아들을 수가 없어. 조금 더 명확하게 말해 보게. 빙빙 돌려서 말하는 것을 난 정말 싫어해. 그러니까 돈을 빌려 달라 이 말이지?"

"네. 부디 도와주십쇼."

"그거 참 곤란하네. 자네도 알고 있겠지만 나도 박봉이야. 누군가를 도와주면 생활이 곤란해져. 그렇지 않겠나."

"실은 형님에게 전보를 치면 여행비용 정도는 보내줄 것이라 생각합니다. 하지만 전보를 칠 돈 조차 없는 형편인지라. 그러니까 돈이 들어오면 바로 돌려드리겠습니다" 하고 말하더니 일부러 그러는 것처럼 풀이 죽은 표정을 짓는다. 결국 없는 돈을 몽땅 털어서 1엔을 종이에 싸서 주자 그는 몇 번이고 인사를 하더니 돌아갔다.

이틀 후, 그는 다시 찾아오더니 울며 애원했다. 마침 내가 가구라자카神樂坂로 엔니치緣日(신불에게 비는 날)를 기리러 다녀오는 길에 서양화초가 담긴 화분을 산 날이었다. 현관 구석 한 편 어두운 곳에서 쓰루오카가 기다리고 있었다.

"한 시간 전부터 선생님이 돌아오시는 것을 기다리고 있었습니다" 라고 하숙집 주인이 보고했다.

변함없이 거지와 흡사한 모양새다. 이틀이나 밥을 먹지 못 하고 물만 마셨는데, 하숙비용을 내라고 하는 통에 결국 그곳에서 쫓겨났던 모양이다. 어젯밤은 아사쿠사 관음당에서 부랑자 동료들에 섞여서 하룻밤을 지새웠다고 한다. 다리도 조금 부어올랐다고 말한다. 나는 만약 그가 각기 충심(각기에 수반되는 심근 장애)으로 죽으면 어쩌나 하고 생각했다. 성가신 녀석에게 말려들었다고 절절히 생각했다.

형에게는 몇 번이고 전보를 쳤지만 아무런 답장도 없다고 했다.

그 다음 날에도 그는 다시 찾아왔다. 역시 해질녘이다. 다리가 아파서 어찌해야 좋을지 모르겠다고 했다. 보자니 역시 부어있다. 특히 부어오른 곳이 확연하게 부풀고 단단하게 굳어져서 다리를 굽히고 펼 수 있는 자유로움을 잃어가고 있다.

그의 말에 따르면 다음과 같다.

아사쿠사의 싸구려 여인숙에서 알게 된 풍선 파는 사내가 있다. 여인숙에 가던 날 밤부터 꽤 친절하게 대해줬고 직업도 소개해 준다고 하기에 멍청하게도 그를 믿어버렸다. 그날 밤부터 그 남자는 어쩐 일인지 장사를 하러 나가지도 않았다. 밤이 되면 곧잘 쓰루오카를 꼬셔서 공원 쪽을 향해 걷다가 결국에는 등화가 켜진 곳으로 갔다. 얼마나 하는지만 물어보겠다고 해서 따라가는 사이에 결국 걸려들고 말았다. 그래서 둘 다 거기에 빠져들어서 이삼일 동안 있는 돈을 전부 다 날려버렸다. 그러자 쓰루오카가 자고 있는 사이에 모포로 싼 짐을 그 남자가 전부 훔쳐서 달아나버렸다. 그는 그제야 속았다는 것을 눈치채고 그의 행방을 혈안이 돼서 수소문해 봤지만 결국 알 수 없었다. 게다가 기대하고 있던 방적회사에도 들어갈 수 없게 돼 결국 지금과 같은 비통한 상황에 빠졌다고 했다. 듣고 있자니 꽤 불쌍해져서 그날 밤은 집에서 재웠다.

그는 손님 밥상을 받아들더니 마치 짐승처럼 다다미 위에 떨어진 음식까지 주워 먹었다.

12시 무렵 쓰루오카를 앉혀놓고 진지하게 세상이 얼마나 비참한 곳인지에 대한 이야기를 들려줬다.

자리에 든 것은 새벽 1시였다.

그런데 어째서인지 그날따라 잠이 오지 않았다. 아무리 잠을 청하려 눈을 감아 봐도 점점 더 의식이 더욱 또렷해졌다. 자다가 몸을 뒤치자 옆에서 쓰루오카가 죽은 사람처럼 위를 보고 누워있다. 오색 무늬가 들어간 빌린 이불을 목 부근까지 쓰고서 비로드(우단)로 만든 목덜미 옷에서 튀어나온 황색 밀랍과도 같은 색을 띤 '가자미'의 얼굴이 배고픔에 지쳐서 연노랑으로 타오르는 등불 속에 가라앉아 있다.

그것을 보고 있자니 내 명상은 바로 남쪽 나라 고향으로 향해간다. 일 년 동안 복목이나 유우나(대만황근) 등의 신록에 둘러싸인 애인의 집. 그곳에 무화과나무 한그루가 있었다. 열매가 열릴 무렵이 되면 곧잘 내가 따서 누이와 동생에게 나눠줬다. 그 무렵이 내게는 마침 사랑의 Golden-age였다. 부드러운 포옹, 감미로운 입맞춤. 마

을에서 멀리 떨어진 해변에 있는 유치누사치雪ヶ崎에 달빛이 새파래져서 은은하게 흔들리는 밤 바위 부근. 여윈 어머니의 얼굴, 핏기 없는 아버지의 얼굴, 푸른색으로 부어오른 누이 두 명의 얼굴, 그 쓸쓸한 빛깔에 휩싸인 지극히 비참한 사랑의 말로. 몰락해 가는 집안을 괴로워하며 병들어 죽어간 할머니의 임종, 황색 밀랍 그림자에 비춰서 차갑게 식어가는 사체, 모두 비애를 띠고서 과거의 인상이 눈앞에 선명하게 떠올랐다.

갑자기 떠오른 것은 일고여덟 살 무렵에 그림책 속에서 본 무서운 아오보즈青坊主*다. 그것은 매우 복잡한 구성인 극채색의 일본식 장정의 책으로 히라가나로 설명이 쓰여 있었다. 그 그림 속에 있는 여자의 검고 흐트러진 머리카락이나, 하얀 둔부로 보이는 곳이나, 검붉은 털이 많은 정강이 등이 뒤얽혀서 나는 그게 무엇인지 잘 몰랐다. 그것을 보다가 아버지에게 들켜서 심하게 혼났던 것을 기억하고 있다. 쓰루오카가 자고 있는 모습을 보고 아오보즈의 얼굴을 떠올렸다.

이런 것을 생각하면서 반쯤 일어나 바로 앉자, 이상한 것이 눈에 들어왔다. 뭔지 모르지만 쓰루오카의 베개 아래에 튀어나와 있는 것이 보였다. 살짝 당겨서 보니 손수건으로 싸놓은 재생지였다. 그 접어놓은 것을 열어서 보자, 그 안에서 작은 크기의 여자 사진이

---

* 가사(袈裟)를 입은 외눈 요괴.

나왔다. 나는 그것을 보고 갑자기 모욕을 당한 것 같은 기분이 들어서 갈기갈기 사진을 찢은 후 자리에서 일어났다. 그렇게 일부러 변소까지 가서 똥 단지 안에 사진 조각을 던져버렸다. 하는 김에 그곳에 있는 어두운 유리창 너머로 밖을 보니 대낮처럼 밝다. 남빛 하늘에는 달빛이 은백색의 소용돌이가 치고 있다. 어딘가에서 귀뚜라미가 울고 있다. 가을밤은 조용히 깊어가고 나뭇잎이 팔랑팔랑 지는 소리를 내며 행랑방으로 찾아왔다.

늦잠을 자 8시 무렵이 되었는데 또 비가 내린다. 쓰루오카는 일찍 일어나서 어정버정 하고 있다. 그것을 찾고 있는 것 같다.

"뭘 찾고 있나."

"아, 아닙니다" 하고 말하더니 당황한다. 나는 그대로 입을 다물었다.

아침밥을 다 먹은 후 나는 관청으로 나갔다. 다섯 시 무렵 꽤 녹초가 돼 돌아왔는데 그가 이불을 꺼내서 자고 있는 것이 아닌가. 사람을 바보취급 해도 유분수가 있지 하는 생각에 화가 치밀어 올라서, 두들겨 패 밖으로 쫓아낼까도 생각해 봤으나 그대로 참고서 조용히 그를 흔들어 깨웠다. 그러자 과연 그도 쑥스러운 듯이 눈을 비비면서 이불을 정성스럽게 정리하고 뭐라 한 적도 없는데 "두통에 괴로워하다 돌아오실 때까지 쉬고 있었습죠" 하고 말한다.

저녁 식사가 나오자 변함없이 짐승처럼 먹어치운다. 밥상을 물리고 나는 편지를 써서 향우회 사무실에 지참해 가라고 줬다. 어쨌든 내 힘만으로는 어찌할 도리가 없으니 같은 고향 사람들에게 조금씩 기부를 해줄 것을 부탁해서 그가 귀국하는데 쓸 여비를 조달할 요량이다.

그는 눈물을 흘리며 마음 깊이 감사하다는 말을 하고 하숙집을 떠났다. 주룩주룩 내리는 빗속을 고장난 종이우산으로 막으며 철버덩철버덩 짚신을 어깨까지 올리고서 아사쿠사에서 가져온 너덜너덜한 비옷을 입고 떠나는 그의 비참한 뒷모습을 나는 배웅했다. 비 오는 날, 좁고 어두운 납빛 진창길에 날이 저물고 지붕 뒤쪽에 다는 헌등에는 드문드문 불빛이 들어와 있다.

「鶴岡という男」(『新潮』, 1910.2)

야마시로 세이츄

야마시로 세이츄, 「쓰루오카라는 남자」

야마시로 세이츄는 1884년에 오키나와 나하시에서 태어나 1949년에 타계했다. 그가 태어난 것은 메이지 신정부에 의해 류큐 왕국이 멸망하고 폐번치현이 이뤄진 1878년으로부터 6년이 지난 시점이었다. 그는 도쿄로 유학을 떠나 의학을 배우면서 요사노 뎃칸与謝野鉄幹과 요사노 아키코与謝野晶子에게 사사를 받아 묘조하明星派의 가인으로 문학 활동을 시작했다. 이후 「구넨보九年母(향귤나무)」(『ホトトギス』, 1911.6)라는 소설을 발표하면서 오키나와에서 문학을 지망하는 청년들에게 신선한 자극을 안겼다. 오키나와에서는 야마시로의 문학 작품이 일본 본토 문단에서 받아들여지자 본토의 문학잡지 등에 투고하는 문학청년들이 늘어났고, 이에 자극받은 오키나와 내 신문들은 '현상소설' 공모를 시작했다. 야마시로는 단카短歌나 단편소설만이 아니라 희곡도 창작했으며 서예 실력도 출중했다.

흔히 야마시로 세이츄의 대표작은 수구파와 개명파가 대립하는 청일전쟁 하에서 청국에 대한 귀속을 주장하는 수구파 수령이 이홍장의 밀사라는 거짓말을 한 가고시마 출신의 사내에게 사기를 당하는 '야마노조사건山之城事件'을 모델로 한 소설 「구넨보」가 꼽혀왔다. 「구넨보」는 새로운 시대에 대응할 수 없는 수구파('친청파')의 희비극을 그리고 있는데, 이보다 1년 4개월 전에 발표된 「쓰루오카라는 남자」도 주목을 요한다. 이 소설은 "쓸쓸한 빛깔에 휩싸인" 고향의 "몰락해 가는 집안" 출신에 도쿄에서 작가로 활동 중인 주인공 '나'가 동향의 방문객 '쓰루오카(가자미)'의 방문을 받고 벌어지는 상황을 유머러스하게 그리고 있다. 그런 점에서 「구넨보」가 청일전쟁 무렵의 오키나와의 상황을 그리고 있다면, 「쓰루오카라는 남자」는 작품이 발표된 동시기 오키나와인이 직면한 문제를 다루고 있다.

「구넨보」는 폐번치현 이후 강압적으로 실시된 일본어 교육을 받은 거의 첫 세대라 할 수 있는 야마시로가 일본어로 창작을 한 작품이라는 점에서 주목해 볼 가치가 있다. 식민지 조선에서 야마시로와 같은 세대가 출현하는 것은 이르면 1920년대 후반부터라 할 수 있다. 야마시로의 작품은 오키나와 근대소설의 효시로 여겨진다는 점에서 일본어와의 고투를 작품 곳곳에서 발견할 수 있다.[*] 구어口語인 우치나구치ウチナーグチ는 존재했으나 그것을 담을 독자적 표기 체계가 없었던 류큐/오키나와에서는 전근대 시기에는 한자를 근대에 들어서는 일본어를 표기 언어로 삼았다. 물론 후자는 강

---

[*] 물론 1908년에 와카소가 지은 「단연(斷緣)」 등이 있지만 원고지 10매 분량의 극히 짧은 소설이라는 점에서 한계가 명백하다.

요된 '국어'였다. 다이글로시아적인 언어 상황하에 있었지만 오키나와 작가들의 창작은 일본어라는 강요된 언어를 거쳐 표현될 수밖에 없는 상황이었다. 그런 점에서 이 소설에 일본어의 표기 문자인 히라가나나 가타카나가 아니라 알파벳으로 외래어를 표기한 부분은 눈에 띈다. 야마시로에게 가타카나나 알파벳은 둘 다 외래어라는 점에서 거부감이 없는 표현 방식이었을 것이기 때문이다. 하지만 그렇다 해도 이 소설에서는 일본근대문학과 밀접한 관련을 맺고 진행된 오키나와의 문학인들의 고투 과정을 발견할 수 있다. 이 소설에서 쓰루오카는 오자키 고요, 모리타 소헤이, 구니키다 돗보 등을 입에 달고 사는데 그와 술자리를 같이한 다무라와 다루이 등은 시골 출신인 그를 비웃는다. 더구나 쓰루오카는 술에 취하자 일본 근대문학이 아니라 고향의 류큐세쓰琉球節(류큐 민요)를 읊조린다. 부정되어야 할 과거를 내면 깊숙이에서는 긍정하는 일그러진 오키나와 작가 지망생의 자아가 잘 표현된 부분이라 하겠다.

이 소설의 특징은 오키나와라는 지역 명칭을 전혀 쓰고 있지 않다는 점이다. 대신에 선택된 용어는 '고향'이 압도적으로 많고 '류큐'는 부분적으로 나온다. 비애를 띤 고향과 "몰락해 가는 집안"은 실패한 "비참한 사랑의 말로"와 겹쳐지며, 소설 끝에서 쓰루오카가 소중히 지니고 있던 여자의 사진을 갈기갈기 찢어버리는 행위로 이어진다. 쓰루오카가 '나'를 찾아온 것은 같은 마을 출신이라는 것만이 아니라 문학을 지망했기 때문이다. 하지만 소설 뒷부분으로 가면 쓰루오카는 '유곽'에 드나들고 사기를 당하면서 거의 '거지' 행색을 하고 '나'에게 경제적 지원을 읍소하며 끝내는 고향으로 다시 돌아갈 수밖에 없는 상황으로 몰린다. 이 소설은 오키나와의 피폐한 현재와 그로부터 탈출을 꿈꾼 젊은이들이 도쿄에서도 쉽지 않은 상황에 처한 것을 그리고 있다. 이는 "살아 있는 말의 눈도 빼간다는 도쿄가 아닌가. 도시의 압박을 자네와 같은 패배자가 견뎌낼 수 있겠나. 빨리 고향으로 돌아가게. 하루라도 빨리"라는 부분에 단적으로 드러나 있다. 다만 작가는 이러한 비참한 상황을 쓰루오카를 희화화하는 방식을 선택해서 전경화하고, 현실적 문제를 후경화하는 전략적 글쓰기를 하고 있다.

그런 점에서 「쓰루오카라는 남자」는 오키나와의 피폐상을 본토와의 관련을 통해 보여준 작품이라 할 수 있다. 이는 1920~1930년대에 오키나와를 작가들이 다루는 방식을 선취한 것이기도 했다. 특히 제1차 세계대전 이후 일본이 유럽과 아시아 시장에 대량으로 공산품을 수출하게 되면서 일시적인 호황을 맞이하지만, 1920년대 말 쇼와昭和 공황이 닥쳐오자 오키나와는 급속도로 황폐해져 갔다. 당시 식량난에 시달리는 오키나와 사람들이 독성이 있는 소철蘇鉄을 먹은 것(이른바 '소철지옥')은 당시의 상황이 얼마나 심각했는지를 보여준다. 주지하는 것처럼, 이러한 오키나와의 심각한 경제 상황은 대량의 유민流民을 발생시켰다. 이들은 일본 내지內地는 물론이고 라틴아메리카 등지로 살 길을 찾아 떠났다. 특히 관동대진재関東大震災 전후로 일본 내지로 이주한 오키나와인들은 자신의 '민족성'을 표면적으로는 '야마토大和' 민족과 일체화해서 일상생활에서의 공포를 지워내려 했다. 이는 물론 관동대진재 당시의 조선인 학살이 남긴 정신적 상흔의 일종이기도 했다. 이는 이책에 실린 야마노구치 바쿠의 「노숙野宿」(1950.9)에서도 확인할 수있다.

이케미야기 세키호
池宮城積宝

우쿠마누 순사

류큐琉球 나하시那覇市 시외에는 △△대지坮地라는 특수 부락이 있
다. 그곳 주민은 지나인支那人*의 자손으로, 그들 대부분은 전체라
해도 좋을 정도로 궁핍하며 천한 직업에 종사하고 있다. 아타피스
구야(개구리를 잡으러 다니는 사람)가 논에 개구리를 잡으러 가서 그
껍질을 벗겨 시장에 가져다 판다. 개구리는 나하나 슈리首里 사람의
맛있는 간식 중의 하나다. 그 외에도 다이유토우야(붕어 잡이), 사
박크야(짚신을 만드는 사람), 보시크야(모자 만드는 사람)…… 등의 직
업에 종사하고 있다. 그들은 이런 천한 직업(?)에 종사하며 나하시
에 사는 다른 마을 사람들로부터 △△대지 사람이나 시친츄라 불
리며 경멸당했으나, 그들의 일상생활은 단순하고 공동체적이어서
무사태평할 따름이다.

　가주마루榕樹, 팽나무, 데이고梯梧, 복목福樹 등의 아열대 식물이 우
뚝 솟아 울창하게 우거진 그늘에 무리지어 있는 부락이 하나 있다.

＊　근대 이후 일본이 중국인의 멸칭으로 사용한 용어이다.

집 주위를 대나무나 산울타리가 빙 두르고 있다. 그곳의 집들은 낮은 초가로 지저분하고 더러운 것으로 치자면 두말할 필요도 없다. 아침에 남자들이 작대기와 그물을 들고 논밭으로 나가면, 여자들은 서늘한 나무 아래에 대자리를 깔고 누긋하게 모여 앉아 일종의 애조를 띤 류큐 속요(俗謠)를 부르면서 모자를 짜기 시작한다. 모자를 얼추 짜면 이어서 짚신을 만든다. 해질녘이 되어 남자들이 논밭에서 돌아오면 그들의 아내나 딸들은 밖에서 잡아온 개구리나 붕어를 팔러 시장으로 나간다. 그것을 얼마 안 되는 돈으로 바꿔서 술 안주나 한 홉들이 아와모리(泡盛)를 산 여자들은 반시뱀에게 물리지 않으려 횃불을 켜고 집으로 돌아온다. 남자들은 기쁜 듯이 그들을 맞이해 넉넉하지 않은 저녁밥을 다 먹고 누워서 조용히 아와모리를 홀쩍홀쩍 마신다. 그런 생활을 반복하면서도 그들은 자신들의 생활이 비참하다고 생각하지 않는다. 가난한 사람들은 계를 조직해서 불행한 일이 생기면 서로 돕는다. 남쪽 나라라서 겨울에도 견디기 힘들 정도의 날은 없다. 이렇게 그들은 단순하나 평화로이 생활했다.

　하지만 이런 사람들에게도 마을의 우쿠마누 햐쿠우(奧間百歲)가 순사라는 영직(榮職)에 오른 일은 우쿠마누 일가의 명예만이 아니라, △△대지에 사는 전 부락의 영광에 다름 아니었다. 지나인의 자손으로 이토록 궁핍하고 천한 직업에 종사하고 있는 처지에서 마을 사람이 나라의 관리가 되는 일은 그저 기쁨만이 아니라 정말로 경이로운 일 그 자체였다.

그런 마을에서 우쿠마누 햐쿠우가 순사 자리에 지원한다는 소식이 알려지자, 부락 사람들은 누구나 빠짐없이 자기 일처럼 기뻐하며 마음으로부터 합격하기를 기원했다. 그의 아버지는 우쿠마누에게 일을 쉬고 공부를 하라고 권했다. 그의 어머니는 유타*에게 부탁해서 여기저기 우간주**를 참배하고 햐쿠우가 시험에 합격할 수 있게 해달라고 빌었다. 드디어 햐쿠우가 시험을 보러 가기 전날이었다. 그의 어머니는 선조 무덤에 그를 데려가서 오래도록 기원을 올렸다.

이렇게 그 자신은 물론이고 가족과 부락 사람들의 염원이 전해진 것인지 햐쿠우는 시험에 멋지게 합격했다. 그의 가족과 부락사람들이 얼마나 득의양양 했을지는 상상하기 어렵지 않다. 그들은 반나절이나 일을 쉬고 햐쿠우가 순사가 된 것을 축하하는 연회를 열었다. 남자들은 그의 집 앞 커다란 가주마루 아래에 있는 그늘 광장에 모여서 낮부터 아와모리를 마시고, 자비센蛇皮線***을 연주하는 등 소란을 떨었다. 젊은이들은 구미오도리組踊****흉내를 냈다.

그것은 다이쇼大正 △년 5월 어느 날의 일이었다. 이미 파초 섬유

---

*   오키나와 무녀.
**   신에게 비는 장소.
*** 오키나와 전통 악기로 샤미센의 원형이다.
**** 류큐왕국 시기에 만들어진 가무극.

로 짠 바쇼후芭蕉布*를 입어도 춥지 않을 무렵이었다. 붉은 데이고 꽃이 지기 시작하고 나무 그늘의 풀숲 사이로 백합꽃이 여기저기 하얗게 피어 있다. 울타리에는 남쪽 나라의 강한 햇볕을 받고 불상화 꽃이 활짝 피어 불꽃처럼 밝게 빛났다.

남자들은 용약해 노래를 부르고 춤을 추거나 자비센을 연주했다. 그 주변으로 여자들이 모여들어 흥미로운 듯 남자들을 바라봤다. 그 소란 속에서 우리 우쿠마누 햐쿠우는 개선장군이라도 된 것처럼 순사의 제복과 제모를 갖추고 대검을 빛내며 신기하게도 어디선가 의자를 끌고 와 앉았다. 미혼 여성들이 동경하는 듯한, 또한 두려워하는 듯한 눈초리로 그의 늠름하게 변한 모습을 응시했다.

그렇게 이 향연은 밤늦게까지 계속됐다. 조용한 밤 부락의 수풀 속에서 노래하는 소리, 자비센의 울림, 사람들의 떠들썩한 소리의 반향이 언제까지고 계속됐다.

우쿠마누 순사는 예비 교육을 다 받자 격일 근무를 했다. 그 후 그는 성적이 양호해 본서로 발령을 받았다. 그 후 그는 격일제로 경찰서에 근무했으며 집에 있을 때는 대체로 책을 읽었다. 가족은 그가 제복과 제모를 갖추고 집에 드나드는 것이 기뻤다. 집에 오는 사람들이 햐쿠우가 제복과 제모를 갖추고 어딘가를 걷고 있었노라고 신기한 듯이 말하는 것을 때때로 들으면서 그들은 감추기 힘

---

* 오키나와 특산물이다. 파초 섬유로 짠 천으로 여름옷이나 방석의 재료로 쓰였다.

든 희열을 얼굴에 드러냈다. 그런 사람들은 그와 마주치는 것만으로도 자못 신기한 일인 양 기뻐하며 말했다. 그중에서는 자기 자식도 장래에 꼭 순사가 됐으면 좋겠다고 말하는 사람도 나왔다.

햐쿠우는 매달 25일이면 주머니에 봉급을 넣어서 돌아왔다. 그는 처음으로 봉급을 손에 쥐어보는 기쁨에 마음이 떨렸다. 오른쪽 주머니에 들어 있는 봉급 봉투를 단단히 쥐며 그는 걸음을 재촉했다. 집에 도착해 그는 침착하게 손님방에 들어가 애써 아무렇지도 않은 듯 봉급 봉투를 꺼내 어머니에게 건넸다.

"아이고"

하고 기쁜 듯이 어머니는 그것을 삼가 받으며 봉투 속을 확인했다. 그렇게 지폐를 세어 보더니,

"아, 천백오십 관(23엔)이구나"

하고 말했다. 봉급이 꽤 된다고 들었지만 직접 현금을 본 그녀는 새삼스레 놀랐다.

두세 달 동안 이렇게 평화로운 시간이 흘렀다. 하지만 가족은 점차로 그의 마음이 자신들로부터 멀어져가고 있음을 느끼기 시작했다. 또한 그는 부락의 젊은이들을 상대하지 않게 됐다. 그러자 부락 사람들도 언제라고 할 것 없이 그를 경원시했다. 이제 그의 마음속에는 순사로서의 직무를 훌륭하게 수행하는 것과, 현재의 지위를 토대로 자신을 더욱 향상시키고자 하는 마음 외에는 없었다.

게다가 그는 점차 신경질적으로 변해갔다. 집에 돌아오면 종일

집이 불결해, 불결해 하고 말했다. 그렇게 트집을 잡고서는 여동생을 몇 차례 엄히 야단쳤다. 그의 동료가 집에 찾아온 후부터는 더욱 더 집안을 신경 썼다. 그가 화를 내기 시작하면 어머니는 어째서 그토록 온순했던 아들놈이 이렇게 변해버린 것인가 하고 눈을 크게 뜨고 조마조마 하며 그가 여동생을 혼내는 것을 지켜봤다.

또한 그는 부락 사람들의 생활도 간섭하기 시작했다. 어느 날 마을에서 제례가 있던 날이었다. 그는 부락 사람들이 광장에 모인 것을 보더니 마치 기다리기라도 한듯 군중 앞에 서서 이야기를 시작했다. 그것을 본 마을 사람들은 햐쿠우가 부락을 위해서 무언가 경사스러운 소식을 가져온 것이라 예상했다. 왜냐하면 그들은 부락민 중 한 명인 우쿠마누 햐쿠우가 출세를 해서 '관공서'로부터 무언가 자신들이 생활하는 데 편리한 것을 얻어 올 것이라 생각했기 때문이다. 세금 징수액을 조금 싸게 해준다든가 도로를 깨끗하게 해준다든가 병을 무료로 치료해 준다든가……. 그런 종류의 일을 막연하게 예상했던 것이다.

그런데 그의 이야기는 그들의 기대를 배신하는 것이었다. 그는 이렇게 말했다.

"매일 게으름 피우지 말고 하수도를 청소하세요. 여름 낮 동안 아무렇지도 않게 벌거벗고 다니는 자들이 있는데 그것은 경찰에게 벌을 받는 일 중의 하나입니다. 순사에게 걸리면 과태료를 물을 겁니다. 나도 순사입니다. 앞으로는 부락민이라 해도 용서하지 않겠습니다. 우리 관리는 '공평'이라는 것을 무엇보다 우선시하니까요. 따라서 친척이고 가족이고 가리지 않고 만약 나쁜 일을 했다면 봐주지 않을 겁니다."

이런 식의 말을 그는 몇 가지나 늘어놓고 엄하게 경고했다. 그가 경고한 일들은 마을 사람들이 지금까지 아무렇지도 않게 해왔던 일이었는데도 말이다. 그는 끝으로 이런 의미의 말도 했다.

"그리고 저녁 늦게까지 술을 마시고 노래를 부르는 것도 금지돼 있습니다. 음주를 삼가고, 더욱 충실하게 일해서 돈을 저축해 지금보다도 더욱 고상한 직업을 구해야만 합니다."

그가 점점 열기를 더해가며 소리를 높여 이런 말을 늘어놓자 부락민들은 불쾌함이 가득한 눈초리로 그를 바라봤다. 그들은 그가 그들과 다른 입장에 서 있음을 강하게 느꼈다. 제례가 끝나고 술자리가 시작되고서도 누구 하나 그에게 술잔을 권하는 이는 없었다.

때때로 그의 동료가 찾아오면 햐쿠우는 곧잘 아와모리를 대접했다. 그의 집에 놀러오는 동료는 상당히 많았다. 그중에서는 대낮부터 와서 아와모리를 마시고 야단법석을 피우는 자도 있다. 모두가 억세 보이는 젊은이로 말하는 방식도 난폭했다. 이 주변 사람처럼 자비센을 연주하거나, 류큐 노래를 부르거나 하는 것이 아니라, 찻종이나 접시를 두드리고 뭔지 모를 가고시마鹿児島 지역의 노래를 부르거나, 시를 읊거나, 갑자기 일어나서 봉을 휘두르고 검무를 추는 자도 있었다.

온순한 햐쿠우의 가족은 그런 난폭한 유희를 즐기는 손님을 들이면 그저 공포에 떨 뿐 그들과 조금도 친숙해질 수 없었다. 그런 손님과 함께 떠들며 노는 햐쿠우도 마음에 들지 않았다.

부락 사람들은 오래도록 순사에게 무의식적인 공포를 지녀 왔다. 처음에는 같은 마을의 햐쿠우가 순사가 된 것을 기뻐했지만, 그의 태도가 이전과 완전히 바뀐 것을 보고 불쾌해 했다. 게다가 그의 집에 종종 외부인 순사가 드나들자 거북하게 여겼다. 그 순사들은 비틀대며 벌거숭이로 일하고 있는 부락 사람들에게 돌아가면서 호통을 쳐댔다. 그런 일이 반복되자 그들은 햐쿠우네 집이 부락에 있다는 것 자체를 저주했다. 부락 사람들은 좀처럼 그의 집 근처에 다가가지 않았다.

그러한 주위의 분위기를 햐쿠우도 조금씩 느낄 수 있었다. 그렇게 되자 그는 집에 있어도 초조함을 계속 느꼈다. 또한 도중에 우연히 마주친 부락 사람들의 눈빛에서 차가움을 느끼게 되자, 자신의 마음속에도 적의가 싹트는 것을 느꼈다. 따돌림을 당하고 있는 것에 대한 분노가 걷잡을 수 없이 퍼지는 것을 알았지만 어찌할 수 없었다.

게다가 그는 이 부락 출신이라는 사실 때문에 동료로부터 바보 취급을 당하고 있다고 종종 느꼈다.

"△△대지에 사는 사람."

그런 말이 종종 동료의 입에서 흘러나오자 그는 얼굴이 화끈거렸다. 햐쿠우는 이 부락에서 태어나 살고 있는 것에 염증이 났다.

그래서 가족에게 이사 이야기를 꺼냈지만 아무도 응하지 않았다. 오래도록 살아와 익숙한 이 부락을 떠난다는 것은 가족에게는 끔찍한 고통이었다. 그것은 감정적인 의미만이 아니라 생활에도 영향을 미쳤는데, 특히 계를 든다거나 하는 경제적인 면에서도 불이익이었다.

그렇게 되자 햐쿠우는 부락을 향해 느끼기 시작한 적의를 어디에도 풀어낼 길이 없었다. 그는 적막했다. 그렇다고 동료들에게 진정한 우정을 발견할 수도 없었다. 그의 동료 대부분은 가고시마현이나 사가현佐賀県, 미야자키현宮崎県 출신으로 그와는 감정적인 면에서도, 지금까지 살아온 생활환경을 보더라도 매우 달랐다. 그런 사람들과 아와모리를 마시고 소란을 피우는 것은 가능했지만, 속내를 이야기하고 마음을 나누는 것은 불가능했다. 그는 경찰서 안에서 이야기를 나누면서도 때때로 동료들에게

'그들은 이국인이다'

하고 마음속으로 중얼대는 일이 잦았다. 그는 그들 또한 자신을 이방인 취급하는 것 같다는 느낌을 받기 시작했다. 그는 고독을 느끼지 않을 수 없었다.

그래도 그의 동료들은 여전히 집으로 찾아와 아와모리를 마시고 소란을 계속 피웠다.

그해 여름은 꽤 더웠다. 오래도록 가뭄이 이어졌다. 남쪽 나라

의 눈부시고 맑은 햇빛이 매일 하늘 가득 넘치고 있다. 땅이나 풀의 후끈거리는 냄새가 바짝 마른 공기 중에 더위를 더했다. 거리의 붉은 지붕에 반사된 빛이 눈과 피부에 강하게 닿았다. 나하 거리의 지붕 기와 색은 빨갛다. 집 주위에 높게 쌓인 돌담 위로 자란 풀은 시들어서 바싹 말라갔다. 그 돌담 안에서 은빛 도마뱀이 달려가다가 돌담 구멍으로 갑자기 숨어들었다. 길가에는 낮 동안 사막처럼 빛이 흐르지 않았다. 그곳에는 소리 없는 빛이 한 없이 깊게 채워졌다.

그 사이로 하늘 한편에 구름 봉우리가 불룩하게 나타나 돌비늘의 켜처럼 번쩍번쩍 빛나고 있는 것을 보더니 사람들은 그것이 비가 돼 내렸으면 좋겠노라 생각했다. 오후가 되자 석양빛이 갑자기 그 구름 층 사이로 번져서, 푸른 수풀이나 언덕에 반사되고 있는 것을 보고 있자니 내일은 비가 올지도 모르겠다는 생각이 들었다. 밝게 저물어가는 조용한 하늘에 메아리치는 아이들의 노랫소리가 울적한 꿈처럼 들려왔다.

적귀赤鬼가 (아카나야야)

왔단다 (야키탄도)

떡을 (하쿠가 얀무치)

사서 (고테이)

적귀를 물리쳐라 (탓쿠와시)

저녁놀이 지면 아이들은 의미를 알 수 없기에 더욱 재미있어 하며 늘 이 노래를 불렀다. 하지만 날이 완전히 지면 구름층은 어딘가로 사라지고 하늘이 땅에 가까이 온 것처럼 변하고 하늘에는 은박가루마냥 별이 크게 빛났다.

그런 낮과 밤이 계속되자 햐쿠우도 초목이 시든 것처럼 진절머리를 내며 속을 썩였다. 직무를 볼 때 그의 신경을 세우는 일은 없었다. 살아 있는 것이 어쩐지 지루해 참을 수 없다는 생각을 느낄 겨를도 없었다.

그런 마음이 들어 지쳐 있던 어느 날 밤이었다. 그는 가고시마 출신 동료의 권유로 해안가를 걷기 시작했다. 산호초로 이뤄진 이 섬의 해안가 밤경치는 이곳에 오래도록 살고 있는 사람이 봐도 아름다웠다. 바위가 여기저기에 깎인 채 서 있지만 파도에 잠식돼 움푹 들어간 곳은 암흑 속에 잠겼다. 물가로 다가오는 파도가 갑자기 부서지는 모습이 푸른 달빛 아래에서 어렴풋이 보였다. 어느 구릉 부근이나 해변에서 노래를 부르는 유녀의 애련한 가락을 띤 연가 소리가 물처럼 새어 나왔다. 그 목소리가 아리땁게 그의 가슴을 부추겼다. 바다 표면에서 불어오는 시원한 바람이 그의 피부에 휘감겼다. 그가 앉아 있는 곳 앞에 때때로 파르께한 달빛이 비쳤는데 그 사이로 가벼운 기모노를 입은 유녀의 얼굴이 어렴풋하지만 아름답게 헤엄치며 지나갔다.

그날 밤 산책하고 돌아오는 길에 햐쿠우는 친구의 권유로 태어나 처음으로 '쓰지辻'라고 하는 도시의 유곽에 갔다.

높은 돌담에 둘러싸인 이층집이 쭉 이어져 있다. 그 안에서 자비센 소리, 북 소리, 젊은 여자의 새된 소리가 새어 나왔다. 어느 집의 지붕 없는 문을 지났을 때, 그의 친구는 똑똑 하고 문을 두드려 신호를 보냈다. 그러자 마침내

"누가 오셨나요?"

하는 여자의 목소리가 들려오고 문이 열렸다. 여자는 친구의 얼굴을 본 후 방긋 웃어보였다.

"들어오세요."

두 사람은 '우라자裏座'로 안내를 받았다. 그곳은 육첩방으로 바닥에는 지나의 시를 쓴 족자가 걸려 있고 그 옆에는 검은 칠을 한 거문고가 놓여 있었다. 한쪽 벽 앞에는 옻칠을 한 장롱과 새로 칠한 놋쇠로 만든 쇠장식이 빛나고 있다. 그 옆에는 낮은 찬장이 있었는데 이것도 새롭게 옻을 칠한 향이 남아 있는 것 같았다. 그 반대편에는 여섯 폭의 병풍의 세워져 있었는데, 붉은 꽃이 흐드러지게 핀 데이고 가지에 하얀 앵무새가 멈춰 서있는 그림이 그려져 있다.

햐쿠우의 눈에는 모든 것이 아름답고 진귀하게 보였다.

마침내 여자들이 주홍색 밥상에 술과 안주를 담아 왔다. 둘이서

---

*　오키나와 집 구조상 뒤쪽(북향)에 위치해 있는 방이다.

술을 주거니 받거니 하고 있는 사이에 여자들은 자비센을 연주하거나 노래로 흥을 더했다. 열네댓쯤으로 보이는 아름다운 유녀가 붉고 현란한 모양의 기모노를 입고서 부채춤을 추다가 언월도를 들고 나와 칼춤을 췄다.

햐쿠우는 처음에는 수줍어했지만 아와모리를 마신 후 취기가 돌자 자신이 생각해도 신기할 정도로 신명이 나서 떠들어댔다. 마침내 그는 농담을 하며 여자들을 웃기거나 묘한 손놀림으로 그곳에 있던 북을 쳤다.

그날 밤 햐쿠우는 처음으로 여자를 샀다. 그의 상대로 정해진 여자는 '카마루과'*라고 하는 아직 아이들 옷에 덧대어 놓은 천도 떼지 못한, 열일곱 정도의 인형처럼 둥글고 너부데데한 얼굴을 한 기녀였다. 어딘가 어린아이 같이 응석을 부리는 듯한 말버릇이 그의 마음을 끌었다. 하지만 주연을 끝내고 잠시 후 그 기녀가 있는 우라자로 가게 됐을 때 술이 깨버려서 뭔지 모를 불안감이 싹트는 것을 느꼈다. 그는 화로 끝의 판자에 기대어 여자가 푸른색 모기장을 치거나, 기모노를 갈아입는 것을 안 보는 척을 하며 다 보고 있었다. 기모노를 갈아입을 때 여자의 봉긋하고 하얀 윤기 나는 어깨선이 그의 시선에 닿았다. 낭창낭창한 긴 팔의 움직임이 그의 눈초리를 떨게 만들었다.

---

* 　카마루는 이름이고 과는 작다는 뜻의 애칭이다.

　　　　　　　　　　　　　　　우쿠마누 순사

얇은 잠옷으로 갈아입은 여자는 모기장에 매다는 끈을 세 번 정도 걸어 올리고 그가 있는 곳으로 다가왔다. 그는 조용히 질주전자의 물을 찻종에 따라 마셨다. 여자는 부채를 부치지는 않고 화로에 기대더니 안에 있는 하얀 재를 넋을 잃고 바라봤다. 때때로 여자가 깊은 숨을 토해내는 것이 그의 귀에 들려왔다.

다음날 아침 그는 파란색 모기장 안에서 여자와 함께 자고 있는 자신을 발견했다. 가벼운 놀라움과 수치심과는 반대로 횡격막 아래에서 치밀어 오르는 희열을 동시에 느꼈다. 하지만 여자가 눈을 뜬 후부터는 겸연쩍은 느낌을 더 많이 받았다. 여자는 문 앞까지 햐쿠우를 배웅하더니,

"내일 다시 와요. 꼭 와야 해요. 꼭."

그런 말을 들었을 때 그는 무언가에 쫓기는 듯한 기분이 들어서 서둘러 그곳을 빠져나와 인적 드문 골목길을 골라 집에 돌아왔다. 그 날은 가족의 얼굴을 마주치는 것도 겸연쩍은 기분이 들었다. 그는 아무런 일도 아니라고 반복해 생각했지만 도저히 자신이 나쁜 짓을 저지른 것만 같은 기분을 해소할 길이 없었다.

두 번 다시 가지 않겠노라 생각했지만 마음대로 되지 않았다. 친구의 소개로 여자를 사는 바람에 아직 돈을 주지 못 했다. 그 돈만은 가져다줘야 한다는 생각에 봉급을 받은 날 밤에 몰래 여자가 있는 곳으로 혼자 갔다. 그는 여자의 '우라자'로 들어가서 변변히 대화도 나누지 못하고 연이어 차를 두세 잔 마시고(류큐인은 지나차를

자주 마신다) 겸연쩍은 듯이 지갑에서 5엔짜리 지폐 한 장을 꺼내 여자에게 건넸다. 여자는 그것을 받으려 하지 않았다. 여자는 그가 집으로 돌아가려 한다는 것을 알아채더니 그를 만류했다. 마침 그곳으로 들어온 그녀의 친구도,

"놀다 가세요. 사양하지 마시고요"

하고 합세해 그를 만류했다. 결국 그는 그날 밤도 그곳에서 아와모리를 마신 후 여자의 '우라자'에서 잤다.

햐쿠우는 다음 날, 집에 돌아가서 어머니에게 남은 봉급 18엔을 주고서 남은 5엔은 우체국에 저금을 했다고 말했다. 그렇게 그는 어머니에게 우체국 저금이 무엇인지를 꽤나 상세하게 이야기했다. 어머니는 입을 다물고 수긍했다.

그 후 햐쿠우는 자신도 모르는 사이에 두세 번 더 여자를 만나러 갔다. 여러 번 만나면서 강렬하게 여자에게 매혹되는 자신을 느꼈다. 그것이 여자의 부드럽고 아름다운 육체 때문인지, 선량하고 유순한 성격 때문인지, 혹은 여자가 기거하고 있는 누각의 즐겁고 화려한 분위기 때문인지 알 수 없었다. 그는 그저 자석처럼 여자에게 끌려갔고 마음이 점차 걷잡을 수 없어졌다.

카마루과라는 여자는 시골에서는 꽤나 전답을 보유한 집안의 딸이었다. 하지만 아버지가 죽고 나서 수완이 없는 오빠가 나쁜 사람에게 사기를 당해 여러 방면에 손을 대다 실패해서 가산을 탕진한 데다, 적지 않은 빚을 지는 바람에 집안의 곤란함과 부채를 정

리하기 위해 지금과 같은 처지가 됐다고 했다. 그런 이야기를 하는 동안 그녀는 처음 봤을 때와는 달리 어딘가 차분한 느낌이 들었는데 그것이 도리어 햐쿠우에게 강한 애착을 불러일으켰다.

그해는 가뭄이 오래 가서 대체로 경기가 나빴다. 따라서 유곽의 요정에도 손님이 끊어지기 십상이었다. 카마루과에게 드나드는 손님도 두세 명 밖에 없었는데, 그 손님들도 점차 발길을 끊었다. 햐쿠우는 '문 앞'에서 그를 학수고대하고 있는 여자를 발견했다. 그는 여자가 그런 태도를 보이자 애착이 점차 더 농밀해져 가는 것을 느꼈으나, 그것을 억제해야겠다는 생각은 들지 않았다.

햐쿠우는 다음 달 봉급날 밤에 그녀가 있는 누각에 가서 결심하고 10엔 지폐 두 장을 카마루과의 손에 넘겼다. 그녀는 그것을 보더니

"이렇게 많이 받으면 햐쿠우 씨는 어쩌려고 그러세요. 한 장만 받겠어요"

하고 말하고는 남은 한 장을 돌려줬다. 햐쿠우는,

"받으라니까. 더 주고 싶지만, 다음에 그렇게 할게"

라고 말하며 지폐를 그녀에 손에 억지로 쥐어줬다.

다음날 집에 돌아오자 그는 어머니에게 이번 달 월급은 굉장히 곤란해 하는 동료가 있어서, 그에게 빌려줬지만 다음 달에는 분명히 돌려줄 것이라고 말했다. 그렇게 말할 때 그는 얼굴이 뜨거워지고 목소리가 떨리는 것을 느꼈다. 어머니는 수상한 눈초리로 그의 얼굴을 봤지만 아무런 말도 하지 못했다.

그 달 9월 27일, 오후부터 바람이 차갑게 불어왔다. 햐쿠우는 경찰서에서 일을 하면서 비라도 내리려나 하고 생각하고 있었는데, 그때 측후소測候所에서 폭풍 경보가 내려왔다.

"폭풍이 올 염려가 있으니 연안을 경계하라."

이시가키지마石垣島 남동 160해리 먼 바다에서 저기압이 발생해 북서쪽으로 진행 중이라는 통보다.

밤부터 바람이 점차 세차게 불어왔다. 경찰서 앞의 커다란 가주마루 가지가 바람에 흔들리는 것이 확실히 보였다.

어린 참새 새끼가 총망히 날개를 펼치고 날아다녔다. 석류나무 주위로 노란색 잠자리 몇 마리가 떼를 지어서 바람에 밀려 흘러갔다. 시가지 위 멀리서 은신처를 찾아 울며 날아가는 바다 새 소리가 구슬프게 들려왔다.

햐쿠우는 그날 밤 경찰서에서 제복을 와후쿠和服*로 갈아입고 여자가 있는 누각으로 갔다. 여자들은 폭풍우가 몰려온다는 불안함으로 어딘가 어수선해 보였다. 여자들은 밖에 있는 물건이 날아가지 않도록 뭐든지 집안으로 들여놓고 있었다.

날이 저물고 얼마 지나지 않아 바람과 함께 쏴아 하고 호우가 쏟아졌다. 문이 덜컹덜컹 울리고 때때로 벽이나 기둥이 삐걱삐걱 울었다. 전등불이 꺼져서 촛불을 밝혀놓았지만 어슴푸레한 불빛에

---

* 일본 본토의 전통 의상.

비친 여자의 얼굴은 핼쑥해 보였다. 여자는 문이 강하게 덜컹대는 소리를 낼 때면 놀란 듯이,

"아무 일도 없겠지요"

하고 말하며 그에게 바싹 달라붙었다. 휘익 하는 소리가 날카롭게 울리더니 지붕 기와가 날아가서 돌담에 강하게 부딪쳐 깨지는 소리가 났다.

폭풍우는 사흘 밤 동안 계속됐다. 그는 그중 하루는 결근하고 사흘 밤을 누각에서 계속 지냈다. 격렬한 폭풍우 소리 속에서 마주보고 이야기를 나누는 동안 두 사람은 이전보다 더 강한 애착을 느꼈다. 둘은 이미 하루라도 떨어져서 살 수 없을 것 같은 기분이 들었다. 그는 어떻게 해서든 그녀와 동거할 방법이 없는지 궁리해 봤지만 23엔 봉급 외에는 아무런 수입도 없는 그에게는 방법이 없음을 이제 막 깨달았다. 그는 돈이 필요하다고 생각했다. 오로지 돈이 필요하다고 생각했다.

그때 그는 여자를 위해서 죄를 저지르는 남자의 마음을 잘 이해할 수 있었다. 자신 또한 만약 지금 어떤 기회가 주어진다면……하고 생각하자 그는 자기 자신이 두려워졌다.

나흘째 되는 날에 비바람이 그쳐서 그는 오후 무렵 누각을 나왔지만 집으로 돌아갈 마음이 들지 않아 갈 곳을 잃고 어슬렁어슬렁 유곽 뒤편에 있는 묘소로 갔다.

넓은 고지대에 류큐 식으로 돌을 쌓아 하얀 회반죽을 바른 커다

란 석실과 같은 무덤이 여기저기 점재돼 있다. 비가 그친 후 투명한 공기 사이로 넓게 퍼진 묘소에는 사람의 그림자조차 없어서 적막했다.

그는 어찌할 줄 모르고 그 묘소 주변을 걸었다.

그런데 그가 두꺼운 널빤지로 만든 어느 무덤 앞을 가로지르려 할 때였다. 그 안에서 무언가 움직이는 형체가 그의 눈에 스쳤다. 그가 안을 잘 들여다보자 그 형체는 어떤 남자였다. 그는 안으로 바삐 뛰어 들어가서 남자를 밖으로 끌어냈다. 그 순간 지금까지 품고 있던 탕아와도 같은 기분은 흔적도 없이 사라지고 순사로서의 직업적인 면모가 그를 완전히 지배하기 시작했다.

"나으리, 저는 아무런 나쁜 짓도 하지 않았습니다요. 여기에 숨어 있었을 뿐입니다."

그가 강제로 남자의 몸을 검사하자 허리띠에 1엔 50전의 돈이 싸여 있었다. 그는 틀림없이 절도범이라고 확신했다. 남자에게 주소와 이름을 물어도 결코 말하려 하지 않았다. 다만

"아무런 나쁜 짓도 하지 않았습니다요. 나으리"

하고 반복할 뿐이었다. 그는 그 남자를 경찰서까지 질질 끌고 갔다.

그는 그 남자를 놓치지 않겠다는 일념과 처음으로 범인을 체포했다는 자긍심에 빠져 있었다. 마치 개나 짐승을 취급하듯이 남자를 심문실로 밀어 넣은 후 감독 경부警部에게 가서 보고했다. 뜨거운 땀이 그의 이마에서 양쪽 볼로 흘러내렸다.

우쿠마누 순사

그의 보고를 듣더니 감독 경부는 가볍게 웃으면서,

"음, 첫 출진의 공명을 세웠군. 고생했네. 이봐, 와타나베渡辺 부장"

하고 그는 순사 부장을 부르더니 잡아들인 남자를 심문하라고 명령했다.

우쿠마누 순사는 부장이 심문을 하는 동안 옆에 입회해서 취조 내용을 들었다. 그는 부장이 심문하는 방법이 얼마나 교묘한 것인지에 감명을 받았다. 그는 이 남자가 정말로 절도범이기를 바랐다. 만약 이 남자가 아무런 죄도 저지르지 않았다면 자신이 얼마나 서투른 순사인지가 드러나고 만다. 그런 불안이 때때로 그의 가슴을 스쳐갔다. 하지만 심문이 진행됨에 따라서 이 남자가 절도를 저지른 것이 밝혀졌다. 남자는 마침내 이런 사정을 자백했다.

나는 △△마을의 부잣집 아들이었지만, 여러 일을 벌이면서 실패하고 전답을 다 팔아먹었다. 애초부터 빈민도 절도범도 아니다. 하지만 집이 영락한 데다 실패가 계속되면서 생활이 어려워져서 다이토지마大東島에 돈을 벌러 가기 위해 나하에 왔던 것인데, 의사의 건강진단 결과 무언가 전염병에 걸렸다는 이유로 불합격 판정을 받았다. (아마도 폐결핵일 것이다. 남자는 이야기를 하면서도 몇 번이고 기침을 해댔다.) 그래서 어쩔 수 없이 나하에서 일자리를 찾으려는 중에 가지고 있던 돈을 다 써버리고 여인숙에서도 쫓겨났다. 그후 어찌해야 좋을지 몰라 거리를 헤매 다니다, 폭풍우가 몰아쳐 와서 은신처를 찾다가 빈 무덤 속으로 들어갔다. 그 안에 있다가 배가 너무 고파서, 오늘 아침 비가 잠시 멎자 옳구나 싶어서 무덤 안에서 나와 거리로 나갔다. 그렇게 물을 마시기 위해서 어느 술집에 들어가려고 할 때였는데, 술통 위에 지폐가 있는 것을 보고 자신도 모르게 갑자기 그것을 훔치고 말았다. 하지만 그 지폐를 손에 쥐자 갑자기 무서워져서 뒤도 보지 않고 다시 그 빈 무덤 속으로 도망쳐 들어갔다. 결코 작정하고 일을 벌이는 절도범이 아니다. 내 여동생은 쓰지에서 훌륭한 유녀로 일한다. 내가 여동생이 있는 곳에 가기만 하면 무슨 수가 있었겠지만 내 옷차림새가 너무 남루해서 여동생에게 피해가 갈 것을 두려워해 가지 않았다. 두 번 다시 이런 일은 없을 테니 부디 용서해 주시기 바란다.

남자는 그런 의미의 말을 시골 사투리가 섞인 류큐말로 하고 있는 사이에 점차 목소리를 떨더니 뺨에 눈물이 흘러내렸다.

"나으리, 부디 용서해 주십쇼. 이렇게 빕니다."

그렇게 말하며 남자는 머리를 바닥에 댔다.

부장은 그것을 보더니 의기양양하게 웃음소리를 냈다.

"우쿠마누 순사, 어떤가. 실로 자네가 맞았어. 말 그대로 현행범이지. 하하하하."

하지만 우쿠마누 순사는 웃지 않았다. 숨이 막힐 것 같은 불안감이 덩어리처럼 그의 가슴에 치밀어 올랐다.

부장은 엄한 목소리로 물었다.

우쿠마누 순사

"그래, 네 이름은 무엇이냐."

남자는 좀처럼 이름을 말하지 않았다. 우쿠마누 순사는 극도의 긴장을 띤 표정으로 그 남자의 얼굴을 응시했다. 그러자 마음 탓인지 남자의 얼굴이 방금 전에 헤어진 카마루과의 얼굴과 비슷해 보였다.

부장의 질문을 받고 남자는 마침내 입을 열었다.

"으으, 기마 타루錥間樽라 합지요."

우쿠마누 순사는 움찔 했다.

남자는 이름을 말하고 나자 숨을 내쉬더니 자신의 나이와 여동생의 이름과 나이와 주소까지 말했다. 그러더니 그는 다시 용서해 달라고 애원했다.

남자는 우쿠마누 순사가 예상한 그대로 카마루과의 오빠임이 틀림없었다. 그는 이 남자를 잡아들인 것을 후회했다. 자신의 행위에 분노가 가득했다. 방금 전에 이 남자를 끌고 오면서 자랑스러워했던 자신이 저주스러웠다. 그때 부장은 그를 향해 말했다.

"이봐 우쿠마누 순사, 이 자의 여동생을 참고인으로 심문해야 하니 자네가 누각에 가서 동행해 와."

그 말을 듣자 우쿠마누 순사는 전신의 피가 머리로 솟구쳐 오르는 것을 느꼈다. 그는 잠시 동안 망연히 서서 부장의 얼굴을 바라봤다. 이윽고 그의 눈에는 덫에 걸린 야수와도 같은 공포와 분노가 불타올랐다.

「奧間巡査」(『解放』, 1926.10)

이케미야기 세키호(앞줄 오른쪽 첫 번째)

우쿠마누 순사

이케미야기 세키호, 「우쿠마누 순사」

이케미야기 세키호池宮城積宝는 1893년 오키나와 나하에서 태어나 1951년 타계했다. 와세다대학 영문학과에서 수학했으며 가인歌人 및 소설가로 활동했다. 대학을 졸업한 후에는 현립 중학교에서 교사로 일하며 오키나와 신문에 소설을 발표했다. 방랑벽이 있어 각지를 전전한 후에 다시 도쿄로 갔다. 이케미야기는 「번계순사의 죽음蕃界巡査の死」(1912), 「귀로かへりみち」(1913) 등을 쓰다 1922년에 잡지 『카이호解放』에 「우쿠마누 순사奥間巡査」를 투고해 입선되면서 일본 중앙문단에도 이름이 알려지기 시작했다. 오키나와문학자들이 일본 중앙문단의 현상공모에 투고를 하기 시작한 것도 바로 이때부터다. 「우쿠마누 순사」가 본토 문학상에 당선되면서 이케미야기는 1920년대 오키나와문학을 대표하는 존재로 부상했다.

「우쿠마누 순사」는 3인칭 시점의 소설로 우쿠마누 햐쿠우가 순사가 된 이후에 벌어지는 상황을 그리고 있다. 작품의 배경은 "류큐琉球 나하시那覇市의 시외에는 △△대지坐地라는 특수 부락"으로 이들은 중국계 후손이다. 이 부락에 사는 사람들의 직업은 개구리나 붕어를 잡아 팔거나 짚신을 만들어 파는 등 대부분이 불안정한 직업에 종사하고 있다. 우쿠마누가 속한 마을 사람들은 전근대 시기의 직업을 유지하며 근대적 삶의 양식이 아니라 옛 모습을 그대로 유지하고 싶어 한다. 그럼에도 이들이 사는 부락은 "단순하며 공동체적이어서 무사태평"하며 어떻게 보면 행복해 보이기까지 한다.

하지만 옛 전통과 풍습, 그리고 공동체의 인정이 남아 있는 이 마을에서 태어난 우쿠마누가 순사가 되자 상황은 일변한다. 마을 사람들은 우쿠마누가 순사가 되면 각종 혜택을 마을에 들여올 것이라 생각했지만 그런 기대는 보기 좋게 배신당한다. 우쿠마누는 마을에 혜택을 가져오기보다는 불결한 마을의 하수 상태를 개선해야 한다고 고압적인 자세를 취한다. 그는 "순사에게 걸리면 과태료를 물을 거다. 나도 순사다. 앞으로는 부락민이라 해도 용서하지 않겠다"고 선언함으로써 자신과 부락민 사이의 경계를 명확히 긋는다. 이로써 그는 일본 제국의 권위에 자신을 일치시키면서 부락민을 탄압하는 쪽으로 변해간다. 우쿠마누는 부락에서도 경원시될 뿐만 아니라, 경찰서 내에서도 '내지인'이 아니라는 이유로 차별을 받는다. 그 고립감을 해소하기 위해 우쿠마누는 유곽에 가서 유녀와 깊은 사이가 된다. 그러던 어느 날 그는 수상한 남자를 체포했는데 그 자가 하필이면 결혼을 염두에 둔 유녀의 오빠였다는 이야기다.

이 소설 초반을 보면 우쿠마누는 일본 제국이 내세운 '문명'의 논리에 철저히 동화돼 가는 모습으로 그려져 있다. 우쿠마누가 부락민을 상대로 연설하는 장면은 대표적이다. 하지만 '문명'을 내세운 내지인들은 부락에 들어와서 근무 시간에 술을 마시고 소란을 떠는 존재이다. 문명화된 내지인들의 야만적인 행태인 셈이다. 내지인 순사들은 문화적 인종적 차이로 인해 우쿠마누를 끝까지 이방인으로 취급한다. 우쿠마누는 순사가 된 후 자신이 속한 공동체는 물론이고 직장인 경찰서에서도 이방인으로 취급받고 정체성의 혼란을 겪는다. 우쿠마누는 제복을 입은 후 일본 제국에 철저히 동화되는 길을 택한다. 하지만 그렇게 하자 그의 씨족 공동체에서는 그를 더욱 밀어냈고, 경찰서의 내지인들 또한 그를 더욱 경계한다. 그는 소외감을 유녀에 대한 애정과 집착으로 전환시킨다. 「우쿠마누 순사」는 어디에도 속할 수 없게 된 우쿠마누의 내면적 고통을 표현해 근대 이후 일본 제국의 지배하에 놓인 오키나와인들의 비극을 드러낸 소설이다. 물론 이 소설은 내지인 대 오키나와인이라는 차별 구도만을 드러내고 있지는 않다. 우쿠마누 청년은 오키나와 내의 마이너리티(중국계 오키나와인) 공동체의 일원이다. 작가는 우쿠마누를 주인공으로 내세움으로써 일본 본토–오키나와–오키나와 내의 부락이라는 중층적인 차별의 구조를 드러낸다.

구시 후사코
久志富佐子

멸망해가는 류큐 여인의 수기
「멸망해가는 류큐 여인의 수기」에 대한 석명문釋明文

친구가 초상이 나 고향에 다녀왔다기에 나ﾞ는 어머니가 어떻게 지내시는지 물어보기 위해 주뼛주뼛 하며 친구 집을 찾아갔다. 나는 어머니가 그런 몸으로 이번 겨울을 무사히 보낼 것 같지 않아서 정말로 살얼음을 밟는 것 같은 기분이 들었다. 하지만 친구의 입에서 흘러나온 말에서는 언제나 그랬던 것처럼 어머니의 오기만이 여운을 남기며 들려왔다. 갯바람을 맞은 친구의 모습에는 무언가를 숨기려는 기색도 그다지 없었다. 새삼스럽게도 내 친구는 류큐琉球*의 피폐함에 대해 큰 한숨을 쉬며 말하기 시작했다.

"S시는 밤이 되면 암흑이야. 여하튼 세금이 비싸서 부자들은 모두 N시로 이사 가고 싶어 한다더라. 돌담은 아무렇게나 무너져 있고 그 울타리 안도 대개는 밭으로 변했어. 그게 류큐에서 두 번째

---

* 류큐라는 명칭은 류큐왕국 시기를 떠올리지만, 메이지유신 이후 일본의 신정부에 의한 제1차 류큐처분(1872년, 류큐번 설치)에서 제2차 류큐처분(1879년, 오키나와현 설치) 시기까지의 역사적 기억을 함포하고 있다. 이 소설에서 알 수 있듯이 폐번치현 후에도 오키나와 사람들은 자신들의 소속을 류큐로도 부르고 있음을 알 수 있다.

도시라니. 놀랍지 않아?"

"게다가 이민을 받아주지 않는 날이 오기라도 하는 날엔 정말 어떻게 되겠어. 타지에 가서 돈을 벌어 와서 겨우* 입에 풀칠하는 정도잖아!"

"그러니까."

친구는 잠시 고향 이야기에 푹 빠졌다.

친구는 어머니를 모셔서 오시마쓰무기大島紬** 장사라도 하고 싶다고 생각했지만 문신이 말이야 하고 근심스러운 표정을 지었다. 문신 때문에 모든 가정이 곤란해 했다. 벌어서 모은 돈으로 아들 여럿에게 고등교육을 시켰지만, 정작 그 어머니는 손등에 새겨진 문신 때문에 죽을 때까지 고향에 홀로 남겨져야만 했다. 더 심한 경우에는 손자 얼굴도 못 보고 죽음을 맞았다. 아들이 출세하면 할수록 어머니는 고향에서 아주 조금 자유롭게 연금軟禁된 방에서 소소한 도움만을 받고 유폐됐다. 물론 일부 예외는 있다. 다만 류큐의 인텔리는 조선인이나 대만인처럼 자신들의 풍속과 습관을 내지內地에서 숨김없이 노출해가며 살아가는 호담豪膽함을 도저히 따라할 수 없다. 우리 류큐인琉球人은 이 커다란 도회 안에서 항시 버섯처럼 딱딱해지고 싶은 성질을 지니고 있다.

---

* 이 인물은 "やっとかっと" 등 도야마(富山) 말을 쓰고 있다.
** 가고시마(鹿児島) 남방의 아마미오시마(奄美大島)의 특산품으로 직접 뽑은 명주실에 색을 입혀 짠 옷이다.

성격이 다양해서 생기는 차이가 있다 해도 류큐인이라는 한줄기 선이 각자의 가슴에 있는 고요하고 쓸쓸한 마음을 울린다는 점에서 우리는 누가 뭐라 해도 이에 공명하지 않을 수 없다. 그럼에도 공명했음을 결코 입 밖에 내는 일 없이 그런 것이 화제에 오르면 오히려 데면데면해져서 서로의 시선을 피하고 만다. 마치 길가에서 장애인끼리 마주쳤을 때처럼…….

우리는 일찍이 자각해야만 했던 민족인데도 뼛속까지 찌든 소부르주아 근성에 화를 입었고, 좌고우면해 체면을 차리고 또 차리느라 그날그날을 그저 보내왔다. 그래서 영원히 역사의 후미를 떠맡게 돼 남들이 걸으며 질러놓은 길바닥에서 질질 끌려가며 살아갔다. 친구의 집을 나와 울타리를 따라 걷고 있는 내 마음속에서 어두운 반성의 마음이 되살아났다. 또한 나는 돌아오던 ✕역에서 숙부와 만나기로 약속했던 것에 생각이 미쳤다. 그 역시 벌거숭이가 될 수 없는 우리와 같은 사회인 가운데 한 명이다. 그는 몇몇 지점과, 대학이나 전문학교를 나온 사원과 웅장한 저택과 엄처시하嚴妻侍下인 부인과, 시집갈 때가 된 딸이 있으며, 또한 이십 년 동안 류큐인이라는 세 글자 중에서 '류琉' 한 글자에서 나는 낌새조차 아무도 눈치채지 못하게 하며 도쿄의 중심가에서 생활해 왔다.

퇴색한 초록색 전차는 어느새 ✕역 입구까지 나를 실어 날랐다. 언제나처럼 삼등 대합실에서 숄에 얼굴을 묻고 삼십 분 가까이 그를 기다렸다. 새해 그믐날. 대합실에는 감을 만큼 감은 스프링이 튀어오를 것 같은 긴장에 가득 찬 분위기가 넘쳐흘렀다. 모두가 싱숭생숭한 기분에 젖어있는 가운데 일본식 속발束髮로 머리칼을 묶어 올린 젊은 여인의 옆모습만이 화창한 빛을 띠며 다시 한번 해가 바뀌는 기쁨에 어쩐지 몸을 떨고 있는 것처럼 보였다. 나는 그것을 보며 비듬이 가득한 머리를 긁으면서 몸도 마음도 고양이의 모피처럼 늘 되살아난 적이 없었던 자신이 이상한 존재처럼 느껴졌다. 대합실 구석에서 더러워진 솜을 넣은 방한복을 입고 아무렇게나 드러누워 있던 사내가 순사의 불심검문을 받고 있었다. 어째서 가난한 사람은 맨 먼저 '수상한 자'라는 눈초리를 받아야만 하는 것인가? 남이 당하는 일이었지만 아무런 이유도 없이 나는 참을 수 없을 만큼 기분이 언짢았다. "얘야⋯⋯" 문득 보니, 숙부가 서있다. 목례를 하는 내 옆에 앉아 그는 엽궐련을 입에 물었다. 어색한 대화가 2분쯤 지났을까. 그는 "이거야 원. 요새는 오죽 바빠야 말이지⋯⋯" 하고 쌀쌀한 몸짓으로 무언가 변명이라도 하는 것처럼 서론을 꺼내더니 "매번 하던 것처럼 보내주렴⋯⋯" 하고 말하면서 물림쇠 달린 돈지갑에서 10엔짜리 지폐를 꺼내 내 눈앞에 놓았다. "네⋯⋯" 나도 매번 그러듯 툭 내뱉듯 대답했다. 이런 대화는 항상 간단히 끝났다.

나는 몸집이 커진 그의 뒷모습이 광장을 가로질러 혼잡한 인파 속에 휩쓸릴 때까지 지켜봤다. 그와 저기 있는 빌딩, 사무용 책상과 산처럼 쌓여있는 봉투는 매화나무에서 우는 휘파람새*보다도 안성맞춤이 아닌가. 그는 마치 그런 세트 속에 들어가기 위해 태어나기라도 한 것 같은 전형적인 사무형 인종**이다. 그의 뒷모습에서는 기계와 같은 정확함과 강함과 차가움만이 느껴졌다. 건물 상층에 어렴풋이 사라지지 않고 남아있는 석양이 내 절망적인 마음에 바짝 다가왔다.

나는 숙부가 영위하는 생활의 윤곽을 그의 말투를 들으며 조금 상상해볼 뿐으로 그의 아내는 물론이고 딸과도 일면식이 없었다. 물론 주소도 몰랐다. 전화번호부에서 그의 사무소 번호를 알아냈지만 그곳에 딱 한 번 가봤을 뿐으로 그곳에서도 출입을 바로 금지당했다. 물론 나는 그에게 의지할 마음이 없었기에 아무렇지도 않았지만…….

3명의 식모, 늙은 하인, 피아노, 그, 그의 계모에게 보내는 월 3엔의 돈. 그 3엔을 보내기까지는 이러한 사정이 있다.

*

그가 규슈九州의 어느 마을에서 제대한 후 갑자기 행방불명이 되었던 것은 30년도 전의 일이다. 오래도록 그의 소식이 끊기자 사람들이 그가 존재했었는지조차 의심하고 있을 무렵, 어떤 영문인지 5년 전 어느 날 그가 고향으로 훌쩍 돌아왔다. 그는 우리 집안이 여

---

* 잘 어울리는 한 쌍을 비유할 때 쓰는 관용어.
** 원문은 "ビル人種(빌딩 인종)"이다. 작가가 만든 용어로 보인다.

전히 예전처럼 번성하고 있다고 생각했던 모양이다. 인력거꾼에게 우리 집안의 성姓을 알려준 후 마을 안을 찾아다녔지만 좀처럼 집을 찾을 수 없어서 지쳐갔다. 저녁이 돼서야 간신히 우체통이 있는 내림 두 간의 초라한 가게 앞에 우두커니 설 수 있었다. 우리 어머니는 도량이 커 보이고 높은 신분으로 보이는 양복 신사가 갑자기 찾아온 것에 깜짝 놀라서 입에 거품을 물고 바닥에 엎드려 고개를 숙였다. 상품商品인 담배나 소금에 대해 늘 질타를 했던 세무서 관리하고 그를 착각했던 것이다. 그의 집안 또한 완전히 몰락해 버렸다. 귀가 멀고 늙어빠진 조모와, 기워 입은 자국투성이인 옷차림을 한 아버지의 첩이 마룻바닥이 빠진 다다미 위에서 살고 있었다. 조모는 낯가림하는 어린아이처럼 수줍어하고 하루 종일 판자벽을 바라보며 아무런 말도 하지 않고 적삼을 짰다. 본처로 들어앉은 첩도 이미 머리가 새하얗게 새어서 남의 집 심부름이나 세탁 등을 하며 간신히 하루하루 연명했다.

그 첩은 이런 상황에서도 순정 그 자체였다. 그의 아버지가 젊었을 때 그녀를 맹목적으로 사랑했기 때문이기도 했지만 그것도 불과 몇 년 동안이었을 뿐 그 뒤로는 계집질을 일삼아서 그녀의 고생은 이만저만이 아니었다. 그의 아버지는 목돈을 약간 손에 쥔 중년 창녀에게 빠져서 색정과 욕정에 허우적대다 얼마 지나지 않아 그 여자를 집안으로 끌어들였다. 그 후 잠시 본처 자리에 들어앉았던 첩은 결국에는 하녀로까지 전락하고 말았다. 밤에는 부엌에서 몸을 웅크리고 잠을 청했다. 그녀는 집안에서 나오는 옷을 세탁하는 일에서부터 밥 짓는 일까지 도맡아서 했다. 하지만 그녀는 불평불만을 꾹꾹 눌러 참고 누구에게도 하소연하지 않았다. 그 때문인지 그녀의 모습은 늘 울고 있는 것처럼 보였다.

그 사이 숙부의 바로 아래 동생이 시골에서 급서急逝해서 젊은 아내와 세 살배기 사내아이 또한 빈궁한 집안으로 들어왔다. 그녀는 마음속 적막함을 참을 수 없었던 차에 가족이 늘어난 것을 오히려 기뻐했다. 며느리는 베틀로 베를 짜고, 그녀는 변함없이 다른 집 심부름이나 손자 돌보기, 취사 등을 하며 정신없이 지냈다. 그녀의 남편은 점쟁이를 하며 돈벌이를 했는데 그것조차 좀처럼 잘 되지 않아서 정부情婦와 애욕을 탐닉하며 세월을 탕진했다.

가난은 끊임없이 이 복잡한 일가를 위협했다. 정부가 벌어놓은 뭉칫돈을 다 써버리자 이 중년의 연애 지상주의자들 사이로 냉혹한 현실이 가차 없이 비집고 들어갔다. 어느 날 아침 사람들은 젊은 며느리가 집을 나가버린 것을 알고 어안이 벙벙해졌다. 그로부터 반년도 지나지 않아 그녀의 남편이 폐병으로 몸져누웠다. 이미 빈털터리였다.

얼마 지나자 정부 또한 곤궁한 일가를 내팽개치고 도망쳐 버렸다. 남겨진 것은 어린아이와 폐병이 든 남편과, 늙어빠진 구순이 가까운 조모와 늙바탕에 들어선 그녀뿐이었다. 그녀는 묵묵히 힘이 닿는 만큼 일을 했지만 그것은 달궈진 돌에 물을 끼얹는 격이

멸망해가는 류큐 여인의 수기

었다. 마치 울고 있는 것 같은 표정으로 일가친척을 찾아다니며 닥치는 대로 조력을 구걸했으나 모두 어슷비슷한 생활을 하고 있어서 어찌할 도리가 없었다. 때때로 20전, 30전 돈을 받아든 그녀는 어린아이를 좋아하는 마음에 자신은 밥도 제대로 먹지 않고 손자를 위해 과자를 샀고, 나머지 돈으로는 남편의 매약賣藥을 사 집으로 돌아갔다. 옷은 친척이 입던 것을 받았던지라 옷자락과 어깨 부분이 얼마 입지 않아 걸레처럼 처졌다. 그것을 보다 못한 누군가가 또 헌옷을 베풀어 줬다. 그녀는 아무런 의욕도 없어져서 누군가가 무언가를 베풀어 주기만 하면 어린아이처럼 기뻐했다.

그것이 그녀의 가련한 습성이 됐다.

조모와 손자와 병자만이 외국에서 수입한 쌀로 죽을 쒀 먹고 그녀는 고구마를 끓여 놓고 닷새고 엿새고 그것만 먹었다. 외출할 때면 손자를 업었는데, 아이가 "할매 흑설탕 줘. 응. 응" 하며 몸을 뒤로 젖히고 울부짖을 때면 그녀는 자신의 가슴이 쥐어뜯기는 것 같아 "옳지. 옳지. 윤석 가엾어라. 윤석 가엾어라" 하며 안절부절 못하는 목소리로 아이를 달래다가 자기도 결국은 울음을 터뜨리고 말았다. 그 외에 그녀가 아이를 달랠 수 있는 방법은 없었다. 그녀는 과자가 다 떨어져 흑설탕을 달라고 조르는 손자를 얼마나 애처롭게 생각했던가. 항시 울고 있는 표정의 그녀가 손자를 바라볼 때만은 조금이나마 웃음과 비슷한 표정을 짓는 것을 발견할 수 있었다. 그러던 어느 날 남편이 궁핍한 가운데 결국 죽었다. 운명은 전락하는 돌과도 비슷했다. 한 번 굴러가기 시작하면 어디에서 멈추는 것인지…… 그것은 오직 하느님만이 알 것이다. 남편의 죽음은 적어도 물질적인 면에서는 그녀의 어깨를 가볍게 했다. 하지만 그녀에게 남겨진 단 하나의 희망, 그것도 피가 이어져 있지 않은 손자가 급성 장腸 카타르라는 병에 걸리자 온 세상이 한순간에 암흑으로 변했다. 그녀는 미친 사람처럼 변해 의사를 찾아다니며 부탁했다. 이미 반쯤 이성을 상실한 그녀는 병에 좋다고 하면 미신 같아 보이는 어떠한 의식이라도 다 했다. 중태에 빠진 아이에게 무턱대고 단 것을 먹이고 싶어졌다. 마치 평상시의 영양부족을 보상이라도 해주려는 것처럼……. 그 무엇도 그녀의 망동을 멈추게 할 수 없었다. 그녀로서는 아이가 단 것조차 제대로 먹지 못하고 죽는 것이 그 무엇보다 고통스러웠다. 더구나 평소 해주지 못 한 일들이 상심의 원인이었기 때문에…….

손자는 울다 실성한 그녀를 남겨두고 결국 죽었다. 얼마 동안 그녀는 넋을 빼앗긴 백치처럼 정신을 차리지 못하고 허공을 응시했다. 길을 걸을 때는 항상 눈을 발아래로 떨어뜨렸고 오래도록 묶지 않은 머리는 아래로 축 늘어졌다. 무슨 요일엔가 상영 중인 영화가 바뀌면 거리를 누비고 다니는 진타 악대チンタ楽隊* 만 해도 예전에는

---

* 메이지(明治) 초기에 일본에 들어온 서양 음악이 메이지 시기 중엽에 악단에 의해 선전이나 영화 흥행용으로 연주되면서 대중화된 음악 스타일이다. 행진곡 등의 "진탓타 진탓타"라는 독특한 리듬이 어원이다. 한편 음악가 호리우치 게이조

그녀와 손자를 추레한 골목길 입구로 함께 뛰쳐나가게 했지만, 지금은 쓸데없이 눈물샘만을 자극하는 밉살스러운 존재일 뿐이다. 그녀의 울고 있는 것 같은 표정은 점점 더 심각해져서 끊임없이 죽음의 유혹과 싸우고 있는 복잡한 동요의 흔적마저 얼굴에 비쳤다. 불운이 연속됨에도 모든 것을 마이동풍 식으로 생각하는 것은 조모뿐이었다. 아들의 죽음에도 태연했고 증손이 죽어도 히쭉히쭉 웃어 넘겼다. 다만 무턱대고 식욕만이 왕성했다. 아침상을 받고 5분도 지나지 않아서 다시 아침밥을 달라고 졸랐다. 숙부가 귀성한 것은 그의 가족이 그러한 생활을 보낼 때였다.

*

그는 그런 사정의 집안에서 생활하는 것을 싫어해 그나마 형편이 괜찮은 우리 집에서 머물렀다.

내림 두 간으로 기울어진 가게와, 한 간 당 다다미 여섯 장 크기의 육첩방이 다였지만 내가 소학교 교사로 시골에 가있었기 때문에, 어떻게든 그중 한 간에 숙부가 머물 수 있었다. 어머니는 그를 데리고 친척 집을 찾아갔는데 어디서든 불그스름하게 변색되고 보풀이 일어난 다다미와 귀가 떨어진 찻종이 그를 기다렸다. 거기서 그가 나누었던 이야기는 장마철처럼 질척거리고 짓눌린 민족

___
(堀內敬三)에 따르면 진타라는 명칭은 1910년대 초반 일본에서 생긴 것으로 "진타, 진타, 진타카탓타"라고 울리는 특이한 음향에서 유래됐다고 한다.

의 탄성뿐이었다. 돌담은 무너지고 냉이가 자라고 노인만이 터무니없이 많았다. 그는 비극적인 고향의 모습에 충격을 받기보다 진절머리가 났던 것 같다. 스무날이 지났을까 말까 하는 사이에 그는 고향을 버리고 떠났다. 떠나는 날, 그는 어디에도 기별 하지 않았다. 그렇게 떠나면서 그는 이렇게 말했다. "내 본적本籍 말인데. ×현으로 옮겨 놨으니까 실은 아무도 내가 여기 출신이라는 것은 몰라. 훌륭한 거래처와 거래를 하고 있고, 회사에는 대학을 나온 사원도 많이 있어서 류큐인이라는 것이 알려지면 만사 좋을 것이 없어서 말이지. 아내에게도 실은 벳푸別府에 간다고 하고 나왔으니 그렇게 알고……."

일가친척은 입신출세한 친척을 동경해 그와 친교를 맺고 싶어 했지만, 억지다짐 식으로 포기할 수밖에 없었다. 부두까지 배웅하는 것도 성가시다며 그는 거절했다. 그저 조금이라도 일찍 문어발처럼 달라붙는 딸린 식구들을 떼어낸 후 출발하고 싶다는 태도였다. 나는 숙부가 귀성했다는 것도 떠났다는 사실도 몰랐으나 나중에 어머니와 이야기를 나누며 알았다. 나는 소학교 졸업장만 딴 숙부가 고생 끝에 쌓아올린 사업을 지키기 위해 잔재주를 부리는 심정이 너무나도 안쓰럽게 느껴졌다. 어머니가 사는 마을에서 내가 취직해 있는 마을로 가는 도중에 더러워진 포장이 처진 마차 안에 흔들거리는 몸을 맡기며, 아무래도 이곳은 '멸망해가는 고도孤島'라는 생각을 통절히 할 수밖에 없었다.

멸망해가는 류큐 여인의 수기

해질녘 풍경은 이 섬이 지닌 감정 그 자체다. 언뜻 보기에 척박하고 메마른 땅에 고구마 덩굴이 뻗어나가고, 뒤편으로는 가늘고 긴 고구마 수풀과 적송赤松이 심어진 가로수, 소철蘇鉄의 군생, 늙은 이 턱수염처럼 흰 색으로 쭉쭉 아래로 처지고 땅 위로 노출된 가주마루*의 뿌리, 붉고 크게 흔들리면서 언덕 저편으로 저물어 가는 석양의 아름다움이 찰싹찰싹 밀려오는 밀물처럼 내 가슴에 스며들며 번져갔다. 띄엄띄엄 시간을 구획해가는 말발굽 소리에 달라붙는 것처럼 느껴지는 마부의 노래자락은 이 섬과 어울리는 몰락의 반주였다. 그것은 "다르유, 우라미토테, 나츄가하마치도리 아완 치리나사야 와닌토모니"라는 것으로 번역하자면 "누굴 원망해 바닷가 물떼새는 울고 있느냐. 아아, 가혹한 이 마음, 물떼새 울음소리에 눈물이 나누나". 마부는 계속 불렀다. "달을 보니 예전의 그 달이건만 변해가는 사람의 마음이여……."

행복이 살고 있노라 사람들은 말하네 혹은 간절히 바란다면 행복이 돌아온다고. 폴 부세**의 시가 듣고 있는 내 머릿속에서 조각

---

*　榕樹. 뽕나뭇과의 상록 교목.

**　독일의 시인 칼 부세(KARL BUSSE, 1872~1918)를 착각한 것으로 보인다. 신낭만
　주의 시인으로 일본에서는 「산의 당신(Über den Bergen」』(上田敏訳, 『海潮音』, 1905
　수록)으로 알려져 있다. 독일보다는 일본에서 더 유명한 시인이다. 이 시는 "산 저
　편 끝 없는 하늘에 / '행복'이 산다고 사람들은 말하네 / 아아 나도 당신과 함께 가
　서 / 눈물이 넘치는 눈으로 돌아오자 / 산 저편 멀리 멀리에 / 행복이 산다고 사람
　들이 말하네"(우에다 빙 번역을 참조해 중역했음)라는 내용.

조각 명멸하고 있다. 류큐의 많은 노래는 사람들의 가슴속 비통함을 쥐어뜯는 슬픈 곡조로 만들어졌다. 아니면 터무니없는 가사와, 자포자기하는 듯한 재즈와 닮은 곡조와 어우러져 만들어진 것이다.

몇백 년 이어온 피압박 민족의 울적한 감정이 이러한 예술을 만들어 낸 것인지도 몰랐다. 나는 이와 같은 해질녘 풍경을 좋아한다. 이 몰락의 미美와 호응하는 내 자신의 내부에 잠재해 있는 무언가에 동경하는 마음을 품었다.

「滅びゆく琉球女の手記」(『婦人公論』, 1932.6)

「멸망해가는 류큐 여인의 수기」에 대한 석명문^{釋明文}

오키나와현 학생회 전임 회장님과 현재 회장님이 오셔서 제가 『부인공론^{婦人公論}』 6월 호에 게재한 글을 심하게 꾸짖으셨습니다. 『부인공론』 지면에 꼭 사죄를 하라고 하여 애써 석명문을 게재합니다. 우선 두 분의 주장은 이런 방식으로 고향에 대해 모조리 써 대는 것은 심히 곤란한 일이니 입을 다물고 있어라. 또한 소설에 나오는 인물 중 한 명(숙부라고 불리는 인물) 때문에 오키나와 사람 모두가 그렇다고 오해를 사기 쉬우니 사죄를 하라는 것이었습니다. 다만 그에 관해 저는 어떠한 새빨간 거짓말도 하지 않았고, 또한 오키나와 사람 전부가 출세하면 숙부처럼 된다고 썼던 기억도 없으니 마음에 드실 만한 사죄의 말씀을 찾을 수 없음에 유감스럽습니다. 학생 대표님은 제가 사용한 민족^{民族}이라는 용어에 신경이 꽤나 날카로워진 듯한 모습이었고 아이누나 조선인과 오키나와 사람이 동일시돼서는 곤란하다는 것이었습니다. 하지만 지금과 같은 시대에 아이누 인종이니 조선인이니, 야마토^{大和} 민족이니 하고 일부러 단계를 만들어 놓고 그중에서 몇 번째인가 상위에 자리를 잡아 우월함을 느끼려 하는 생각에 저는 도저히 동감할 수 없습니다. (그것은 아마도 학생회 대표만의 생각이라고 생각합니다만)

대표 분들은 제 글이 류큐인을 차별 대우해 모욕하는 것이라며 기세가 등등하셨으나, 그런 말씀은 전부 아이누나 조선 분들에 대한 인종차별이라고 생각합니다. 저는 오키나와현 사람이든 아이누 인종이든 야마토 민족이든 별 차이가 없으며, 경우에 따라서 어느 쪽이 다소 일그러져 있다 해도 인간으로서의 가치나 본질적인 부분에서 아무런 차별 없이 서로 같은 동양인이라 믿고 있습니다. 그러한 생각으로 작품 속에서 민족이라는 말을 가벼운 의미를 담아 사용한 것이며, 따라서 제 자신도 그중의 한 명이기에 추호도 누군가를 모욕하려는 마음으로 쓴 것은 아닙니다. 그렇지만 제가 쓴 글에도 있듯이 이해심이 없는 사람을 위해 일종의 쓸쓸함을 맛보았던 것은 사실이며, 저 또한 있는 힘껏 그럴듯하게 자신을 꾸며 댔던 과거가 있습니다. 다만 그러한 노력은 헛되이도 신경만을 병적으로 날카롭게 만들어 언제 밝힐 것인가 밝힐 것인가 하고 신경을 혹사한 결과 신경이 병적으로 변해, 비굴한 마음으로 빠져들 뿐이라 깨달아서(저는 그것을 깨달았다고 생각합니다만) 생각을 고쳐먹었습니다. 우리는 이해심이 없는 사람들에게 일부러 아첨을 하기 위해 자신까지 비굴한 사람으로 영락할 필요는 없다고 저는 봅니다. 우리가 아무리 숨기려 한다 해도, 실제로…… (다양하게 나와 있는 출판물을 예로 들려 했습니다만, 그것이 또한 오키나와 풍속을 선전하게 돼 또

질타를 받을 것이라 생각해 그만둡니다) 학생 대표님의 말씀은 밖을 향해서는 고향의 풍속이나 습관을 한껏 위장하고, 안으로는 풍속이나 습관의 개선을 목소리 높여 외치라는 내용이었으나, 제 자신은 다른 풍속이나 습관을 반드시 일괄적으로 천하게 보아야 할 것이 아니며 또한 배척해야 할 성질의 것도 아니라 믿습니다. 그러한 풍속이나 습관을 낳기까지는 교통, 기후, 특히 경제 등에 영향을 받은 점이 많았을 테니 우리의 선조도 요즘 대학생과 비교해 그렇게 천박한 생각을 품고 있지 않았습니다.

또한 학생 대표님은 제 글이 취직난이나 결혼 문제에도 영향을 미칠 것이라고 말씀하셨으나, 취직난에 장해가 되는 것은 오히려 그처럼 비굴한 태도가 아니겠습니까. 자본가라도 요즘과 같은 시세에 그런 차별 대우를 해서 배척하면, 어떠한 결과를 불러올지 정도는 충분히 알고 계시겠지요. 저처럼 교양이 없는 여자가 하는 넋이 담긴 호소를 필사적으로 묵살하려고 하기보다 정정당당하게 그 정도 따위로 차별대우를 하려는 자본가와 맞닥뜨리는 편이 어떨까요? 오키나와인도 병역이나 그 밖의 의무를 짊어지고 있으니까요. 또한 결혼 문제에서도 그렇게 무리하게 변통을 해서 여기(내지)에서 아내를 얻어, 한평생 동안 가족을 데리고 귀성할 수 없는 결과에 이르기보다는 죄다 기탄없이 털어놓고, 또한 그래도 시집을 못 오겠다는 신부라면 차라리 단념하고, 모든 것을 바쳐서 기다려주는 고향 아가씨와 맺어지는 것이 어떻겠나…… 하고, 이것은 노파심에서 나온 말이지만……

저는 고향을 사실보다 나쁘게 쓰려 했던 것이 아니라 문화의 해를 입지 않은 류큐 사람이 얼마나 순정한가에 대해 쓰려고 했으니, 부디 그렇게 당황하지 마시고, 곰곰이 생각해 주시길 바랍니다. 하지만 제 노골적인 문장이 사회적 지위를 획득한 여러분에게 그토록 강한 울림을 줬던 것인가 생각하니 새삼 황공한 마음입니다. 그러한 점은 깊이 사죄의 말씀을 올립니다. 지위가 있는 분만이 큰소리로 아우성쳐대고, 최하위 층에 있는 사람이나 학식이 없는 사람은 그것을 지당하신 말씀이라며 삼가 듣는 것이 당연시 되는 오키나와에서 저처럼 교양 없는 여자가 사리 있는 말을 하는 것은 필시 어처구니없으시겠으나, 위에 있으신 분들께서 멋대로 우리의 생각을 재단하고 판단해 휘둘러서는 이쪽도 면목이 서지 않습니다. 또한 제 글에 쓰인 연도나 장소는 그곳에 살고 계신 분들에게 폐를 끼칠 것을 염려해 다소 바꿔서 적었으니 모쪼록 양해해서 읽어주시기 바랍니다.

『婦人公論』(1932.7)

「멸망해가는 류큐 여인의 수기」에 대한 석명문(釋明文)

구시 후사코, 「멸망해가는 류큐 여인의 수기」

구시 후사코(1903?~1986)는 오키나와 나하시에서 태어났다. 그녀는 현립제1고등여학교를 졸업한 후 소학교 교원을 거쳐 상경했다. 결혼 후 두 아이를 가졌지만 이혼했다. 그 후 아이치현 출신의 의사와 재혼해서 나고야에서 살았다. 그밖에 구시 후사코에 대해 알려진 정보는 별로 없다. 『부인공론婦人公論』에 발표한 「멸망해가는 류큐 여인의 수기」가 오키나와 '학생회'의 격렬한 항의를 받은 이후에는 별다른 작품 활동을 하지 않고 살았던 것이 아닌가 추측할 따름이다.

이 소설에는 1차 세계대전 이후 일본의 불황이 짙은 그림자를 드리우고 있다. 1차 세계대전으로 일본은 아시아와 유럽 시장에 대량으로 공산품을 수출하게 되면서 일시적인 호황을 맞이했다. 이는 물론 세계대전으로 유럽의 공업이 타격을 입었기 때문에 가능한 일이었다. 하지만 전쟁이 끝난 이후 유럽 세력이 다시 아시아 시장을 회복하자 일본의 산업 경쟁력은 급속도로 약화됐다. 당시 오키나와 또한 이러한 흐름을 타고 농업이 한때 호황을 구가했으나, 1920년대 말 쇼와昭和 공황이 닥쳐오자 오키나와 농업은 황폐해져 갔다. 당시 식량난에 시달리는 오키나와 사람들이 독성이 있는 소철蘇鉄을 먹은 것(이른바 '소철지옥')은 당시의 상황이 얼마나 심각했는지를 보여준다. 주지하는 것처럼, 이러한 오키나와의 심각한 경제 상황은 대량의 유민流民을 발생시켰다. 이들은 일본 내지内地는 물론이고 식민지와 라틴아메라카 등지로 살 길을 찾아 떠났다.

특히 관동대진재関東大震災 전후로 일본 내지로 이주한 오키나와인들은 자신의 민족성을 표면적으로는 야마토大和 민족과 일체화해서 일상생활에서의 공포를 지워내려 했다. 이는 물론 관동대진재 당시의 조선인 학살이 남긴 정신적 상흔의 일종이기도 했다. 오키나와의 정신적 경제적 피폐함은 이후 오키나와청년동맹沖縄青年同盟의 항의에 직면한 히로쓰 가즈오広津和郎「떠도는 류큐인さまよへる琉球人」(1926.3)과 오키나와현 학생회의 항의를 받은 구시 후사코久志富佐子의 「멸망해가는 류큐 여인의 수기滅びゆく琉球女の手記」(1932.6)로 나타났다. 각기 일본인과 오키나와인, 남성과 여성 작가가 쓴 이 소설은 오키나와의 독자성/민족성을 일본인(민족)으로 수렴시킨 오키나와청년동맹과 오키나와현 학생회로부터 오키나와인에 대한 편견을 조장한다는 내용의 격렬한 항의에 직면했다.

경제대공황 이후, 오키나와의 경제적 피폐함이라는 관점에서 「멸망해가는 류큐 여인의 수기」를 들여다보면 이 소설의 제목에 들어가 있는 "멸망"이라는 단어의 의미가 명확히 다가온다. 또한 '오키나와'가 아니라 '류큐'라고 애써 명명함으로써 폐번치현 전의 역사를 환기시켰다. '나'의 친구가 말하는 류큐의 피폐함은 "돌담은 아무렇게나 무너져 있고 그 울타리 안도 대개는 밭으로 변했어. 그게 류큐에서 두 번째 도시라니. 놀랍지 않아?"라는 말속에 집약돼 나타나 있다.

　1인칭 관찰자 시점의 이 소설은 '나'의 시점에서 오키나와의 현실과 숙부의 과거와 현재를 교차해 가며 이야기를 전개한다. 우선 '나'가 고향 친구와 오키나와의 피폐함에 대해서 한탄하는 것으로 소설은 시작된다. '나'는 초록색 전차를 타고 ×역 입구에 내려서 숙부를 만난다. '나'와 숙부의 대화는 2분 만에 끝나고 숙부로부터 10엔을 받고 헤어진다. 그 돈은 숙부의 계모에게 보내는 돈이다. 숙부는 소학교만 나왔지만 도쿄에서 자수성가를 이뤄서 지금은 어엿한 사업가다. 과거로 이야기를 돌리면 숙부는 규슈 어느 마을에서 복무하다 제대한 후 고향에 소식을 끊었는데, 그 사이에 숙부네 집은 몰락한다. 숙부네 아버지는 중년의 '창녀'에게 빠져서 그 여자를 집안까지 끌어들였고 본처는 하녀로 전락하고 만다. 그러다 숙부네 아버지가 폐병이 들고 집안이 가난해지자 며느리가 집을 나가고 잇따라서 정부 또한 도망쳐 버린다. 결국 가난 속에서 숙부의 아버지와 조카가 죽고 할머니만이 살아남는다. 숙부는 그의 가족이 비참한 지경에 빠진 후에야 잠시 오키나와로 돌아온다. 하지만 숙부는 비참한 오키나와의 현실을 마주하고 어디에도 기별하지 않고 다시 도쿄로 돌아간다. '나'는 어머니가 사는 마을에서 취직해 있는 마을로 돌아오며 오키나와를 "멸망해 가는 고도"라며 마음 아프게 생각한다. '나'는 해질녘 풍경에서 "언뜻 보기에 척박하고 메마른 땅에 고구마 덩굴이 뻗어나가고, 뒤편으로는 가늘고 긴 고구마 수풀과 적송赤松이 심어진 가로수, 소철蘇鉄의 군생, 늙은이 턱수염처럼 흰 색으로 쪽쪽 아래로 처지고 땅 위로 노출된 가주마루의 뿌리"를 바라보며 류큐의 비통한 심정을 담은 옛 노래를 떠올린다. 그리고 그 속에서 "몇 백 년 이어온 피압박 민족의 울적한 감정"을 찾아낸다.

이 소설의 내용 중에 숙부가 오키나와 출신이라는 것을 숨기고 고향을 버린 것과 오키나와 현민을 '민족'이라는 말로 표현한 것, 그리고 오키나와의 현실을 비참하게 묘사한 것 때문에 오키나와 '학생회'로부터 항의를 받았다. 학생회가 항의한 내용은 구시의 「석명문」에서 충분히 유추할 수 있다. 이 소설의 끝 부분에서 "몇 백 년 이어온 피압박 민족의 울적한 감정이 이러한 예술을 만들어낸 것인지도 몰랐다. 나는 이와 같은 해질녘 풍경을 좋아한다. 이 몰락의 미美와 호응하는 내 자신의 내부에 잠재해 있는 무언가에 동경하는 마음을 품었다"라는 부분은 명문이다. 구시는 몇 백 년을 이어온 류큐/오키나와 민족의 피지배의 역사라는 "울적한 감정"을 오키나와의 해질녘 풍경에 투영해 "몰락의 미"를 자신의 내부로부터 포착한다. 더구나 이를 부정하고 한탄하는 것이 아니라 그것에서 "동경하는 마음"을 발견해낸 부분은 구시의 오키나와를 향

멸망해가는 류큐 여인의 수기

한 애정이 드러난 것이기도 하다. 구시는 류큐/오키나와의 역사를
현재 진행되고 있는 경제 대공황 이후의 비참한 오키나와의 현실
과 중첩시킴으로써 류큐/오키나와 민족의 과거와 현재를 구체적
으로 드러냈다.

오타 료하쿠

大田良博

흑다이아몬드

흑다이아몬드

파니만……이라고 그는 자신의 이름을 말했다.

그는 반둥중학교 재학 무렵, 간부교육대에 지원한 18살 소년이었다. 성격이 온순해 호감이 갔다. 특히 그의 몸에서는 소박하고 청결한 기운이 발산됐다. 거무스름한 결이 있는 얇은 피부, 160센티 정도의 신장에 전체적으로 날씬한 느낌의 체구는 소녀처럼 날씬했다.

탱탱하고 아름다운 얼굴…… 순다인 특유의 검은 다이아몬드와도 같은 눈동자! 그것은 온화하고 순정한 마음을 드러냈다.

이 검고 윤이 나는 눈동자의 깊숙한 곳에 살아 있는 그 넋까지도 검은 다이아몬드처럼…….

파니만 소년은 중류 이상의 가정에서 나고 자란 도시인이다. 그는 순수한 솔로Solo(현재의 Surakarta) 왕국 ― 중부 자와에 있는 인도네시아 역사상 가장 오래된 왕조를 지닌 ― 의 성시城市에서 태어났다.

이 소년이 도대체 어디에서 태어난 것인지 궁금해서 물어봤던 적이 있다. 그는 사랑스러운 작은 입을 매력적인 모양을 만들면서 간결하고 상쾌한 아름다운 소리로 "솔로"라고 말했다.

그는 유서 깊은 솔로 왕국의 성시에서 근대적인 네덜란드식 교육을 받기 위해 서부 자와^{Jawa}로 가서 아름다운 산으로 둘러싸인 고원지대의 피서지인 반둥^{Bandung} 시에 있는 중학교로 갔다.

일본군이 자와를 점령하자 그의 학업은 한동안 중단됐지만 얼마 후 일본 군정 하에 다시 문을 연 모교로 돌아갈 수 있었다.

마침 전쟁이 치열해지고 연합군이 결국 공세로 전환해 공격해 오자, 군정은 최대한의 기능을 발휘해서 남방의 병참기지로서 고도의 전시 체제를 정비하기 위해 '자와 전투체戰鬪體'를 서둘러 만들었다. 그때 그 일익으로 방위의용군이라고 해서 상급 간부에서 병사까지 원주민으로 구성된 군대를 구성하겠다고 약속했다.

의용군이 결성되기 전에 간부 양성을 목표로 한 교육부대가 '치마히^{Cimahi} 연성부대'라는 명칭으로 반둥시 서북으로 약 10킬로 떨어진 치마히시에 우선 설치됐다. 나는 그곳에서 원주민에게 일본어를 가르치거나, 말레이어 통역 등의 임무를 수행중이었다. 치마히 연성부대에 스무 살 남짓 된 청년들이 의용군 간부를 꿈꾸고 지원했다.

그 지원자들 사이에서 나는 파니만을 발견했다. 모두 중졸 이상으로 사상이 견고하고 건강한 청년 중에서 선발된 연성부대원 파니만은 처음에는 그다지 눈에 띄는 존재는 아니었다. 하지만 그의 존재는 점점 수수하고 겸허한 빛을 발하기 시작했다. 그런 좋은 성품은 그치지 않고 계속 풍양하게 배어 나오는 조심성 속에서 발견됐다. 그는 버릇없이 굴지도 않았고 딱딱하게 구는 일도 없어서 몇 시간 동안 이야기를 나눠도 질리지 않는 성격의 소유자였다. 그는 연약한 체구였지만 눈부실 정도의 건강함을 타고 태어났으며, 그 윤기 나는 피부에는 유순한 넋과 강인한 생명이 숨 쉬고 있는 것처럼 느껴졌다. 또한 그의 정신은 늘 청순한 것을 위해서 날을 세웠다.

일 년 가까이 엄한 스파르타 교육을 받은 그들은 연성부대를 떠났다. 연성부대가 해산돼서 우리는 다시 원대로 복귀했다.

물론 파니만은 학력이나 품성 방면에서 발군의 성적을 받고 졸업했다.

이윽고 의용군이 섬 곳곳에 편성되자 의용군 병사가 되겠다는 지원자가 쇄도했다.

반둥 시가지 여기저기에서 의용군 장교복을 볼 수 있었다.

젊은이들의 동경의 대상인 초록색 군복을 입고서 허리에 칼을 찬 청년들을 볼 때면 끓어오를 것 같은 패기와 믿음이 넘쳐서 민족의 희망이 그들의 신체에 응집해 있는 것처럼 보였다.

…… 언제나 가련한 파니만 소년의 모습이 떠올라서 견딜 수 없었다.

그 사이에 나도 의용군에 다시 배속됐다. 내가 있었던 곳은 프리안간^{Priangan}주의 의용군 부대였다.

　　　　　　　　　　　　　　　　　　흑다이아몬드

파니만은 분명히 보조네고로^{Bojonegoro} 주에 있을 것이다. 프리아 간에서 보조네고로까지는 300킬로 정도 떨어져 있다.

그 후 반년 정도 지나서 나는 그와 만날 기회를 얻었다. 공용으로 그가 있는 부대에 3주 정도 출장 명령을 받았던 것이다. 파니만 소년은 변함없이 건강했고 정겨운 표정을 짓고 있었다. 그가 동료들의 신망을 얻고 있는 것 같아서, 그의 좋은 성품을 누구보다 더 잘 아는 나는 남모르게 기뻐했다.

그 후 그와 다시 만날 기회는 결국 없었다. 그 운명의 날을 맞이하기 전까지.

고이소^{小磯} 내각* 때 독립이 용인된 인도네시아 전역이 흥분해 휩싸인 것은 1년쯤 전이다. 그로부터 독립준비위원회가 생겼는데…… 그것은 극히 최근의 일이다. 프랑스령 인도차이나 ××에서 남방군 최고지휘자인 데라우치^{寺內} 원수와 인도네시아 지도자 수카르노^{Sukarno}와 핫타^{Hatta} 사이에 비밀 협정이 체결됐다.

그로부터 한 주가 지나기도 전에 꽤나 중대한 성명이 이 두 민족운동 지도자에 의해 전 인도네시아에 발표되기 직전에…… 도쿄로부터 침통한 방송이…….

그 이후 인도네시아의 정세는 혼돈에 빠졌다.

인도네시아인들이 앞으로 과연 어떻게 처신을 해야 하는 것인

---

* 1944년 7월 22일~1945년 4월 7일까지의 일본 내각

지, 한동안 짐작이 가지 않았던 것이다.

다만 방위 의용군만은 해방돼야만 했다. 운명은 크게 움직이기 시작했다.

하지만 그때는 기분이 나쁠 정도로 평정함을 유지했다.

나중에 안 일이지만 태평양전쟁이 종결되고 사나흘 후에 인도네시아 최고지도자들은 청년 과격파에게 납치당한 후, 얼마 지나지 않아 당시의 자카르타에 모습을 드러내 인도네시아의 자주독립을 선언하고, 인도네시아 공화국Republican Indonesia 을 선포했다. 초대 대통령에 수카르노, 부통령에 핫타 씨가 추대돼 곧바로 내각을 소집했다.

그 후 인도네시아 사회는 현대 인도네시아가 직면하고 있는 가장 큰 시련을 맞이해 종전 후 세계 정세에 심대한 영향을 끼쳤다.

그 당시 일본군의 임무는 진주군進駐軍이 올 때까지 치안 유지와 연합국 사람들의 생명과 재산을 보호하는 것이었다. 인도네시아의 독립 운동은 전혀 별개의 문제였기에, 사실상 현지에서 벌어지는 어떠한 사건에 대해서도 아무런 발언권이 없기에 정치 문제에 절대로 관여하지 말 것을 명령받았다. 그러므로 일본과 무관한 국제적 정치와 그로인한 감정感情에 쓸데 없이 개입하는 것은 헛된 일로 허용되지 않았다. 그래서 연합국 측에 성의를 의심받지 않을 정도로만 조심조심 했으며, 인도네시아를 자극하지 않기 위해 가능한 좁은 범위 안에서만 소극적으로 행동했다.

엄정중립 — 이것이 최선의 방책이었는데 객관적 정세는 우리의 주관대로 그렇게 쉽게 유지되지 않아서, 차례차례 터지는 사건이 우리의 존립을 곤란하게 만들어갔다.

당시 반둥은 모든 민족 감정의 접촉과 마찰이 격렬한 곳이었다.

일본군, 네덜란드 사람, 인도네시아, 화교, 연합군, 그 밖의 중립국 사람들의 다각적인 민족 감정이 복잡하게 뒤얽혀 있었다.

이러한 급격한 정세 변화 속에서 민족 사이의 감정 대립이 최고조로 첨예화됐다.

반둥시도 자와나 다른 도시와 마찬가지로 혁명의 무대가 돼 시가지를 중심으로 게릴라전이 벌어졌다.

인도네시아는 전에 생긴 의용군이 편성한 TKR^{Tentara Keamanan} Rakyat(국민치안군)과 의용군인 바리산 아피(화재 부대), 이슬람 종교 군대, 그 밖의 폭민⋯⋯.

이런저런 혁명 계통의 각기 다른 군대 조직이 혁명이라는 하나의 목표를 향해서 공동전선을 펼쳤다.

평화로운 반둥시는 피와 포연이 쏟아지는 거리로 변해서 몇 개월이나 시가전이 지속됐다.

어느 날 있었던 일이다.

영국의 진주군인 인도의 구르카^{Gurkha} 병사들과 인도네시아 청년혁명파가 반둥시를 중심으로 격전을 벌이고 있던 어느 날, 우리는 반둥시 길모퉁이에서 진주군의 명령을 받아 도로 정비 임무를 수행했다.

그날은 아침부터 시내 여기저기에서 총과 대포 소리가 끊이지 않았고, 영국 전투기에 의한 인도네시아 부락 공습 등이 때때로 반복됐다.

그날 오전 11시경이었다. 반둥시 북쪽 렘방Lembang 산악지대로부터 그날 새벽녘 전투에서 패한 인도네시아 무장단체가 속속 시 남쪽으로 퇴각해 갔다. 도로 경비를 위해 서 있는 우리 주위를 패잔병들이 잡다한 복장, 잡다한 무기를 손에 들고 밀물처럼 닥쳐와 스쳐지나갔다.

"토앙."

멍하니 도로 한편에 서서 그 광경을 바라보고 있는 내 눈앞을 지나가는 무장 인도네시아 군인 중에 한명이 그렇게 부르고 있는 것 같은 기분이 들었다. 얼마 후 그것이 누군지 판명됐다.

군중 속에서 인도네시아 혁명군 군복을 입은 청년 한 명이 내가 있는 곳까지 다가왔다.

"압둘라 카릴!"

나는 엉겁결에 그렇게 외쳤다. 나는 그를 잊지 않고 있었다. 그는 과거 치마히에서 살던 청년이다.

그는 어딘가 침착하지 못한 모습이라서 이런 장소에서 잠깐이지만 대화를 나눌 시간적 여유가 없는 것처럼 보였다.

"타베 토앙"

하고 말한 그는 두 세 걸음 걸어가다가…… 뒤돌아보더니 갑자기 떠오른 듯이 말했다.

"파니만도 함께 있습니다."

파니만…… 그 말을 듣고 갑자기 내가 바라보고 있는 주위 광경이 눈부신 것처럼 느껴졌다……. 하지만 변함없이 눈에 비치는 것은 눈앞을 지나쳐가는 잡다한 복장을 입고 있는 전투로 지친 패잔병 무리였다.

"어디에?"

나는 압둘라에게 물었다.

"저기."

그는 한쪽 손에 들고 있는 칼을 들어서 이백 미터 정도 떨어진 후방에서 걸어오고 있는 한 무리를 가리켰다.

"어디에……"

하지만 그 순간 압둘라는 이미 내 옆에 없었다.

나는 파니만을 일 년 정도 보지 못했다. 그가 근무하고 있던 보조네고로 주에 있는 의용군을 방문한 후 꽤나 오래 세월이 경과한 것 같은 기분이 들었다.

종전 직후 일본군에 대한 원주민의 감정이 악화돼 여기저기서 일본인이 행방불명되고 학살되는 일 등이 일어나서 우리를 분개하게 했다.

동부와 중부 자와에서는 어째서인지 일본군이 인도네시아군으로부터 무장 해제를 당해서 그들에게 무기를 전부 넘긴 후 감금당했다.

그 군 사령관 이하 몇 만에 해당되는 군대의 소식이 지금 완전히 끊어지고 말았다.

때때로 참모 정도가 비행기로 정찰을 하러 가서 공지연락空地連絡을 해 그 일부의 동정이 비로소 흐릿하게나마 추측될 정도였다.

그 무렵 우리가 주둔한 서부 자와에서는 사령관이 무기를 인도네시아 군에게 절대로 넘기지 말라는 명령을 내려서 일본군이 편성한 경찰 부대가 경계 활동을 펼쳤다.

종전 다음 해 2월, 수카르노 대통령이 전 인도네시아 청년 대회를 중부에 있는 욕자카르타Yogyakarta에서 소집했다. 나도 반둥에서 라디오에서 흘러나오는 "청년들이여 욕자카르타로 모이자"고 하는 그의 연설을 들었다.

욕자카르타에서 있었던 청년대회 석상에서 동부와 중부 청년대표는 합세해서 정부의 무기력함을 비판했던 모양으로…… 그 후 서부 인도네시아가 동요하기 시작해서 일본군의 경찰력에 반항하기 시작했다.

그때마다 일본군이 사전에 사건이 터지는 것을 억눌러 왔었는데, 마침내 동부 중부로부터 무장한 청년 몇 만이 반둥을 향해 다가왔다.

"독립인가 죽음인가"라거나 "인민에 의한 인민의 정치" 등의 다양한 표어를 여러 색의 페인트로 추하게 아무렇게나 칠한 열차가 반둥 시내에 들어올 때마다 괴이한 청년들이 그 안에 가득 타고 있었다. 그 후 그들 청년들과 우리는 시가전을 벌였는데, 일본군은 사흘 동안 그들을 제압하고 시외로 쫓아냈다. 그런데 그 무렵부터 일본군 중에서 인도네시아 혁명 운동에 투신하는 사람이 나왔다.

진주군이 들어온 것은 조금 더 지나서다. 진주군인 영국 군대는 들어오면서 신중에 신중을 더 했다. 때때로 싱가포르로부터 영국군 연락 장교가 비행기를 타고 와서 네덜란드인 수용소 안의 위생 상태나 급여, 그 밖의 치안 상황을 시찰했다. 타진에 타진을 거듭한 후에 들어오려는 것이다.

그런데 영국 군대가 진주한 후, 인도네시아는 지금까지 일본군에게 향하던 칼끝을 진주군으로 돌리기 시작했다.

청년행동파는 반둥시에서 지금까지 조용히 떠들며 지하 운동을 하고 있었는데 영국 군대가 들어오자 다시 활발히 움직이기 시작해서 그들의 행동은 표면으로 드러났다.

그러한 다양한 사건을 징검돌을 바라보듯이 따라가 보면, 파니만이라는 존재는 저 먼 어딘가로 날아가 버린다. 하지만 방금 압둘루 카릴로부터 파니만도 함께 있다는 말을 들은 후 내 가슴이 갑자기 쿵쾅대는 것을 느꼈다.

과거 치마히에서 보내며 나눴던 추억의 총량이 마음의 긴장감에 중압감을 더해갔다.

연습할 때도 행진 행렬 안에서도 담소하는 무리 안에서도 언제나 그의 존재를 찾고 있던 내 시선은 방금 압둘라가 지목한 한 무리의 청년들을 향하고 있었다.

나는 파니만을 수십 명이 넘는 사람들 속에서 순간적으로 식별할 수 있을 것이라 생각했다.

하지만 그들 중에서 그로 보이는 사람을 찾을 수 없었다. 나는 다가오고 있는 사람들에게 좀 더 시선을 고정시켰다.

하지만…… '없잖아…….'

순간 몸 전체의 긴장이 한 번에 풀린 것 같은 실망감을 느끼면서 다른 방향을 탐색하기 위해서 시선을 돌렸을 때…….

작은 체구의 청년 한 명이 민첩한 발걸음으로 작은 입가에 흰 치아를 내보이면서 다가오고 있는 것을 인지했다.

나는 한동안 눈앞에 멈춰 있는 사람을 판별할 수 없었다.

땀과 흙에 더러워진 옷, 모자도 쓰지 않은 산발을 한 머리, 약간 여윈 뺨의 색깔…… 그리고 손에는 소총을 쥐고 있었다.

그 모습에는 어딘가 고생한 기색이 역력했다.

하지만 역시 틀림없는 미소년 파니만이다! 그는 그리운 듯한 눈빛을 빛내면서 조금 수줍어했다.

"사야파니만(파니만입니다)."

나는 엉겁결에 모르는 사람처럼 변한 그의 양 팔을 잡았다.

"쟈데크로스프칸……(너무 마른 거 아닌가……)."

나는 갑자기 가슴이 먹먹해져서 절절한 말투로 가까스로 말했다.

"스사" 하고 그가 가볍게 탄식을 내뱉었다.

우리가 나눈 것은 오직 그 말뿐이었다. 그는 아무런 말도 하지 않았다. 그 눈빛은 무언가 말하고 싶은 듯 빛나고 있었지만 한 마디 중얼거린 후 아무런 말도 하지 않았다.

바로 그 순간 그가 탄식과 함께 흘린 "soesah"라는 말만큼 인상적이고 감명을 주는 말은 없었다.

그것은 보통 인도네시아 사람들이 곤란할 때나 괴로울 때 내뱉는 간단한 말인데, 그때만큼 절실하게 내 가슴에 그 말이 들렸던 적은 없었다.

이윽고 파니만은 주변을 경계하듯이 움직이며 내 옆을 떠나갔다. 다시 썰물처럼 빠져나가는 군중 속으로 모습을 감췄다.

젊디젊은 인도네시아 소년.

아름다운 청춘과 순결함을 민족을 위해 바치고 피와 먼지 속에서 총을 손에 쥐고 싸우는, 애처롭게도 건강한 그 뒷모습을 형용할 수 없는 마음으로 나는 전송했다. 가엾은 마음이 구름처럼 피어올라 마음을 죄어 와 그의 뒤를 비트적거리며 따라가고 싶은 충동에 갑자기 휩싸였다.

아아…… 흑다이아몬드…….

눈자위가 뜨거워졌다.

아시아가 선다. 우리가 일어선다.

우리의 향토는 우리 손으로 지켜야 한다.

나아가라. 나아가!

방위의 전사. 아시아의 전사.

인도네시아의 전사.

Asia Sudah bangun, Merdeka Kita, Membela diri tanah air-ku, madju-
lah, madjunlah, tentaka pem-bela, pahlawan Asia, dan Indonesia

한 무리의 병사들이 부르는 그 행진곡에 침통함과 애상함을 느
끼면서 …… 나는 아연히 그 자리에 내내 서 있었다.

그로부터 4년이라는 세월이 흘렀다 …….

「黒ダイヤ」(『月刊タイムス』, 1949.3)

1958년 가와바타 야스나리의 오키나와방문 당시 사진. 뒷줄 오른쪽에서부터 오시로 다쓰히로, 오타 료하쿠. 앞줄 왼쪽에서 두 번째는 미야기 소우.

오타 료하쿠, 「흑다이아몬드」

오타 료하쿠太田良博(1918~2002)의 「흑다이아몬드」(『月刊タイム
ス』, 1949.3)는 '전후' 오키나와문학의 시작을 알린 작품이다. 일본
의 패전 이후 오키나와 사람들은 한동안 문화의 불모지에서 살아
갈 수밖에 없었다. 이는 반드시 오키나와전쟁으로 인해 건물과 시
설 등이 파괴되었기 때문만이 아니라, 미증유의 전쟁 참상을 겪으
면서 사람들이 트라우마 상태에 빠져 있었던 것과 이어져 있다. 의
식주 등의 기본적인 생활이 해결되지 않는 상황에다가 전쟁으로
인한 충격이 가시지 않은 상태에서 문학 활동을 한다는 것은 좀처
럼 쉽지 않은 일이다. 그런 상황에서 1949년 2월 『월간타임스月刊
タイムス』가 창간되면서 문학 작품이 조금씩 실리기 시작한다. 「흑
다이아몬드」가 나온 것도 이 무렵이다. 이 소설은 원고지 40매 분
량으로 소설의 형태를 취하고 있지만 기록적인 성격이 강하다. 오
타 료하쿠가 밝히고 있듯이 이 소설은 일제 말부터 일본의 패전까
지 인도네시아에서 병사로 지냈던 4년 정도의 실제 체험이 충실히
반영돼 있다. 오타 료하쿠는 "황폐한 전후 오키나와의 상황 속에서
무르데카(독립)의 열기에 소용돌이 치고 있는 인도네시아를 동경

하는 마음이 집필 당시 내 마음 속에 있었던 것만은 부정할 수 없다"고 썼다.

이 소설은 전쟁을 상대화해서 볼 수 있는 거리가 확보되지 않은 상태에서 창작되었던 만큼 완결된 작품으로 평가하자면 많은 결점을 내포하고 있다. 하지만 전후 오키나와문학의 첫 문을 열었다는 점과 오키나와인이 전쟁체험을 썼다는 점에서 최근 문학사적으로 중요한 작품으로 다뤄지고 있다. 아라카와 아키라新川明는 「전후 오키나와문학 비평 노트」(『流大文學』 7, 1954)에서 이 소설의 의의를 인정하면서도 작품의 폭이 좁은 것과 민족해방운동이라는 전체적 시야에서 주인공을 포착하지 않고 개인적 차원으로 한정한 것을 결점으로 파악하고 있다. 더 나아가 아라카와는 오타 료하쿠가 본질적으로는 침략자였음에도 그러한 시각이 소설에 비판적으로 제시돼 있지 않다는 것을 비판했다. 이는 1950년대 이후 오키나와문학의 핵심 주제인 가해자로서의 오키나와라는 성찰이 이 소설에 결여돼 있음을 지적한 것이기도 하다. 하지만 「흑다이아몬드」가 미군 정하의 검열 속에서 창작됐다는 사실 또한 고려해야 할 것이다.

작가는 "순다인 특유의 검은 다이아몬드와도 같은 눈동자!"를 한 파니만 소년과 '나'와의 개인적 관계로만 모든 것을 치환하고 있지는 않기 때문이다. 전경화된 개인적인 관계(동성애적이라고 할 수 있는 애정) 이면에 인도네시아 독립 투쟁에 나서는 파니만 소년을 포함한 수많은 인도네시아 청년들의 모습을 막연한 형태이기는 해도 그리고 있기 때문이다. 작가는 이 시기 독립의 열기에 휩싸여갔던 구 식민지 국가들의 열망을 소설 끝부분에 강렬하게 각인해 넣었다. 소설 끝 부분에 인도네시아 병사들이 부르는 독립의 열망을 담은 행진곡을 듣던 '나'가 "침통함과 애상함"을 느끼는 장면은 이 소설이 미처 표현해내지 못한 중층적인 의미를 독자에게 전달한다. 이는 일본군에 소속된 오키나와 출신 병사만이 담아낼 수 있는 감정이었을 것이다. 그런 의미에서 이 소설은 아라카와 아키라의 1950년대식 독해를 넘어서 다시 한번 새롭게 해석될 필요가 있다.

흑다이아몬드

야마노구치 바쿠
山之口貘

노숙
여름에 어울리는 하룻밤
(시) 여동생에게 보내는 편지 외

노숙

나중에 들었는데 이 집에서 훨씬 전에 살고 있던 아가씨가 독을 마시고 뒷간에서 죽었다는 소문이 나돌았다. 이웃집 아주머니의 이야기에 따르면 이 집으로 이사 온 사람은 모두 4, 5일 있을까 말까 하는 사이에 도망치듯 어딘가로 바로 이사를 가는 모양이다.

아주머니는 "아저씨네 집이 제일 오래 버티는 거라우" 하고 말했다. 듣고 보니 우리가 이 집에 들어온 후로 이미 반년이나 지났다. 또한 이 집은 아주머니가 했던 이야기와 앞뒤가 딱 들어맞았다. 그런 연유의 집인지라 식객인 주제에 하고 생각하면서도 혼자서 빈 집을 지키는 건 기분이 좀 그랬다. 그래서 나는 나미자토波里 씨가 외출할 때마다 그를 따라 나갔다가 함께 집으로 돌아왔다. 그래도 어떤 때는 그를 따라갈 수 없어서 나미자토 씨가 귀가하는 시간을 물어본 후 그 사이에 거리를 정처 없이 헤매 다니다 고마고메駒込 다리 위에서 나미자토 씨가 돌아오기만을 기다렸다가 함께 집에 갔다.

나는 하루 빨리 고향에 돌아가고 싶었다. 아버지가 보내주는 생활비를 믿고 상경을 하기는 했으나, 상경하자마자 아버지가 했던 약속은 어긋나버려서, 와세다대학早稻田大學이 있는 도쓰카戸塚에서 혼고本鄕에 있는 유시마신하나초湯島新花町, 그리고 다이마치台町로부터 고마고메에 있는 가타마치台町, 그로부터 이곳 나카자토中里의 집에 와서, 나는 그날그날을 귀신의 기척에 떨면서 친구인 스난須南 군이 빌려줄 것이라 믿고 있는 여비를 진력이 날 정도로 오래 기다렸다.

그때 관동대지진關東大地震* 이 일어났다. 나미자토 씨는 완전히 절망해서 이제 도쿄에 있어도 어쩔 수 없으니 고향으로 돌아가라는 말을 꺼냈다. 기차로는 힘들겠죠 하고 말하자, 나미자토 씨는 일단 사촌 형네 집에 가 있다가 기차선로가 복구되는 대로 돌아가라고 말하면서 내 얼굴을 살피듯이,

"자넨 어쩔 셈이야?" 하고 물었다.

그런 말을 듣고 보니 나미자토 씨의 뒤를 예전처럼 졸졸 따라다니는 것도 더 이상 할 수 없어져서 어쨌든 나는 구단九段까지 가보겠노라 대답했다. 구단에는 동향인 모 후작侯爵의 저택이 있고, 그곳에는 친구인 고쇼胡城 군이 서생으로 있었기 때문이다. 나는 삼각

---

* 관동대지진(關東大地震)은 1923년 9월 1일 11시 58분에 사가미 만을 진앙지로 발생했던 큰 지진으로 인명 피해만 10만을 넘었다. 특히 시타마치(下町) 지역의 피해가 컸으며, 사회 혼란 가운데 조선인이 우물에 독을 탔다는 거짓 소문이 돌아 자경단에 의해 수천 명의 조선인이 살해됐다. 이때 사회주의자는 물론이고 오키나와인도 '조선인'으로 몰려 피해를 입었다.

형 모양의 의자를 어깨에 메고 마포로 만든 가방을 매달고는 귀신
이 나오는 나카자토의 집에서 나왔다. 거리는 대단히 소란스러웠
다. 에노시마エ/島가 해저에 가라앉았다거나, 가마쿠리鎌倉가 쓰나
미에 휩쓸려갔다거나, 사회주의자는 닥치는 대로 경찰에게 끌려
갔다거나, 혹은 아라카와荒川 방면에서 큰 무리를 지은 조선인이 도
쿄로 공격해 오고 있다거나, 우물이란 우물에는 다 독을 탔기 때문
에 우물 물을 먹어서는 안 된다거나, 그런 소식이 차례차례 내 귓
가에 계속 들어왔다. 사람들은 모두 우왕좌왕한 상태로 막대기 조
각 같은 것을 손에 들거나, 일본도日本刀 등을 한 손에 들고 있어서
거리는 순식간에 살기등등하게 변했다.

하쿠산우에白山上로 접어들었을 때,
"이봐 자네" 하고 뒤쪽에서 누군가 말을 걸었다. 뒤를 돌아보자 순
사가 서 있었다. 태어나서 처음으로 순사가 나를 불러 세운 것이었
지만 상황이 상황이니만큼 주뼛주뼛했다.

"전 사회주의자가 아닙니다만."

나는 아차 하는 순간에 그렇게 말하고 나서 더럽기 그지없는 희
끗희끗한 옷차림과 닳고 닳아 짝짝이인 나막신과, 며칠이고 감은
적이 없는 텁수룩한 장발이나, 며칠이고 방치해둔 수염에 둘러싸
인 자신의 모습에서 그리스도를 악한으로 만든 것 같은 풍모를 의
식할 수밖에 없었다.

"어디에서 왔나?"

"고마고메에서 왔습니다."

"어디까지 가나?"

"친구를 찾아 구단까지 갑니다."

순사는 그 정도만을 내게 물었으나 그것만으로는 딱 잘라 결론을 내릴 수 없는 어떤 분위기가 내 인상에서 감돌고 있었던 것인지, 내 쪽에서 솔직하게 대답했음에도 불구하고 경찰서까지 동행하자고 했다.

"자넨 조금 주의자主義者 같단 말이지."

순사는 조사를 한 결과 내가 주의자가 아니라는 사실을 알았던 모양인지 테이블 위에 펼쳐놓은 내 시집 원고를 정리해 돌려주면서 그렇게 말했다. 그러더니,

"요즘엔 시인도 머리카락을 기르나?"

하고 순사가 말했는데, 정말이지 주의자만이 머리카락을 길게 기른다는 눈빛을 하고 있었다.

"주의자라는 오해를 받는 것은 손해야" 하고 충고인 듯한 말까지 들었다. 경찰서에서 나오자 순사의 충고가 묘하게 신경 쓰이기 시작했다. 그래서 나는 다시 경찰서로 돌아갔다.

"뭐라고?"

방금 전의 그 순사가 그렇게 말했다.

"죄송하지만 작은 부탁이 하나 있습니다."

"뭐야?"

"아무래도 가는 길이 걱정이니 증명하는 글을 하나 써주시지 않겠습니까?"

"증명?"

"그렇습니다. 즉 제가 주의자가 아니라는."

"그런 증명은 해준 적이 없어."

순사는 당황한 것 같았지만, 나도 곤란했다.

"제가 시인이라고 하는 증명이라도 좋습니다만."

"그런 것은 내준 적이 없어."

"하지만 지금 막 조사를 마쳤으니 귀찮으시더라도 부탁드리고 싶습니다만."

"이봐, 그런 게 왜 필요해."

하지만 나는 필사적이었다. 지금 막 조사를 마쳤기에 순사의 주장이 마치 시치미를 떼고 있는 것처럼 느껴져서, 홧김에라도 집요하게 어떻게든 부탁드립니다를 반복해 말했다. 그러자 순사는 불뚝한 표정을 지었지만, 그 불뚝해진 상태로 다시 내 주소와 생년월일을 물었다.

"이것으로 됐나!"

순사는 펜을 내려두고 명함보다는 두 배 크게 보이는 일본제 종이조각을 내게 건네줬다. 거기에는 "오른쪽에 적은 사람은 사회주의자가 아님을 증명한다"고 쓰여 있었고, 고마고메 경찰서의 도장까지 선명하게 찍혀 있었다.

결국 구단우에九段上에 있는 후작 저택에 도착할 때까지 그 증명서를 필요로 하는 상황이 엄습하는 일은 없었다. 후작 저택의 뒷문으로 들어가 친구인 고쇼 군을 찾아가자 그가 하카마袴*를 입고 나왔다. 그는 내게 수염 정도는 깎는 편이 좋다고 하면서도 내 부탁을 들어줬다. 나는 후작의 저택에서 당분간 머물 수 있었다.

사람들은 피복창被服廠**을 시작으로 시내 곳곳을 보고 다니는 것 같았는데, 나는 그런 것에는 전혀 흥미가 없어서 며칠이 지나 구단에 있는 언덕 위의 집밖에 나가봤다. 간다神田 일대가 타버린 벌판처럼 변했고 거리에는 불에 탄 금고가 여기저기에 있었는데 그 위에 총검을 든 병사가 서 있는 모습이 보였다.

곧 도카이도센東海道線***이 복구돼 이재민 중 한 명의 자격으로 연선에서 제공하는 주먹밥이나 사과나 된장국물 등의 은혜를 입으면서, 무임승차, 무임승선을 해서 고향에 도착했다. 그런데 생각해보면 상경 이후 고향에 오기까지 일 년 동안 무일푼 상태로 곧잘 살았던 셈이다.

그런데 고향 나하那覇에 돌아오자 비극이 내 귀성을 기다리고 있었다. 어머니는 울면서 내가 떠난 뒤의 집안 사정을 자질구레한 것

---

* 일본 옷의 겉에 입는 주름 잡힌 하의.
** 구 일본육군부대가 공급하는 피복을 조달, 분대, 제조, 저장하는 공장과 그것을 총괄하는 기관의 총칭. 1890년에 도쿄에 설치됐다.
*** 도쿄에서 교토를 잇는 철로.

까지 다 입에 올리며 실은 이 집도 다른 사람 손에 넘어가게 됐노라고 말했다. 물론 그것은 아버지가 사업에 실패했기 때문이다. 아버지는 삼십 년 가까이 제147은행에서 근무했다. 퇴직금을 받으면 야에야마八重山*에 가서 전당포를 열어 할아버지를 보살피고 싶다고 예전부터 말해왔다. 그런데 은행을 퇴직하자 어차피 야에야마에 가는 것이라면 하는 김에 산업은행 야에야마 지점장을 맡아달라는 부탁을 받았다는 것이다. 아버지는 그것을 거절하지 못하고 수락하고 말았다. 그것은 내가 상경하기 전의 일이라 알고 있었다. 그런데 어머니의 이야기에 따르면 아버지는 지점장 자리에 앉자마자 과욕을 부린 모양이다. 매일 은행에서 지폐 뭉치를 운반하는 업자는 거의 모두가 가다랑어포 제조업자였다. 아버지는 전직인 전당포 일은 깡그리 잊어버리고 결국 어선 한척을 사서 가다랑어포 제조에 발을 들여놓았다. 하지만 사업을 일으켰으나 생선이 잘 잡히지 않아 살던 집까지 팔아넘기게 됐노라고 어머니가 말했다.

결국 우리는 지인의 별채를 빌려서 살았다. 다다미 여섯 장 크기인 육첩방 단칸방에 어머니와 나와 남동생과 여동생 넷이서 함께 살았던 것은 집안의 몰락한 실태를 여실히 보여줬다. 어머니는 몇 번이고 몇 번이고 그늘에서 눈물을 훔쳤다. 겨울 방학이 돼 중학교 2학년인 남동생과 여학교 1학년인 여동생, 그리고 나와 어머니

---

* 일본 오키나와현에 있는 군도로 오키나와 본도보다 타이완과 더 가깝다.

가 야에야마로 갔다. 오후 4시 무렵, 나하 항구를 떠나 다음날 아침 미야코지마宮古島에 도착해, 그 다음날 오후가 지날 무렵에 야에야마에 도착했다. 야에야마에는 항구가 없다. 배가 난바다에 정박해 있으면 해변에서 석유발동선이 승객을 태우러 왔다. 해변에 내려서 길을 따라 똑바로 가면 100미터 정도 지나 왼쪽에 우체국이 있고 그 바로 앞의 막다른 곳 돌담에 둘러싸인 곳에는 섬을 관리하는 공무원 사택이 있었다. 그 오른편 골목이 산업은행 지점이었다. 은행과는 하나의 지붕으로 이어져 있었고 그 뒤편에 반쯤 있는 공간이 지점장의 사택으로 배정됐다.

어느 날, 땅딸막한 남자가 맨발로 찾아와서 아버지와 무언가 이야기를 나누고 있었는데, 아버지가 내민 갱지에 날인을 하더니 십 엔짜리 지폐 다발을 받아든 후 돌아갔다. 저 사람이 선장이라고 어머니는 말했다. 그리고 선장만이 아니라 다른 뱃사람들도 저렇게 돈을 빌려주지 않으면 부루퉁해져서 다른 업자에게 가버린다고 어머니가 말했다.

"그렇게 빌려줄 돈이 있어요?" 하고 묻자, 어머니는 다시 눈물을 글썽이며 그때마다 아버지가 은행 돈을 쓰고 있는 것이라고 말했다. 아버지는 은행 일이 끝나면 한 손에 쌍안경을 들고 묵묵히 바닷가로 나갔다. 그리고 해가 질 때까지 바닷가 흰모래 위에 서서 쌍안경을 내내 수평선 저편으로 향하고 있었다. 하지만 아버지의 배는 매일 빈손으로 돌아왔다. 어느 날이었다. 웬일인지 아버지가 권하기에 나는 그 가다랑어포 제조공장을 보러 갔다. 가는 도중에 해변 모래바닥 위에 세워진 초가지붕으로 된 공장이 햇볕을 맞으며 서 있었다. 아버지의 배는 아버지 이름을 딴 시게요시마루重珍丸였다. 배는 방금 고기잡이를 끝내고 돌아왔는데 이삼십 마리의 가다랑어 가 시게요시마루에서 운반됐다. 선장의 부인이 곧 커다란 쟁반에 생선회를 가득 담아서 가져왔다. 생선회는 신선하다는 말로는 다 표현할 수 없을 정도로 아직도 생선이 여기저기서 벌룩벌룩 움직 이고 있어서 젓가락을 바로 대고 싶은 마음이 들지 않았다.

내가 시게요시마루의 고기잡이를 본 것은 이전에도 이후에도 그 때뿐이었다. 아버지는 변함없이 매일 쌍안경을 한손에 들고 내내 해변에 서 있었지만 시게요시마루는 빈손으로 돌아왔다. 아버지는 어지간히 곤란했던 모양으로 마침내 갱지 두 장을 내 눈앞에 내밀 더니 남동생과 여동생의 자퇴서를 쓰라고 명령했다. 그런 줄도 모 르고 남동생과 여동생은 트렁크 안을 정리하거나 나하로 돌아갈 준비를 하고 있었는데, 사정을 알게 되자 둘 다 그 자리에서 쓰러져 울었다. 그 사이에 친척 중 누군가가 셋째 아들인 사부로三郎를 보 내라는 독촉을 아버지와 어머니에게 하고 있는 것을 봤다. 셋째 아 들인 사부로란 다름 아닌 나로, 나를 보내라고 하는 친척은 아버지 에게는 채권자였다. 나를 아버지에게 빌려준 돈 대신으로 삼으려 는 것이었는데, 도쿄에라도 유학을 시켜줘 장래에 큰 예술가로 만 들어 주겠다고 한다면야 나 또한 이해하지 못 할 것도 없었지만,

노숙

깊은 산속의 숯 굽는 오두막에서 나를 부리고 싶다는 것이었다. 그는 곁눈질로 나를 보면서,

"부모님을 위한 것이라고 생각하면 못할 일은 아무 것도 없어"

하고 말했다. 그러한 이야기가 몇 번이고 나왔을 무렵, 아버지는 더 이상 참을 수 없었던 모양이다. 친척 사이의 빚, 친구 사이의 빚, 그리고 은행 금고 돈을 쓴 것을 형벌에 의하지 않고서는 더 이상 처리할 수 없다는 어투로 말하면서, 그러니까 너도 화가가 되려거나 시인이 되려거든 앞으로는 그럴 요량으로 혼자 힘으로 해내거라 하고 내게 말했다. 나는 아버지가 가여워져서 차라리 숯쟁이가 될까 하고 생각해보지 않았던 것도 아니지만, 숯쟁이가 되는 것은 나를 그저 효자로 만드는 것에 지나지 않는다는 건방진 생각을 했다. 사실 아버지의 실패는 내가 숯쟁이가 되는 정도로는 구해줄 수 없는 상태였다. 그것은 아버지의 빚이 친척에게만 국한된 것이 아니었기 때문이다.

그래서 나는 다시 은밀히 상경을 계획하고 있었는데 이번에야말로 어떤 상황에 처하더라도 제자리로 돌아가지 않겠다고 결심하고서 나하까지 간신히 나올 수 있었다. 하지만 나하에 있는 집은 다른 사람 손에 이미 넘어갔으며, 나하에 있는 친척이라는 친척은 모두가 아버지의 채권자여서 나는 갑작스레 룸펜 생활로 첫걸음을 내디딜 수밖에는 달리 도리가 없었다. 나는 친구 집을 찾아다녔다. 그 사이에 세상으로부터 멀어져 끝내는 나미노우에波の上 해

안에 있는 잔디밭에서 밤을 새우거나 항구 한가운데 있는 오쿠노야마공원奧の山公園*에서 자며 솔잎 등을 먹으며 공복을 달래는 법을 어느새 알게 되었다. 그때 중학교 시절 친하게 지냈던 친구 가메주龜重 군이 나타나더니 기특한 상담을 해왔다. 도쿄까지 자신을 데려다주지 않겠냐는 것이다. 가메주 군은 나하 변두리에 있는 전당포집 차남이었다. 그도 역시 시나 그림 등을 짓는 사내였는데 염세적인 기분에 젖어 공명共鳴하고 있는 동안에 가출을 시도하고 싶어졌던 모양으로 내가 도쿄까지 자신을 안내해준다면 여비를 부담하고 싶다고 말해왔다. 하지만 가메주 군이 돈을 마련하는 것은 생각한대로 되지 않았다. 우리는 배를 타고 가고시마鹿児島까지 어떻게해서든 나왔다. 우리는 항구 근처 여관을 찾아내 사쿠라지마桜島를 바라보면서 송금을 애타게 기다렸다. 가메주 군이 집에 전보를 쳐서 돈을 보내달라고 해놨기 때문이다. 다음날 아침, 우리 둘의 밥상에 달걀이 한 개씩 올라왔다. 가메주 군이 그 달걀을 밥공기 가장자리에 톡톡 치는 것까지는 좋았는데, 달걀 속을 밥공기 안에 깨서 넣으려고 하는 찰나에 달걀이 푹 하고 찌부러져 버렸다. 그래서 달걀은 그의 양손과 밥상 위를 더럽혔다. 그때 가메주 군은 귀까지 붉게 물들었는데 나는 그것을 놓치지 않고 보았다. 어딘가 믿음직스럽지 못하고 가엾다는 생각을 하게 됐다. 얼마 지나지 않아 육십

---

* 나미노우에 해안과 오쿠노야마공원은 모두 오키나와 중심지 나하(那覇)에 있는 지명이다.

노숙

엔 정의 전신환이 도착했다. 가메주 군의 집안에 야단이 나 있음이 틀림없다고 생각하면서 우리는 서둘러 기차에 올랐다.

도쿄역에 도착한 것은 밤이었다. 나는 미리 가메주 군의 형이 물리학교에 재학 중이라는 것과, 후지미마치富士見町에서 하숙하고 있음을 그에게 들어서 알고 있었다. 그래서 그를 친형이 머물고 있는 하숙집에 데려다 주려고 생각해 권했는데 가출을 한 것이니 하고 말하면서 가메주 군은 고개를 가로 저었다. 나는 난처해졌다.

"그런데 어쩔 셈이야?"

"어디든 좋으니까 나도 데려가 주지 않을래?"

가메주 군은 한심한 이야기를 하며 나를 애먹이기 시작했다. 그렇다고 해도 거절하지도 못한 채, 나도 작정을 한 후 짐을 우선 구내 보관소에 맡겼다. 바구니 하나씩이었다. 나는 우시고메미쓰키牛込見附까지 가는 표를 샀다. 가메주 군에게 만에 하나라도 무슨 일이 생기면 큰일이라고 생각해 그를 일단 후지미마치로 안내해서 형이 사는 하숙집이 어디 있는지를 보여주고 싶었기 때문이다. 그 하숙집을 바로 찾을 수 있었다. 나는 그때 다시 한번 그곳에 머물라고 권했지만 가메주 군은 완강하게 고개를 가로 저었다. 어쩔 수 없이 나는 그를 데리고 가구라자카神樂坂에 있는 노점 사이를 정처 없이 빈들거리고 다녔다. 둘이서 걷다 지친 데다 기차를 타고 온 피로가 겹쳐지면서, 둑과 같은 곳에 당도했을 때는 사람 그림자도 보이지 않았다.

"이봐 거기" 하는 목소리가 위쪽에서 내려오듯이 들려왔다. 올려다보자 주의자로 나를 착각했던 과거의 내 추억을 생생히 떠오르게 하며 순사가 손짓을 하고 있었다. 나는 바로 그 상황을 얼버무리려고 마음에도 없는 소리를 했다.

"잠깐 묻겠습니다만 이 주변에 여관은 없습니까?"

그러자 순사는 몹시 꾸짖으면서,

"어디서 딴청을 부려" 하고 말하는 것이었다.

"여관에 대해 묻고 있는데요" 하고 말하자,

"이런 곳에 여관 따위가 있을 것 같나."

"이 주변에 대해 잘 몰라서 묻고 있습니다만."

"뭐 그건 됐고 둘 다 이쪽으로 와봐."

우리 둘은 둑에 올랐다. 나는 순사가 묻는 말에 그럴듯하게 후지미마치의 가메주 군의 형이 사는 곳의 주소를 댔고, 우리 둘은 산책을 할 생각이었는데 어느새 예술론에 열중하는 사이에 시간이 지나는 것도 잊어서, 정신을 차려보니 이미 전차도 끊겨 있어 후지미마치까지 걸어서 돌아가는 것도 힘들어 여관을 찾던 참이었노라고 설명했다. 그리고 둘 다 화가라고 대답을 하자,

"뭐야 화가란 말이지" 하고 순사가 말하면서 끄덕이다가 "이 주변에는 화가가 꽤 살고 있지. 바로 이 근처에 야스이 소타로安井曾太郎*

---

* 야스이 소타로는 1910년대에서 1950년까지 활동했던 일본의 서양화가다.

노숙

가 살고 있다네" 하고 말하며 정말로 스스럼없이 우리를 대했다. 그러더니 "어쨌든 우선 돌아가서 자도록 해. 이 길을 끝까지 가다 보면 에도가와江戶川로 나가게 된다네" 하고 가르쳐줬다. 지나는 길에 보자니 우리는 메지로역目白駅 부근을 걷고 있었다.

우리 둘은 무거운 발을 질질 끌면서 한동안 걸었는데, 두 갈래 길에 접어들었을 때, 그렇지 여기서 오늘 밤을 새우자는 생각이 들었다. 두 갈래 길 오른편 도로에는 몇 개인가 토관이 굴러다니고 있었기 때문이다. 우리는 토관과 토관 사이의 나뉜 공간을 오늘밤 묵을 곳으로 정했다. 늦잠을 자더라도 오가는 사람 눈에 모습이 안 보였기 때문이다. 둘은 양 끝으로 흩어져서 토관 속으로 각자의 머리를 밀어 넣었다. 그리고 둘은 마주보고 세운 무릎을 양손으로 부둥켜안는 자세로 앉았다. 머지않아 둘은 각자의 양쪽 발을 똑같이 토관 입구 쪽으로 내놓고 머리와 머리를 마주보게 한 채로, 피로함이 밀려와 그곳에 녹초가 됐다. 구월 중순의 하늘, 남방南方에 있는 고향에서는 아직 야자로 만든 부채가 한창 휘날리고 있을 터인데 토관 속 도쿄는 이미 지나치게 시원할 정도였다. 하지만 너무 지쳤던 것이리라. 가메주 군은 이미 코를 골기 시작했다. 계란 하나 깨는 법을 모르는 이 도련님을, 게다가 도쿄에서 보내는 첫날밤을 토관 속에서 재우게 된 것을 나는 마음속으로부터 안쓰럽게 생각하면서, 자신의 상의를 벗어서 그의 가슴 위에 살짝 걸치는 것으로 용서를 구하기로 했다. 그리고 내일이야말로 가메주 군이 아무리 강

경히 우겨도 어떻게 해서든 달래고 속여서 후지미마치에 있는 형
이 사는 하숙집에 꼭 보내 주리라고 잠들며 그렇게 결심했다.

　다음 날 아침, 토관 양쪽 끝에서 둘이서 느릿느릿 나오자 우유배
달부가 몇 번이고 돌아보며 지나갔다. 데굴데굴 굴러가는 토관이 변
두리에 있다는 것을 눈치챘을 때 그곳에 문 하나가 서있는 것이 눈
에 들어왔다. 이런 곳에 메지로여자대학이 있었던가 생각하면서,

　"저게 메지로여자대학이야" 하고 말하며 가메주 군에게 손가락
으로 가리켜 보여줬다.

「野宿」(『群像』, 1950.9)

　　　　　　　　　　　　　　　　　　　　노숙

여름에 어울리는 하룻밤

어느새 얼굴까지 그런 용모가 된 것이리라. 밤은 말할 필요도 없이 낮에도 거리를 걷고 있으면, 나는 곧잘 경관의 검문을 받았다. 하지만 용모만이 아니라 풍채부터가 본래 내 생활을 반영하고 있었는데 그것은 당시 유행하는 말을 빌리자면 이른바 룸펜이라고 불리는 모양새다. 당시 나는 길가에서 생활했기 때문이다. 그런 연유로 내 용모나 풍채는 자못 검문을 당하기에 적당하게 변했던 모양인데, 검문을 당하면서 그다지 곤욕을 치른 적도 없으며 유치장 경험을 했던 것도 아니다. 그런데 언제 어떻게 상대방이 착각을 해서 내가 어떤 곤욕을 치를지 모를 약간의 불안함이 늘 있었다. 어느 날 그런 기분을 사토 하루오佐藤春夫* 씨에게 말하자,

"그렇다면 내가 증명서를 써줌세"

하고 말하는 상황이 됐다. 그가 명함 한 장에 펜을 움직여서 그 명함을 이윽고 내게 건네주며 말했다.

---

* 사토 하루오(1892~1964). 시인이자 소설가이다.

"만일의 경우에는 신병을 인수하러 내가 출두하겠네. 그리고 과거에는 사람을 죽인 일이 있었는지도 모르지만, 나와 알고 지낸 후에는 그런 일은 없었노라 말하고 자네 신병을 인수함세."

명함에는 앞면에 시인 야마노구치 바쿠를 증명한다는 글귀와 함께 쇼와 4년(1929) 12월 12일이라고 적혀 있었다. 뒷면에는 야마노구치 군은 성격이 온량. 현재 빈궁하지만 선량한 시민임을 증명한다고 적혀 있었다.

나는 이 명함 덕분에 안심하고 거리를 헤매 다닐 수 있게 됐다. 나를 검문해본 적이 있는 경관이라면 그 명함에 쓰여 있는 앞뒷면의 내용을 모두 읽었을 것이다.

"사토 하루오가 뭔가."

경관 중에는 때로 이런 질문을 하는 자가 없지는 않았지만,

"유명한 시인이며 소설가랍니다. 바로 이분입니다" 하고 말하면, 모르는 일로 창피함은 당하고 싶지 않아서일까,

"아, 그 사토 하루오!"

하는 식이 돼버린다.

내 친구 중에도 경관이 있다. 하지만 그는 시인 순사라고 불릴 정도여서 사토 하루오가 뭔가라는 질문은 던지지 않았다. 그러기는커녕 내가 지닌 사토 하루오 씨의 증명서를 보고 감격해버렸다. 그리고 내가 사양하는데도 불구하고 주머니에서 명함을 한 장 꺼내서 사토 하루오 씨의 증명서를 따라하더니 그것을 내게 주었다.

물론 그 명함에는 경찰청 순사라는 직책이 있었다. 하지만 모처럼 받은 그 증명서는 얼마 지나지 않아 사용할 수 없게 됐다. 그것은 검문을 하는 경관에게 시인 순사라고 쓰여 있는 증명서를 보여주면 오히려 반발심을 불러서 검문이 도리어 집요해지고 심술궂어졌기 때문이다. 그들은 마치 자신의 직업 의식에 자극을 받아서 정말이지 불필요한 짓을 한다는 듯이 시인 순사가 써준 증명서를 응시했다. 시인 순사는 그것을 알 턱이 없기에 나와 만날 때마다 그는,

"내가 써준 명함은 아직 가지고 다니나?"

하고 말하며, 자신이 써준 명함이 내게 꽤나 유용하다는 상상을 하며 즐겁게 생각했다.

어느 날 밤의 일이다. 야에스八重洲 출구에 있는 파출소로 시인 순사를 찾아가 시에 대한 이야기를 한 끝에 오늘밤 파출소에서 재워달라는 부탁을 했다.

"그건 안 되네" 하고 시인 순사는 말했다.

"안 되겠나?" 하고 말하자,

"안 되네. 그건 곤란해" 하고 그는 말했다.

나는 딱히 돌아갈 곳이 없었지만 파출소에서 나오려고 할 때 잠깐 기다려보게 하더니 시인 순사가 전화 수화기를 들었다.

"…… 내 친구 야마노구치 바쿠라는 시인입니다. 날이 밝을 때까지 그곳에서 좀 쉬게 해주시지 않겠습니까. 그렇습니까. 그러면 바로 그쪽으로 가게 할 테니 잘 부탁드립니다."

시인 순사는 수화기를 놓았다.

"히비야日比谷 공원이네."

그는 그렇게 말하고 제국호텔 일대의 맞은편에 있는 공원 입구 파출소로 가라고 내게 권했다.

구두 소리가 들리지 않을 만큼 닳고 닳은 구두를 질질 끌며 친구가 말한 파출소 근처까지 가자, 경관 한 명이 보도로 나와 나를 기다리고 있었다.

"이거 참 죄송합니다."

"이쪽으로 오시죠."

경관은 그렇게 말하더니 공원 안으로 나를 안내했다.

"여기라면 괜찮겠죠. 자 그럼 푹 쉬시길 바랍니다."

그렇게 어느 벤치가 있는 곳까지 오자, 경관은 마치 놀리고 있는 것처럼 지나치게 공손한 태도로 그렇게 말하더니 그곳에 나를 내버려두고 가버렸다. 경관의 모습은 순식간에 보이지 않았으나 아주 잠깐 그의 자갈 밟는 발소리가 들려왔다.

「夏向きの一夜」(『東京労働新聞』, 1950.8.10)

여동생에게 보내는 편지

이 얼마나 놀라운 여동생인가

……오라버니는 꼭 성공하시리라 믿어요. 라던가

……오라버니는 지금 동경 어디에 있나요. 라던가

인편으로 보낸 그 음신音信 가운데

여동생의 시선을 느끼면서

나도 또한 6, 7년 만에 편지를 쓰려 합니다

이 오라비는

성공을 해볼까 어찌 할까 하다 결혼이라도 하려 생각합니다

그러한 것은 쓸 수 없습니다

동경에서 오라비는 개처럼 무언가 몹시 갖고 싶어하는 얼굴을 하고

있습니다

그러한 것도 쓰지 못합니다

오라비는 주소가 일정치 않습니다

라고는 더욱더 쓸 수 없습니다

있는 그대로는 전혀 쓸 수 없어서

추궁을 당하고 있기라도 한 것처럼 꼼짝도 할 수 없어져서 온몸에 힘

을 넣고서야 간신히 씁니다

모두 건강하시지

하고, 씁니다

여동생에게 보내는 편지 외

종이 위

전쟁이 일어나자

날아오르는 새처럼

일장기의 날개를 벌려서 그곳으로부터 모두 날아올랐다

시인 한 마리가 종이 위에 있어

무리지어 날아오르는 일장기를 올려다보고는

다다*

다다 부르짖는다

발육부전으로 짧은 다리 움푹 들어간 배 들을 수 없는 큰 머리

지저귀는 병기의 무리를 바라보고서

다다

다다 부르짖는다

다다

다다 부르짖는데

언제쯤 "전쟁"이라는 말을 할 수 있는 것인가

불편한 육체

더듬거리는 사상

마치 사막에 있는 것 같다

잉크에 목마른 목을 긁어대며 열사熱砂 위에 몸을 돌린다

그 한 마리의 커다란 혀 짧은 자가

다다

다다 부르짖는다

날아오르는 병기의 무리를 바라보며

무리지어 나는 일장기를 올려다보고는

다다

다다 부르짖는다

       * 다다(ダダ)는 다다이즘의 줄임말.

여동생에게 보내는 편지 외

형님의 편지

커다란 시를 써라

커다란 시를

신변잡기에는 질렸구나라고 한다

내가 좋아서 작은 시나

신변잡기에 관한 시 등을

쓰고 있는 것은 아니지만

내 시여

들리는가

룸펜 출신의 슬픈 시여

자신이 입는 양복 한 벌 사지 못하고

월급 65엔 정의 쩨쩨한 시여

벤텐초弁天町 아파트 4첩 반에 틀어박혀서

소리에 날아올라서

당황하는

먼지처럼 살아있는 시여

형님의 편지가 말하는 것이 들리느냐

커다란 시가 되거라

커다란 시가

오키나와여 어디로 가는가

자비센[*]의 섬

아와모리[*]의 섬

시의 섬

춤의 섬

가라데의 섬

파파야에 바나나에

향귤나무(구넨보)[*] 등이 열리는 섬

소철蘇鐵과 용설란龍舌蘭과 가주마루榕樹의 섬

불상화佛桑花나 데이고梯梧[*]의 진홍색 꽃들이

불길처럼 활활 타오르는 섬

지금 이렇게 향수가 이끄는 대로

망연자실 하며

다시 한 줄씩

시를 쓰는 나를 낳은 섬

이제 와서는 류큐琉球라는 것은 명목뿐으로

옛 자취는 찾을 길 없고

섬에는 섬 길이만한

포장도로가 뻗어있어

그 포장도로를 걸어서

류큐여

오키나와여

이번에는 어디로 간단 말이냐

생각해 보면 옛 류큐는

일본의 것인지

지나支那의 것인지

서로 확실히 알지 못한

구석이 있었던 해의 일이다

타이완에 표류한 류큐인들이

생번生蕃에게 살해당했던 것이다

여동생에게 보내는 편지 외

그때 일본은 지나에게

우선 그 생번의 죄를 몹시 물었으나

지나는 모르쇠로 일관하며

생번은 지나의 관할이 아니라 했다 한다

그러자 일본은 그렇다면 하고 나서서

생번을 정벌해 버리자

깜짝 놀란 것은 지나였다

지나는 갑자기 태도를 바꿔서

생번은 지나의 소할所轄이라며

이번에는 일본을 향해 그렇게 말했다 한다

그러자 일본은 즉각

그렇다면 하고 나서서

군비 배상금과 피해자 유족의 무휼금撫恤金을

지나로부터 받아냈다

그 이후로

류큐가 일본의 것임을

지나는 인정하게 됐다 한다

그 후 얼마 지나지 않아

폐번치현하에

결국 류큐는 다시 태어나

그 이름이 오키나와현으로 바뀌어서

3부 43현의 일원으로

일본이 되는 길에 곧장 발을 내딛었다

그런데 일본이 되는 길로 곧장 나아가기 위해서는

오키나와현이 낳은

오키나와어로는 불편해서 그 길을 걸을 수 없었다

따라서 일본어를 공부하거나

혹은 기회가 있을 때마다

일본어로 생활을 해보는 식으로 하여

오키나와현은 일본이 되는 길을 걸어왔다

생각해보면 폐번치현 이래

70여 년 동안 그 길을 걸어왔으니

그 덕분에 나와 같은 사람까지도

생활의 구석구석까지 일본어를 써서

밥을 먹는 데도 시를 쓰는 데도 울거나 웃거나 화를 낼 때도

인생 모든 것을 일본어를 쓰며 살아왔던 것인데

전쟁 따위 하찮은 것을

일본이라는 나라는 했구나

그건 그렇다치고

자비센의 섬

아와모리의 섬

오키나와여

상처가 지독히도 깊다고 들었다만

몸 건강히 돌아와야 하느니

자비센을 잊지 말고

아와모리를 잊지 말고

일본어의

일본으로 돌아와야 하느니

* 자비센(蛇皮線)은 오키나와 전통 악기 산신(三線)을 일본에서 부르는 속칭. 산신이 일본에서 개조돼 샤미센이 되었다고 한다.
* 아와모리(泡盛)는 오키나와의 전통주. 좁쌀 혹은 쌀로 담근 독한 소주의 일종이다.
* 구넨보(九年母)는 오키나와 특산 향귤나무다.
* 데이고는 진한 분홍빛의 콩과식물로 오키나와현의 상징이다.

여동생에게 보내는 편지 외

바쿠貘

악몽은 바쿠*에게 먹여라 하고

옛날부터 전해져 왔는데

꿈을 먹고 살아가는 동물로서

바쿠의 이름은 세계에서 유명하다

나는 동물박람회에서

처음으로 바쿠를 봤는데

노 / 라는 글자 같은 긴 꼬리가 있고

코는 마치 코끼리 코를 짧게 해놓은 것 같았다

아주 작은 갈기가 있어서

말과도 조금 닮았으나

돼지와 하마 사이의 혼혈과도 같은 몸집이다

동그스름한 눈을 하고 입을 우물우물 거리니

아차 꿈이라도 먹고 있는 것이로구나 하고

먹이를 주는 상자를 들여다보니 놀랍게도 그것이

꿈이 아니라 실제

과일이나 당근 따위를 먹고 있는 것이다

그런데 그날 밤 나는 꿈을 꿨다

굶주린 커다란 바쿠가 느릿느릿 다가와서

이 세상에 악몽이 있다는 듯이

원자폭탄을 날름 먹고

수소폭탄을 날름 먹자마자

갑자기 지구가 밝아졌다

* 바쿠는 사람의 악몽을 먹는다고 알려진 전설 속 생물. 몸의 생김새
는 곰이며, 코끼리의 코, 멧돼지의 엄니, 코뿔소의 눈, 소의 꼬리, 호
랑이의 발을 지닌 모양으로 그려졌다. 중국에서 일본으로 전해진
것으로 알려져 있다.

여동생에게 보내는 편지 외

불침모함不沈母艦 오키나와

슈레守禮의 문* 없는 오키나와

소겐지崇元寺 없는 오키나와

가지마루* 나무가 없는 오키나와

데이고 꽃이 피지 않는 오키나와

나하 항구에 얀바루 선船*이 없는 오키나와

재경在京 30년이 지난 지금 내 안의 오키나와는

완전히 다른 오키나와라 한다

그런데도 오키나와 사람이라 듣고서

슈레의 문이 어떻게 됐냐고 물으며

소겐지는 어떤가라고 물으며

가지마루나 데이고에 대해서 물었던 것이다

얼마 안 있어 전화戰禍의 참극으로부터 일어나서

상처투성이 육체를 질질 끌며

아무래도 오키나와가 살아남은 곳은

불침모함 오키나와다

지금 80만의 비참한 생명이

갑판 구석에 내몰려서

철이나 콘크리트 위에서

쌀을 만들 방도가 없어

죽음을 달라고 부르짖고 있다

＊ 슈레의 문(守礼門)은 오키나와 슈리(首里城)의 문 중 하나. 류큐왕국
시대 중국에서 봉책사가 왔을 때 국왕 이하 고관 등이 슈레의 문까
지 맞이하러 와서 예를 갖췄다. 오키나와전쟁에서 소실됐다고 1958
년에 재건됐다. 1972년에 오키나와현 지정 문화재. 2000년 오키나
와 G8 당시 2,000엔 기념 화폐에 새겨졌다.

＊ 가지마루(かじまる)는 뽕나무과 상록고목으로 오키나와에서 흔히
볼 수 있다.

＊ 얀바루선(山原船)은 두 개의 마스트를 세운 소형 범선.

여동생에게 보내는 편지 외

오키나와 풍경

저곳 앞마당에서는 언제나

다우치(투계)들이 피에 굶주려 있다

다우치들은 각각의

미바라* 안에 있는데

어느 것이나 어깨를 들썩이며

자못 자신감 있는 듯이

투계의 그 날을 기다리다 지쳐간다

아카미네赤嶺 집안의 노인(탄메)은 아침마다

연초분煙草盆*을 손에 들고

툇마루 끝에 나와 앉아

앞마당에 있는 다우치의 상태를 살폈다

그날 아침도 탄메는 툇마루에 있었는데

곰방대가 막혔던 것인지

탁 하고 친 그 소리에

다우치들이 일제히

갑자기 목을 길게 뺐다

* 미바라는 투계용 바구니이다.

* 연초분은 곰방대와 재떨이 등이 들어 있는 세트로 위에 손잡이가
달려있다. 에도시대에 널리 쓰였다.

구름 위

단 하나 뿐인 지구인데도

갖가지 문명이 북적거리며

떼지어 몰려들어 피로 물들이고는

시시한 재를 뿌려대는 것인데

자연의 의지에 거슬러서라도

자멸을 꾀하는 것이 문명인가

어쨌든 상당한 수의 국가이니

만약 하나의 지구에 이의가 있다고 한다면

국가의 수라도 없애는 식의

알몸과도 같은 보통의 사상을 발명해서

미국도 아니라면

소련도 아닌

일본도 아니라면 어느 곳도 아닌

모든 나라가 서로 살갗을 맞대고

지구를 안고 사는 것이다

무엇보다 지구는 단 하나뿐이다

만약에 살기에 장애가 될 정도로

많은 나라에서 이의가 있다면

살아갈 길을 개척하는 것이 문명으로

지구를 대신할 각각의 자연을 발명해서

밤이 오면 달이나 별처럼

저건 일본

그건 소련

이쪽이 미국이라는 식으로 말이다

우주의 어디에서라도 손가락질을 받고는

반짝이거나

쑥스러워하는 것이다

자못 우주의 주인과도 같은 것을 전하고

그는 거기서 일어섰는데

다시 한번 아래를 들여다보고 나서

뒤집어쓴 재를 털면서

구름을 밟고 가버렸다

여동생에게 보내는 편지 외

머리를 싸쥐는 우주인

푸른빛을 띤 둥근 지구를

눈 아래로 멀리 내려다보면서

화성이나 달에라도 살면서

우주에서 살아간다고 하더라도 말이다

계속 무일푼의

밥통을 달고 있는 우주인이어서는

곧 대문에서 다시 고개가 들여다보며

쌀집입니다 하고 올 것이 뻔하다

그러면 마누라가 또 당황해서

쌀집이라는데 어째요 하고 나올 것이 뻔하다

그러면 나는 또 나라서

어찌 하고 뭐고

배급이잖아 하고 나올 것이 뻔하다

그러면 마누라가 다시 샐쭉해서

배급이 아니고 뭐고 할 것이 있어요

언제까지고 패기라고는 없는

빈털터리가 아니냐고요 하고 나올 것이 뻔하다

그래서 내가 바로 다시

뻘끈 해서 마누라를 노려보거나 해도 말이다

지구 위에서 반복되는 것이니

달 위에 있다고 해도

머리를 싸쥘 수밖에 없다

표찰

우리집 일가가 쓰키다^{月田} 씨 집에서

신세를 진 후 얼마 되지 않을 무렵이다

우편배달부로부터 혼이 나고 나서 처음으로

내 표찰이라고는 것을

문설주에 내걸었다

표찰은 수제로

자필 펜글씨 서체를 확대해

공들여서 그것을 부조^{浮彫}했다

나는 때때로 석단 아래에서

뒤 돌아보며 거리로 나갔다

그러던 어느 날 나는 곤란해져서

표찰을 떼지 않을 수 없었다

내 것이라고 하기에는 다소

호화롭기 그지없는 표찰이라서

집주인인 쓰키다 씨가 너무나도

야마노구치 바쿠처럼 보였던 것이다

섬으로부터의 바람

그러한 연유로 이제 와서 보면

살아있는 것이 신기하다고

섬에서 온 손님은 그렇게 말하고

전쟁 당시 처해 있던 신상에 관한 이야기를 맺었다

그런데 섬은 요즘

어찌 사냐고 묻자

어찌 살고 뭐고

이민족의 군정하에 있는 섬이다

숨을 헐떡이고 있는 것에는 변함이 없지만

어쨌든 물자는 섬에 넘쳐나서

사치품이라도 일상의 필수품이라도

수입품이 아닌 것은 없어서

꽃이나 사과나 뱀장어까지

비행기에 실려

하늘에서 온다고 한다

손님은 그때 주머니에 손을 넣고서

이것은 그래도 오키나와 산이라고

여동생에게 보내는 편지 외

담배를 하나 툭 내어줬다

복숭아꽃

고향이 어디냐고

친구가 물어보자

미미코ミミコ는 대답하기 곤란했다고 한다

곤란할 게 무어 있어

오키나와잖아 하고 말하자

오키나와는 아빠 고향이고

이바라키茨城는 엄마 고향으로

미미코는 도쿄니 각자 다르다고 한다

그래서 뭐라고 대답했냐고 묻자

아빠는 오키나와고

엄마는 이바라키고

미미코는 도쿄라고 대답했다고 말한다

담배 한 대 물고

훌쩍 밖으로 나오자

복숭아꽃이 피어있다

여동생에게 보내는 편지 외

탄알을 뒤집어쓴 섬

섬의 땅을 밟자마자

간쥬이(건강한가) 하고 인사를 하자

네 덕분에 건강합니다라고 말하며

섬사람은 일본어로 대답을 했던 것이다

향수는 다소 당혹해하며

우치나구치마덴 무루(오키나와 방언까지 모두)

이쿠사니 삿타루바스이(전쟁에 당했군요) 하고 말하자

섬사람은 쓴웃음을 지으며

오키나와말이 능숙하시군요 하고 말했다

야마노구치 바쿠, 「노숙」·「여름에 어울리는 하룻밤」·
(시)「여동생에게 보내는 편지」 외 12편

야마노구치 바쿠는 1903년 오키나와 나하시에서 태어나, 총
197편 정도의 시를 남겼다. 1922년 상경해서 일본미술학교에 입
학하지만 한 달 만에 퇴학. 1923년에는 생활고로 하숙비를 내지
못하고 야반도주하는 등 생활고에 시달렸다. 도쿄대진재 당시 오
키나와로 돌아갈 것을 결의한 이후 야마노구치 바쿠라는 필명을
쓰기 시작했다. 1924년 '류큐가인연맹^{琉球歌人聯盟}' 활동을 시작했고
미술전에 작품을 내는 등 화가를 지망했다. 1925년에 다시 상경했
으며 1930년 이하 후유^{伊波普猷}의 도쿄 집에서 오키나와 시인 이하
난테쓰^{伊波南哲}와 함께 기식했다. 1932년 시인 가네코 미쓰하루^{金子光}
^晴와 교류를 하는 등 시작에 몰두했다. 1937년에는 이바라키 출신
의 야스다 시즈에^{安田静江}와 결혼했다. 1938년 첫 시집을 출판한 후,
1939년 일본의 주요 문예지에 시 등을 게재하기 시작했다. 일본의
패전 이후, 1951년부터 오키나와의 일본복귀를 바라며 이하 난테
쓰 등과 함께 오키나와 무용 모임을 개최했다. 1958년 34년 만에
오키나와를 방문했다. 1963년 위암으로 타계했다.

야마노구치의 시는 피식민자의 입장에서 쓴 시 가운데 유례를 찾아보기 힘들 정도로 분노에 찬 외침이 아닌, 절제된 언어의 미학으로 정제된 시다. 그는 도쿄에서 빈곤과 차별 속에 살았음에도 일본에 대한 원념이나 원색적인 비판 등을 하고 있지 않다. 그의 시에서 확인되는 것은 미약한 자신의 존재를 확인하고 그저 절망하는 것이 아니다. 오히려 그는 궁핍한 상황을 통해서 삶에 대한 강렬한 긍정을 인류적, 지구적, 우주적 차원에서 유머러스하게 펼쳐 보인다.

사람과 사람 사이의 수직적 관계를 싫어하고, 수평적 관계의 편안함을 한들한들, 지구감각 그리고 우주감각으로 포착해낸 시인이 바로 야마노구치 바쿠(山之口貌)이다. 오키나와 토박이 바쿠는 오키나와에서 때로 풍속 60미터에 이르는 폭풍의 위협을 받았고, 도쿄에 와서는 한층 강한 '폭풍'에 노출됐다. 우선은 빈곤. 16년간, 다다미 위에서도 잘 수 없는 방랑생활이 계속됐다. 그리고 오키나와인에 대한 대단히 집요한 편견과 차별이다. 그러한 '강풍'에 노출돼 '사회의 밑바닥'을 계속해서 걸어갔던 바쿠는, 저 먼 위쪽에 보이는 냉혹한 도쿄를, 거만하게 으스대는 제국 일본을, 화려한 도시문명을 증오하거나, 그것을 향해 분노하지 않았다. 그러한 협애한 수직적 관계를 의심하는 자들을 바쿠는 가련히 여겼다. 그리고 누구라고 할 것이 수평적 관계의 편안함을 유머가 담뿍 담긴 언어로 담아냈다. 그것이 시가 됐다. 이백 편이 채 되지 않는 야마노구치 바쿠의 시를 통해서만 일본의 근대, 현대시는 그 무자각한 거만함이 낱낱이 폭로되며, 또한 조금 용서될 수 있다.

— 다카하시 토시오(와세다대학 문학부 교수)

위 글에는 야마노구치의 삶의 궤적과, 사상이 명료하게 요약돼 있다. 즉 "수직적 관계를 싫어하고, 수평적 관계의 편안함을 지구 감각 그리고 우주감각으로 포착"해 냈다고 하는 표현은 야마노구치의 시 세계를 관통하는 사상의 핵심이다.

이 글 앞에 간략하게 정리한 야마노구치 바쿠의 이력에서도 확인되지만, 그는 도쿄에서 생애의 많은 시간을 보냈다. 그런 만큼 그의 시에는 일본 본토에서 겪었던 일들을 일상적인 생활 감각으로 노래한 시나 산문 등이 많다. 하지만 그에 못지않게 그의 시에는 오키나와전쟁 및 일본의 패전 이후 오키나와가 나아가야 할 길에 대한 고뇌를 표현한 시도 많다. 여기서는 시인 야마노구치 바쿠의 일상의 면모를 엿볼 수 있는 시 일부와, 오키나와가 처한 상황에 대해 노래한 시를 중심으로 13편을 선별해서 시기별로 수록했다.

그 상세 서지는 아래와 같다.

1. 「여동생에게 보내는 편지(妹へおくる手紙)」, 『日本詩』, 1935. 1.
2. 「종이 위(紙の上)」, 『山之口貘詩集』, 1940.12.
3. 「형님의 편지(兄貴の手紙)」, 『新文化』, 1943.4.
4. 「오키나와여 어디로 가는가(沖縄よどこへ行く)」, 『婦人倶楽部

臨時増刊　講和記念臨時号』, 1951.9.

5. 「바쿠(貘)」, 『小学五年生』, 1955.2.

6. 「불침모함 오키나와(不沈母艦沖縄)」, 『東京新聞』, 1956.6.27.

7. 「오키나와 풍경(沖縄風景)」, 『琉球新報』, 1957.1.1.

8. 「구름 위(雲の上)」, 『沖縄タイムス』, 1959.11.28.

9. 「머리를 싸쥐는 우주인(頭をかかえる宇宙人)」, 『朝日新聞』,
　　1961.6.13.

10. 「표찰(標札)」, 『婦人之友』, 1961.11.

11. 「섬으로부터의 바람(島からの風)」, 『季刊詩誌 無限』, 1962.12.

12. 「복숭아 꽃(桃の花)」, 『家庭信販』, 1963.2.21.

13. 「탄알을 뒤집어쓴 섬(弾を浴びた島)」, 『文藝春秋』, 1963.3.

야마노구치의 시는 절제된 언어의 미학을 드러낸다. 그는 상경
해서 빈곤과 차별 속에 살았음에도 일본에 대한 원념이나 원색적
인 비판을 하는 대신에, 자신의 궁핍한 상황을 응시하며 삶에 대한
강렬한 긍정을 인류적, 지구적, 우주적 차원에서 유머러스하게 펼
쳐 보인다. 문예평론가 다카하시 토시오가 말하고 있듯이 그는 "사
람과 사람 사이의 수직적 관계를 싫어하고, 수평적 관계의 편안함
을 한들한들, 지구감각 그리고 우주감각으로 포착"해 낸 희유한
시인이다. 그래서 아시아에서 맹위를 떨 일본 제국과 그 수도에서
근근이 살아가면서도 지배자들을 증오하는 것이 아니라 수평적

관계 속에서 이들을 유머 넘치는 필치로 그려내고 있다.

또한 그의 시는 어려운 시어를 쓰는 대신에 일상적인 언어를 쓰면서도 삶에 대한 깊이 있는 통찰을 보여준다. 그 대표적인 시가 「방석座蒲団」(『文藝』1935.2)이다.

흙 위에는 마루가 있다

마루 위에는 다다미(畳)가 있다

다다미 위에 있는 것이 방석으로 그 위에 있는 것은 안락하다 한다

안락함 위에는 아무 것도 없을까

자아 어서 앉으시죠 하는 권유에

안락하게 앉았던 쓸쓸함이여

흙의 세계를 아득히 멀리서 내려다보듯이

정들지 않는 세계가 쓸쓸하다

이 시에는 어려운 말은 한마디도 들어 있지 않지만, 삶에 대한 번뜩이는 통찰이 돋보인다. 이것은 고도의 비유라 할 수 있는데 사람은 맨바닥에 앉아 있을 때와 방석에 앉아 있을 때 많은 것이 달라지기 마련이다. 게다가 그것이 안락함을 추구해서 얻게 된 지위라고 한다면 그 상승 행위에는 '자괴감'이 뒤따르게 돼 있다. "정들지 않는 세계"의 쓸쓸함이란 구절에 공감하게 되는 이유다. 이런 식으로 야마노구치 바쿠는 오키나와 사람에게만 통용되는 시가

아닌 일본인은 물론이고 지구에 사는 사람이라면 누구라도 공감할 수 있는 시를 남겼다.

하지만 야마노구치 바쿠가 인생론적인 시만 썼던 것은 아니다. 일제 말에 쓰인 「종이 위」(1939.6)는 중일전쟁을 응시하는 시인의 안타까운 심정이 잘 담겨있다. 많은 작가들이 펜부대 등 종군의 형식으로 전쟁을 추종해 가던 상황에서 '종이'는 전쟁 프로파간다를 선전하는 장으로 변해갔다. 시인은 그 종이 위를 응시하며 중국 대륙에서 벌어지고 있는 전쟁을 비판적으로 응시한다. 그는 "전쟁이 일어나자 / 날아오르는 새처럼 / 일장기의 날개를 벌려서 그곳으로부터 모두 날아올랐다 / (…중략…) 언제쯤 "전쟁"이라는 말을 할 수 있는 것인가 / 불편한 육체 / 더듬거리는 사상 /마치 사막에 있는 것 같다"라고 하면서 진행 중인 전쟁에 대한 자신의 답답한 심경을 토로한다. 물론 이는 1939년 당시이기에 가능했던 시적 표현으로 이 정도의 시도 1941년을 넘어서면 거의 불가능해 진다. 이후 야마노구치 바쿠가 사회 문제를 다룬 시를 쓰는 것은 지금까지 확인된 바로는 '전후'가 돼서다.

특히 샌프란시스코 강화조약으로 미군의 오키나와 지배가 공고해지는 가운데, 그는 「오키나와여 어디로 가는가」(1951.9)라는 시를 쓴다. "자비센의 섬 / 아와모리의 섬 / 오키나와여 / 상처가 지독히도 깊다고 들었다만 / 몸 건강히 돌아와야 하느니 / 자비센을 잊지 말고 / 아와모리를 잊지 말고 / 일본어의 / 일본으로 돌아와야 하느니"라는 구절에서도 알 수 있듯이 오키나와전쟁으로 씻을 수 없는 상처를 입은 오키나와가, 미군에 의해 점령돼 있는 상황을 그리고 있다. 그러면서 시인은 오키나와가 전통을 잃지 않고 다시 일본으로 돌아와야 한다고 쓰고 있다. 이는 반드시 오키나와가 일본 복귀를 해야 한다는 맥락이라기보다는 샌프란시스코 강화 조약으로 '버리는 돌' 취급을 받게 된 오키나와의 상황은 물론이고 오키나와가 맞이한 근대를 통시적으로 응시하면서 계속 해서 오키나와가 미군의 지배를 받는 것의 부당함을 호소하고 있는 것에 다름 아니다. 이 외에도 야마노구치는 「섬으로부터의 바람」(1962.12)이나 「복숭아 꽃」(1963.2.2), 「탄알을 뒤집어쓴 섬」(1963.3)을 써서 미군의 오키나와 지배를 비판하는 것은 물론이고, 오키나와가 아닌 도쿄에서 사는 자신을 희화화해서 그리는 것으로 죽을 때까지 고향 오키나와에 대한 시를 써나갔다.

이 책에 수록된 야마노구치의 「노숙」과 「여름에 어울리는 하룻밤」은 모두 1950년에 발표된 자전적인 작품이다. 특히 「노숙」은 관동대지진 당시 일어난 조선인 학살을 연상시키는 부분이 나온다. 당시 오키나와인도 도쿄의 거리에서 현실적인 위협을 받았다. 두 작품에 나오는 '증명서'는 바로 오키나와인이 신원보증 없이는 일상생활조차 하기 힘들었던 험악했던 전전戰前 일본 사회의 분위기를 잘 보여준다.

『山之口貘詩文集』(講談社, 1999) 참조

오시로 다쓰히로

大城立裕

2세

2세

1

  오키나와전쟁은 1945년 6월 23일에 종식됐다. 며칠 후 오후였다. 섬 중앙부 R지구에 있는 수용소 언덕 위에 있는 소장실에서 육군보병 하사, 헨리 도마 세이치ㅅンリー・当間盛一는 직립부동 자세로 여름 더위를 견디고 있었다.

  "헨리 도마 하사, 자네에게 가장 절실한 것은 자신의 지위를 객관적으로 자각하는 것이네. 지금 이 방에서 자네를 둘러싼 우리 동료가 인정하고 있는 것처럼, 그리고 미합중국 어디에서도 틀림없이 인정되는 것처럼 말이야. 더구나 여기 오키나와섬 주민도 판단하는 것처럼 자네는 틀림없는 미국 시민 출신에 일본어를 할 줄 아는 병사라네. 알겠나."

  "잘 알고 있습니다. 소령님."

  "확실히 알겠나?"

  "확실히…… 알겠습니다."

  "그럼 좋아. 합중국의 양심이 자네들 2세 병사들에게 거는 기대는 대단히 크네. 국제적 이해의 발판 역할을 해야 할 사명은 자네들이 짊어질 영광스러운 짐이네. 하지만 그 사명은 자네들이 합중국 군인으로서의 자각에 근거해 행동할 때에만 달성될 수 있네. 그걸 오늘 하루 잘 생각해 보도록."

장교 몇 명의 시선을 받으며 막사에서 나갈 때 '징벌은 없군' 하고 생각했다.

막사 밖은 바람 한 점 없었다.

수용소로 불리고는 있으나 비교적 덜 파괴된 촌락에 가시철선을 멀리서 빙 둘러놓은 정도다. 난민은 이곳에 보내져 벽이 없는 집이나 돼지가 사라진 바짝 마른 돼지우리에서 여럿이 섞여 지냈다. 사람들이 차례차례 들어와서 도저히 더 이상 수용할 수 없어지면 작은 천막을 세웠다. R지구에는 그것만 해도 이미 수백 개가 넘는다. 그런 생활을 하는 난민들은 부락 근처 밭으로 가서 점령군이나 병사들의 지휘에 따르며 고구마를 캐서 철모에 넣어 삶아 먹고 살았다.

식량은 자급해서 먹는 고구마 외에 군대 전투식량*이나 통조림이 배급됐다. 한 집안의 주부나 딸이 맡은 중요한 임무 중 하나는 소장실 옆 언덕에 세운 배급소에 종이상자나 빈 깡통을 안고서 목

---

* 이 시기 미군의 전투식량은 C-레이션(Field Ration, Type C)이었다. 캔 디자인은 높이 11cm, 지름 7.6cm로 주름이 없는 양철로 만들었다. 주로 다진 햄과 달걀과 감자, 돼지고기와 쌀, 프랑크푸르트 소시지와 콩, 닭고기와 야채 등으로 만들어졌다.

장에서 사육되는 가축처럼 떼를 지어 모여 있는 것이다.

헨리가 소장실에서 나왔을 때 마침 무언가를 배급해주려는 것인지 여자들이 모여 있었다. 그 무질서한 광경은 꽤나 장관이었다. 배급소 앞 도로는 촌락이 수용소로 변한 이후부터 석회석을 전면에 깔아서 확장된 간선幹線 중 하나다. 아열대의 강렬한 햇살이 눈부실 정도로 흰 도로 표면에 반사된 후에 사람들의 떠들썩한 목소리 속에 섞여 먼지가 두껍게 쌓인 수목이나 지붕 위로 내려앉은 것처럼 보였다.

'돼지나 닭이랑 다른 게 뭐람!'

헨리 도마는 난민 무리를 내려다보며 미간을 찌푸렸다. 하지만 이어서

'하지만 이곳은 부모님의 고향이다. 그들은 내 동포이며 그들을 사랑한다.'

이처럼 부자연스러운 술회를 하고 있음에도 논리적으로는 어떤 반성도 없이 구두 소리를 울리며 언덕을 내려갔다.

그는 배급소 앞에서 주부 한 명을 붙잡았다.

"아줌마, 아라사키新崎는 어디에 있습니까?"

그 주부는 붙임성 있게 허리를 꺾으며 대답했다.

"관청에 있어요……."

수용소 지구에 있는 관청은 대부분 식량 배급과 작업부 동원과 배치를 위해 만든 것이었으나, 동시에 그 사무소에서 CIC^{Counter}

Intelligence Corps(첩보부대)의 신문訊問도 이뤄졌다. 처음 들어가는 사람은 무조건 수용소를 거쳐야 하는 구조다.

집안이나 지식 정도, 사상을 살피기 위한 조사지가 인쇄됐고 매일 20여 명이 신문을 받았다. 난민 중에서 교양이 있는 사람은 신임을 받아 보조원으로 발탁됐다. 전쟁이 나기 전에는 중학교에서 지리와 역사 교사를 하고 있는 아라사키 겐지新崎憲治도 10여 명의 보조원 중 한 명으로 합류했다. 헨리는 관청에 도착한 후 바로 아라사키를 부르려 하지 않고 조금 떨어진 곳에서 한동안 신문을 받고 있는 난민 무리를 응시했다. 얼굴 하나하나를 관찰했다. 수십 명의 얼굴을 하나하나 다 본 후에야 아라사키를 불렀다. 아라사키는 나른한 듯 연필을 움직이다가 헨리를 발견하더니 바로 연필을 내려놓고 미군 감독관에게 양해를 구하더니 잰걸음으로 다가갔다.

"지금 오셨습니까?"

아라사키의 기세 좋은 장단의 질문에 미소를 살짝 지을 뿐, 헨리는 재촉하며 그곳을 떠났다.

아라사키는 뒤를 따라 걷기 시작하며 뒤를 돌아봤다. 신문 장소인 천막 안까지 강한 석양이 들어와 보조원도 난민도 한 무리를 이루어 뜨거운 햇볕을 받고 있었다. 아라사키는 휴우 하고 숨을 쉬었다. 보조원 모두가 싫어하는 일이다.

말을 하며 걷는 사이에 주택지로부터 조금 떨어진 소나무 숲에 도착했다.

　그 바로 앞은 꽤나 넓은 논밭으로 일대에 갈대가 무성했는데 탱크 한 대가 파손된 채로 녹슬어가고 있었다. 눈길을 주자 건너편 바다는 기름이 흘러가는 것처럼 잔잔하게 넓어져갔다.

　심각한 표정으로 이야기를 하고 있던 헨리는 어느새 아라사키에게 이끌려 따라갔다. 아라사키는 나무 그늘을 찾아서 앉았다. 팔로 두 번 부둥켜안을 정도는 족히 되는 교목喬木이 약 3미터 정도 되는 높이에서 함포에서 발사한 포탄을 맞고 몹시 거칠게 부러져 있었다. 부러져 땅에 떨어진 부분은 이미 땔감으로 누군가 가져갔고, 끝이 가늘게 갈라진 부분은 마치 하늘을 찌를 듯한 기세였다.

　아라사키는 그것을 올려다보더니,

　"이래서야 부대장에게 혼나도 이상한 일은 아니죠"

하고 말했다.

　꽤나 건성으로 듣고 있는 듯한 가벼운 말투였다. 헨리는 들뜬 마음이 간파당한 듯한 기분이 들어서 아라사키의 얼굴을 바라봤다.

　아라사키의 이런 말투에 헨리는 익숙해져 있기는 했다. 대부분의 난민이 2세를 대하는 태도는 멀리하거나 아첨을 하거나 둘 중 하나였다. 나이는 마흔 하나라고 했는데 쉰 살이 다 돼 보였다. 지나(중국-역자 주) 전선에서 오른팔을 잃어서 방위대로 차출되지 않았기에 노인이나 어린이가 많은 비전투원 수용소에 들어올 수 있었다.

　헨리와 알게 된 건 20일 정도 전이다. "도마 세이지当間盛次라는 이름의 15살 소년이 오면 알려줘야 합니다, 동생이니까." 그렇게 부탁을 받았을 때 아라사키는 잠시 동안 무언가 다 알 것 같은 눈초리로 헨리의 얼굴을 바라봤지만 바로 사무적인 태도로 메모를 한 후 "알겠습니다" 하고 말했다.

그 외에 아무 질문도 하지 않는 것이 의외였지만 헨리는 그러는 편이 오히려 안심이 됐다. 헨리는 그 후 통조림 식품을 가지고 아라사키가 있는 천막을 두 번 찾아가 옛 이야기나 요즘 일을 조금씩 이야기했다.

하지만 아라사키의 신상에 관해서는 눈앞에 있는 가족(아내와 16살 큰 딸을 포함해 세 아이)과 전쟁 전까지 중학교 교사를 하고 있었다는 경력 외에는 들은 이야기가 없고, 한쪽 팔이 없는 몸에서 배어 나오는 자신감이 어디서 오는 건지 만 스물이 막 된데다 일본어도 자유롭지 않은 헨리는 알 길이 없었다. 헨리는 아라사키라는 사람이 마음을 터놓을 수 없는 상대이기도 했고, 자칫하다가는 혼이 날 것 같은 선배와도 같은 존재였다.

"무리 아닌가요?"

헨리에게 아라사키의 말은 너무나 짧게 느껴졌다.

"저는 오키나와 사람이에요. 일본인이에요. 제 형제들이, 그 안에서 고통스러워하는 참호 안으로, 수류탄을 던지는 것을, 보는 것이 가능할까, 아라사키 씨, 생각합니까? 제가 그때, 어떤 기분이 들었는지, 아라사키 씨, 알겠어요?"

"잘 압니다."

"모르잖아요, 아라사키 씨는……."

아라사키는 간신히 고개를 돌려서 헨리를 봤다. 바로 온화한 웃음을 머금고서,

"잘 알고말고요. 제게는 당신과 함께 간 미국 병사들이 유감스러워하는 마음을 한층 더 잘 알 것 같은 기분입니다. 안다기보다 그렇게 말하는 편이 당연하겠지요. 참호 안에 사람이 있는 것이 확실한데 '어서 나와라'라고 불러도 나오지 않을 때, 수류탄이나 화염방사기를 쓰는 것은 미군 병사에게는 당연한 일이 아닙니까. 그걸 당신이 하도록 강제하지 않았다고 하는 건……."

"만약에, 그 안에 비전투원이 있다면, 정말로 불쌍하지 않습니까?"

"그것보다는 말입니다. 안에 있는 사람들이 패잔병뿐이라고 한다면, 그 자들이 기어 나와서 미군 병사를 때려죽이거나, 주민으로부터 약탈을 할지 모릅니다. 말하자면 당신들 미군 병사에게는 참호 안의 인간을 그대로 내버려두는 건, 바로 위험한 뿌리를 남겨두는 것이 아닙니까?"

"아라사키 씨, 역시, 당신은, 저를 일반 미군 병사와 똑같다고 생각하고 있군요."

"지나치게 깊이 생각하는 건 피하는 게 좋아요. 제가 당신을 어떻게 생각하든 그런 건 상관이 없습니다. 일본 병사는 당신을 발견하면 주저하지 않고 바로 쏴 죽일 겁니다."

이 말은 헨리가 이해하기에는 너무 어려웠다. 다만 마지막 문구가 감각적으로 헨리의 귀에 무섭게 울렸다. 그 울림으로부터 그는 아라사키의 저의가 무엇인지를 읽어내려 했다. 그러자 아라사키는 맑은 눈빛에 순간 드물게도 잔혹한 것을 떠올리며 갑자기 바다를 가리켰다.

"당신은 요즘 저 바다를 보고 무언가 생각한 것이 있나요?"

헨리는 바다를 바라봤다. 파도 머리가 보이지 않는 조용하고 푸른 바다를 황혼과 닮은 빛바랜 하늘이 덮고 있을 뿐이다. 많은 것을 말하고자 한다면 할 수 있노라고 헨리는 생각했다. 자신은 저 바다를 넘어 부모의 나라로 왔다고 하는 것이 가장 먼저 떠오른 생각이었다. 하지만 과연 그것을 아라사키에게 말하면 그만인 것일까 하고 바다를 바라본 채로 망설였다.

"3개월 전에는 말이죠" 하고 아라사키가 말했다. "저 바다에는 북쪽에서부터 남쪽까지, 군함이 잔뜩 들어차서 수평선이 1센티도 보이지 않았어요. 서쪽 바다도 마찬가지였죠. 지금 이렇게 바라보고 있으니 그런 일이 있었던 것이 마치 거짓말 같아요. 하지만 때때로 이 고요함이 실재일까 의심하기도 합니다. 하지만 역시 진짜입니다. 수용소에서 모두가 어떤 이야기를 하고 있는지 아십니까? 다음에 전쟁이 일어나면 도망치거나 하지 않고, 우선 포로가 될 것이라고……."

"그렇습니다!" 헨리는 토해내듯이 말했다. "아메리카는, 오키나와 민중을 죽이려는 생각을, 전혀 하지 않았습니다."

"…… 그런 식으로 말한다는 건" 아라사키는 말투를 바꾸지 않고 말했다. "결국, 지금의 이 고요함을 진짜로 믿고 있다는 것이겠죠. 대단합니다. 그 신뢰는 말이죠. 오키나와 사람은 정말 사람을 금방 믿습니다. 그렇다기보다 믿고 싶어 합니다. 현실을 믿을 수 없기 때문입니다……."

물론 아라사키는 이런 말이 헨리가 이해할 수 있는 범주에서 꽤나 멀다는 것을 알았다. 알면서도 뱉은 계산된 말이다. 그에게는 헨리와 그들 사이의 이해하는 정도가 헨리가 생각하는 것만큼 가깝다고 생각할 수 없었고, 헨리가 소박하게 품고 있는 자신감이 꼬맹이의 신념처럼도 보였다. 그런 가벼운 반발이 가학적인 계산을 하게 했던 것이다. 그는 말을 하면서 헨리가 얼마나 초조해 하는지를 가늠할 수 있었다. 이는 꽤나 가련한 일이었으나 동시에 이런 과정을 거치지 않는다면 진실된 이해에 근접할 수 없다고 생각했다. 그것은 무엇보다도 아라사키 자신의 이해를 확인하는 것에 다름 아니었다.

이는 그에게는 이른바 자학이기도 했다. 그러한 정신적인 경험은 이전에는 예상하지 못 했던 것이다. 아라사키는 이건 그야말로 저 바다 너머에서 온 것이라 생각했다.

햇살이 한층 약해지고 바다 빛깔이 짙어졌다. 날씨가 조금 추워진 듯한 분위기를 느끼며 아라사키는 오른팔이 잘려나간 부분을

손으로 감쌌다. 그는 어쩐지 헨리가 귀여워서 어찌할 줄 모르겠다는 기분이 들어서,

"그런데 오늘밤은 우리집에 오지 않을래요. 요코洋子의 생일입니다. 만 15살의……"

하지만 그가 그렇게 웃는 얼굴이 헨리에게는 너무나도 뜻밖이었다. 그는 몇 번이고 말을 하려다가 말문이 막혔다. 헨리는 아라사키가 웃는 얼굴을 보더니 따라서 웃어보려 했지만 얼굴이 굳어지면서 완전히 말을 잃었다.

"좋잖아요? 우리집에 와서 다시 이야기합시다."

아라사키가 모처럼 몇 번이고 확인했다.

그때 갑작스럽게 뒤쪽에서 많은 사람이 웅성대는 소리가 들렸다. 어린아이의 새된 소리가 대부분이었다. 처음에는 이렇다 할 모습은 안 보였는데 둘이서 눈으로 훑어보고 있는 사이에 오른편에 있는 돌담 그늘에서 하나둘 보이더니 갑자기 많은 어린아이들에게 둘러싸인 지프가 나타났다.

지프는 속도를 최대한 줄였다. 백인 병사가 운전을 하고 함께 탄 2세 병사와 함께 껌이나 초콜릿, 크래커, 담배 등을 재라도 뿌리듯이 상자에서 꺼내 주위에 뿌려댔다. 어린아이들은 그것을 서로 빼앗고 있었다. 그 안에는 서너 명의 어른도 섞여 있었다.

2세 병사를 헨리는 잘 알고 있었다. 이름은 존 야마시로ジョン・山城다. 하와이에서 함께 입대했다. 영특해 보이며 자주 움직이는 그의

눈에 헨리는 익숙해질 수 없었다. 그는 위생병으로 B야전병원에서 일하고 있다. B야전병원은 비전투원만을 수용하며 가끔 수용소로 연락을 하러 올 때가 있어서 전에도 한 번인가 장교숙소에서 그를 만난 적이 있다. 그때도 눈으로만 서로 인사를 했을 뿐 이야기를 나누지는 않았다.

그들이 가져온 물품은 금방 바닥을 드러낼 것 같았지만 쉽게 없어지지 않았다. 요령 좋게 물품을 손에 잡고 뿌려서 시간을 가능한 늘리려는 것 같았다. 어린아이들의 외침 소리는 점차로 커져갔다. 지프에서 던지면 몸을 쭉 뻗어서 쟁탈전을 벌이는 바람에 때로는 지프 바로 옆에서 아이들이 넘어지자 누군가 일으켜 세워줬다. 지프에 탄 두 병사는 상관할 바 아니라는 태도로 유쾌함을 즐기는 듯한 표정을 짓고 있었다. 소란함이 너무나도 커져서 주변 천막에서 저녁밥을 준비하던 사람까지 나왔다. 헨리가 이 소란함 속으로 뛰어들면서 겨우 조용해졌다.

"그만해, 존……."

헨리는 어린아이를 좌우로 밀치며 지프 앞을 막아섰다. 백인 병사가 차를 세웠다.

"Why?(왜 그래?)"

존 야마시로는 마침 손에 가득한 껌을 가지고 놀면서 곧잘 움직이는 눈알로 쳐다봤다.

헨리는 그 옆으로 돌아갔다.

"어린아이들을 거지 취급하는 거야?"

"뭐야, 서로 즐거워하는 거 안 보여? 너랑 뭔 상관이야."

"너도 오키나와 사람이잖아. 여기서 태어났다고 생각해 봐. 부끄럽지 않아?"

"쓸데없는 참견이야. 그러는 넌 언제부터 미국 시민이 아니게 된 거야."

존은 특히 미국 시민 부분을 강조해서 말했다. 그러더니 흘끗 백인 병사를 봤다. 백인 병사는 턱을 핸들에 올리고 있었다.

"Come on? Get Out!(뭐해? 내려!)"

헨리는 세 걸음 물러섰다. 기가 죽어 조용해진 어린아이들이 울타리를 무너뜨리고 열었다.

"Fight? OK!(싸우자는 거야? 좋지!)"

존은 껌을 땅에 내동댕이치더니 차 밖에 훌쩍 섰다. 어느새 구경꾼 중에는 어른들도 늘어나서 군중 속에서 전과는 다른 술렁임이 일어났다. 백인 병사가 갑자기 "Two japs fight(잽 두 명이 싸운다)" 하고 기성奇聲을 질렀다. 모두가 깜짝 놀라 뒤돌아보고 광기가 느껴질 정도로 좋아하고 있었다.

헨리도 자세를 잡으며 엉겁결에 그쪽을 봤다. 그 순간 머릿속에 복잡한 걱정거리가 번뜩였다.

간단히 말하자면 그것은 분명 후회였다. 그는 순간적으로 왜 이런 일이 벌어지게 된 건지 생각했다. 그러자 우선 머릿속에서 명확해진 것은 아라사키가 내뱉은 어렵고 긴 말의 의미였다. 그것은 실로 "너희들과 우리는 원래 달라"라는 선언이 아니었던가. 자신이 납득하기 힘들어 하는 언어 장애인처럼 초조해 하고 있을 때, 마침 말도 안 되는 상황을 직면하여 뛰어나간 것이다. (이는 분명히 아라사키의 말을 무의식적으로 이해하고 있었기 때문이다. 그렇지 않았다면, 평상시의 자신이었다면, 이런 상황을 보고 혐오감을 느끼기는 했겠으나 이렇게 무턱대고 일을 벌이지는 않았을 것이다.) 그는 전적으로 아라사키의 불평에 반대하는 증거를 세우기 위해 용기를 내서 뛰어나왔다. 그리고 가능한 아라사키가 들을 수 있도록 명확한 발성으로 화를 냈다. 하지만 그 기세는 몇 분 정도 순조롭게 이어졌던가. '미국 시민'이라는 말을 존이 내던졌을 때 그의 기세는 크게 꺾였다. 존은 미국 시민이라는 똑같은 이름이라는 강제로 그를 아라사키로부터 떼어 놓았다. 게다가 거기서 그치지 않았다. 백인 병사의 기성은 그와 존을 묶어서 '잽'으로 떼어 놓았다. 이렇게 순간적으로 양쪽으로부터 튕겨져 나간 적은 이전에는 없었다.

그는 존의 투지에 불타는 둥근 눈을 바라보며 급속도로 투지를 잃어갔다. 그는 존과 키가 비슷했지만 팔이 꽤 가느다란 것을 본 적이 있다. 싸우면 쉽게 쓰러뜨릴 수 있을 것이다. 하지만 그런 자신감마저 찢어버릴 정도로 비참한 기분이 그를 덮쳤다.

"도마 씨, 가시죠."

아라사키의 손이 어깨에 닿았을 때 헨리는 싱거울 정도로 조금도 반항하지 않았다.

헨리는 그날 밤 10시 무렵에 아라사키의 집을 찾아갔다.

꽤나 망설였으나 역시 가는 편이 좋으리라 느꼈다. 선물을 지참하고 가야 한다. 이대로 내일을 맞이하는 것보다는 그렇게 하는 편이 마음의 정리도 될 거라고도 생각했다. 뭘 선물할까 궁리해봤지만 이런 곳에서 소녀에게 줄 것이 가까운 곳에 있을 리 없다. 그래서 생각을 거듭한 끝에 저녁 식사 후에 모두 함께 먹을 초콜릿 한 뭉치와 주인공인 소녀에게 줄 앙드레 지드의 『전원교향악』 야전위문용 포켓판*을 준비했다. 소녀가 지금은 아니라도 언젠가 읽을 수 있을 테니 의미가 있을 것이라 생각했다.

'게다가 그것을 미스터 아라사키에게 꼭 말해야 한다'고 생각했다. '사실 난 낮에도 그것을 상담하려고 미스터 아라사키를 찾아갔던 것인데……'

그것이라 함은 그가 부대장으로부터 혼나게 된 이유와 관련이 있다. 남부전선 참호에 내일이라도 가서 안에 있는 사람들을 무사히 불러내달라는 것이었다. 소나무 숲에서는 그런 것을 상담하기도 전에 아라사키한테 기선을 제압당하고 말았다. 아라사키에게 자신의 기분이 전달되지 않는다고 생각되자 그런 상담을 하는 건 더욱 힘들다고 생각해 거의 포기하다시피 했다. 하지만 백인 병사

---

* 주머니에 쏙 들어갈 정도의 작은 사이즈 판형의 책이나 인쇄물.

에게 야유를 들은 순간부터 역시 한 번은 말을 해보지 않으면 매듭을 지을 수 없다는 기분이 들었다. 그렇게 하는 편이 자신에게도 정직한 것이라 느꼈다.

'역시 우리의 정신은 미스터 아라사키조차도 이해할 수 없는 심오한 것이 있으니까……'

그 심오한 것은 그에게 긍지였어야 했다. 설령 지금은 긍지라고 할 수 없어도 언젠가는 긍지여야만 했다. 어제부터 오늘에 걸쳐 그의 행동은 역시 그걸 위한 것이었다. 믿어주지 않으니 단념하는 것은 패배만을 의미했다. 예정된 패배는 그가 황색 피부인 동시에 미국의 병적兵籍을 지니고 있는 이상 아마도 영원히 계속될 것이다.

그는 아라사키와 둘이 했던 대화를 떠올렸다. 그중 하나는 그가 맨 처음 아라사키의 텐트를 찾아갔을 때였다. 말하는 김에 CIC보조원 이야기도 나왔다. 아라사키는 그런 일은 처음이기도 해서 곤란하다고 말했다. 왜 곤란하냐고 물었다.

"모두 괴로워하고 있습니다. 이제 수용소에 들어와 안심하고 있는데 같은 오키나와 사람을 괴롭혀야만 하니까요."

"그렇지만, 오키나와를 좋아하게 하려고 하는 일 아닌가요. 치안 유지를 위해서도 필요합니다."

"전쟁 전에 특별고등경찰이라는 게 있었습니다. 그것과 거의 똑같은 겁니다. 그걸 하던 치들도 지금 당신이 말했던 것처럼 생각했을 겁니다. 그런 자들이 사라져서 겨우 안심하고 있었는데."

"그것과는 달라요. 그건 군국주의. 이건 민주주의니까 ……."

아라사키는 화제를 바꿨다.

다른 하나는 두 번째 방문했을 때였다. 그건 그 전날 일어난 절도사건을 비판하면서 일어났다. 수용소에서는 지역사람과 타지 사람들이 잡거하고 있었는데 말할 것도 없이 지역사람들의 식량난이 덜했다. 한 공무원 집안의 아이가 그 지역 아이의 고구마를 달라고 하기에 아버지가 그것을 꾸짖었다. 하지만 밤이 돼 무심히 자고 있는 아이를 본 아버지가 밭으로 가서 고구마를 훔쳤다. 지역사람은 그걸 대체로 동정했다.

"배고픈 건 알겠어요. 하지만 그렇다고 도둑질을 해서는 안 되죠."

아라사키는 말을 하지 않고 웃고 있었다.

분명히 반대 의견이 있을 것이라고 아라사키의 표정을 보고 생각했다. 불만스러웠다. 하지만 아라사키에게 더 센 주장을 할 마음은 들지 않아서 옆에 앉아서 듣고 있던 딸에게 물었다.

"You! 어찌 생각하지?"

요코는 마침 그때 빈 깡통 안에 만든 램프의 심지를 만지다가 깜짝 놀라서 눈을 동그랗게 뜨고 그를 봤다. 그러더니 숨을 들이쉬듯이 천천히 고개를 세로로 흔들었다. 요코는 속눈썹이 흔들리도록 웃었다. 소녀의 표정에는 비판은 없고 호의가 넘쳤다. 그것은 신기하게도 그가 고독하게 품고 있던 긍지에 힘을 주었다.

— 그는 15개의 양초를 모으기 위해 전우들과 취사반을 찾았다.

"야전에서 생일 축하를 하는 건가. 로맨틱하잖아!"

전우들은 천진난만에게 축복했다. 그는 겨우 명랑한 밤을 맞이했다. 천막에 웃음이 가득 찬 가운데 그는 요코에게 말했다.

"후우 불어서 촛불을 다 꺼야해. 나이만큼 촛불이 있어. 여기저기서 모아서 큰 것과 작은 것이 함께 있어. 이상하지. 어서 하렴."

요코가 기쁨에 도취돼 망설이고 있는 사이에,

"내가 끌 거야……."

갑자기 10살 된 동생이 아버지와 어머니 옆에서 뛰어나온 것을 헨리는 무의식적으로 막았다.

요코는 진지한 표정으로 촛불 하나하나를 불어서 껐다. 하나 꺼질 때마다 그녀의 얼굴에 그림자가 모습을 바꾸는 것을 그는 마음에 새기듯이 바라봤다.

황홀한 만족감이 그를 감쌌다. 하지만 그는 허를 찔렸다. 촛불을 다 끈 요코가 표정을 바꾸더니,

"동생분의 생일은 언제인가요? 역시 촛불 15개죠?"

모두가 조용해진 가운데 헨리는 당황했다. 모른다고 하면 될지 어떨지. 동생의 생일을 모른다는 아무것도 아닌 사실이 어째서인지 큰 죄의 표식인 것처럼 느껴졌다.

─동생은 그가 여섯 살일 때 오키나와에서 태어났다. 노쇠한 외가의 할아버지가 어머니와 손주를 만나고 싶어 해서 부모님은 헨리를 데리고 오키나와로 갔다. 그때 어머니는 동생을 품고 있었다.

3개월이 지나 할아버지는 돌아가셨다. 그들은 하와이로 다시 도항할 예정이었지만 어머니의 몸은 더 이상 긴 뱃길을 견딜 수 없었다. 어쩔 수 없이 아버지가 헨리를 데리고 돌아갔다. 어머니는 동생이 3살이 될 때까지 오키나와에 남았다. 동생은 할머니의 바람대로 그 후 할머니와 숙부의 손에서 자랐다.

헨리가 동생을 처음 만났을 때 그의 나이는 15살, 동생은 10살이었다. 동생은 그와 달리 쾌활한 개구쟁이였다. 동생은 마음껏 할머니에게 응석을 부렸다. 헨리는 할머니와도 6살 때 석달을 함께 보낸 것이 다라서 정이 들지 않았다. 새하얀 머리카락을 마치 마법사처럼 묶었고, 얼굴은 주름투성이로 손발은 비늘이 뒤덮여 있는 것 같았으며, 기괴한 옷을 입고서 집요하게 그를 안으려고 했다. 동생은 맨발로 마을 전체를 뛰어다니며 놀다가 집에 와서는 천진난만하게 옷을 다 벗어던지고 뛰어 들어왔다. 할머니가 그의 몸을 씻겼고 밤에는 부모님보다도 할머니에게 안겨 냄새를 맡으며 자는 걸 좋아했다. 그리고 무엇보다도 머리를 빡빡 깎아 놓은 것이 이상했다.

하지만 동생을 향한 그의 감정은 이상했다. 사람들이 형제라서 그런지 꼭 닮았지 하고 말하면 그는 반발하기보다 동생을 증오했다. 왜 더 닮지 않는 것이야 하고 동생을 혼내주고 싶었다. 얼굴이 닮은 것만으로는 부족했다. 오히려 동생 쪽이 먼저 형을 꾸짖었다. 어느 날 아침 등교 준비를 다 마친 동생이 방 천정 한구석을 향해

꾸벅 하고 고개를 숙였다. 거기에는 가늘고 긴 하얀 종이로 만든 것이 장식돼 있었다. 헨리는 지금까지 동생이 가끔 그러는 것을 봐왔지만 그때 겨우 왜 그러냐고 물었다. 동생은 놀란 듯 그를 보더니,

"하와이에는 부적이 없어?"

"부적? 없어 그런 건."

"이건 신이야. 여기에 빌면 전쟁에서 이길 수 있어."

헨리는 더 무슨 말을 해야 할지 몰랐다. 일본과 지나(중국)가 전쟁을 하던 한창이었다.

그는 이 체험을 한 달 후에 하와이로 돌아가서 학교 선생님에게 말했다. 백인 교사는 진지한 표정으로 말했다.

"일본에 진정한 신은 없단다. 일본 국민은 거짓 신에게 빌고 있어. 그리고 그 거짓 신을 위해 전쟁을 일으켜 생명을 바치고 있지. 네 동생은 그 불행한 나라에서 생활을 하고 있구나. 넌 동생을 마음에서부터 사랑해야 해."

선생님의 말씀은 진실이라고 생각했다.

그는 그 기분을 편지로 써서 동생에게 보냈다. (그는 몰랐지만 그 편지는 동생에게 전달되지 않았다.) 몇 달이 지나 동생으로부터 그림과 함께 편지가 왔다.

"형, 다시 놀러와 줘. 이번에는 여기 오래 있으면서 나와 함께 공부하자."

이런 내용이었다. 그림은 크레용으로 집 대문 근처를 사생^{寫生}한

것이다.

그는 자신이 동생을 사랑하는 것에 앞서 동생으로부터 사랑을 받고 있다고 느꼈다.

이것이 헨리 도마가 간직하고 있는 동생에 대한 마지막 기억이다. 동생에게 편지를 쓰려고 했지만 일본어로 긴 시간을 들여도 생각한 것을 표현할 수 없기에 포기했다. 엄밀히 보자면 그것이 마지막 추억이다. 그 후 그의 뇌리에 동생의 이미지가 때때로 떠올랐다. 항상 오키나와에서 자란 것치고는 얼굴색이 희고, 뺨은 희미하게 홍조를 띠고 있는 모습이다. 오키나와에서 봤을 때는 강하고 꽤나 강한 색채를 품고 있던 눈이 어느새 애정이 넘치는 색을 보였다.

동생은 형이 오키나와에 왔다는 것을 전혀 모르고 있을 터였다. 분명히 어디선가 거짓 신을 위해서 싸웠을 것이다. 그런 동생이 죽었을 것이라고는 생각할 수 없었다. 죽어서는 안 된다.

'이렇게 같은 나이 소녀가 건강하게 살아 있지 않나.'

이 소녀처럼 동생도 살아서 건강하게 생일을 축하해야만 한다. 형이 생일을 축하해줘야만 한다. 하지만 동생의 생일이 언제인지 모르겠다.

헨리가 갑자기 조용해지자 요코는 갑자기 자신의 부주의함을 눈치챘는지 눈동자를 아래로 움직였다.

"하하하. 그거야 뭐 너도 참……" 아라사키가 눈치 빠르게 커다란 소리로 웃었다. "생일을 모두 기억하는 사람은 없어. 넌 가족 생일을 모두 기억하고 있어?"

요코는 "흥" 하고 웃었다.

헨리도 마음이 놓였는지 웃었다. 동시에 그는 자신의 마음속에 명랑한 의지가 생생히 소생하는 것을 느꼈다.

"아라사키 씨, 부탁드릴 일이 있는데요."

아라사키의 표정이 경직되는가 싶더니 헨리는 다그치듯 말했다.

"그 참호 안의 사람들, 아라사키 씨가 불러내주시지 않겠습니까?"

"……"

"그렇게 해주신다면, 그 참호 안의 사람들은 모두 나올 겁니다. 싫으세요?"

"도마 씨, 싫은 건 아니지만. 마음대로 여기서 나가도…… 괜찮나요?"

"괜찮습니다. 제가 책임지겠습니다. 성공하면 괜찮습니다. 괜찮습니다. 성공합니다."

아라사키는 가족을 돌아봤다. 아내도 딸도 어떤 사정인지 전혀 들은 바가 없었다. 모녀는 서로 얼굴을 마주봤다. 불안한 분위기가 감돌았다. 그것을 감지한 헨리는 다시 무언가 말하려 했다. 그것을 아라사키가 막았다.

"생각해 보죠. 내일 아침까지."

헨리는 그 대답에 조금 불만을 느끼고 다시 말을 하려 했지만 문장을 만들고 있는 사이에 정신을 차려 보니 아라사키는 왼손으로 깔끔하게 초콜릿 봉지를 벗겨내서 알맹이를 입에 넣고 있었다. 그러더니 치아로 초콜릿을 뚝뚝 끊어 먹는 소리가 자못 아무 걱정도 없는 것처럼 보였다. 헨리는 다시 생각하고 이렇게 말했다.

"그러면 부탁드립니다. 내일 올게요. 편히 쉬세요. 사모님 괜찮습니다. 걱정 마세요."

그가 돌아간 후 아라사키는 지난밤에 있었던 일을 아내와 딸에게 설명해야만 했다.

이야기를 다 들은 아내가 지그시 생각해 보라고 말했다.

"도마 씨는 그 참호 안에 동생이 있다고 생각하는지도 모르겠어요."

아라사키는 놀란 표정으로 아내의 얼굴을 봤다. 지금까지 그는 그런 생각을 해본 적이 없었다. 그는 화난 듯한 목소리로 말했다.

"바보같은 소리 하지 마. 그런 어설픈 우연이 어디 있어. 쓸데없는 감상이야."

하지만 그날 밤 아라사키는 자리에 들면서 헨리의 부탁을 들어줘야만 할 것 같은 의무감을 계속 곱씹었다.

2

아열대의 여름 아침은 굉장한 속도로 낮에 접근한다. 헨리와 아라사키가 지프로 수용소를 나선 것은 9시였는데 넘쳐날 정도의 빛과 열이 흰 도로에 가득 떨어졌다. 게다가 지독하게 무더웠다. 아침치고는 드물게 바람도 불지 않아서 저 멀리 앞서가는 자동차가 남긴 모래 먼지가 언제까지고 도로 위에 정체돼 눈앞을 가로막고 있었다. 그것이 더위를 부채질했다.

"이거 한쪽만 내리고 있군요."

아라사키가 소매가 찢어진 와이셔츠 앞을 벌리면서 투덜거렸다.

"네? 뭐라고요?"

"한쪽만 내린다고요." 그렇게 말하더니 아라사키는 가볍게 웃으며 "오키나와 방언입니다. 여름이 되면 이 작은 섬에서 그러니까 남북으로 120킬로 동서로는 8킬로 정도밖에 안 됩니다. 그런데도 이쪽에는 비가 내리고 건너편은 쾌청하게 맑을 때가 꽤 있습니다. 영어로는 뭐라고 하죠? 그런 걸."

"샤워라고 하죠."

"샤워는 그저 소나기 아닙니까. 움직이기는 하지만 비 그 자체죠. 그게 아니라 다른 곳에서는 맑은 상태를 뭐라고 하나요. 컨디션의 콘트라스트입니다."

"어렵네요."

그렇게 말하고 둘이 함께 웃었다.

꽤나 즐거운 듯했다. 사실 둘은 각각 마음이 들떠 있었다.

헨리 도마는 일단 전날 세운 비상한 계획을 아라사키가 수락해서 실행할 수 있게 돼 이미 짐을 다소 던 것 같은 기분이었고, 아라사키 겐지는 계엄령이 내린 섬에서 수용소를 나와 단독행동을 한다는 해방감을 느꼈다. 게다가 힘을 합치고 있다는 생각이 전해져

2세

서 둘의 웃음은 공명共鳴했다. 그렇지만 말을 하고 있지 않을 때 두 사람의 생각은 달라서 조금도 접근할 수 없었다.

가만히 있을 때 아라사키는 탐내듯 풍경을 봤고, 헨리는 찾아 가고 있는 참호를 공상했다. 아라사키는 풍경의 잔해를 보며 그 안에 있는 과거의 형태를 재현하려 했다. 과거가 그대로 소생되는 것이 아님을 잘 알고 있지만 그렇다고 해서 자신 있게 새로운 미래를 그리기도 어려웠다. 그는 수용소에 들어간 후부터 머릿속에 오키나와의 미래상을 몇 번인가 그려보려 했다. 하지만 무리였다. 붉은 벽돌 지붕 꼭대기에 수호신으로 진좌鎭坐해 있는 유약 없이 저열에 구운 사자상シーサー(시사)이 수용소 정문 옆 풀숲에 굴러다니는 것을 발견했을 때 과거에 그들을 뭉개고 있던 무언가가 무너져 없어진 것을 보는 것 같은 기분이 들었다. 하지만 그것을 대신해 어떤 것이 나올지 가늠할 수 없었다. '데모크라시'라는 말이 교육 때마다 나왔다. 하지만 그것은 아직 그림자와 같은 인상밖에 없었다. 게다가 정치, 경제 체제가 향후 어떻게 자리 잡을지 알 수 없었다. 거리에서는 미국처럼 될 것이라는 그럴듯한 말을 하고 다니는 사람들이 있었지만 그는 믿을 수 없었다. 그렇다고 해서 또한 이대로 일본으로 다시 돌아간다 해도 그것이 어떤 형태가 될지 순순히 납득할 수도 없었다. 지폐 없는 사회에서 그는 당분간 '현재'를 차분하게 지켜볼 수밖에 없었다. 과거의 그릇된 시대에 교육자였다는 회한도 있어서 창가唱歌나 체조밖에 가르치지 않는 수용소 학교에

서 교직을 하라고 제안해도 거절했다. 그게 싫으면 CIC 보조원을 하라고 했다.

아라사키는 그런 과거의 의식을 떠올리며 풍경을 응시하고 있었다. 멀리서 산을 바라보니 녹음이 우거진 부분과 불타버린 부분이 섞여서 얼룩처럼 변해 있었다. 가까이 다가가자 작은 집 크기 정도의 바위가 도로에 무너져 내려 점령군이 그것을 깎아 도로를 이었다. 목가적인 농로라고 생각했던 곳이 폭이 12~14미터 정도 되는 도로로 변했다. 게다가 그곳은 심하게 느껴질 정도로 하얀 색이다. 섬의 풍경은 녹음이 소생하는 것보다 빨리 흐린 색으로 덮이는 것이 아닐까 생각될 정도였다. 그것은 문명과도 이어져 있는 듯했으나 그 문명이라는 것의 확실한 미래상이 도저히 떠오르지 않았다. 지프에 타서 나타났다 사라지는 수목과 돌, 집과 문 모든 것이 다 파괴된 실상을 통째로 삼켜서 그 딱딱함에 버티던가, 아니면 과거의 형태를 재현해서 로맨틱한 허상에 위안을 받든가 둘 중 하나다. 후자가 무의식적인 조작임을 깨닫고 그는 슬퍼했다. 결국 허상이다.

그에 비해 헨리에게 과거는 없었다. 이렇게 지프를 운전하는 그에게 도로는 농로도 변모한 것이 아니라 그와 아라사키를 참호로 데려다 줄 도구에 불과했다. 게다가 현재 눈앞에 펼쳐진 풍경은 그와는 연이 없었고 그의 눈은 그런 풍물을 투명하게 만들어 그 건너편에 자신과 아라사키의 영웅적 활동을 선명히 그려보고 있었다.

안이 보이지 않는 자연산 참호의 입구에 서서 우선 아라사키가 "모두 나와" 하고 외친다. 그가 그렇게 부르는 방식은 점령군 포로 수용 작업 요원의 습관에 의한 서툰 일본어의 정형화된 문구가 아니라 모두 진실함이 담긴 호소였는지도 모른다. 아라사키는 "어서 나오세요" 하고 경어를 쓸 것인가. 혹은 다른 식으로 말할까. 어쨌든 아라사키는 어떻게 하면 참호 안의 사람들에게 진실을 전달할지를 알고 있는 것이 분명했다. 피난민 모두 처음에는 미군을 신용하지 않았다. 거짓 신에게 홀려 있었으니 무리도 아니다. 하지만 그렇기에 포로가 된 후에는 더욱더 미군의 진의를 절절하게 이해한다. 그들이 품었던 과거의 인식이 얼마나 신의 길로부터 먼 비문명적인 것이었는지를 충분히 깨닫고 포로가 된 것에 깊이 감사하는 마음을 바치게 될 것임이 틀림없다. 동시에 그들은 아직 참호 안에 있는 동포들에게 그런 행복을 알리고 싶을 터다. 수류탄으로 자결하는 것에 울화통 터지는 부정함을 느낄 것이다. 그저 모두를 구하고 싶을 것이다. 자신을 구하는 마음으로 그들을 구한다. 그 성실함을 어떻게 참호 밖으로부터 안으로 이어갈 것인가. 묘안을 생각할 터다. 그렇기에 아라사키는 기뻐하며 응했던 것이다. 그는 심혈을 다해서 외쳤다.

안에서는 바로 응답하지 않겠지. 하지만 수류탄이나 화염방사기는 쓰지 않는다. 우리는 그것을 가져오지도 않았다. 아무리 불러도 나오지 않으면 이쪽에서 들어가 볼까. 그러면 안에서 배반을 당할까? 그 어둡고 습한 자연산 참호 안에 들어가면, 그렇지 내 표정도 태도도 명확히 보이지 않을 테고, 이쪽이 얼마나 동포애가 넘치는지 알리는 것은 불가능하겠지. 그렇다면 헛수고일 뿐이다. 전투식량과 사탕을 안에 던져 넣을까. 통조림도 좋다. 하지만 이대로 던져 넣어도 방법이 없다. 그들은 그런 것에는 독이 들어 있다고 생각하는 슬픈 습관이 있다. 이쪽에서 직접 먹는 모습을 보여주지 않으면 받아들이지 않는다. 역시 나올 때까지 참을성 있게 기다려야 한다. 아라사키의 지혜를 빌리면 꼭 성공할 것이다. 그들이 마침내 나오면서 어떤 표정을 지을까. 그들은 어떤 마음가짐으로 나올까. 드디어 피를 흘리지 않고 동포를 구할 수 있다는 기쁨에 가슴이 복받칠 것이다. 혹은 우연히 아라사키의 지인이 있을지도 모른다. 그러면 상대방에게 전할 것이다. 내게 손가락을 가리키며 "이 사람이 계획한 것이야" 하고. 나는 그때 진실로 그 사람들과 동포로서 함께 기뻐할 수 있다. 부대장에게도 이해받지 못 하고 아라사키에게조차 완전히 이해받고 있다고 생각할 수 없는 자신의 진실이 이곳에서 결실을 맺는다. 아니지, 혹은 더욱 큰 기쁨이 있을지도 모른다. 만약 그 사람들 중에 동생이 있다면 어떨까. 형제가 상봉하는 거다. 아군과 적군으로 갈려서 서로 죽이는 운명을 짊어진 동생을 형이 구해서 전쟁이 끝나 서로 기뻐하는 것이다. 동생이라면 이 형의 마음을 충분히 이해하고 동료들에게 전할 수 있을 것이다. 그는 형을 보고서 얼마나 자랑스러워할까. 나는 동생을 데리

2세

고 돌아가서 바로 보도반원에게 부탁해 사진을 찍어 부모님께 보낼 것이다. 신문에 실릴지도 모른다.

그런 가상의 생각은 헨리 도마의 마음속에서 허상으로 헛되이 사라지지 않았다. 이런 기회에 상상의 탑을 쌓아올릴 아무런 영상(이미지)도 지니지 못한 그는 미래의 이미지에 신뢰를 이어가는 방법 외에는 그 어떤 것도 생각할 수 없었다.

하긴 과거에 아무런 영상이 없었던 것은 아니다. 6살 무렵 오키나와를 방문했을 때였다. 지독하게 더운 여름 날, 그가 그토록 싫어하는데도 부모님이 머리를 빡빡 깎였다. 그는 울었다. 하와이 집으로 돌아가면 친구들로부터 형무소에서 돌아오는 거냐고 놀림을 받을 것이 틀림없었다. 그때 어머니가 말했다. "오키나와에 왔으니 오키나와 사람이야. 미국에 가면 미국 사람이고." 그 말에는 강한 확신에 찬 울림이 있었다. 그는 그것을 움직일 수 없는 논리라고 생각해 저항을 포기했다. 그런 기억이 있다. 어머니의 어조마저도 선명한 영상으로 남아 있다. 그건 꽤나 그에게 교훈으로 남았다. 아마도 그것은 운명적인 각오로 마음을 울렸던 것인데 미군이 돼 오키나와전쟁에 참전하게 된 그는 어느새 그 명제를 자신의 사명감과 이어서 생각했다. 2세 병사이기에 여러 번 들은 훈화의 영향이 있었는지도 모른다. 하지만 그는 그 훈화를 들을 때마다 어린 시절부터 그런 생각을 품고 있었다고 느꼈다. 그것이 착각인지 어떤지는 별개로 하고 그런 사고방식은 그의 긍지를 키우는 지반이었다. '오키나와에 상륙하면……' 혹은 '오키나와에 이왕 왔으니……'라는 식의 구성된 미래상과 그것은 바로 이어졌다. 나는 미국에서 진실한 신의 무릎 아래에서 생활했으니 지금부터 거짓 신을 위해 뒤틀린 오키나와에서 사자로서 봉사하는 것이라고 호기를 부렸다. 그는 수용소에서 본 오키나와 민중의 무질서, 비非 문명을 혐오했지만 그것은 그의 오키나와를 향한 사랑과 공존했다. 동생과 적이 돼 싸우는 비극도 그에게는 이미 '동생과 만나면……'이라는 로맨틱한 연극으로 바뀌어 있었다.

아라사키 겐지를 과거와 묶고 놓아주지 않는 풍경이 헨리 도마에게는 미래를 향한 긍지를 위한 무대가 됐다. 거기에 태양은 지치지도 않고 현란한 햇살을 뿌렸다.

한동안 보이지 않던 바다가 다시 보였다. 다시 보였다고 생각하면 긴 언덕의 머리 위까지 올라갔다. 조금 높은 지대로부터 쏜살같이 넓고 큰 빛나는 바다 속으로 돌진할 기세로 내려가면서 아라사키의 눈은 서서히 극도로 긴장했다. 언덕을 내려가 고향으로 조금 더 가면 그가 태어난 부락을 지나친다.

조금 전에 미군이 상륙한 지점을 통과해서인지 풍경도 그렇게 보였다. 고구마 잎은 쓰러져서 문드러지고 있고 끈질긴 잡초가 일대를 물크러진 듯한 색깔로 물들여 만연해 있었다. 부락에서 초가지붕 집은 단 한 채도 남아있지 않았고 돌로 된 기둥이 쓰러져 있었다. 작은 부락에는 종종 그 외에는 아무것도 없었으며 그런 공간을 조용한 푸른 하늘 아래에서 언덕이 안고 있었다. 자못 지금부터 고대가 시작된다는 착각을 불러일으켰다. 하지만 때때로 초가지붕 집이 한 두 채 반쯤 파괴된 채라도 남아 있으면 악취가 날 정도의 현실감에 짓눌릴 것 같았다. 아라사키는 이를 악물고 미간에 힘을 주며 그것을 견뎠다.

초가지붕 집 한 채가 바위에 기대서 있어서인지 처마만 떨어져 나갔을 뿐 무사히 남아 있었다. 아라사키가 누구네 집인지를 생각하고 있는 동안에 집 안에서 미군 장교로 보이는 사람 한 명과 2세 병사로 보이는 사람이 한 명 나왔다. 옆에 지프가 세워져 있었다.

"저 사람들은……?"

하고 아라사키가 수상하게 여기자 헨리는 웃음을 머금고,

"보물찾기죠" 하고 말했다.

"보물?"

"오키나와는 진귀한 문화가 있는 나라라고 합니다. 아메리카 장교들은 모두가 기념품을 찾고 있습니다."

"곤란한 도둑놈들이잖아."

아라사키는 동포의 사체가 잘려서 괴롭힘을 당하는 것 같다는 생각에 투덜대듯 말했다.

그러자 헨리가 듣더니 따졌다. 그는 이 문제에 관해서는 아라사키가 좀 더 관용적이어야 한다고 생각했다. 그래서 곁눈질로 아라사키를 보며 말했다.

"하지만 전쟁으로 다 타버린 곳이니까 오키나와의 훌륭한 것을 세계 모두에게 소개할 수 있습니다. 오키나와를 위해서도 좋은 일입니다. 그러니까 아메리카는……."

"그건 좀."

아라사키는 갑자기 헨리를 막았다. 그러더니 목을 늘이듯이 더욱 주의 깊게 풍경을 주시했다.

'이상하다……'

숨 한 번만 더 쉬면 바로 고향 부락이라고 생각했는데 갑자기 상황이 확 달라졌다. 어째서 그런 것인가 하고 그는 잠시 동안 이해할 수 없었다. 숨을 죽이고 생각해 보니 도로는 조금 전부터 오른쪽으로 꺾여서 언덕을 넘을 수 있게 이어졌다. 골목길의 나무나 바위는 화가 날 정도로 본 기억이 없었다. 아라사키의 머리만을 내버려두고 사정없이 뛰어올라가는 것 같은 느낌이 들었다. 엔진의 웅웅거리는 소리가 커졌다.

'앗!'

다시 보니 갑자기 오른편에 새파란 바다가 지구 그 자체처럼 부풀어 올라 펼쳐져 있다. 그것은 멀리 아래쪽에 있었다. 지프는 엔진 출력을 늦춰서 일정한 속도와 고도를 유지했다.

아라사키는 빨아 당겨질 정도로 바다를 응시했다. 저게 소년 시절에 친밀하게 접했던 바다란 말인가 하고 의심했다. 물론 그것은 남쪽이 육지의 언덕으로 끊겨 있고 먼 바다에 작은 섬 두 개를 띄운 기억 그대로 넓은 만임이 틀림없었다. 하지만 이런 상황에서 이런 자세로 바라보는 바다의 아름다움은 아마도 예전부터 이어온 극도의 아름다움이기에 아라사키의 것만은 아니었다. 이곳이 고향이라고 의식했기에 오히려 고향에 없는 것 같은 기묘한 착각이 들었고 몸 안을 누군가 꽉 누르고 있는 것 같아서 아라사키는 한동안 어깨를 치켜 올리며 허무하게 바다와 마주할 뿐이었다. 지금 달려가고 있는 도로가 부락 뒤편의 북쪽에서 남쪽으로 이어진 언덕을 깎아서 만든 것이라는 사실을 새삼 깨닫게 된 것은 거의 1킬로나 가서 부락을 거의 빠져나올 때쯤으로 언덕을 거의 다 내려왔을 때였다. 바다의 형태가 다시 낮게 내려앉을 때 다시 황량한 고구마밭이 현실을 다시 되찾아줬다. 아라사키는 헨리에게 차를 세우라고 한 후 내렸다.

뒤돌아보니 새로운 도로는 아라사키의 기억 속에 있는 몇 겹의 언덕과 계단식 밭을 침범해 이어져 있다. '그러면……' 하고 아라사키는 가늠해 봤다. 집안 묘지가 바로 이 도로에 묻힌 것이 분명했다. 그렇게 생각하고 좀 더 면밀하게 관찰하자 추측은 더욱 명확해졌다. 도로의 정상이 하늘과 접한 지점을 발밑에 두고서 귀갑묘 亀甲墓 — 지붕이 거북이 등짝을 닮았다고 해서 이런 이름이 붙여졌다 — 라고 하는 이 섬 특유의 석조 분묘가 세 개 다 거의 같은 표정으로 한 줄로 서 있었다. 미군이 상륙했을 때 처음에는 귀갑묘가 토치카인줄 알았다고 한다. 그 묘 하나에 이 마을 출신으로 러일전쟁 때 전사한 병사의 유해가 묻혀 있었다. 그래서 그 후로 무덤 세 개 다 병사무덤이라 불려, 지나사변 당시 남경 함락 전날에 그곳에 일장기가 펄럭이는 걸 본 사람이 있다고 할 정도의 사연 있는 무덤이다. 바다에 나간 어선이 난바다 쪽에서도 확인할 수 있을 정도로 눈에 띄었다. 그 남쪽은 지반이 2미터 20센티에서 50센티 정도 무너졌고 그대로 동쪽으로 18미터 정도 가면 그곳에 아라사키 집안의 귀갑묘가 있었다. 그렇게 눈으로 측량해 보니 아무리 생각해도 이 뒤로 270미터나 이어진 새하얀 도로의 정중앙이 집안묘지가 있던 장소로 보였다. 몇 겹이고 겹쳐진 거대한 석재가 엄청난 힘으로 산기슭에서 떨어진 것인지, 아니면 그 위에 자갈을 덮어서 그대로 묻은 것인지 모르겠다.

남쪽에서부터 트럭이 흰 모래 섞인 먼지를 뿌리며 언덕을 올라가더니 정상에서 모습을 감췄다. 모래 섞인 먼지는 불어오지도 않고 아라사키가 기억하는 장소를 덮었다. 차를 세우자 다시 바로 엄습한 무더위 속에서 모래 섞인 먼지의 두께를 확인하고서 아라사키는 이상하게도 눈물이 나오지 않았다. 그는 몇 분 전의 기억을 더듬어서 도로 아래에 있는 부락을 보며 예전 집과 수목 등이 어느 정도 남아 있을지를 가늠하거나, 지금 눈에 보이는 범위 안에 있는 풍물 중에서 어느 정도가 전쟁 전과 같은 형태일까를 마치 사진 음화지를 겹치는 듯한 조작을 머릿속에서 시도하거나, 그런 것을 마치 한 치의 오차가 생기는 것을 두려워하듯이 몇 번이고 반복했다.

"왜 그러세요?"

헨리가 의아해했다.

"아 저기 길 한가운데에 집안 묘지가 있었답니다. 여기는 제 고향입니다."

아라사키는 그다지 힘을 주지 않고 그렇게 대답했다. 대답하면서 머릿속에서 조작을 멈추지 않았다.

"아 그렇습니다. 저는 또 무슨 일이 있는 줄 알았습니다. 꽤나 변했겠지요. 어제, 저는 아버지와 어머니가 살던 마을에 다녀왔습니다. 남은 게 없었습니다. 동생 집도 없었습니다. 완전히 변했습니다."

아라사키의 머릿속 조작은 거기서 멈췄다.

헨리의 말이 끊어졌는데 그의 요설이 몇 초 동안 귓가를 위협하자 아라사키는 바로 전혀 예상하지 못 했던 고독 속으로 자신을 빠뜨렸다. 고독보다 처음에는 허망함이 앞섰다. 지금 무슨 생각을 하고 있었는지, 무엇을 위해 여기에 이렇게 서 있는가라고 하는 그런 의문조차 그를 덮쳤다. 방금 자신의 머릿속에 나타난 많은 영상을 모두 믿을 수 없을 것 같은 생각조차 들었다. 하지만 그것만은 아무래도 믿어야 한다고 느꼈을 때 지금 이 세상에 있는 것은 사람이 없는 부락과 들판과, 거기에 서 있는 자신뿐, 헨리 도마라는 인간은 저 멀리 동떨어진 곳에 있는 것처럼 느껴졌다. 오늘 아침 그와 나눈 대화조차 모두 거짓말 같았다. 그건 전혀 예상하지 못 했던 고독함이었다.

아라사키의 눈에는 눈물이 고였지만 동시에 그는 웃음을 짓고 있었다. 헨리가 눈물을 보고 놀란 표정을 짓자 시원스런 동작으로 눈물을 훔쳐내더니,

"이제 갑시다"

하고 차에 다시 탔다.

헨리는 아무런 일도 없었던 것처럼 조용히 시동을 걸었다. 하지만 바로 다시 그만뒀다.

"샤워가 옵니다."

그렇게 말한 헨리는 자기 좌석 뒤에 억지로 밀어 넣은 우비 두 벌을 꺼냈다.

과연 만^灣 남쪽 경계를 만들고 있는 남부 지역의 긴 능선이 거의 보이지 않았다. 그 뒤에서 마치 기습부대처럼 비구름이 피어올라 은가루를 흩뿌리는 듯한 하늘을 남쪽에서부터 사정없이 침범해 들어갔다. 빛에 취해 있는 듯한 언덕의 연보라색이 순식간에 회색으로 흐려지다가 이윽고 사라지자, 뭍에서는 먼지투성이인 수목과 풀잎이 갑자기 미친 듯이 떠들어대는 동시에 빗발이 해수면에 물결을 일으켰다. 비는 남아 있는 태양광선을 반사해 어쩐지 으스스한 광채를 띠며 다가왔다. 하지만 그것도 한순간으로 방금 전까지 바다에도 육지에도 넘쳐나던 햇볕이 거대한 요괴의 입에라도 빨려 들어가듯 쭉쭉 사라져서 불과 몇 초도 되지 않는 사이에 시야의 범위 안에 있는 모든 것이 완전한 암회색에 뒤덮였다. 노면을

2세

때리는 빗소리는 엔진 소리를 완전히 지워내 대화를 하는 것조차
도 내키지 않았다.

아라사키는 우비를 받으며 헨리를 언뜻 본 후 조금 힘을 주어 말
했다.

"준비가 철저하군요."

"비가 올 거라고 생각했습니다."

헨리의 목소리는 꽤 컸다. 그렇기에 말의 울림은 꽤나 자신감에
가득 차 있었다. 아라사키는 조금 시험해 보고 싶은 마음이 들었다.

"남부는 비가 엄청 내릴 겁니다."

"괜찮습니다."

아라사키는 그의 자신감과 결의를 의리상 상대하며 남부의 전
적지까지 따라가는 자신의 처지를 의식했다. 아이구 참 하고 생각
했다. 하지만 동시에 지난 밤 아내가 "도마 씨는 동생을 찾으러 가
는 게 아닐까요?" 하고 말했던 것을 떠올리자 헨리를 향한 동정심
이 조금 생겨났다. 그는 비가 쏟아지는 가운데 도로의 흰 색만이
또렷이 마치 '이 위를 곧장 가라'고 강조하는 것처럼 부각돼 보이
는 전방을 응시한 채로 말했다.

"거기 동생이 있으면 좋겠어요."

하지만 아라사키는 말을 뱉은 후에 깜짝 놀랐다. 마음의 흐름을
순간적으로 되짚어 보니 그 말에는 빈정거림이 약간 섞여 있는 것처
럼 느껴졌기 때문이다. 그것은 분명히 헨리에게 전달되고 말았다.

헨리는 무언가를 생각하다 초조할 때 곧잘 하는 버릇으로 머리를 조금씩 옆으로 흔들며 입술 부근이 조금 경련으로 떨렸는데 결국 아무 말도 하지 않았다. 그는 분명히 허를 찔렸다. 그것을 지금까지 생각한 적이 없었다는 느낌도 처음에 들었다. 양쪽 모두의 가능성이 반반씩 머릿속에 들었다. 하지만 사실을 말하자면 현재 그는 그 어느 한쪽과도 관계가 없으며 그저 호우를 뚫고 무언가 영웅적 행동을 하러 가고 있다는 추상화된 비장감만이 있을 뿐이다. 그는 대답할 말을 찾으며 망설이면서도 잠시 후 그 문제를 의식의 밑바닥에 봉인했다.

사거리에 도착했다. 해안선이 이 부근에서 동쪽으로 꺾어졌다. 그 위로 새로 만든 군용도로가 해안선을 따라 동쪽으로 이어졌다. 남부 지역 전적지에 들어가려면 동쪽으로 돌아가든가 이대로 남쪽으로 더 깊숙이 들어가든가 둘 중의 하나다. 남쪽으로 난 도로는 사실상 농로에 가깝다.

"어느 쪽으로 가겠습니까?"

아라사키가 물어본 것과 거의 동시에 지프는 커브를 돌더니 한층 더 큰 엔진 소리를 내며 농로를 거세게 달렸다. 차체가 크게 흔들렸다. 둘은 엉겁결에 얼굴을 마주봤다.

이곳에서 서쪽으로 똑바로 선을 그으면 구 일본군사령부가 있다. 사령부가 남하한 후 일본군은 조직적인 전쟁을 한다는 것은 명

205

목뿐으로 주민과 다투며 패주했다. 아라사키에게 지금 가는 길은 전쟁 때 거쳤던 길은 아니지만 어차피 앞으로 지날 남쪽 길에는 같은 성질과 형태, 그리고 냄새가 있을 따름이다.

바다는 더 이상 보이지 않았다. 눈이 미치는 곳에는 거친 고구마 밭과 사탕수수 밭, 그리고 그 안에 낮은 구릉이 드문드문 맥락도 없이 태만하게 느껴질 정도로 산재돼 있다. 먼 곳은 여전히 비속으로 숨어 있지만 점차 시야에 들어올 때 낮은 언덕 기슭이 눈에 띄었다. 남부 구릉에는 원래 수목이 별로 없다. 구릉은 그저 농가의 지붕을 이을 때 쓰는 훤초를 심고 그 중복에 분묘를 쌓았다. 하지만 훤초는 불에 타거나 밟히기도 했고, 무덤은 대개 참호로 만들기 위해 파헤쳐져 깜깜한 입을 벌리고 있다. 그런 무덤 구멍 입구만은 비가 내려 흐릿해졌는데도 꽤 멀리서도 확실히 알 수 있었다. 가까이 가자 시체의 상반신만이 무덤 안에 들어가 있는 채로 누워 있었다. 그런 언덕이 때로는 도로 바로 옆에 있었다. 그 언덕을 돌았는데도 다시 밭과 언덕이 보였다. 길이 좋지 않아서 겨우 시속 16킬로 정도밖에 내지 못 했다. 아라사키는 이런 여행을 아주 먼 과거에서부터 계속해서 미래에도 끝도 없이 이어질 것 같은 착각조차 들었다. 기온이 내려가는 것을 느끼며 그는 옷깃을 여몄다.

"날이 추워졌군요."

"그렇습니까. 저는 일을 하고 있어서 춥지 않습니다."

헨리는 쾌활하게 말했다. 그 말대로 그는 집중해서 핸들을 쥐고 있었다. 비가 너무 많이 내려서 점토질의 땅 표면은 미끄러지기 쉬웠고, 고치기 힘든 바퀴자국으로 물웅덩이를 지나야 해서 계속 신경 쓰며 운전을 해야 했다. 사방에 사람 하나 차 한 대 보이지 않아서 이대로 운전을 할 수 없게 되면 큰일이라고 생각해 아라사키도 때때로 걱정할 정도였다.

소나기치고는 꽤 길게 내리고 있다. 기세가 상당히 꺾인 후에도 장마처럼 축축할 정도로 거센 비가 계속 내렸다. 아라사키는 이 비는 쉽게 그치지 않을 거야라고 생각하며 헨리를 바라봤다. 하지만 헨리는 그런 것은 전혀 상관하지 않는 모습으로 무언가에 사로잡힌 것처럼 들뜬 눈빛을 하고 있었다. 아라사키는 '아무려면 어때……' 하고 다시 생각했다. 비에 흠뻑 젖으며 헨리가 계획한 신성한 구출작전을 해도 좋을 것 같다고 생각했다. 아라사키는 그렇게 포기하자 이런 강행군을 앞으로 몇 시간이라도 참을 수 있을 것 같은 기분이 들어 차분해져서 미소를 지으며 헨리를 바라봤다. 그때 큰 물웅덩이에 차가 반 이상 잠기며 빠졌다.

10미터 정도 앞에 배수구가 보였고 그 제방이 끊어진 곳에서 물이 넘쳐서 돌다리 옆에 물웅덩이가 생겨났다. 헨리는 처음에는 단숨에 그것을 넘어가려 했지만 물웅덩이 정중앙에서 빠져나올 수 없었다. 잘 보니 뒷바퀴가 공회전을 하고 있었다. 처음에는 그것이 비탈길로 접어들고 있기 때문이라고 생각했다. 그래서 최고 회전으로 액셀을 밟았지만 뒷바퀴는 여전히 공회전을 할 뿐이었다. 헨리는 한동안 차 밖으로 목을 빼고 상황을 살폈는데 그러는 사이에 단순히 미끄러진 것이 아니라 무언가 장애물이 있기 때문임을 알아차렸다. 그는 물어보는 듯한 얼굴로 아라사키를 보다가 결심한 것처럼 대답을 듣지도 않고 밖으로 나갔다. 무릎이 물에 거의 잠겼다. 아라사키가 그것을 보더니 자신도 차에서 내려야 할지 어떨지 망설이고 있는 사이에 헨리가 신중히 발끝으로 물속을 더듬으며 혼자서 앞으로 나아갔다. 아라사키는 운전석으로 가서 몸을 앞으로 쑥 내밀었다. 그러자 앞바퀴까지 다가간 헨리가 갑자기 놀란 얼굴로 아라사키를 뒤돌아봤다.

"왜 그럽니까?"

헨리는 아라사키의 말에는 대답하지 않고 굳은 표정으로 조금 몸을 펴더니 있는 힘껏 상반신을 구부리고 양쪽 팔을 물속에 집어넣었다. 아라사키가 바라보니 헨리의 얼굴은 몇 초 후쯤 새빨개져서 온몸에 힘을 주고 사람의 양쪽 발을 물 밖으로 꺼내고 있었다. 일본인 병사로 보였다. 헨리는 망설임 없이 힘차게 끌며 시체의 하반신을 물 밖에 꺼내 밭 위에 놓았다.

"머리도 모두 꺼내주세요."

아라사키는 엉겁결에 소리쳤다.

"머리요? 무섭습니다."

"그럼 됐습니다."

아라사키로서는 그대로 놔두는 건 참을 수 없었다. 헨리는 다시 양쪽 다리를 잡고서 끌었다. 모자를 쓰지 않은 머리가 나타나자 두 사람은 동시에 몸을 숨겼다. 그때 번쩍번쩍 번개가 치더니 연이어서 커다란 천둥이 울렸다. 시체의 벌어진 눈알이 진흙투성이 얼굴에 붙은 채로 어쩐지 섬뜩하게 빛났다.

"어디 사람입니까?"

팔로 얼굴을 닦은 헨리가 겨우 냉정한 어투로 말했다. 비에 젖어 서 있는 채로였다. 질문의 뜻을 알기 어려워 아라사키가 말을 하지 않자 거듭,

"재패니입니까?"

재패니즈라고 정확히 말하지 않는 어조였지만 아라사키는 어렴풋이 이해했다. 전쟁이 종식된 후에 포로가 된 섬사람들이 습관적으로 말했던 "오키나와 출신이 아닌 일본 병사"라는 뜻인데 섬의 비전투원은 그들에게 협력이라는 명목으로 혹사를 당하거나 안전한 참호를 빼앗기는 등의 대우를 받은 것을 기억해 차가운 감정을 이런 호칭에 담았다. 하지만 헨리가 시체에게조차 그런 말을 하자 아라사키는 꽤나 놀랐다.

"일본인 병사면 어찌 하려고요?"

아라사키는 일부러 그런 말투로 말했다.

헨리는 아라사키가 갑자기 이치를 따지자 잠시 당황했다. 아라사키가 그런 태도를 취할 줄은 예상하지 못 했다.

그는 거북해 하며 의미 없는 미소를 돌려주며 지프에 다시 탔다.

하지만 배수구를 넘으며 마음에 걸리는지,

"그곳에 있는 사람들은 무슨 일이 있어도 구출해야만 합니다. 저 사람처럼 만들면 안 됩니다"

하고 말했다.

자못 참호 안에 있는 사람들은 재패니가 아니라고 믿어 의심치 않았다. 아라사키는 화제를 딴 데로 돌렸다.

"참호는 아직 먼가요?"

"앞으로 20분 정도 걸립니다. 스피드를 내지 못해서 그렇습니다."

아라사키는 가능한 아무런 생각도 하지 않으려 노력했다.

헨리는 타성적으로 작업에 관해 같은 상상을 억지로 하고 있었다.

5분쯤 지나서 원뢰遠雷의 작은 소리와 동시에 비가 그쳤다. 산을 잘라내 낸 길을 비교적 오랫동안 달렸다. 양측 언덕은 꽤 높은데 그 사이로 스며들 것 같은 푸른 하늘이 가늘고 길게 도려낸 것처럼 보였다. 언덕의 꼭대기는 역시 훤초에 덮여 있었는데 그걸 올려다 보는 사이에 아라사키는 엉겁결에 소리를 지를 정도로 놀랐다. 사람의 팔뚝 같은 것이 보였기 때문이다. 하지만 자세히 보니 그것은 가주마루나 다른 나무가 언덕 끝에 기생한 관목이 시든 것이었다. 생각해보니 전투중에 저렇게 높은 곳을 병사가 걸어갈 리가 없다. 아라사키는 헨리가 알아차리지 못하도록 쓴웃음을 지었는데 그래도 이상한 심리에서 비롯된 것인지 양쪽 언덕의 정상을 찾으려는 듯 더욱 뚫어져라 바라봤다. 산을 잘라내 만든 길이 끝나는 지점까지 와서도 뒤돌아보듯이 하며 올려다봤다. 그런 아라사키의 귀에 헨리의 괴상한 소리가 울렸다.

"아라사키 씨, 저건……"

헨리가 차를 세우고 도로로부터 20미터 정도 왼쪽으로 들어간 배수구 근처의 풀숲 위에 누군가 누워 있는 곳을 가리켰다.

"……죽었나요?"

"살아 있습니다. 움직였습니다."

"그렇습니까. 방금 전이었나요."

"방금 전에 움직였습니다. 어떻게 할까요?"

"글쎄 어찌 할지."

"……가 보죠."

헨리는 말이 떨어지기 무섭게 뛰어내렸다. 이윽고 아라사키가 내려왔을 때는 이미 성큼성큼 앞서 걸었다. 하지만 쓰러진 사람 옆까지 가자 조금 전에 지프를 막은 장애물을 치웠던 것처럼 쉽게 손을 대려고 하지 않았다. 상대가 어쩌면 살아 있을지도 모르겠다는 상상이 헨리에게 시체 이상의 공포를 안겼다.

"병사는 아닙니다. 방위대일까요?"

따라잡은 아라사키는 그렇게만 말하고 망설이지 않고 남아 있는 왼팔을 뻗어서 힘을 줘서 어깨를 밀었다. 뒤로 젖혀 위를 보는 자세가 되자 얼굴이 보였다.

해골을 피부가 덮고 있다고 해도 될 만큼 바짝 말라서 머리카락도 제멋대로 자라나 있었고 기어서 돌아다닌 증거를 보여주듯이 진흙이 온몸에 묻어 있었다. 나이는 20살로도 14, 15살로도 혹은 24, 25으로도 보였다. 카키색 옷을 입고 있었는데 인조섬유로 만들어진 겉옷과 바지도 심하게 찢기고 터져서 버리면 벌거숭이가 되니 입고 있다고 해야 할 정도의 상태였다. 살에도 상처가 있었는데 고름으로 바지와 살이 들러붙어서 딱딱했다. 그곳에서 생겨난 것 같은 구더기가 배까지 기어 올라왔다. 발 언저리까지 1.8미터 정도 몸을 질질 끌고 간 흔적이 있는 걸로 봐서는 비가 오기 시작한 후에 움직인 것을 알 수 있었다.

아라사키는 애처로운 듯이 눈살을 찌푸렸다.

"물을 마시러 왔던 거군요" 하더니

"역시 살아 있습니다. 입술이 조금 움직였어요"

하고 말했다.

그 말을 들은 순간 헨리의 마음속에는 후회와도 같은 질투와도 같은 무언가가 솟아났다.

'왜 나는 그를 일으켜 세우지 못 하고 망설였나' 하고 생각했다.

'우선 부상자를 발견하고 적극적으로 처치하고자 차를 세운 것은 나였고 게다가 '살아 있는 사람이 비참한 시체가 되기 전에 구해야만 한다'고 바로 전에 말했었다. 그런 내가 망설이는 사이에 아라사키가 나서서 살아 있음을 증명하지 않았나'……

하지만 사실 그의 손발을 움츠러들게 한 것은 부상병이 쓰러져 있는 모습이 너무나도 끔찍했기 때문이다. 병사도 아닌 청년이 이 섬에서 태어났다는 이유만으로 이렇게 참혹한 상황을 맞이했다. 이 시체와도 같은 몸이 소리를 높여 자신을 책망하고 있는 것 같아 참을 수 없었다. 흙탕물 속에서 끄집어낸 시체보다도 그것이 더 두려웠다. '나는 그의 동포다' 하고 생각했지만 같은 마음으로 아라사키가 취하는 태도와는 완전히 반대되는 심정의 표출이다.

'명예를 회복해야만 한다!'

그는 겨우 힘을 실어 말했다.

"데려가죠."

아라사키는 자유롭지 않은 왼팔로 도우며 부상자를 차에 태우고서,

"어떻게 하려고요?"

하고 헨리를 바라봤다.

"……병원에 데려갈까요."

"하지만 모처럼 여기까지 왔고. 참호도 이 근처죠?"

"그렇네요."

서로 멀리서 날카롭게 상대방을 응시하고 있던 두 사람의 의식은 좀처럼 행동을 결정짓지 못 했다. 헨리는 가기로 했던 참호라 해도 이렇게 반죽음이 된 사람이 있다고 생각하니 꽤나 망설여졌다. 이 참에 참호 안 사람들을 꼭 구해야만 한다는 생각이 들었지만, 지금 당장 해야 할 일은 부상자를 병원으로 이송하는 것이라

느꼈다. 하지만 그를 결심하게 만드는 말을 들었다.

"참호에 가시죠. (아라사키가 말했다) 만에 하나 동생분이라도 거기 있으면 어쩝니까."

그 순간 헨리는 결심을 했다.

"아니죠. 먼저 할 일은 해야죠. 병원으로 갑시다."

차는 불편한 농로 위에서 억지로 엔진 출력을 올렸다. 지나오며 봤던 언덕과 배수구와 고구마 밭과 무덤과 시체가 비가 그친 후라서 선명히 모습을 드러내고 다시 사람들을 맞이했다. 부상을 입은 사람이 두 사람의 등에서 혼수상태에 빠졌다. 그는 두 사람으로부터 각기 다른 환영의 인사말을 들으면서 다짜고짜 병원으로 이송되는 중이다.

'누군지 모르나 이걸로 됐다. 이건 몽상이 아니다. 확실히 한 사람이 죽음으로부터 벗어나고 있다. 고귀한 일이다.'

'나는 지금 동포 한 명을 거의 구했다. 이건 참으로 박애라는 이상이라 할 수 있다. 내가 이 남자를 돌보고 있는 동안에 어쩌면 참호 안에서 동생이 괴로워하고 있을지도 모른다. 신경이 쓰인다. 하지만 그건 지금 내 의무와 상관없다. 나는 실로 명예로운 행동을 하고 있다.'

1시간 후, 비전투원만을 수용하는 B야전병원에 도착했을 때, 헨리는 아라사키에게 전혀 상담하지 않고서 일을 척척 진행해 그를 놀라게 했다. 병원 문에 들어가자 아라사키는 접수처 사무소에 어제 밤 수용소에서 헨리와 싸웠던 존 야마시로를 보고 순간 긴장했다. 얄궂은 운명에 헨리도 역시 조금 곤혹스러웠다. 하지만 한 순간의 유예도 두지 않고서 부상자를 데리고 왔으니 보살펴주기 바란다, 부상자는 절대로 군인이 아니다, 우리는 허가를 받고 포로를 수용하러 나갔다 등등의 이야기를 위세 좋게 떠들어댔다. 존 야마시로는 헨리에게 짓궂은 짓을 한 듯한 표정을 짓다가, 다음 카드를 찾은 것인지 할 말을 발견한 듯이 말했다.

"어디서 데려온 거야?"

"나중에 자세히 설명할게. 중상을 입었어. 이제 옮길 거야. 병실은 어디야?"

단호한 태도였다. 그러더니 아라사키에게 신호를 하고서 재빨리 부상자를 지프에서 내리러 갔다. 사무소에 있던 주민 작업원이 허둥대며 들것을 가져왔다.

아라사키는 시종 놀라서 헨리를 보고 있다가 이번에는 거꾸로 헨리가 가려 했던 참호를 걱정하기 시작했다. 걱정이 된다고 해도 진실로 헨리의 마음과 똑같이 그곳에 가고 싶은 것은 아니었다. 우연한 사고가 수습이 되면 헨리는 역시 계획을 다시 실행하러 돌아올 것이라고 생각해 따라가기 위한 마음의 준비를 했을 뿐이다. 그렇기도 해서 둘이서 우연한 계기로 구한 중상을 입은 청년이 이제부터 삶과 죽음을 결정하기 위한 수술을 받게 될 것이라는 일종의 분리시킬 수 없는 애석한 마음이 치밀어 올랐다.

2세

그는 들것에 실려 이제 곧 옮겨질 부상자의 몸에 손을 얹었다. 체온이 있는 것을 확인하고 새삼 기뻤다. 그러더니 그는 옷이 터진 부분을 정성껏 여며줬다. 그때였다. 가슴 쪽 옷이 크게 찢어져서 겨드랑이 아래로 늘어져 있던 부분을 뒤집어 보니 그곳에 명찰이 꿰매져 있는 것을 발견했다. 아라사키는 먹빛이 꽤 옅고 포목도 다 달아서 순간 명찰이라고 생각하지 못 했으나 경험에서 그것이 혈액형을 병기한 명찰임을 알았다. 그는 저도 모르는 사이에 가까이 눈을 대고서 그것을 판독하려고 했다. 들것이 움직이려 했는데 그는 무의식적으로 그것을 제지하고 열심히 해독했다. 그리고 헨리도 존도 어느새 그 모습에 시선이 빨려 들어가 있는 사이에 아라사키의 눈이 갑자기 이상하게 빛나더니 입에서 비명이 나왔다.

"도마 씨! 이 사람은 당신의 동생이 아닙니까. 확실히, 도마 세이지입니다!"

3

그저 경악한 것이 아니라 그것은 공포와 비슷했다. 헨리 도마는 자신의 이러한 심정을 그 후에 천천히 되돌아보고 부끄러워해야 할 일이라고 생각했다.

"동생이 아닙니까?"

아라사키가 이상하게 생각해 캐어물을 정도로 헨리는 차가운 눈초리로 들것 위의 얼굴을 응시했다.

'마치 거짓말 같다!'

그렇게 느꼈다. 느낌으로는 동생이 확실히 아니었다. 하지만 해골을 피부로 덮은 듯한 그 얼굴은 헨리의 지각에 고통을 안기면서 성이 나서 고함치듯이 자신이 동생임을 주장하고 있었다. 그 무언의 주장이 점차 권위를 지니고 헨리의 인식을 굴복시켰을 때 공포가 찾아왔다. 일종의 실망과 소원이 동시에 찾아왔다.

동생의 얼굴을 바라보고 있는 사이에 헨리의 뇌리에는 할머니 얼굴의 인상이 되살아났다. 여섯 살 때 처음으로 본 할머니의 얼굴은 무서웠다. 육친만 아니라면 하는 바람과 함께 찾아온 공포였다. 오키나와에 왔는데도 조금도 만나고 싶다고 생각하지 않고 생사를 확인하려고도 하지 않았던 할머니. 할머니의 영혼이 동생의 육체로 옮겨간 것만 같았다. 그는 자신이 동생을 정말로 간절히 찾았던 것인지 어떤지 의심스러웠다. 그가 원하던 동생은 보다 건강하고 풍부한 윤기가 감도는 뺨을 지닌 쾌활한 소년이다. 이 자는 동생이 아니야! 하고 외치고 싶었다. 무언가 사람들에게 말할 수 없는 슬픔과 같은 것이 동생과 만난 기쁨을 제압해 버렸다. 이 감정은 그 후에 매일 그의 가슴에 소생해서 그에게 반성과 후회를 강요했다. 그렇다고 해도 반성과 후회는 그 자신의 자각에 저절로 자기비판의 형태로 나타났던 것은 아니다.

혼수상태에 빠진 동생은 알 길이 없었지만 헨리는 친형으로서 상처를 치료할 때 입회했고, 2주일 후에는 이야기를 나눠도 좋다는 허락을 얻고 수용소로 돌아왔는데 그 사이에 사건 하나가 끼어들었다. 들것 위에서 죽은 듯 잠들어 있는 부상자를 멍하니 바라보고 있던 헨리에게 존 야마시로가 말했다.

"Let's go, Henry(가자 헨리). 수술이야."

그렇게 들것이 움직이려 하자 헨리의 손이 들것을 꽉 잡고 움직이지 못 하게 했다.

이번에는 아라사키가 들것을 사이에 두고 헨리의 건너편에 섰다.

"동생 아닙니까. 그렇죠, 도마 씨. 틀림없죠?"

"아라사키 씨!" 헨리는 군침을 삼키며 소리쳤다. "가죠. 다시 한번. 그곳으로. 참호로……."

하지만 그는 아라사키의 굳은 표정에 부딪쳐 쩔쩔맸다.

"이상한 고집을 부리는 건 그만 두시죠. 동생이 심한 부상을 당하지 않았습니까."

아라사키는 헨리가 전에는 상상도 해 본 적도 없는 엄격한 표정을 지었다. 아라사키는 헨리의 얼굴에 사정없는 시선을 던지며,

"전 안 갈 겁니다. 혼자서 가실 겁니까? 동생을 내팽개치고 가는 겁니까? 갈 거면 어서 가세요. 제가 지켜보며 수술을 시킬 테니……."

그는 이 장면을 열 번도 넘게 다시 떠올렸다. 그럴 때마다 후회에 무게가 더해졌다.

만약 그때 남부까지 되돌아갔다면 어찌 됐을까 하고 그는 스스

로에게 물었다. 만약 그렇게 됐다면 격전이 끝난 후 수렁 속에서 정처 없는 것을 구하다 허망함 속에서 고민하다 죽었을지도 모른 다는 것이 그 답이었다.

정처 없는 것 ─ 유령 ─ 정말로 그럴지도 모른다고 그는 느꼈 다. 그토록 생생하게 그를 몹시 몰아세우던 그 참호 안의 영상은 그의 마음속에서 거의 용해돼 사라졌다. 그것은 어째서인가, 그 원 인을 더듬어 찾는 동안 헨리는 괴로웠다. 혼수상태에 빠진 동생을 앞에 두고 덮어놓고 남부로 돌아가려고 했을 때만 해도 아직 기대 를 버릴 수 없을 것 같은 기분이 들었다.

"고집을 부리지 말라"고 아라사키가 화를 냈을 때라는 것을 깨 달았다. 그때 모든 희망적인 영상이 무너져 내렸다. 정직히 말해서 그때 그는 고집을 부릴 생각은 없었다. 아라사키는 오해를 하고 있 었다. 그는 동생의 실제 모습이 너무나도 기대했던 것과 달랐던 것 에 낙담해서 무언가 그의 생활에서 모든 기대가 배반을 당한 것과 같은, 협박을 당하는 것과 같은, 관념에 휩싸여서 애가 타서 가만 히 있을 수 없기에 남부의 참호가 지닌 현실감에 매달리려 했었다. 하지만 아라사키의 격렬한 비난을 들은 순간 그는 고집을 부려야 할 이유를 상실했다.

동생의 상처 치료에 입회한 무렵부터 남부의 참호 영상이 급속 히 현실감을 잃어갔다. 고름을 거즈로 닦아내고 소독됐고 메스를 댄 후 붕대가 감기는 그 과정에서 동생은 혼수상태에 빠진 채로 신음하고 있었다. 헨리는 그 신음소리 속에서 동생의 원래 모습을 찾으려 온몸의 신경을 집중했다. 떨어져 사는 사이에 목소리가 변한 탓일까 헨리는 바로 동생의 모습을 다시 찾는 것은 어려웠다. 하지만 그것은 자신의 귀가 잘못된 것이라고 생각하기에 이르렀다. 소원이 현실감을 만들어내기 시작했다.

1주일 동안에 이 현실감은 움직이지 않는 감각으로 변했다. 그리고 점차로 부푼 기쁨을 동반했다. 그는 1주일 동안 마음이 정리되는 것을 기다리려 아라사키를 찾아가려 하지 않았지만 이런 상태라면 만나도 좋겠다는 생각이 겨우 들었다. 그러던 중에 어느 날 밤 걷고 있다가 아라사키가 불러서 멈췄다. 그들은 소나무 숲에서 다시 대화를 나눴다.

"그 후에 동생 분에게 가봤나요?"

하고 아라사키가 물었다. 헨리가 고개를 옆으로 젓자, 아라사키는 갑자기 쾌활한 표정을 지으며 웃으며 말했다.

"그때는 정말로……. 제가 꾸짖은 게 돼서."

"아닙니다. 괜찮습니다."

헨리는 마음이 풀리는 것을 느끼며 솔직하게 말했다. 그건 제가 고집을 부린 게 아닙니다 하고 말하고 싶었지만 그만뒀다. 그러자 아라사키가 말했다.

"남부에 갈까요?"

헨리는 놀라서 아라사키의 얼굴을 봤다. 전혀 생각지도 못 했던 말이다. 아라사키의 입에서 그런 말이 나온 것보다도 헨리에게 더 이상 그런 의욕이 없었기 때문이다.

"아닙니다. 이젠 됐습니다."

그는 수줍어하며 말했다. 그러자 마음속에서 그 참호에는 이제 사람이 있을 리 없다는 묘한 확신이 더없이 자연스럽게 샘솟았다.

"그래도 좋겠죠. 이제 동생분도 회복되고 있으니까요."

아라사키가 다시 말했다. 헨리는 조롱을 당하고 있는 것 같다고 생각했으나 그와는 다름을 아라사키의 표정으로 알았다.

"이제 그 안에는 아무도 없겠죠."

"어째서 그렇죠?"

아라사키는 앵무새처럼 그렇게 물어봤는데 헨리가 반응이 없자 "당신은 그때 동생을 찾으러 갔었군요" 하고 말했다.

"아닙니다! 아라사키 씨, 그렇지 않아요. 그것만은 아닙니다!"

헨리는 갑자기 연이서 고개를 옆으로 저으며 화를 냈다. 양쪽 눈에서 눈물이 터져 나왔다. 아라사키는 자극을 너무 심하게 준 것 같은 모습에 조금 당황한 표정을 지었지만 이윽고 엄숙한 모습으로 글쎄 좀 들어보시죠 하고 헨리를 달랬다.

"저기 도마 씨. 전 당신이 거짓말을 하지 못 하는 사람임은 잘 알고 있습니다. 그러니 저도 정직하게 말하겠습니다. 인간은 거짓말을 할 요량은 아니었으나 어느새 하고 있을 때가 있는 법입니다. 진짜 악인惡人 중에서는 그런 자가 많다고 하는데 얄궂게도 선한 일을 하려고 항상 생각하던 사람이 때로는 그렇답니다. 당신은 오키나와에 와서 동생을 정말로 만나고 싶었을 겁니다. 누군가가 어디서인가 동생을 찾아주지 않을까 하고 항상 생각하고 있었을 테고요. 여기저기 참호로부터 난민을 모을 때도 당신의 머릿속에는 언제나 동생이 있을지도 모르겠다고 생각했겠죠. 음 난민을 구하는 것도 당신의 염원이었죠. 그 열의에 제가 감동할 정도였으니까요. 비꼬는 게 아닙니다. 하지만 당신 자신은 몰랐겠지만 난민을 구하고자 하는 그 열망이 컸던 것은 당신이 동생을 찾고 싶다는 희망을 품고 있었기 때문입니다. 부끄러울 일이 어디 있나요. 전쟁터에서 친동생을 찾는 것은 아름다운 일입니다. 그런데도 당신은 부끄럽다고 생각했지요. 당신이 눈앞에 있는 동생을 방치해 두고 다시 남부로 가려고 했을 때 솔직히 저는 화를 냈습니다. 동생을 위해서라고 하기보다는 뭐라고 해야 할까요 어려운 말입니다만 공분^{公憤}이라는 겁니다. 공공의 분노라는 의미입니다. 작은 개인을 위해 분노하는 것이 아닙니다. 공공의 모두를 위해서입니다. 요컨대 당신이 오키나와의 난민을 생각하는 것은 정말로 도덕적인 겁니다. 하지만 그것은 결국 동생을 사랑하는 것에서부터 시작해야만 합니다. 그렇지 않으면 아무런 사랑도 거기에는 없습니다. 저는 당신이 인간으로서 소중한 지점에서 발을 헛디딘 것 같다고 생각했습니다. 그래서 화를 냈습니다. 하지만 도마 씨. 이제 괜찮습니다. 갑자기 저 같은 사람이 혼을 내서 곤란하셨다면 사과하겠습니다. 당신은 사실 솔직하고 좋은 사람입니다. 앞으로 당신은 다시 여기저기서 난민을 모으러 다녀도 좋을 겁니다. 물론 근무가 아니면 그러지 않아도 좋을 거고요. 다만 동생을 사랑하기 바랍니다……."

아라사키의 긴 말은 그의 기대를 저버리지 않고 헨리의 마음을 진정시켰다.

헨리는 처음에는 그가 왜 부상을 당한 동생을 버리고 남부 전적지로 돌아가려고 했는지에 대해서 아라사키가 오해하고 있다고 생각했으나, 아라사키의 평소와 달리 시종 압도하는 말에 억눌려 말을 꺼내지 못 하고 넣어뒀다. 그렇기는커녕 자신이 전혀 예상하지 못 했던 추궁에 진실은 아마도 그가 의식한 이유가 아니라 오히려 아라사키가 지적한 것에 있을지도 모르겠다고 생각했다.

'나는 동생을 진실로 사랑하고 있던 것이 아니었나 보다'

그렇게 생각했다. 내 마음속을 아무도 못 봤던 것일까 하고 주위를 둘러봐야 할 것 같은 수치심을 느꼈다. 하지만 그것은 이상하게도 회한이라고 하는 끔찍한 느낌은 아니었다.

이튿날 오후 배급소 앞에 아라사키의 딸 요코가 와 있었다. 그녀는 소녀다운 윤기를 되찾은 뺨으로 기쁜 듯한 표정을 띠우며,

"저기, 동생을 찾으셨다고요? 정말 잘 됐어요. 아빠도 정말 기뻐하시던데요"

하고 말했다. 너무나도 잘 만들어진 겉치레다. 사실 집안에서 헨리를 격려해주자고 서로 이야기를 나눈 결과였지만 헨리에게 준 영

향은 적지 않았다.

그에게는 이미 어떤 감정과 사상도 모두 희망적으로 변했다. 동생을 배신했다든가 자신을 속였다든가 그런 경험도 모두 추억 속에서 달콤하게 정화됐다. 아라사키는 그 후 한 번 헨리와 다시 만나 그런 모습을 보고서 이걸로 됐다고 생각했다. 헨리를 편협한 궁지나 의지로부터 해방시키려는 그의 희망이 진지하게 달성되지 못하고 달콤함 속에 용해돼버린 것은 유감이었으나, 지금의 헨리에게는 어쩔 수 없는 일이라 생각했다. 이제부터 동생과 서로 보듬는 생활을 하는 것으로 그 희망을 달성할 수 있을 것이라 생각했다.

헨리는 날이 갈수록 밝아져 동생과 면회하는 날을 앞둔 며칠 동안 동생과 만나 이야기를 나누는 정경을 상상하는 것으로 머릿속이 가득 찼다. 그는 꼭 동생의 생일을 물어보겠노라 생각했다. 그를 가장 놀라게 하는 상상은 동생을 버리고 남부 전적지로 돌아가려고 했던 과거의 행동을 해명하는 장면이었다. 그것은 꽤나 까다로운 변명이었다. 하지만 말이 막히는 부분에서 상상이 끊기자 이건 공상이잖아 하고 쓴웃음을 지었다. 동생은 어차피 알지 못한다, 입을 다물고 있으면 그만이지 하고 내던졌다. 하지만 잠시 후에 역시 정직하게 고백하지 않는다면 동생을 사랑한다고는 할 수 없다. 동생은 분명히 용서해줄 것이 틀림없다. 그 이야기 속에서야말로 동생을 향한 사랑이 가득 들어차 있는 것이라고 다시 상상을 하기 시작했다. 수치심과 초조함과 애정으로 마음을 가지고 놀면서 그만의 스릴에 빠져들었다.

면회하기로 한 날 오후, B야전병원 접수처에 있는 존 야마시로는 헨리 도마가 수속을 하러 말을 걸고 있는 표정이 실로 밝은 것에 놀랐다. 그는 도마 세이지의 병실이 바뀐 것을 알린 후 우쭐대며 물었다.

"정말로 친동생이 맞아?"

"뭐라고!"

헨리는 순간 시선을 돌려서 존을 노려봤다. 하지만 바로 다시 생각하고 멋쩍음을 감추는 웃음을 지으며 말했다.

"그렇지. 자네야말로 새로운 병실로 나를 안내해주지 않겠나?"

그는 동생과 이야기하는 장면을 존에게 보여주고 싶었다. 존은 조금 수상히 여기는 눈초리를 보내다가 승낙했다.

미군은 몇십 개의 막사를 수목이 많이 남아 있는 한 부락의 대지에 짓고 비전투원을 위한 야전병원을 만들고 있었다. 걸어가는 사이에 경상자輕傷者나 작업 인부가 눈에 자주 띄었다. 그들은 이제 2세쯤은 신기하다고 생각하지 않는 듯 둘에게 별로 관심을 보이지 않았다. 오히려 헨리가 무언가 말을 걸어보고 싶은 충동을 억눌렀다. 그는 오키나와에 온 이후로 이때보다 민중에게 친밀함을 느꼈던 적이 없었다. 그것은 분명히 그들이 동생과 함께 살아가는 사람들이라는 의식에 근거해 있다.

지정된 막사의 입구로 조심스레 들어간 헨리는 손을 들어 존을 제지했다. 스스로 동생을 찾겠다는 의미였다.

몸의 일부를 흰 붕대로 감고 있는 환자가 서른 명 정도 천이 둘러쳐진 야전 침대에 머리를 벽의 철조망을 향한 채로 늘어서 있었다. 너무 더워서 일어나 앉아 있는 환자가 많았는데 처음 보는 2세가 왔다고 하자 시선이 일제히 헨리에게 쏟아졌다. 사람들의 훈기와 약품 냄새가 가득 찬 막사 안에서 헨리는 다소 흥분된 마음으로 그들의 얼굴을 차근차근 바라봤다.

"여기" 하고 말할 것 같은 시선을 그는 기대했다. 하지만 좀처럼 찾을 수 없었다. 잘 모르는 얼굴은 우선 의심하고 바로 지루한 듯 눈을 뗐다.

'찾았다!'

그는 발길을 멈추고 가슴에 울리는 동요를 측정했다.

동생은 누워 있었지만 잠들어 있지는 않은 모양으로 자신의 침상 옆에 멈춰선 발소리에 천천히 눈꺼풀을 열고 헨리를 바라봤다. 이건 분명히 동생의 얼굴이라고 확신했다. 2주일 동안 치료를 받은 탓일까 예전 그대로의 모습으로 돌아왔다. 헨리는 긴장하고 있던 얼굴을 풀었다. 그와 동시에 동생의 얼굴에 핏기가 올라오더니 환희의 소리를 내지르기 위해 입술이 열리고 있었다.

"세이지, 누군지 알아보겠어요?"

헨리의 목에서 신음하는 듯한 소리가 나왔다. 흥분한 탓인지 지나치게 공손한 말투가 나왔고 악센트가 자신도 느껴질 정도로 이상하게 울렸다.

그러자 세이지의 눈이 갑자기 날카롭게 빛나더니 입술이 닫혔다. 헨리가 그 변화를 알아챘을 무렵, 그의 입술은 실룩실룩은 경련이 일어났고 눈에는 눈물이 가득 고였다.

"세이지야!"

헨리가 한 걸음 다가가는 것과 그의 가슴에 세이지가 옆에 있던 컵을 그의 가슴에 던진 것은 거의 동시에 일어났다.

"등신!"

엄청난 울음소리가 헨리의 얼굴에 쏟아졌다.

"세이지, 왜 그래."

헨리는 부드러운 어조로 말하며 과감히 동생의 몸으로 다가갔다. 동생은 동통疼痛에 얼굴을 찡그리며 몸을 뺐다. 그러더니 다시 외쳤다.

"넌 누구야. 저리 가! 어서 돌아가!"

헨리는 양손을 뻗어서 동생의 어깨를 잡으려 했다. 동생은 그것을 뿌리치려 발버둥 쳤다. 그러다 헨리가 깜짝 놀란 순간 엄청난 소리로 부르짖으며 침상 건너편 바닥으로 굴러 떨어졌다. 헨리는 서둘러 침상을 돌았다.

하지만 건너편으로 돌아가서 수직으로 동생을 내려다본 그는 놀라서 숨을 멈추며 그 자리에 선 채 움직이지 못 했다. 온몸을 오

2세

므리고 엎드려 쓰러져 있는 모습은 남부 전적지에서 아라사키와 함께 그를 발견했을 때 헨리를 겁나게 만든 시체와도 같은 자세 그대로였다. 동생은 바닥에서 울면서 아우성치고 있었다.

"할머니는 전쟁에서 돌아가셨어. 네가 죽였잖아."

그것은 헨리의 귓가에 마치 유령의 원망과 한탄처럼 들렸다. 지금 무엇을 해야만 하는가. 무언가 타당한 행동을 취해 상대방에게 다가가야만 한다는 생각에 몸이 뜨거워졌다. 그리고 바짝 마른 목구멍 깊은 곳에서 하고자 하는 말을 뭉그적거렸다. 좀처럼 완전한 형태의 말로 만들어낼 수 없었다. 무심코 말을 꺼내면 동생을 더욱 화나게 할지도 모른다는 공포를 느꼈다. 그는 동생이 무언지 알 수 없는 힘에 의해 그로부터 저 멀리 쭉쭉 멀어져가는 듯한 느낌이 들어 대단히 절망했다.

몸이 경직된 채로 동생을 그저 내려다보고 있자 존이 발소리를 높이며 다가와서 동생에 어깨에 손을 얹었다. 그러더니 있는 힘껏 안아서 침상에 다시 눕히면서 조용히 헨리에게 전했다.

"네 동생은 수술을 받은 후에 첫 번째 회진을 거부했어. 백인 군의가 왔거든. 오키나와인 의사를 보내니 순순히 받아들이더군. 네가 와서 상태가 다시 나빠진 것 같아."

헨리의 눈에 눈물이 순식간에 흘러내렸다.

치밀어 오르는 오열을 참으며 막사에서 나왔다. 출구 근처에서 뒤돌아 봤지만 동생은 눈을 감고서 고통을 견디고 있을 뿐이었다.

밖에는 남풍이 강하게 불어와 활엽수가 미친 듯이 소란을 피워 댔다. 아직 쇠약해지지 않은 저녁 해가 나무 사이에서 띄엄띄엄 햇살을 얼굴에 비췄다. 헨리는 잰 걸음으로 나무와 막사 사이를 빠져 나갔다.

지프의 핸들을 꽉 움켜쥐고 시동을 걸면서 그 소리가 자신의 모든 것을 때려눕히고 있는 것처럼 느껴졌다. 그 정도로 시일을 들여 키운 기대감이 겨우 10분 정도에 이런 꼴로 변한 운명은 도대체 어떻게 된 일일까. 그토록 깊이 생각한 많은 언어는 도대체 어디로 사라져 버렸나. 그보다도 말을 안 해도 서로 통하는 게 형제일 텐데 그것은 또 어디로 사라져버렸단 말인가. 그런 것을 걷어차고 내버린 것은 도대체 누구인가. 동생인가 아니면 나인가.

동생을 미워하고 싶었다. 나는 정말로 사랑을 쏟으려 노력했다고 그는 자신했다. 그것을 무참히도 거부한 것은 동생이다. 할머니를 살해한 것이 나라니? 근거도 없는 말이다. 누가 잘못 쏜 탄환이 할머니를 쓰러뜨렸는지 어떻게 안단 말인가. 전쟁 중에는 국가가 사람을 죽인다. 아니지, 국가가 국가를 멸망시킬 따름이다. 그렇지 않으면 나는 피로 이어진 오키나와에 군인이 돼 올 이유가 없다. 나는 일본 군벌이 장악한 나라를 증오했지만, 거짓 신에게 지배된 오키나와 민중을 증오할 수는 없었다. 그들을 해방시키려 왔다. 그 민중 가운데 동생도 할머니도 속해 있다. 아라사키가 말했던 것처럼 나는 실로 동생을 위해서 오키나와에 왔던 것인데. 내가 오키나와 민중을 사랑하고 그들을 위해 바삐 일한다는 것도 동생을 위해서였는데.

'조국을 위해서이기도 하다!'

그렇게 마음속에서 확실히 말하고서 깜짝 놀랐다. 정말로 그렇단 말인가? 바로 반문이 일었다. 저 추하고 무서웠던 할머니에게 나는 과연 애정을 품었단 말인가. 거짓말이야, 거짓말이야라는 목소가 날아들었다. 머릿속이 혼란스러워졌다. 등을 돌린 것은 누구인가. 배신의 무리는 동생인가 나인가. 발에 힘이 들어가고 속도가 50킬로를 훨씬 넘어섰다. 땅거미가 지기 시작해 점차 황량해진 풍경 속에서 헨리 도마의 정신은 이상한 가속도가 붙어 고독으로 빠져들었다. 요 며칠 동안 느꼈던 환희는 마치 거짓말 같았다. 그것은 참된 환희가 아니었단 말인가? 믿어서는 안 됐던 것일까? 나는 그런 환희를 향유할 권리가 없는 것일까. 그렇다면 도대체 나는 무엇을 위해 오키나와에 왔던 것일까? 지구대 대장이 말했던 것처럼 틀림없이 합중국을 위해서일까? 오키나와를 위해서라는 이상을 품어서는 안 되는 것일까? 오키나와인이면서 합중국 국민이라는 운명을 영광으로 짊어지는 것을 신께서는 허락해주시지 않는 것일까?

큰길 옆의 밭에는 주민 수십 명이 MP의 경비 하에서 고구마를 캐고 있다. 그런 약간 더러운 의복에 무표정한 집단을 보니 모두 죽이고 싶다는 마음이 걷잡을 수 없이 일어났다. 너희들에게 인류

애를 향수할 자격이 있는가? 너희들은 역시 저주받은 짐승 신의 자손들이다.

하지만 그렇게 긴장에 가득한 증오의 눈으로 오키나와인 무리를 노려본다고 해도 마음이 풀리지는 않았다. 다음 순간 아라사키의 얼굴이 떠올랐다. 요코의 얼굴도 보였다. 오늘의 성과를 아라사키에게 어떻게 말하면 좋을까. 요코에게 동생의 생일을 어떻게 알려줄 수 있을까. 그런 생각이 마음을 괴롭혔다. 동시에 그의 마음을 달래주는 사람이 미국인 전우가 아니라 오키나와인 가족이라는 사실이 슬프게 느껴졌다.

'앞으로 나는 어떤 판단을 내리면 좋을까. 어떤 태도로 생활을 하면 좋을 것인가'

자신에게 물었지만 이렇다 할 대답은 없었다. 억지로 대답을 찾으려고도 하지 않았다. 그저 물어봤던 것이다. 이른바 마음의 공허를 채우기 위해 함부로 이런저런 생각을 해보는 것이었다. 하지만 점점 더 초조해질 뿐이다.

마침내 속도계가 65킬로에 이르렀을 때 우연히도 생각의 끈이 끊어졌다. 놀라서 숨을 멈추고 급정지했다. 무언가가 부서지듯이 타이어가 삐걱대는 소리가 나는 앞 오른쪽 잡목림에서 뛰어나온 젊은 여자는 지프 따위는 신경도 쓰지 않는 것처럼 큰길을 돌파해 왼쪽에 있는 밭으로 뛰어갔다. 찢어진 간단한 여름용 정장의 옷자락이 걷어 올라가 있었는데도 그것을 신경 쓸 틈이 없어보였다.

헨리는 갑자기 어떤 생각이 들어 지프에서 내려서 잡목림으로 뛰어 내려갔다. 드물게도 전쟁의 상흔이 없이 검은 빛을 발하는 초목이 꽤 습한 기운을 발산하며 고요함 속에 있었다. 하지만 이 적막 속에 추악한 것이 숨어 있었다. 처음에는 아무것도 눈에 띄지 않았지만 수십 걸음 더 걸어가 주위를 살폈다. 그러자 100미터 정도 안쪽에서 사람 그림자가 보였다. 그곳에는 오래된 석조 사당이 이쪽을 향해 있었다. 헨리가 본 그 순간 그림자는 사당 뒤편으로 사라졌다. 키가 큰 미군 병사가 둘, 여자 주민이 하나, 모두 셋이라는 것을 헨리는 확인했다. 그는 마구 달렸다.

사당 바로 뒤는 새삼스레 식물이 밀생해 있는 것이 보통이다. 그 그늘은 꽤나 숨기 좋은 장소다. 밖에서는 좀처럼 발견되지 않는다. 하지만 그 안에 있는 사람들도 밖을 잘 볼 수 없다. 헨리가 거친 숨을 쉬며 그곳에 들이닥쳤을 때 여자를 누르고 있던 둘은 소리를 지르며 놀랐다. 동시에 헨리는 이 여자가 방금 전에 숲을 벗어나 도망치고 있던 여자보다는 연상으로 뺨에 주름이 조금 있는 나이임을 알아챘다.

"Get away!(저리 가)"

그렇게 외친 쪽으로 헨리는 몸을 통째로 부딪쳤다. 상대방은 여자에게서 손을 떼더니 헨리를 막았다. 헨리와는 비교도 되지 않을 정도로 커다란 체구다. 굵은 팔로 헨리를 뿌리치려 했다. 헨리는 내던져졌다고 느꼈다. 하지만 양손이 아직 단단히 상대방의 멱살을 잡고 있었다. 자신도 알 수 없는 힘이 그를 작은 맹수로 변화시켰다. 그는 양발로 버티며 틈을 보인 상대방을 정신없이 우거진 관목灌木 속으로 밀어냈다. 다시 일어선 상대방이 나무뿌리에 발이 걸려서 넘어지더니 그대로 서로 겹쳐서 넘어졌다. 상대방이 마침내 양팔로 헨리의 어깨를 붙잡고 밀어젖히자 다른 한 명이 헨리의 옆구리에 손을 대는 것과 거의 동시였다.

눈이 캄캄해질 정도의 타격을 얼굴에 느끼고 이어서 땅으로 뻗어 있는 나무뿌리에 세게 엉덩방아를 찧고 의식을 잃을 정도로 녹초가 됐다. 하지만 그의 귓가에 날아든 말이 의식을 흔들어 깨웠다.

"God dem* jap!(젠장할, 재프 놈)"

헨리는 힘껏 눈을 뜨고 초점을 맞췄다. 상대방 미군 둘이 그를 증오스럽다는 듯 내려다보고 있었다.

"Yah, I'm a Japanese!(그래 난 일본인이다) And you are ……(그리고 너희들은 ……)"

헨리는 쥐어 짜내는 듯한 소리로 드문드문 그것만은 입 밖으로 뱉어낸 후에 이어서 말을 하는 대신에 주머니를 뒤져서 칼을 꺼냈다.

놀란 상대방을 정말로 죽이려 했다. 마침내 자리에서 일어나 칼을 수평으로 잡고 있는 헨리의 눈에서 눈물이 반사돼 빛났다. 자신의 고독을 충분히 의식하고 그것을 철저히 증오하는 눈물이다. 지

---

* 원문 그대로.

금 상대방을 죽임으로써 나는 이 고독으로부터 해방된다. 헨리는 가슴 속에서 강하게 그렇게 말하며 발을 힘껏 밟고 칼끝을 앞으로 내밀었다.

상대방은 헨리의 눈빛이 보통이 아님을 점차 알아차렸다. 둘은 얼굴을 마주보다 한 사람이 칼을 꺼냈을 때 다른 한 명이 외쳤다.

"귀찮게 됐잖아. 가자!"

동시에 그쪽을 향해 헨리가 덤벼들었다.

상대방이 피했지만 너무나도 돌진을 한 나머지 방금 전에 상대방이 쓰러진 수풀 속에 뛰어들어가 엎드렸는데, 몸을 일으키는 것보다 빨리 통곡이 터져 나왔다. 숲속 안쪽으로 계속 도망치는 둘을 따라갈 기력도 없이 그는 구원을 받고 싶다고 생각했다.

눈물을 닦아내지도 않고 우거진 수풀에서 나온 그의 눈은 이상한 열기로 여자를 찾았다. 여자는 겨우 난을 면했지만 숲에서 나오지는 못 했다. 너무나 놀란 나머지 아직 제대로 하반신을 일으켜세우지 못 하고 나무줄기나 관목 가지를 잡고서 두 세 걸음 비슬거리며 달리고는 다시 주저앉았다. 그 뒷모습을 헨리는 그립게 생각했다. 그것은 그가 이 섬에 상륙한 이후 그저 업신여긴 모습이었다. 하지만 지금의 그는 그것에 구원을 받고 싶었다.

"이―봐―요."

그 쥐어짜내듯한 소리로 불렀다.

여자는 무릎을 꿇은 채로 뒤돌아봤다. 헨리가 손을 흔들며 신호를 하는 모습을 여자는 몇 초 동안 바라보고 있었지만 아직 머리카락이 마구 헝클어져 있어서 등을 돌렸다. 헨리는 여자의 얼굴을 보고 갑자기 할머니 얼굴이 이런 모습이 아니었을까 하고 생각했다. 실제로는 여자의 얼굴 생김새를 그가 확실히 알 정도로 가까이에 있지 않았다. 하지만 그는 정말로 그렇게 생각했다. 이는 농사를 짓는 초로의 여자가 마구 헝클어진 머리를 해서 어쩐지 기분이 나쁜 모습 때문이었을까. 혹은 정조를 지켜준 데다가 동포로서 친애하는 마음을 보여준 그를 여전히 믿어주지 않는 것에 대한 슬픔 때문인지도 몰랐다.

"이―봐―요."

그는 다시 불렀다. 여자는 뒤돌아보지 않았다.

그는 자신도 비슬거리며 여자를 쫓았다. 몇 걸음 걸어가자 여자의 등에 겹쳐서 몇십 분 동안 뇌리에서 사라졌던 동생의 모습이 떠올랐다. 전쟁터에서 비트적거리며 도망치는 동생의 모습이 떠올랐다. 그는 지금 자신이 동생을 쫓고 있다는 착각에 휩싸였다.

'사랑하리라. 사랑하리라……'

헨리는 목구멍이 쑤시는 것을 견디며 마구 흘러넘치는 눈물을 훔치면서 여자를 계속 쫓아갔다.

「二世」(『沖縄文学』(1957.11)

오시로 다쓰히로

오시로 다쓰히로, 「2세」

 오시로 다쓰히로는 1925년에 오키나와에서 태어났다. 1943년 상하이 동아동문서원東亜同文書院에 입학했지만 일본의 패전으로 1946년에 학업을 중단하고 귀국했다. 이때의 체험이 가해자로서의 오키나와인이라는 인식을 후일 심화시키는 계기가 됐다. 미군 점령하 오키나와에서 고등학교 교사로 재직했고, 오키나와현립박물관 관장 등을 역임했다. 1967년 미군통치하의 오키나와의 부조리한 상황을 그린 「칵테일파티カクテル·パーティー」로 오키나와 최초로 아쿠타가와상을 받았다.

 오키나와문학 연구자인 손지연은 "전후 오키나와문학을 대표하는 작가 오시로 다쓰히로大城立裕는 '오키나와인은 누구인가', '일본인은 누구인가'라는 근원적 물음을 던지고 이에 대한 답을 찾고자 부단히 노력해 온 것으로 잘 알려져 있다. 그의 노력이 시사적인 것은 이것이 단순히 오키나와, 오키나와인 내부만의 문제가 아니라 우리를 포함한 동아시아의 식민지적 상황, 그 안에서도 직접적인 차별과 폭력에 노출된 마이너리티, 마이너리티간 문제와 직결된 사안임을 분명하게 보여주기 때문이다"(『오시로 다쓰히로 문학 선집』)라고 작가를 평가했다. 오시로의 문학 세계가 오키나와인의 정체성은 물론이고 오키나와를 둘러싼 세계를 첨예하게 인식하고 있음을 잘 보여주는 평가다. 「2세」 또한 이러한 근원적 물음과 맞닿아 있는 작품이다.

「2세」는 1957년에 발표된 오시로의 최초기의 작품이다. 이 작품은 오키나와전쟁에 미군으로 참전한 오키나와인 2세 헨리 도마 세이치를 주인공으로 내세운 문제작이다. 헨리 도마 세이치는 미군 안에서는 일본인으로, 일본과 오키나와에서는 국가/민족을 배신한 미군이다. 이른바 어느쪽에도 온전히 속하기 힘들기에 어느 한쪽에서 인정받기 위해서는 몇 배의 헌신을 해야 하는 존재이다. 미군에 속한 일본인 2세, 오키나와인 2세는 오키나와만이 아니라 유럽 전장의 작전에 참여한 것은 이제 새로운 이야기는 아니나, 놀라운 점은 이러한 2세를 전후 직후인 1957년 시점에서 작품의 주인공으로 내세우고 있다는 점이다. 오키나와전쟁으로부터 10년이 조금 지난 시점에서 미군의 일원으로 참전한 오키나와인 2세를 내세우고 있는 설정만으로도 전후 오키나와문학이 얼마나 첨예하게 자민족의 문제를 넓은 시야 속에서 사유했는지를 잘 알 수 있다.

미야기 소우
宮城聡

A사인바의 여자들

1

치에코知惠子가 야마다山田의 방문을 열고 복도로 나가자 방문 그림자 속에서 란코蘭子가 얼굴을 내밀었다.

"란, 무슨 일 있니?"

치에코는 흐트러진 잠옷차림을 한 란코의 모습이 이상하다고 생각했다.

"마마(마담)한테 가려고요."

"그렇구나. 그런데 무슨 일이야?"

"아니에요. 그냥."

함께 걷고 있는데 란코는 발을 질질 끌고 있어서 치에코를 따라가는 것이 힘들어 보였다.

치에코는 이상한 생각이 들었는지 조금 떨어져서 란코의 뒷모습을 응시했다.

란코는 큰 키에 균형 잡힌 멋진 몸매의 소유자다. 그런데 오늘은 유난히 엉덩이가 뒤로 나와 있고 발의 발목 부분이 경직돼 잘 움직일 수 없는 것 같았다. 그래서 엉덩이와 연결된 발을 움직이며 걷는 모양새가 꽤나 기묘했다.

치에코는 란코의 걸음걸이를 전부터 눈치채고 있었지만 그렇게 극단적이지는 않아서 마음에 깊이 담아두지 않았다.

"란아 너 괜찮아? 속이 아픈 거 아니야?"

그러자 란코는 마치 기다리기라도 한 것처럼 치에코의 말이 끝나기 무섭게 대답했다.

"마마! 다리도 허리도 펼 수가 없어요. 어젯밤에 한숨도 못 잤어요."

치에코는 그게 무슨 소리인지 잘 이해하지 못 했다. 마침 안채의 부엌문으로 들어가고 있었기 때문에 더 그랬다.

부엌에서 거실로 들어간 치에코는 평소처럼 부엌과 거실 벽을 뒤로 하고 앉았다. 란코는 거실을 가로질러서 현관으로 이어지는 좁은 복도의 문지방 옆에 앉았다. 양쪽 발을 몸 오른쪽으로 뻗고 옆으로 앉자 아랫배가 약간 휘어서 마치 하복부가 썩어 문드러진 것 같은 자세를 하고 있다.

"란아, 방금 말했던 것처럼 밤새 계속 상대를 했어?"

란코의 앉은 자세를 보고서 치에코는 방금 들은 말을 떠올리며 물었다.

"맞아요, 마마. 그런데 밤에만 그런 게 아니니까 문제죠. 방금 전까지도 계속 그랬어요. 배가 고파서 아홉 시 무렵에 바나나를 먹으면서도 서로 뒤엉켜 있었다니까요."

치에코는 여급들이 내뱉는 노골적인 말을 듣고 처음에는 얼굴이 빨개지기도 했다. 하지만 지금은 꽤 익숙해져서 오히려 호기심을 듬뿍 담아서 되묻기까지 한다.

"아이고, 정말 못 말려. 그런데 어떻게 몸이 버티는 거야? 설마 매일 그러고 사니?"

"그렇다니까요, 마마. 그런데 요즘 들어 조금 더 격렬해진 셈이죠."

"조금 정도가 아니지 않아? 요즘 너 걸어 다니는 자세를 보면 엉덩이를 뒤로 빼고 걸어서 집오리랑 똑같아. 이상하다 생각했는데 역시 한숨도 못 자고 혼이 나고 있었던 거구나. 그런데 남자가 어떻게 계속 그러는 거야?"

"마마, 그게 그렇다니까요. 기요淸 씨는 이틀 밤 정도는 아무것도 먹지 않고서 그러고 있어도 괜찮다던데요. 정말 대단하죠?"

란코는 그렇게 말하더니 무언가 기쁜 일을 떠올린 것처럼 눈을 반짝이면서 귀여운 입술 언저리를 작게 벌리며 웃었다. 꽤나 음탕한 표정이다. '이 아이는 이틀이고 사흘이고 남자를 자기 몸에 밀착시키고 있지 않으면 성이 차지 않는 음란한 피가 들끓고 있어.'

치에코는 란코를 바라보면서 그렇게 생각했지만 역시 입 밖으로 꺼내 말하지 못 했다.

"정말 꼴불견이야. 뭐가 대단하다는 거야. 매일 드러누워서 여자한테 돈이나 달라고 조르는 놈팡이 주제에. 나는 꼴도 보기 싫어. 제 눈에 안경이라는 말이 딱 들어맞는다니까."

"맞아요, 마마. 그런데 마마도 야마다 씨 좋아하지 않아요? 하지만, 난 그렇게 무뚝뚝한 사람은 정말 싫어요. 마마, 기요 씨를 미워하지 말아줘요. 기요 씨는 마마를 좋게 생각하고 있어요. 마마가 일도 잘하고 정말 대단하다고 했어요."

"그렇게 아부를 떠는 것도 좋지 않아. 어쨌든 란아 잘 좀 생각해 보렴. 그렇게 쉽게 홀딱 반해서 남자를 제 멋대로 살게 두는 건 완전히 망치는 지름길이야."

"어머나! 마마, 그런 게 아니에요. 제가 기요 씨를 얼마나 사랑하는데요. 사랑하는 남자를 위해서 여자는 어떤 일이든 해야만 하잖아요. 란코는 월레스한테서 얼마든지 돈을 뜯어낼 수 있어요. 그 돈으로 기요 씨를 편히 쉬게 하고 기쁘게 하는 것은 당연하잖아요."

"웬 사랑하는 남자 타령이야. 눈앞에 처자식이 있는 남자한테. 란아 밑바닥까지 이제 떨어졌잖니. 이제 좀 남자한테 그만 미치고 돈을 모아야지. 아무리 얼굴이 반드르르 해도 여자 나이 스물넷이면 금방 서른이야. 그렇게 빈털터리로 살려는 거 보니, 너 아이를 낳거나 하는 삶은 생각해 본 적도 없지?"

또 설교가 시작됐다며 마이동풍 식으로 흘려듣고 있던 란코가 말이 끝나자마자 말대꾸를 했다.

"마마, 그렇게 말해도 소용없어요. 누군가한테 반했다가 깨어나는 것도 늙어서는 못 해요. 누군가한테 반할 수 없는 삶이 무슨 의미가 있어요? 마마도 야마다 씨랑 사귀어보지 그래요? 그러면 마마도 인간미 넘치는 행복을 맛볼 수 있을지도 몰라요. 주구장창 일만 하고 사는 게 능사는 아니죠."

"너 무슨 소리를 지껄이는 거야. 내가 너희들보다 얼마나 더 인간미 넘치는 행복한 삶을 살아왔는지 넌 모를걸. 게다가 야마다 씨는 처자식이 없으니 연애야 얼마든지 할 수 있어. 그래도 너희들처럼 엉망진창 연애는 하지 않을 거야."

"마마, 연애에는 엉망도 없고 진창도 없어요. 마마도 사랑을 하게 되면 아무도 보지 않는 데서 서로 몸을 합치고서 끌어안고 있을 거잖아요. 그건 정말 흥분되는 일이에요. 모두 다 똑같아요."

"너 정말 바보 같구나. 말을 해서 뭐하겠니. 이렇게 세상 물정을 몰라서야 원. 그런데 오늘은 또 무슨 일이야? 또 돈 해달라는 거지?"

"네 맞아요, 마마. 3천 엔 빌려줄 수 있어요?"

란코는 말끝을 올리고 애교를 떨면서 말했다.

"또 기요라는 놈팡이한테 주게?"

"마마 그런 말 하지 않기로 했잖아요? 월레스가 이삼일 안에 오면 이자까지 딱 붙여서 준다니까요."

"란아, 내가 돈이야 꿔 주겠다만 월레스를 너무 바보 취급하다 큰일 나는 수가 있어. 쫓겨나서 울게 될 거야. 뻔뻔한 짓도 정도껏 해야지."

"알아요, 마마. 하지만 월레스는 란코에게 푹 빠져 있어요. 란코가 월레스를 좋아해서 허니가 된 게 아니라고요. 월레스에게도 돈 때문에 이러고 있는 것뿐이니 오해하면 곤란해요 하고 그의 대머리를 손바닥으로 탁탁 쳤다니까요. 그랬더니 월레스가 역시 내 딸이야 하면서 웃잖아요. 딸이라고 하면서 할 건 다 해서, 딸한테도 손을 대는 변태 영감이라고 말 했더니 그제야 쓸쓸한 표정을 짓지 뭐예요. 월레스는 란코와 헤어지지 못할걸요."

치에코는 제멋대로인 란코가 밉살스러웠다. 하지만 본성이 착한 여장부 기질이라서 이런 식의 야유도 원한을 사지 않고 할 수 있다.

"란아 그랬으면 좋겠다만 너 같은 행운아는 세상 어디에도 없을 거야. 그렇지. 그게 아니면 매달 나흘 밤만 함께 하는 여자한테 3만 엔(일본 엔으로는 9만 엔)이나 꼬박꼬박 줄 리가 없잖아. 월레스는 너한테 신이나 다름없어. 그런 사람을 속이면 죄가 깊어져서 벌을 받지 않겠니?"

"무슨 말이에요, 마마. 사랑은 절대적인 거잖아요. 사랑하는 기요 씨를 위한 일이니 무슨 짓이든 못 하겠어요."

제아무리 치에코라도 해도 더 이상 말을 섞는 것이 바보 같아져서 대답도 하지 않고 불단 쪽으로 가서 돈을 꺼내 란코에게 건네주면서 다시 야유를 했다.

"다리와 허리도 펴지 못하도록 괴롭게 하는 남자에게 주는 서비스 요금인 셈이지?"

란코는 낚아채가듯이 세 장의 천 엔 지폐를 받더니, "흥, 나이든 언니를 어떻게 이기겠어요" 하고 내뱉듯이 말하면서도 생글생글

웃고 발을 끌면서 사라졌다.

2

월레스는 군용선을 타고서 여기저기 외딴 섬을 돌고 있는 고위 군속으로 나이는 60에 가까웠다. 란코를 찾는 날은 월초와 보름이 지난 후 두 번뿐이지만, 한 번 오면 꼭 이틀 밤을 같이 지내고 갔다.

월레스가 마지막으로 란코 앞에 나타났던 것은 1년 반 전인 작년 정월 때였다. 란코는 다른 여급들과 마찬가지로 치에코의 술집에서 미군 병사나 군속에게 교대로 숏타임은 2백 엔(일본 엔으로는 600엔), 올나잇은 5백 엔에 그때그때 매춘을 했다.

어쩐 일인지 월레스는 란코를 한 번 보고는 홀딱 반해서 마치 정신을 잃고 무언가에 감동한 사람처럼 보였다. 월레스는 마시지도 못 하는 술을 주문해 놓고 세 시간 정도 있다가 란코에게 말을 걸었다. 란코는 돈이 좀 있는 미군이라는 것을 알고는 화려한 국제호텔로 온갖 수단을 써서 그를 데려갔다.

란코는 치에코에게 전화를 걸어서 양해를 구하고서 호텔방에 머물렀다. 그녀는 자신을 지독하게 좋아하는 월레스에게 매달 3만 엔을 주면 허니가 되겠노라 제의했다. 월레스는 그건 자기가 하려던 말이라면서 뛸 듯이 기뻐했다. 그러자 란코는 한 발 더 나아가서 바로 집을 하나 구할 테니 5만 엔을 달라며 바가지를 씌웠다. 월레스는 너무나도 간단히 승낙을 하고서 헤어지면서 3만 엔과 함께

247

8만 엔을 란코에게 아낌없이 건넸다.

　함께 살 집을 구한 란코는 하룻밤도 남자 없이는 지낼 수 없었던 것인지 국제호텔에서 처음 만난 호텔 보이인 야마사키 기요山崎淸를 방으로 끌어들였다. 뱀의 길은 뱀이 안다고* 야마사키 기요의 이상한 성정을 란코는 한눈에 꿰뚫어 봤다.

　란코는 기요에게 일을 그만두라고 만난 지 얼마 되지 않아 말했다. 평소 받던 5천 엔 월급 대신에 만 엔을 처자식에게 가져다주게 하고 기요를 포로로 삼아서 밤낮 없이 새롱거리고 붙어서 떨어지지 않았다.

　월레스는 란코를 찾아오는 날에 마치 보물섬에서 돌아온 것 마냥 통조림이나 위스키 등을 콜택시 안에 가득 실어서 가져왔다. 위스키는 스카치 류로 헤기 엔드 헤키, 블랙 앤 화이트, 죠니 워커, 버본 류로는 올드 티아라, 포레스터, 올드 블랜더 등의 최고급품을 그때마다 두, 세 병씩 가져왔다.

　물론 이것은 모두 보름이 지나서 월레스가 돌아오기 전에 란코와 기요가 깨끗하게 다 비웠다.

　란코와 기요는 그렇게 1년 3개월 동안 월레스를 속였지만, 이 둘의 못된 꾀는 그 정도로 그치지 않았다. 집세 6천 엔을 떼어 먹으려고 지금 있는 천 5백 엔이면 충분한 치에코의 아파트로 이사를 하

---

*　일본 속담으로 나쁜 사람끼리는 서로 사정을 잘 안다는 뜻이다.

기까지 했다. 얼마나 뻔뻔한지 이루 말할 수가 없다.

'사촌 동생이 나가서 위험해서 혼자 지낼 수 없어요. 그래서 치에코의 아파트에서 함께 지내기로 했어요. 월레스 당신이 돌아오면 호텔로 함께 가겠어요.'

란코는 이런 식으로 끝도 없이 사람 좋은 월레스를 깔보고서 제가 제일 똑똑한 줄 알고 결국은 이사를 했다. 그래서 지금처럼 기요와 밤낮 할 것 없이 사람 눈을 무서워하지 않고 제 멋대로 붙어지냈다. 란코도 이상한 성정이고, 기요도 인생 모든 것을 성욕 하나에 집중해서 살아가는 남자였으니 이상한 일은 아니다.

3

치에코의 술집과 같은 업종의 A사인바가 이 구역에만 백 개나 있다. 모든 가게가 파란색으로 크게 A사인바라고 쓴 액자를 정면 현관 지붕에 네온을 밝혀 걸어놓았다. 파란색 A사인은 미군 병사나 군속에게만 술을 팔 수 있도록 허가를 받았음을 나타내는 것이다.

A사인바는 병사들의 급료일로부터 일주일 정도 흥청망청 지냈다. 돈이 모자란 군인들이 전당포에서 돈을 빌려서 거리 여기저기에 전당포가 늘어났다.

급료일로부터 아직 이틀 밖에 지나지 않았다. 치에코는 대목이니 10시에는 가게 문을 꼭 열어야겠다고 생각하고 여러 전기 장치 스위치를 눌러서 형광등을 밝히고 안으로 들어갔다. 홀 안은 조명

　　　　　　　　　　　　　A사인바의 여자들

을 받아서 무대처럼 보였다. 개장한 지 얼마 되지 않아 청소 및 정리 정돈이 깨끗이 된 홀에 아련한 홍자색 형광등 빛이 비쳤다. 어디를 봐도 신선한 기분을 느낄 수 있다. 치에코는 한동안 주위를 둘러본 후에 소독기 쪽으로 걸어갔다.

소독기는 카운터 구석 근처에 나란히 세 개나 놓여 있다. 세로가 30센티, 가로와 깊이가 27센티인 아연판이다. 아연판을 때죽나무가 감싸고 있고, 그 안에 맑은 물을 넣어서 펄펄 끓였다.

치에코는 맑은 물에서 컵을 꺼내서 코로 가져갔다. 오랜 경험으로 맑은 물속에 포함된 석회의 적정량을 거의 정확히 가려낼 수 있었다.

'아얏, 이건 좀 옅은데.'

그렇게 생각한 치에코는 달아놓은 통 안에서 시험기를 꺼내서 소독기 안의 맑은 물을 표시된 선까지 넣었다. 거기에 스포이드로 빨아들인 정량의 물약을 넣어서 흔들어 섞으면서 물이 갈색으로 변하는지 봤다.

치에코는 그것을 마친 후 시험관을 통에 표시된 표준색과 비교해 봤다. 역시 석회 양이 적다는 사실이 판명됐다.

소독기로 맑은 물을 넣어주는 물탱크는 안채의 부엌 입구 근처로 아파트의 처마 밑에 두 개가 나란히 있다. 치에코는 석회를 물에 충분히 섞어서 두 개의 물탱크에 등분해서 쏟아 넣었다.

물탱크 사다리를 타고 내려온 치에코는 아파트의 복도 아래에

늘 드러누워 있는 애견 베스를 떠올리고 버킷을 손에 든 채로 방 쪽으로 걸어갔다. 복도 아래쪽에 얼굴을 내밀었을 때였다. 야마다의 방 건너편에 있는 방에 있는 야스코靖子의 뒷모습이 문 그늘 속으로 사라지고 있었고 야스코의 뒤에는 머리가 천정에 닿는 몸집이 큰 미군 병사가 붙어 있었다.

'그렇게 작은 몸으로 저렇게 커다란 미군 병사를 어떻게 상대하는 거지?'

치에코는 새삼스레 의아한 생각이 들었다.

치에코가 준비를 마치고 홀을 열어서 카운터로 다시 돌아왔을 때였다. 골목 어귀의 문을 열고서 노리코律子가 들어왔다.

"마마, 도와줄까요? 오늘도 제 옆방에서는 벌써 맹렬하게 하고 있어요. 벽이 사이에 있어도 손에 잡힐 것처럼 옆방 일을 알 수 있으니 도저히 방에는 못 있겠어요."

노리코는 그렇게 말하면서 작은 탁자 위에 팔꿈치를 대고서 기댔다. 옆방의 야스코와 방금 전에 봤던 미군 병사가 일을 치르고 있다는 것이다.

"그런데 노리코 너도 똑같은 일을 하는데 신경 쓸 것 없지 않니?"

"무슨 소리에요, 마마. 야스코의 침대가 내방 벽에 붙어 있는 거 몰라요? 제가 화장대를 향하고 있으면 야스코의 방에서 뭘 하든 전부 다 들려요. 둘이서 붙어 있는 것을 바로 눈앞에서 보고 있는 것 같아요. 숨소리나 신음소리도 죄다 들려요. 정말 싫어요. 아이

A사인바의 여자들

정말……."

야스코는 장난기 가득하게 입을 크게 벌리고서 웃었다.

"그런데 야스코 그 아이 정말 재빠른데? 아직 미군이 그렇게 거리에 많이 나오지 않았잖아?"

"네, 아직 10시 전이잖아요. 아직 미군이 나올 시간은 아니라고 생각해요. 정말 대단해요. 아무리 돈을 벌어야 한다지만, 전 그렇게까지는 못 해요. 야스코는 어제 밤에도 올나잇을 했어요. 그러고도 벌써 미군을 끌어들이다니 정말 대단하죠. 하루 평균 6, 7명은 받는 것 같아요."

"아무리 그래도 그렇게 하면 발과 허리가 펴지지도 않을 텐데. 지금 상대하고 있는 미군은 키가 큰 거구잖아. 그렇게 작은 몸으로 어떻게 그런 남자를 받을 수 있을까. 내가 다 걱정이다, 얘."

"마마도 봤군요? 야스코가 미군을 끌어들일 때 거기 있었나 보네요."

"그래, 마침 방에 갔다 오다가."

"그러셨어요? 마마 걱정 하지 말아요. 야스코는 볼 때마다 몸집이 큰 남자만 끌고 들어가던걸요. 웬만하면 모두 거구는 피하는데, 야스코는 열심히 끌고 들어가요. 무언가 비법이라도 있어서 영리하게 처리하고 있겠죠. 야스코는 카사블랑카에 적을 두고 있으면서 술집 일은 거의 하지 않나보더라구요."

"그러면서 미군은 받는다고?"

"네. 밤낮 없이 길에 나와 있는 미군을 잡아끌어 들어간다니까요. 이 바닥에 소문이 자자해요."

"그렇니? 그래서는 거리의 창부랑 다를 게 뭐니? VD카드*도 제대로 관리하고 있지 않겠구나."

두 사람이 이야기에 빠져 있는 사이에 미군 병사 두 명이 조용히 소독기 쪽으로 다가갔다. 제모를 옆으로 쓰고 기록 장부 비슷한 것을 손에 들고 있다. 흘끗 보고 검사관이라는 것을 알았다.

"Hi, how are you?"

치에코는 웃음을 머금은 얼굴로 애교를 보이며 옆에 붙어 인사를 하고서 그들을 맞이했다.

두 명의 검사관은 소독기를 앞에 두고 멈춰 섰다. 그중 한명이 자비煮沸 소독기 게이지를 흘끗 보더니 반쯤 혼잣말로 "올라잇" 하고 중얼거렸다.

이어서 수질 검사를 시작했다. 치에코는 시험관 안의 물 색깔을 보고 있었는데 그것은 너무 짙었다. 세 번 경고를 당하면 영업정지 처분을 받아서 불안감에 휩싸였다.

"I know, I know, alright."

관대함과 호의를 표하면서 상관으로 보이는 남자가 말했다.

'석회를 지나치게 많이 넣었지만 규칙을 열심히 지키려는 마음

---

*   성병검사 카드.

A사인바의 여자들

을 알겠다. 괜찮아, 이 정도는.'

치에코도 그가 말하는 뜻을 잘 알 수 있어서 안심하고 "Thank you" 하고 웃는 표정을 지어 감사를 표하며 말했다.

검사관은 치에코가 종업원의 건강검진 카드와 VD카드를 갖춰서 내보이려 하자 손짓으로 제지하고서 "올라잇" 하고 말하고는 조용히 등을 돌리고서 걸어 나갔다.

검사관이 홀을 나가고 있을 때였다.

"마마! 큰일 났어요! 아키코秋子가. 어서요 어서…"

기침을 하면서 부르는 후지코富士子의 목소리를 듣고 치에코는 심상치 않은 기류를 느끼며, 놀란 마음에 아파트로 무조건 뛰어갔다.

4

아키코는 세는나이로 스무살인 전쟁고아로 육친이 없을 뿐만 아니라, 기댈 수 있는 일가친척 한 명 없는 천애고아였다. 열 명 몫을 다 해내는 기량과 체격에 좋아서 팡팡(미군 상대 매춘을 하는 '양공주')이 된 것은 아니다. 미군 상대도 마지못해서 하고 있다. 같은 일을 하는 여자들은 아키코의 몸이 얕아서 거구의 미군을 받지 못하는 것이라고 험담을 했다.

아키코가 부엌문에서부터 굴러서 온 듯한 모습으로 문지방에 쓰러져서 새우처럼 몸을 말고 양손으로 하복부를 감싸며 신음하고 있었다.

"마마~아! 삼천 엔만 빌려줄래요? 나 지금 죽을 지도 몰라요 마마! 너무 아파요, 마마. 삼천 엔만 빌려줘요, 마마……."

치에코가 온 것을 알고 아키코는 끊어질 것 같은 목소리로 호소했다.

"돈은 마마가 알아서 할 테니 걱정하지 마. 그런데 어떻게 된 일이니?"

아키코는 신음하면서 끊어질 것 같은 목소리로 대답했다.

"어제 낙태수술을 받고 왔어요. 하룻밤 쉬고 싶었지만, 돈을 많이 써서 어젯밤에 올나잇 손님을 받았어요. 그런데 그 미군 병사가 거구인데다 맹렬하게 달려들며 밤새도록 놓아주지 않고 계속 그짓을 해서…… 아침 여덟시 무렵부터 아프기 시작했어요."

치에코는 이런 이야기를 듣자 화가 났지만, 직접 병원에 데려가기로 했다.

난소가 심하게 부어 있어서 최소한 열흘 동안은 입원해 절대로 몸을 함부로 움직이면 안 된다는 진단을 받았다.

치에코는 아키코를 입원시킨 후 돌아왔다. 콜택시 안에서 가슴 속에서 치밀어 오르는 분노를 느꼈다.

'짐승이다. 아니, 짐승도 그렇게 자기 몸을 함부로 하지는 않아.'

치에코의 분노는 아키코 한 사람만을 향한 것은 아니다. 치에코의 술집에서 일하는 여자들은 모두 끊임없이 문제를 일으켰고, 그때 마다 그녀들을 돌봐줘야만 했다.

A사인바의 여자들

요코洋子의 일로 심야 한 시에 2킬로 떨어진 다른 술집 거리로 가서 그녀를 데리고 온 지 아직 열흘도 채 지나지 않았다.

요코는 세는나이로 이제 19살로, 역량과 체격 모두 좋은 아가씨다. 유복한 지주 집안에서 태어나서, 부모님은 현재 도쿄에서 사립대학을 다니는 언니와 똑같이 그녀를 대학에 진학시키려 했지만, 고등학교 1학년 무렵부터 빗나가기 시작해서 어느새 판판(미군 상대 매춘업) 대학의 우등생이 돼버렸다. 머리가 약간 모자란 것인지, 시시한 미군 병사에게 홀딱 빠져서 기지에 전화를 걸거나, 게이트 앞까지 가서 하염없이 기다리거나, 치에코에게 빌리거나 어머니에게 졸라서 받은 돈을 몽땅 털리기도 했다. 심하게 맞고 각혈을 해서 2시간이나 정신을 잃었던 적도 있었다. 얼굴이 수박처럼 부어오르고 머리카락이 흐트러진 요코를 심야 거리에서 데리고 왔는데, 그 모습은 흡사 요쓰야 괴담四谷怪談*에 나오는 바위 망령과도 같았다.

치에코는 쓰야코艶子의 수술실에도 입회했는데 그것도 불과 일주일 전의 일이다. 쓰야코도 요코와 마찬가지로 19살이다. 그녀 또한 훌륭한 역량을 지녔고 신장은 165센티에 균형 잡힌 몸매를 하고 있다. 역시 북부에서 여관을 하는 부유한 집안에서 태어났고 큰오빠는 독립해 운송업을 하며 트럭을 다섯 대 보유하고 있다. 작은

---

* 에도시대 말기 극작가 쓰루야 난보쿠(鶴屋南北)의 가부키 각본.

오빠는 온후한 성격의 은행원이다. 부모님과 오라버니들은 쓰야코가 양재洋裁 학원을 다니고 있다고 생각해 매달 학비를 보내고 있다. 얼마 전 있었던 VD검사 때 자궁에서 이상한 무언가가 발견돼, 그대로 두면 암이 될 위험이 있다는 소리를 듣고서 수술을 받았다.

후미코文子에게 놀란 것은 사흘 전이다. 후미코는 27살로 꽤 나이가 있는 편이다. 마을 청년과 17살에 결혼을 해서 부부가 함께 미군 기지에서 일을 했다. 일하는 곳은 집에서 4킬로 이상 떨어져 있었지만, 아직 교통편이 없던 무렵이라 걸어서 다녔다.

어느 날 아침, 후미코는 서둘러 일을 하러 나가다 꽤 친절한 말씨로 태워주겠다고 하는 미군 병사의 말을 믿고서 지프차와 트럭 중간 정도 크기의 차에 탔다. 하지만 그것은 흉악한 함정이었다. 잠시 후 후미코는 장막을 내린 차 안에서 미군 병사 두 명에게 번갈아 가며 두 번씩 능욕을 당했다.

그런데 저주받은 후미코의 운명은 그것만으로 끝나지 않았다. 남편의 씨앗을 품었다고 생각했는데, 그 아이는 후미코에게 치욕을 안긴 악당에 의해 수태됐던 것이다. 후미코는 꼴도 보기 싫은 미군 병사 때문에 판판 업계의 수렁으로 빠져들었다.

그 후미코가 여섯 번 이상은 시술을 하지 않는다는 의사에게 거짓말을 해서 아홉 번째 낙태수술을 받았다. 하지만 두 시간 만에 출혈을 시작해서 결국에는 의식을 잃는 소동이 벌어졌다.

오키나와에서 술집 여자들은 미군 병사의 아이를 임신하면 마

A사인바의 여자들

치 큰 부스럼에서 고름을 짜내듯이 낙태수술을 받으러 의사에게 갔다. 후미코와 동갑인 와카코若子는 바로 얼마 전에 열 번째 낙태 수술을 받았다. 3, 4년 이상 미군을 상대로 판판을 한 여자 중에서 네다섯 번 낙태수술을 하지 않은 사람은 없다고 봐도 좋다. 산부인 과 신문광고 전화번호 584 위에 소파 수술 가능이라고 토를 단 것 도 많다. 낙태가 활개를 치고 번성하고 있음을 알 수 있다.

사회에서는 이렇게까지 낙태수술이 아무렇지도 않게 받아들여 졌지만, 치에코는 그렇지 않았다. 술집에서 데리고 있는 여자들이 성병에 걸리거나 아이를 가지는 것을 매우 경계했다. 각자 자신의 몸을 소중히 해야만 한다고 말하고 다녔다.

후미코가 정신을 잃고서 의사를 부르고 얼음을 찾는 소동이 끝 난 후 치에코는 간신히 정신을 차렸다. 한숨을 돌리자 낙태수술을 아무렇지도 않게 생각하고 미군 병사의 아이를 몇 번이고 임신하 는 여자들에 대한 분노가 들끓었다.

'이 판판들이 같은 부류의 인간이란 말인가. 진정 사람이라면 여 자의 몸 중에서 가장 신성한 전당인 소중한 곳을 그저 수컷에 지나 지 않는 하등한 미군 병사들의 흙발에 아무렇지도 않게 짓밟히며 살지는 않을 거야. 게다가 끊임없이 아이를 임신하고 낙태를 반복 하고 있지 않은가. 얼굴과 몸매가 수려해서 치장을 하고 거리에 나 가면 부잣집 아가씨로 보이지만, 이들이 하는 행동은 날이 밝아도 저물어도 미군 병사에게 여자의 생명선을 아무렇지도 않게 희롱

당하는 것뿐이야······.'

치에코는 가슴속의 분노를 겉으로 드러내지 않고서, 소란을 떨며 후미코의 방에 모여든 여자들의 얼굴 하나하나를 응시했다.

5

아키코가 입원을 한 다음 날, 평소처럼 월레스가 홀로 찾아왔다.

미국 사람치고는 몸집이 작은 편으로 머리 윗부분이 대머리라 흰색으로 보였는데 그 주변에 머리카락이 드문드문 난 것이 오히려 쓸쓸해 보였다. 그는 웃음 띤 얼굴로 착한 인상이지만, 어쩐지 그 속에서는 고독함과 쓸쓸함이 느껴졌다.

이 세계의 의리 때문일까. 연장자인 와카코가 월레스를 맞이해 칸막이 자리로 안내하고서 란코를 부르러 갔다.

와카코는 열쇠가 채워진 란코의 방문을 두드리면서 큰 소리로 불렀지만 안에서는 아무런 반응이 없었다.

'흥, 역시 사족을 못 쓰고 그 짓을 하고 있나 보네. 어쩌면 질리지도 않고서 낮이고 밤이고 그러고만 있는지.'

와카코는 혀를 차면서 문이 부서져라 두드리며 란코를 불렀다.

와카코의 노력 덕분에 홀에 모습을 드러낸 란코는 월레스를 보더니 여느 때와 달리 애정이 넘치는 듯한 태도로 뛰면서 양손을 벌리고 그의 이름을 불렀다.

"아아! 나의 월레스. 기다렸어요. 무슨 일 있어요? 란코도 건강히 잘 지내고 있어요."

입에 발린 말이 끝나지도 않았는데 란코는 월레스를 옆으로 껴안으며 볼을 비벼댔다.

"기다렸어요, 월레스! 란코는 월레스에게 보여주고 싶은 게 있어요. 뭐라고 생각해요? 맞춰 봐요. 2만 엔이나 들었어요. 마마한테 돈을 빌려서 샀어요. 대신 갚아 줄 거죠? ……"

란코는 이렇게 말을 꺼냈다. 평소의 고압적인 태도와 비교해 보면 꽤 좋은 편이라 하겠다.

하지만 2만 엔으로 무언가를 샀다는 것은 새빨간 거짓말이다. 얼마 전에 치에코가 2만 엔짜리 전기 재봉틀을 샀는데, 그것을 자신이 샀노라 거짓말을 해서 월레스의 돈을 뜯어낼 생각이다.

란코는 망측하게도 월레스의 허벅지 안쪽을 손으로 만지작거리면서 재봉틀 대금을 달라고 조르며 실제로 그것을 보여주겠다고 권했다.

"마마, 재봉틀을 보여줘요. 부탁할게요, 마마."

한걸음 더 일찍 올라온 란코가 재빨리 치에코의 앞으로 뛰어와서 작은 목소리로 애원했다.

치에코는 무슨 말을 하는 것인지 잘 알 수 없었다. 그래서 란코가 월레스를 안 채로 데리고 들어오는 모습을 이상하게 생각하고 있던 중이었다.

칸막이 칸으로 돌아온 월레스와 란코는 한동안 이야기를 나눴고, 이윽고 치에코가 서 있는 둥근 의자에 둘이서 나란히 앉았다.

"마마, 난 술 많이 못 마셔요. 나중에 란코가 한턱 크게 쏠게요. 마마, 재봉틀 살 돈을 빌려줘서 정말 고마웠어요. 이자를 얼마나 주면 될까요? 지금 낼게요."

란코가 바로 말꼬리를 다시 이어갔다.

"마마, 천 엔이면 될까요. 사실 이천 엔은 줘야 하는데 말이죠. 월레스, 그럼 이만 천 엔을 마마한테 갚아줘요."

치에코는 옴짝달싹 할 수 없었다. 사실을 말하면 란코와 싸움이 날 테고, 그대로 받아들이면 사기의 공범 역할을 맡게 된다.

"마마, 정말 죄송해요. 너무 늦었어요. 오래 기다리셨죠? 이자는 정말로 드릴게요. 고마워요, 마마."

월레스는 2만 천 엔을 치에코에게 내밀었다. 치에코가 갈팡질팡 하며 곤란해 하는 모습을 간파한 란코가 그 돈을 받아서 치에코의 손에 쥐어줬다.

"월레스는 대머리지만 정말 호탕해. 내가 예뻐해 줄 거야."

란코는 평소와는 다른 태도로 월레스의 대머리를 쳤다.

"란코가 날 예뻐해 주지 않아도 돼. 란코는 내 딸이야."

"또 이상한 소리. 딸과 자는 사람이 어디에 있어요. 그런 말 하지 마, 이 대머리 아저씨야."

란코는 월레스의 흰색 머리를 손바닥으로 훑었다.

그로부터 보름이 지난 7월 초였다. 란코는 월레스를 속여서 받아냈다고 하면서 치에코에게 현금으로 3십 3만 엔을 보여줬다. 일본 엔으로 환산해도 백만 엔에서 만 엔이 빠지는 큰돈이다.

"마마, 사오일 안에 여권이 나온다고 하니 이번에 기요 씨와 단둘이서 도쿄에 가려고요."

"월레스한테는 아무 말도 하지 않고?"

"네 그가 오면 마마가 잘 말해주세요. 부탁드려요."

치에코는 화가 치밀어 올랐다.

"어째서 네가 다른 사람 등쳐먹는 일을 잘 말해줘야 하는 거니? 재봉틀로 사기를 칠 때도 이상한 역할을 시키지를 않나. 난 네 사기극을 도와주는 사람이 아니야."

"맞아요. 마마한테 폐를 끼칠 생각은 없어요. 하지만 마마, 란코가 여기 있는 동안은 친절하게 대해주는 게 마마의 신상에도 좋을 거예요!"

"뭐라고? 내 신상에 좋아? 지금 날 위협하는 거니? 난 네가 곤란해 할 때마다 챙겨줬다고 생각하는데. 은혜를 베푼 일은 있어도 원한 살 일은 한 적이 없어."

"마마도 란코를 도왔잖아요. 제가 마마한테 은혜를 입은 적은 없다고요."

그 말을 듣자 치에코는 가슴 속에서 화가 걷잡을 수 없이 치밀어 올랐다.

그로부터 한 주가 지났다. 도쿄행 배에 타려고 세관에 짐 검사를 맡긴 란코와 야마사키 기요는 두 명의 MP에게 붙잡혔다. 란코의 악랄한 행위는 예전부터 주목을 받고 있었다.

「Aサインの女たち」(『別冊週刊産経』25, 1959.4)

미야기 소우

미야기 소우, 「A사인바의 여자들」

오키나와문학 역사에서 미야기 소우만큼 다양한 이력과 활동 반경을 지닌 작가를 찾는 일은 쉽지 않다. 그런 넓은 활동 범위를 바탕으로 미야기는 일본 본토-오키나와-하와이, 혹은 중국 대륙-일본 본토-오키나와라고 하는 중층적인 구조 속에서 오키나와의 현실을 포착하려 했다.

우선 간단히 미야기의 이력을 살펴보자. 미야기는 1895년 오키나와에서 태어나서 소학교 훈도를 하다가, 1921년에 도쿄로 상경해서 개조사改造社에 입사했다. 개조사에서는 당대의 인기 작가였던 아쿠타가와 류노스케芥川龍之介, 사토미 돈里見弴, 사토 하루오佐藤春夫, 다니자키 준이치로谷崎潤一郎 등의 담당 기자로 활동했다. 개조사가 『일본문학전집』으로 엔폰円本붐(한 권에 1엔 균일 가격 전집으로 붐을 이룬 시기)을 주도해 갈 때 두 차례 하와이에 가서 판촉 활동을 벌였다. 한편 1922년 아인슈타인이 개조사의 야마모토 사네히코山本実彦 사장의 초청으로 일본을 방문했을 때, 미야기도 아인슈타인과 함께 사진을 찍었다. 미야기는 이후 사토미 돈의 추천으로 작가로 데뷔해서 전전戰前에는 『미타문학三田文学』에 주로 소설을 발표했다. 창작집『호놀룰루』(1936)와『하와이』(1942)를 낸 것에서 알 수 있듯이 그의 작품 배경은 개조사 시절에 방문했던 하와이에서의 체험을 반영하고 있다.

미야기 소우는 전전에는 하와이로 이민을 떠난 오키나와 사람들의 이야기나 혹은 전시체제戰時體制와 관련된 작품을 썼고, 전후에는 미군과 관련된 소설을 발표했다. 미야기 소우의 미국관은 전전과 전후로 크게 나눠서 생각해 볼 수 있다. 오키나와문학 연구자인 오카모토 게이토쿠岡本恵德는 미야기가 전쟁 중에는 미국을 배격하고 전후에는 미국을 찬미하고 있다고 평가했다. 하지만 미야기는 전전의 하와이 관련 소설에서 미국에 대한 동경을 강하게 드러내고 있기에 이러한 평가는 재고될 필요가 있다.

미야기 문학에 대한 재평가 작업이 오키나와에서도 이제 막 시작된 데다, 관련 작품이 발굴되고 있는 상황이기에 「A사인바의 여자들」에 대한 평가는 조심스러울 수밖에 없다. 다만 미야기 소의 전 작품oeuvre 속에서 이 작품의 가치를 평가하는 것은 어려울지 몰라도, 이 소설을 전후 오키나와문학이라는 관점에서 재단하는 것은 가능하다. 우선은 이 소설이 1959년이라는 비교적 이른 시기에 『주간 산케이週刊産経』라는 대중 잡지에 발표된 것에 주목해 볼 수 있다. 본토의 대중 잡지에 쓴 소설인 만큼 가벼운 어조와 흥미 위주의 내용으로 구성돼 있고 미군 치하 오키나와의 비극적인 현실을 스케치하는 형식을 취하고 있다. 오타 료하쿠의 「흑다이아몬드」로부터 10년 후에 발표된 이 소설은 미군을 상대로 매춘을 하는 '판판'을 다루고 있는데, 이는 일본 본토에서 미국과 관련된 소설에 대한 검열이 GHQ 통치기보다는 유연해졌음을 보여주는 것이기도 하다. 이 소설이 오키나와가 아닌 일본 본토에서 발표될 수 있었던 이유 중 하나다.

이 소설의 내용은 A사인바를 운영하는 치에코가 판판의 무분별함과 무책임함을 비판하는 내용이다. 판판으로 미군 월레스의 허니가 된 란코가 야마사키 기요(유부남)와의 정사情事에 빠져서 월레스에게 사기를 치고 일본 본토로 도망치다 헌병대에 체포된다. 여기에 란코만이 아니라 아키코, 요코, 후미코 등 꽤 유복한 집안에서 자란 오키나와 여자들이 판판이 돼 낙태 수술을 아무렇지도 않게 반복하는 것에 비판적인 시선이 쏟아진다. 특히 치에코가 "이 판판들이 같은 부류의 인간이란 말인가. 진짜 사람이라면 여자의 몸 중에서 가장 신성한 전당인 소중한 곳을 그저 수컷에 지나지 않는 하등한 미군 병사들의 흙발에 아무렇지도 않게 짓밟히며 살지는 않을 거야. 게다가 끊임없이 아이를 임신하고 낙태를 반복하고 있지 않은가"라고 말하는 장면은 매우 문제적이다. 이 소설에 등장하는 판판은 돈을 벌기 위해서 미군 병사를 자신의 방으로 끌어들이고, 그들을 속이는 등 일견 '주체적'인 모습으로 등장한다. 특히 유복한 가정에서 태어나 자랐음에도 판판이 된 여자들의 이야기는 개인의 타락이라는 윤리의 문제로 식민주의적 정책과 냉전이야기한 지배와 피지배라는 구조를 잘 보이지 않게 만든다는 점에서 비판을 받기도 했다. 물론 이 소설에서도 미군을 비판적으로 응시하고 있기는 하지만, 그것은 구조적인 악으로서가 아니라 성욕을 억제하지 못하고 오키나와 여자를 강간하는 남성을 비판한 측면이 더 강하다. 하지만 이러한 한계에도 불구하고 미야기 소의 「A 사인바의 여자들」은 일본 본토의 독자들에게 오키나와가 미군의 지배하에 있음을 강하게 상기시켰다. 또한, 일본 본토의 미군기지 주변에서도 성폭력이 존재하고 있었던 상황이었으니 단순히 오키나와의 문제만으로만 여겨지지도 않았을 것임은 분명하다.

이 소설이 발표되고 두 달이 지난 1959년, 오키나와 소재 미야모리 소학교宮森小学校에 미군 공군기가 추락해서 학생 11명이 죽고, 210명이 부상을 당하는 사건이 벌어졌다. 이 소설은 여러 표현의 한계에도 불구하고 미군의 폭력적인 지배가 점점 심각해져 가고 있던 오키나와의 상황을 잘 드러내고 있다. 그런 의미에서 이 소설은 전후 냉전체제 하에서 미군 기지가 파생한 폭력과 교섭의 과정을 표현한 미군 캠프타운 문학U.S. Military Camptown Literature의 일종이라 할 수 있다. 미야기 소우의 미군 기자와 관련된 문제의식은 마타요시 에이키의 미군기지 관련 소설에서 더욱 확장되고 심화된다. 마타요시 에이키는 그런 의미에서 미야기 소우의 비판적 계승자라고 할 수 있다. 이처럼 전후 오키나와문학은 미군과의 관련을 떠나서는 생각할 수 없다. 미군기지 관련 소설을 주목해 봐야 하는 이유 중 하나다.

마타요시 에이키
又吉栄喜

소싸움장의 허니

말매미 소리가 소란스럽다. 건조한 공간에 금이 가는 것과 같은 소리. 말매미가 나무에 수액이 없어서 울고 있다. 나무에서는 수지^{樹脂}가, 몸에서는 땀이 스며 나오고 있다. 바위와 풀에서 수분이 방울져 떨어지고 있다. 바다의 수평선이 하얗고 흐리게 보이는 현상은 공기의 흔들림 때문일까, 아니면 수증기 때문일까? 땅과 무덤에 균열이 생길지도 모른다. 소나무나 관목, 참억새와 활엽수를 둘러보고 멀리 바라봐도 잎사귀는 모두 시들시들하다. 잎사귀는 움쪽도 하지 않는다. 식물도 인간도, 소도⋯⋯. 소는 마치 뼈가 다 빠진 것처럼 엎드려 있다. 하지만, 앓는 소리는 내지 않는다. 아무 소리 없이 견디고 있다. 원색을 찾아볼 수 없다. 하얀 햇살이 튀어 오른다. 리듬도 끊어짐도 없이 계속 되는 매미소리도 별안간 귀에 들어오지 않는다. 태양은 움직이지 않는다. 구름도 움직이지 않는다. 관중 3천 명이 꿈적도 하지 않는다. 뜨거운 목욕탕 안에서 움직이면 열기를 느끼는 것과 같은 이치다.

소년들의 발이 소나무 가지에 대롱대롱 달려 있다. 소년들은 굵은 가지 하나에 모여 앉아 다리 여섯 개를 제멋대로 흔들고 있다. 계속 흔들지 않으면 선잠이 들고 만다. 꿈결에 그대로 바닥에 떨어질 위험이 있다. 이 소싸움장 주위 소나무는 가지가 길고 곧장 뻗어 있다. 소년들이 앉아 있는 가지는 5미터 상공에 있다. 소나무는 위로 올라가면 갈수록 작은 가지가 얽히고설켜서 앉기 힘들고 시야도 차단된다. 수 미터 높이가 딱 좋다. 잎사귀와 작은 가지가 소년들의 머리 위에서 옆으로 퍼져 양산 역할을 하고 있다.

소나무 아래는 어두운 느낌이 있지만, 눈이 부시지 않아서 소싸움장이 잘 보인다. 크로포드Crawford 씨의 붉은 얼굴에는 기름기에 번쩍이는 광택도, 길고 가느다란 입술 안으로 들여다 보이는 흰 치아도, 커다란 어깨의 부드러워 보이는 둥그스름한 모양도 선명하다. 요시코ㅋㅣㅋ의 어깨에 두드러진 가느다란 뼈 모양도 잘 보인다. 햇볕을 받고 있는 관중의 윤곽이 둔하게 반사되고 있다. 관중의 움직임이 누긋해 보인다. 눈은 직사광선에 언제까지고 적응이 안 된다. 눈이 조금 아프다. 관중은 땀을 닦으려고도 하지 않는다. 미제 수통에 담긴 물을 마시는 사람들의 움직임이 눈에 띄지만 그들 또한 누긋해 보인다. 피하 지방이 많은 크로포드 씨는 가만히 있지 못 한다. 알로하셔츠의 단추를 풀고서 파란색 수건으로 겨드랑이나 가슴, 목덜미의 땀을 연신 훔치고 있다. 튀는 행동이다. 더위에 익숙하지 않아서다. 양산을 쓴 어머니의 등에 업힌 갓난아기는 녹초가 됐다. 눈을 감고 있다. 죽은 것이 아닐까? 소년은 정말로 그렇게 의심해 봤다.

바로 위에 해가 있다. 크로포드 씨는 그늘 안에 쏙 들어가 있다. 크로포드 씨는 소년이 볼 때마다 그늘에 앉아 있다. 크로포드 씨의 몸은 너무 커서 엉덩이 한 쪽만 의자에 겨우 들어간다. 왜 더 큰 의자를 주문하지 않는 것일까 하고 소년은 생각했다. 발밑에 둔 야자나무 잎으로 만든 원뿔 모양의 삿갓은 오키나와 직인에게 특별히 주문하여 만든 것이다. 크로포드 씨의 앞머리는 대머리라서 다갈색 곱슬머리가 단정해 보이지는 않았다.

높은 코 아래로 진한 수염이 보인다. 올챙이배가 튀어나와서 다리가 짧아 보인다. 카키색 반바지를 입고 있다. 부드러워 보이는 굵은 다리털은 소년보다도 적다. 소년은 이상하다고 생각했다. 혼잡할 때도 크로포드 씨의 바로 뒤에는 아무도 앉지 않았다. 오늘도 마찬가지다. 신장 190센티, 체중 120킬로의 체구가 50센티 높이의 의자에 앉아 있으니 등 뒤의 관중은 서서 보지 않는 한 앞이 보이지 않았다. 경사가 있었지만 계단식 관람석이 아니다. 자리에서 일어서면 발 디딜 곳이 불안정하다. 가만히 앉아 있어도 엉덩이가 아래로 서서히 미끄러져 내려간다. 하지만 아무도 불평불만을 늘어놓지 않는다. 만약 크로포드 씨가 오키나와인이라면 흙덩이나 작은 돌, 그리고 둥글게 만 종이로 얻어맞았을 것이다.

우리는 자유롭다. 나무 위는 우리가 지배하는 영역이다. 어른들

　　　　　　　　　　　소싸움장의 허니

은 고분고분하다. 찌는 듯한 무더위 속에서 가만히 앉아 있다. 더위에 익숙한 것일까. 그늘로 들어갈 수 없는 이유라도 있는 것일까. 아니면 고집이 센 것일까? 이렇게 시시한 소싸움을 어떻게 하면 질리지도 않고 가만히 앉아서 보고 있을 수 있나. 소가 들어오는 입구와 출구 두 곳을 제외하면 소나무가 소싸움장을 둘러싸서 짙은 그늘이 드리워져 있다. 하지만 그늘로부터 소의 모습은 멀리 떨어져 있다. 그늘 여기저기에 소년들이 몇몇 있다. 어른은 한 명도 없다. 여긴 좋은 자리군. 소년은 생각한다. 이렇게 가까이서 소를 볼 수 있다니. 크로포드 씨가 아래에 없었다면, 이 특등석을 놓쳤을지도 모른다. 크로포드 씨가 아래에 앉아 있어서 이렇게 훌륭한 소나무를 찾아낼 수 있었다.

소나무 위에서 보자니 모자가 눈에 띄었다. 밀짚모자, 구바가사クバ笠(삿갓), 파나마모자, 등산모자, 미 육군 베레모, 운동용 모자, 학생 모자…… 흰색, 노란색, 검은색, 회색 모자…… 손수건이나 종이를 뒤집어쓰고 있는 사람도 있다. 하지만, 그중에서도 담갈색 밀짚모자를 쓴 사람이 가장 많다. 히자比嘉에 사는 할아버지(단메)의 모습도 보였다. 시무죠下門에 사는 아는 형(닌세)의 모습도 보였다. 소년은 자신이 알고 있는 사람을 얼마든지 더 찾을 수 있다. 가늘고 긴 목제 간이 테이블 끝에서 안내 방송을 하고 있는 사람은 표준어(야마토구치)를 잘하는 마쓰카와松川 씨다. 테이블에는 "경축 고완小湾 소싸움 한마당"이라고 주홍색으로 크게 쓴 현수막이 걸려

있다. 글자 양 옆으로는 청량음료 회사와 아와모리^{泡盛}(오키나와 특산
술) 회사의 선전 마크가 새겨져 있다.

　소가 미동도 하지 않고 가만히 있는 것이 오히려 더 더워보였다.
배를 조금씩 움직일 때마다 윤기 나는 검은 소의 몸에서 땀방울이
탁 하고 튀어 오른다. 싸움판이 벌어지기 전에 소의 주인이나 후
원모임에서 소의 몸을 수건, 솔, 손으로 문지르거나 만져서 새까만
몸의 윤기를 더욱 돋보이게 해 등장시킨다. 그렇게 나타난 소는 굉
장한 기세로 여기저기를 뛰어 다닌 끝에 흙먼지가 달라붙어서 몸
전체가 탁한 갈색으로 변한다. 싸울 채비를 다 갖춘 후에 뿔을 맞
걸고서 수 십분 동안 서로 밀어대다 힘이 비슷해서 움직이지 않고
있을 때, 땀이 계속 뿜어져 나와서 흘러 떨어진다. 싸움소의 몸에
붙은 먼지가 땀에 씻겨 내려가자 검은 윤기가 다시 돌기 시작한다.
바람 없는 날이라 흙먼지는 날리지 않는다. 날아오르지도 않는다.
소의 등에 흙먼지가 묻는 일은 좀처럼 없다. 삭신이 늘어지는 한낮
의 희뿌연 환상을 1톤 가까이 되는 맹렬한 싸움소의 돌진이 깨뜨
린다. 사발을 엎어 놓은 것 같은 말발굽 모양의 발이 딱딱한 땅에
달라붙어 있는 잡초를 파헤친다. 탁 하는 소리와 함께 뿔을 부딪치
는 둔중한 소리가 조용한 오후의 분위기를 깬다.

　싸움소 그라만이 조금 뒷걸음질을 치는 것 같더니 오른쪽으로
바로 몸을 튼다. 상대 소의 공세를 눈치챈 아라가키호^{新垣號}(號는 싸
움소를 부르는 호칭)가 자세를 무너뜨리면서 앞을 향해 몸을 낮춘다.

275　　　　　　　　　　　　　　　　　　　소싸움장의 허니

엉켜있던 소뿔이 빠져나왔다. 관중이 술렁였다.

크로포드 씨를 언제부터 의식하게 됐는지 소년은 잘 알지 못했다. 친구들 사이에서도 크로포드 씨에 대한 소문은 꽤 퍼져 있었다. 스가에清兄 씨보다 몸이 두 배나 크다는 소문을 듣고서 소년은 몇 번이고 한숨을 내쉬었다. 작년 여름 어느 날, 구스크마城間 소싸움대회에서 크로포드 씨를 처음 봤다.

친구들이 크로포드 씨를 둘러쌌다. 소년은 어설프게 다가서지 않았다. 총검은 없었지만, 거대한 몸집이 소보다도 중압감을 줬다. 도무지 가까이 다가서고 싶은 마음이 들지 않았다. 이중 턱의 붉은 얼굴이 쉬지 않고 해죽대서 어쩐지 기분이 나빴다. 얇은 입술과 작은 눈은 온화해 보였다. 하지만 코는 색달랐다. 너무 높다. 소년은 훔쳐보면서 계속 관찰했다.

요시코가 크로포드 씨의 허니honey라는 사실은 이미 알고 있었다. 요시코는 대단한 여자였지만 어쩐지 기분이 나빴다. 2, 3년 전까지만 해도 같이 뛰어 놀던 사이라는 생각이 들지 않았다. 어머니들끼리 나누던 대화를 소년은 기억하고 있다. 요시코의 친척 몇 명이서 그녀를 기다렸다가 캐물었던 모양이다. 대낮 큰길가에서 요시코는 울었다. 죽은 자를 때리지 않듯 울고 있는 요시코를 친척들은 더 이상 추궁할 수 없었다고 한다.

크로포드 씨가 소싸움을 보는 자리는 지정석이 됐다. 소싸움장

타원형 싸움판의 제일 긴 길이는 직경 20미터나 된다. 중앙에는 싸움소나 조련사가 분주하게 움직이고 있어서 주황색 땅색깔이 변했다. 싸움판 주변에는 모래가 섞여 있고 부드러운 흙이라 희어 보인다. 싸움판은 1미터 높이의 제방과 맞닿아 있는데 그 끝에는 싸움소의 흔적이 적어서 연두색 풀이 듬성듬성 자라나 있다. 이 소싸움장은 언덕의 경사와 우묵한 지형을 이용해서 만들어졌다. 싸움소가 올라와서 관중을 걷어차거나, 혹시 관중이 미끄러져 떨어지지 않도록 경사를 수직으로 만들었음이 틀림없다. 2년 전에 제방을 따라서 철골 세 개를 둘렀다. 철책의 높이는 120, 130센티 정도다.

크로포드 씨는 철책에서 5미터 정도 바깥쪽 경사면에 삽으로 2제곱미터 정도의 평평한 곳을 만들었다. 나무로 만든 접이식 의자를 거기에 놓고 앉았다. 삽질을 시작하기 몇 달 전부터 그곳은 크로포드 씨의 점령지다. 많은 관중들은 그것을 이해하고 있다. 크로포드 씨는 소싸움이 벌어지는 날이면 이른 시간에 나타났다. 하지만, 가끔 오키나와인이 먼저 와서 '지정석'을 차지할 때가 있다. 다만 어떤 오키나와인이라 해도 크로포드 씨가 다가오기만 해도 자리를 비워준다. 좀처럼 눈치를 채지 못하는 사람은 주변에서 충고를 해서 자리를 비우게 했다. 자리 문제로 한 번도 다툼이 벌어진 적은 없다. 여긴 내 자리라고 크로포드 씨가 말한 적은 한 번도 없다.

크로포드 씨의 자리에서 비스듬히 뒤쪽에 어린 소나무가 자라고 있다. 언제부터인가 소년들은 소싸움이 벌어지는 날이면 그 소나무에 올라가서 아침부터 밤까지 시간을 보냈다. 소나무 가지에 앉거나, 누워 자거나, 발을 걸고서 거꾸로 매달렸다. 그렇게 소싸움을, 크로포드 씨를, 요시코를, 소싸움장 건너편에 나란히 있는 장엄한 세 개의 구갑묘龜甲墓를 봤다. 그리고 구갑묘 뒤에 있는 소나무 숲과 휘어 구부러지면서 관목 속으로 사라지고 있는 미군의 철조망을 바라봤다.

오늘도 철조망 건너편에서 카빈총을 등에 맨 미군과 오키나와인 경비와 셰퍼드가 소싸움장을 지켜보고 있다. 구갑묘 위에는 웃통을 벗어부친 젊은 미군 병사들이 엎드려 누워 있다. 비번인 모양이다. 구갑묘 위에 올라가면 다리가 썩는다고 어른들이 말해서 소년은 그렇게 믿고 있다. 그래도 미군 병사들의 행동을 용서할 수 있었다. 미군 병사들은 소싸움에 흥미를 느끼지 못하지 않나. 심심함을 달래는 것에 지나지 않는다. 그런데 저 미군 병사들은 우리와 같은 인간일까? 소년은 그렇게 생각해 봤다. 모자도 쓰지 않고 벌거벗은 채로 살을 태우며 돌무덤 위에 아무렇게나 드러누워 있다니.

섭씨 30도를 넘는 날이 3주나 이어지고 있다. 앞으로 며칠만 지나면 '대서大暑'다. 바람은 없었다. 약하고 부드러운 활엽수를 가만히 지켜봤지만 흔들림이 거의 없다. 깊고 푸른 바다 표면 위로 솟아올라 있는 적란운이 묘하게 선명히 보였다. 하늘이 하얗게 빛나고 있다. 가까운 곳과 먼 곳의 나뭇잎과 3천 명이 넘는 관중의 모습이 하얗고 멍하게 흐려졌다가 다시 번쩍번쩍 빛난다. 수십 년 동안 비바람과 혹서에 노출돼 무수히 많은 다갈색 얼룩과 검은 균열이 생긴 구갑묘가 새하얗게 보였다.

더위 때문인지 싸움소 두 마리 다 시합에 집중하지 못하고 있다. 소년이 소나무 위에서 내려다봐도 소싸움은 통 진전이 없었다. 소싸움 경력 등을 소 주인이 유창한 일본어로 간결하게 말한 후에, 어린 소가 시범 시합을 한참 벌이고 있다. 둘 다 두 살 된 소로 몸집은 갖춰졌으나 투지가 없어 서로 장난을 치고 있는 느낌을 지울 수 없다. 소싸움 특유의 격렬하게 부딪치며 내는 둔탁한 소리나, 가속이 붙은 격렬한 돌진, 네 발을 땅에 박고서 지키기 자세에 들어가는 모습 등을 전혀 찾아 볼 수 없다. 싸우는 시늉을 하다가 잠시 쉬고, 뺨을 비비거나, 한 줄로 늘어서서 집에 돌아가려는 듯한 몸짓을 하거나, 무언가를 떠올린 듯이 다시 서로 마주보고 뿔을 걸고서 밀어대다 바로 귀찮은 듯이 힘을 빼고서 다시 정답게 소싸움장 안을 거닌다. 싸워서 승부를 겨룰 상태가 아니다. 두 세 번의 야유가 터져 나왔지만, 대부분의 관중은 철부지 소에게 화를 내봐야 소용이 없다며 쓴웃음을 짓는다. 조련사는 자신의 체면이 말이 아니라서 싸움소의 귀에 대고서 호령(야구이)를 넣고 질타를 하고, 소에게 진동을 전달하려 주위의 땅을 계속 좌우 할 것 없이 힘껏 밟으면서 고삐로 소의 등과 복부, 엉덩이를 때린다. 결국 소는 조련사의 처사에 부아가 치밀었다. 하지만, 길가나 밭 안에 묶어 놓은 소처럼 가끔 머리를 두세 번 움직일 뿐 그 외에는 미동도 하지 않는다. 그

소싸움장의 허니

것도 소 두 마리가 마치 짜기라도 한 것처럼 굴고 있어서 관중의 떠드는 소리와 웃음소리가 커졌다. 조련사는 점차 더 몸이 달아서 고삐를 앞으로 끌어서 상대방 소와 접촉하게 했다. 하지만, 소는 양 다리를 벌리고 땅에 뻗디디며 버틴다. 그런 모습은 팔뚝 근육에 난 혈관이 튀어나와 있는 거무스름한 얼굴에 커다란 눈을 크게 뜨고 있는 조련사와는 대조적이다. 두 마리의 익살꾼 소는 아무 일도 없는 것처럼 태연한 모습이다. 몇 분이 지났을까. 10분 정도다. 아무리 발로 차고 끌고, 밀어도 소는 미동도 하지 않았다. 결국 비겼다. 멋진 싸움이 될 것이라 예상했던 장내 아나운서가 사과 방송을 했다.

크로포드 씨는 오늘도 자신의 허니인 요시코를 데려왔다. 요시코는 소싸움을 그다지 좋아하지 않는다. 그런데도 함께 소싸움을 보러오다니 이상한 일이다. 이렇게 무더운 날인데도……. 소년은 왜 그런지 알고 있다. 크로포드 씨에게 버림받지 않기 위해서다. 크로포드 씨의 비위를 맞추고 있는 것이다.

소싸움은 언제나 오후 1시에 시작된다. 소년은 3시간 전부터 소나무 주위에서 친구들과 놀고 있다. 12시가 지나자 갑자기 관중이 늘었다. 거대한 체구의 크로포드 씨와 작고 마른 요시코가 손을 잡고 나타났다. 요시코는 화학섬유 재질의 노란색 원피스를 입고 있다. 몸에 착 달라붙는 옷은 아니지만, 커다란 속옷이 들여다보인다. 요즘 유행하는 스타일이지만 요시코와는 어울리지 않는다. 특히 스커트 부분이 부풀어 올라서 광대뼈가 튀어나온 얼굴과 가늘고 긴 양팔이 두드러져 보인다. 혹시 흑인 병사의 혼혈이 아닐까. 때때로 소년은 그렇게 생각했다. 하지만, 17살이 된 혼혈아가 있을 턱이 없다. 백인 병사나 혹은 병사가 이 섬에 들어온 지는 13년밖에 되지 않는다. 마침 소년이 태어난 해에 처음으로 상륙했노라고 소년의 어머니가 말했다. 하지만, 소년은 마치 아주 오래 전부터 백인과 흑인 병사가 이 섬에 있었던 것 같은 기분이 들었다. 요시코의 얼굴빛은 병든 사람처럼 흙빛으로 보였다. 얼핏 보면 32살 정도로 보인다. 크로포드 씨가 원하는 것을 다 사주고 있으니 좀 더 살이 오르고 얼굴빛도 더 좋아져야 정상이 아닌가. 소년은 소나무 위에서 요시코의 오글쪼글한 파마머리를 가만히 내려다 봤다. 크로포드 씨와 요시코는 대화를 거의 나누지 않는다. 그러면서도 용케도 서먹서먹해 하지 않는다. 소년은 그렇게 생각했다. 가끔 요시코가 크로포드 씨의 옆모습을 보면서 짧은 영어로 말을 걸었지만, 크로포드 씨는 끄덕이기는커녕 쳐다보지도 않는다. 요시코는 나이 때문인지 늘 감기에 걸린 듯한 목소리를 낸다. 말이 빠르고 목이 쉬어 있어서 가까운 나무 위에서조차 잘 알아들을 수 없다. 게다가 소년도 요시코만을 주목해서 보고 있는 것이 아니라서, 실제로는 그녀가 더 말을 많이 하고 있는지도 모른다.

요시코의 새로운 면모를 소년이 알게 된 것은 40여 일 전 소싸움 날이었다. 지금 다시 생각해 봐도 기이한 느낌이 든다. 한낮 많은 사람들 속에서 요시코는 홀로 울고 있었다. '미야자토黑里 공민관 후원 모금' 소싸움 대회에서였다. 난세이 1호南星1號 쪽이 데뷔는 10개월 정도 빨랐지만 성적은 똑같이 3승 무패다. 두 소의 체력은 싸우기 전부터 확실히 차이가 났다. 역대 소싸움 대회에서도 좀처럼 볼 수 없는 체중 천 킬로, 가슴둘레 2미터 39센티, 뿔 길이 41센티의 거대한 소, 구로이와호黑岩號. 이 소는 싸움판 가운데로 조련사를 끌다시피 해서 난폭한 모습으로 나타나, 흙을 앞발로 번갈아가며 파내면서 충만한 전의를 감추지 않았다. 3, 4분 후 좀처럼 내키지 않는 모습의 작은 소 난세이 1호가 천천히 다가왔다. 난세이1호의 모습을 보자마자, 거대한 구로이와호가 섬뜩한 뿔을 아래로 낮게 내리깔아 겨냥하고서 눈을 칩뜬 커다란 눈에 흰자를 드러내며 돌진해 격렬하게 뿔을 맞걸었다. 그러더니 갑자기 뿔을 뒤로 빼고서 정면으로 바로 돌진해 박치기를 한다. 구로이와호는 숨을 쉴 틈도 없이 몇 번이고 그것을 반복했다. 따앙, 따앙 하고 큰 쇠망치가 맞부딪치는 듯한 둔중한 소리가 들려왔다. 작은 소는 약간 뒷걸음질을 치다가 몸을 낮추고서 체중을 앞으로 실으며 있는 힘껏 공격을 받아냈다. 거대한 소는 뿔을 다시 떼고서 뒷걸음질 치다가 도움닫기를 해서 뿔로 박치기를 했다. 작은 소가 교묘하게 몸을 돌려서 받아넘겼다. 뿔과 뿔이 약간 닿았을 뿐이다. 목표를 잃은 거대한 소는 달리던 속도 그대로 앞으로 내던져져서 몇 미터 정도 엉뚱한 곳으로 내달렸다. 하지만, 바로 몸을 돌려서 과녁을 정하고서 맹렬하게 돌진했다. 빠드득 하고 마치 이 가는 소리를 확성기로 튼 것 같은 뿔이 바람에 흔들리는 소리가 들려왔다. 작은 소는 코끝을 땅에 거의 닿을 듯한 거리까지 내리고서 있는 힘껏 견뎠다. 작은 소의 눈에 땀이 흘러내렸다. 눈은 묘하게 윤기가 흐르고 맑았다. 호흡은 흐트러질 대로 흐트러졌다. 거대한 소가 보여준 찌르기 기술은 순식간에 작은 소의 목을 조였다. 작은 소의 뼈가 그대로 부서지는 것이 아닐까 하고 소년은 겁을 먹었다. 거대한 소는 작은 소의 얼굴을 더욱더 우스꽝스러운 모습으로 비틀고는 있는 힘껏 눌렀다. 작은 소는 필사적으로 네 다리를 벌리며 버텼지만, 얼굴이 자신의 뜻과는 달리 이상한 방향을 향해서 몸의 중심을 생각한 대로 잡을 수 없었다. 목이 꺾인 방향 그대로 질질 미끄러졌다. 누런 흙먼지가 계속 날아올라서 두 소의 발 언저리가 잘 보이지 않았다. 거센 목 힘으로 작은 소를 비트는 머리 공격은 확실히 효과가 있었다. 동쪽에서 북쪽으로, 북쪽에서 서쪽으로 획획 밀린 작은 소는 계속 몸을 돌리려고 했지만, 뿔이 마치 자물쇠를 채운 것처럼 공고하게 엉켜 있다. 약간 벌어진 작은 소의 입 안에서 흰 거품이 보인다. 이윽고 거품은 가늘고 긴 끈적끈적한 침으로 변해서 수직으로 늘어져 땅에 떨어져 더러워졌다. 거대한 소는 아무리 공격을 해도 작은 소가 항복하지 않자 애를 먹고 있었다. 속공을 멈추고 다음 공격을 위해 숨을 가다듬었다. 얼마 안 있어 작은 소는 긴 혓바

소싸움장의 허니

닥을 축 내밀었다. 두 마리 소의 배가 물결치고 있다. 두 마리 소 모두 멈춰있는 것처럼 보이지만, 혼신의 힘이 서려 있다. 작은 소의 입안에서 거품이 크게 늘더니 부글부글 넘쳐 커다랗고 긴 침으로 흘러내리며 바람에 흔들렸다. 거대한 소가 서서히 공격한다. 작은 소의 다리가 좌우 앞뒤로 흔들리며 삐걱 하고 관절이 돌아가는 소리가 들렸다. 작은 소가 불쌍해. 소년은 생각했다. 소나무에서 뛰어내리고 싶었다. 소나무 가지에 매달렸지만 눈을 뗄 수 없었다. 이렇게 많은 사람이 보고 있지 않나. 저 소가 싸우다 죽어도 내 책임이 아니다. 묘한 생각이 떠올랐다. 작은 소가 방뇨를 했다. 하지만, 그렇게 몇 분을 더 버텼다. 그러다 갑자기 지금까지 버티고 있던 작은 소의 힘이 빠졌다. 거대한 소가 마치 공중에 떠 있는 박스를 미는 것처럼 엄청난 속도로 작은 소를 들이박았다. 거대한 소를 몰던 조련사는 그 움직임에 버티지 못하고 고삐를 놓았다. 다음 순간 거대한 소가 작은 소의 왼쪽 배로 돌진해서 긴 뿔을 깊게 박아 넣었다. 작은 소는 남쪽 둑 쪽으로 내동댕이쳐졌다. 하지만 거대한 소는 공격을 멈추지 않았다. 작은 소는 둑과 거대한 소의 뿔 사이에 끼어서 뿔에 세차게 찔릴 때마다 복부의 상처는 더 커졌다. 힘껏 들이밀어도 작은 소가 움직이지 않자 거대한 소는 네다섯 걸음 뒤로 물러섰다. 군데군데 흰 반점이 보이는 피가 묻은 뿔이 빠졌다. 작은 소는 둑에서 떨어졌다. 누런 흙먼지가 피어올랐다. 거대한 소는 기세를 올리면서 다시 돌진했다. 고삐를 쥐고서 필사적으로 제지하던 조련사는 힘없이 끌려갔다. 대기하고 있던 조련사들도 뛰어나왔다. 작은 소에게 뿔을 박아 넣으려던 거대한 소를 몇 명이 달라붙어서 겨우 제지했다. 대부분의 관중이 죽었다고 생각한 작은 소가 갑자기 일어나서, 경련을 하면서 몇 걸음 도망치는가 싶더니 털썩 쓰러졌다. 흙먼지가 피어올랐다. 콸콸 흘러넘친 대량의 피가 흰 흙 속으로 스며들었다. 피는 점차 거무칙칙한 색으로 변했다. 기름처럼 보이는 선지피도 나왔다. 창자가 비어져 나왔다. 작은 소의 배는 작게 출렁이고 있었지만, 옆모습은 조용했다. 입밖으로 나와 있는 긴 혀는 보라색으로 변했다. 맑고 커다란 눈은 크게 벌려져 한 곳을 보고 있다. 그 눈. 인상 깊은 눈. 온힘을 짜내서 이쪽으로 달려오던 작은 소의 모습이 40여 일이 지난 지금도 소년의 눈에 떠올랐다. 그 소는 살려고 했다. 소년은 그렇게 생각했다. 설령 육체가 파괴되더라도 소 안에 있는 어떤 힘이 몇 미터나 작은 소를 더 달리게 했다. 거대한 소는 얼마 안 있어 원래대로 편하게 숨을 쉬었다. 같은 소가 중상을 입고 있는데 거대한 소는 발을 구르기만 할뿐 조금도 책임감을 느끼지 않고 있다. 살인자가 태연하게 살 수 없듯이, 소를 죽인 소도 평온할 수 없을 텐데 말이다. 하지만 싸움소는 아무렇지도 않았다. 너무나도 태연했다. 오히려 온 힘을 다 쏟아내서 후련함을 느끼고 있는 것 같았다. 하지만, 소는 왜 싸우는 것일까? 왜 그러는지 알 수 없다. 소년은 소들이 한창 싸울 때도 냉정함을 유지했다. 소년은 누군가와 싸우고 싶은 마음이 들지 않았다. 하지만 작은 소의 죽음은 어쩔 수 없다. 소년은 그렇게 생각했다. 그것이 싸움이다. 다만 작은 소는 정정당당하게 싸웠다. 이길 수 있는 상대하고만 싸우는 비겁자가 아니다. 아무 것도 겁내지 않았다. 노력의 결과를 자각하고, 힘을 믿고, 그것을 시험했다. 작은 소는 혼자서 살고, 혼자서 싸우고, 혼자서 죽었다. 작은 소는 오키나와의 소다. 소년의 가슴이 불규칙하고 크게 고동쳤다. 소싸움을 좋아하게 될 것 같은 기분이 들었다. 소년은 거대한 구로이와호의 주인이 자신의 아버지라는 사실도 완전히 잊고 있었다.

조련사나 작은 소의 주인, 그리고 소 주인의 가족, 친구 일고여덟 명이 작은 소를 밧줄로 묶어서 마차에 실었다. 오래 써서 낡은 미 군용차의 커다란 고무타이어를 바퀴로 쓴 마차는 짐받이가 높았다. 남자들은 기합을 맞춰가며 단숨에 죽은 소를 당기고 밀었지만, 사체가 무거워서 품이 들었다. 다음 대전이 꽤 늦어졌다. 하지만, 야유를 하는 사람은 단 한명도 없었다. 3천 명 사이로 적막이 무겁게 떠돌았다. 말은 언덕을 올라갈 때처럼 고개를 두세 번 아래 위로 흔들면서 발로 힘껏 버티며 세차게 땅을 밀어서 그 반동으로 마차를 끌었다. 일단 움직이기 시작하자 마차는 아무 일 없었다는 것처럼 앞으로 나아가기 시작했다. 그렇게 마차가 눈앞에서 사라졌다. 소년은 그 전모를 눈을 크게 뜨고서 지켜봤다. 소가 죽을 것을 알고서 마차를 준비해둔 것일까. 소년은 종잡을 수 없는 생각을 계속했다. 관중들의 한숨이 휴우 하고 새어나왔다. 그들도 온몸에 힘을 주고 있었던 모양이다.

오키나와 사람들이 이렇게 감정을 생생하게 표출하다니 신기한 일이다. 거짓말 같은 기분이 들었다. 요시코는 미국사람이 다 됐다. 소년은 갑자기 그렇게 생각했다. 화장이 잘 먹지 않는 잔뼈가 튀어나온 얼굴이 일그러졌다. 금을 씌운 앞니가 더욱더 눈에 띄었다. 붉은 립스틱을 바른 입가가 약간 지워져 있다. 요시코는 눈을 가리고 있다. 커다란 눈은 시선을 잃고 생기가 없었다. 눈물이 가득 고여 있지만 이상하게 물기를 느낄 수 없었다. 눈물과 땀이 두꺼운 화장 위로 흘러 떨어지면서 얼룩 모양이 생겼다. 울음소리는 새어 나오지 않았다. 흐느껴 울었던 것인지, 콧물을 훌쩍인 것인지 흑흑 거리는 커다란 소리가 때때로 들여왔다. 어깨를 늘어뜨리고 턱을 올리고서 우는 얼굴로 크로포드 씨를 때때로 바라봤다. 요시코의 흐트러진 우는 얼굴에서는 소리가 들려오지 않았다. 앞뒤가 맞지 않다. 무언가 이상했다. '울음참고 버티기'를 하고 있는 것이 아닐까. 소년은 걱정했다. 자존심이 강한 아이는 울 때 얼굴빛이 검푸르게 변하고 입을 크게 벌어지지만, 울음소리는 조금도 새어나오지 않는 기묘하게 정지된 표정을 짓는다. 지금 그런 상태가 아닐까. 그런데 요시코는 왜 울고 있을까. 소년은 이유를 알 수 없었다.

"저 작은 소는(아누, 구나우세) 처음부터 싸우고 싶지 않다고 말하고 있었어" 하고 요시코는 몇 번이고 말했다. 분명히 작은 소는 불쌍하다. 하지만, 그것 때문에 울다니 거짓말을 하고 있는 것 같았다.

크로포드 씨의 제스쳐도 이상했다. 한동안은 요시코가 울고 있는 모습을 곁눈으로 보면서 태연하게 있더니, 무언가를 떠올린 것처럼 갑자기 요시코의 머리카락을 쓰다듬고, 어깨에 커다란 팔을 두르고, 손수건으로 눈을 닦아주는 등……. 부자연스러운 행동이다. 숨 막힐 듯이 더웠다.

요시코는 자리에서 일어나서 크로포드 씨의 무릎에 올라가더니, 그의 두터운 가슴에 얼굴을 대고서 코를 문질렀다. 소년은 더욱더 숨이 막히고 더웠다. 요시코의 땀과 몇 종류의 화장품이 섞여서 질척질척한 액체가 흠뻑 젖은 알로하셔츠를 입고 있는 크로포드 씨의 이국인 냄새가 나는 땀에 달라붙었다. 조금 전에 요시코가 보여준 인정미 넘치는 모습은 역시 가식적이다. 소년은 다시 생각했다. 그러자 크로포드 씨가 작고 약한 사람처럼 보였다.

소나무 가지에 매놓은 스피커에서 15분 동안의 휴식을 알렸다. 요시코는 자리에서 일어나서 화장실에 갔다. 크로포드 씨도 일어섰다. 소년의 친구들이 크로포드 씨에게 다가갔다. 소나무 가지에 올라가 있던 친구들도 뛰어내렸다. 소년은 망설였지만 천천히 가지를 타고서 내려갔다. 소년의 친구들은 손을 내밀고서 "기브미Give me, 기브미" 하고 말했다. 친구들이 발가락 끝을 세우고서 손을 있는 힘껏 뻗어도 크로포드 씨의 가슴팍에 닿을까 말까다. 곱슬머리 소년이 제멋대로 크로포드 씨의 바지 뒷주머니에 손을 넣었다. 크로포드 씨의 손이 뒤로 향했다. 곱슬머리 소년은 손을 바로 뺐다. 친구들은 크로포드 씨가 옆구리에 끼고 있는 커다란 카키색 종이 봉투를 잡으려 뛰어 올랐다. 겨우 손가락 끝이 닿을 뿐이다. 크로포드 씨는 웃으면서 친구들의 동작을 지켜보고 있었다. 머지않아 친구들은 몸이 달았다. "오케이, 오케이." 크로포드 씨는 고개를 끄덕이면서 일렬로 서라는 시늉을 반복했다. 친구들은 바로 그 의미를 이해하고서 내가 먼저 서겠노라 다투면서 여섯이서 한 줄로 섰다. 소년은 허둥대며 군중의 혼잡함 속에 숨었다. 크로포드 씨에게 자신만이 주목을 받는 것은 역시 싫었다. 소년은 친구들이 나중에 자랑스럽게 내보이는 물품을 지금도 보고 싶지 않았다. 그걸 보면 어째서 줄을 서지 않았을까 하고 크게 후회하는 마음이 들었다. "정말 크다(마기샷사)." "이것 봐. 좀 이상해(가와토웃사)." "맛있겠다(마아사키샷사)." 서슴없이 말하는 친구들의 목소리가 들렸다. 소년은 도망쳤다. 크로포드 씨의 시선을 등 뒤에 느꼈다.

「鬪牛場のハーニー」(『月刊沖繩公論』, 1983.6)

소싸움장의 허니

마타요시 에이키

마타요시 에이키, 「소싸움장의 허니」

마타요시 에이키(1947~)의 문학 세계는 오키나와 나하시那覇市 우라소에浦添로부터 반경 2km 내에 응축돼 있다. 마타요시는 요도레(류큐왕국의 왕릉) 부근에서 전후 직후, 피난민들이 이룬 텐트 집락集落에서 태어났다. 1947년 7월의 일이다. 그래도 비가 새지 않는 튼튼한 텐트였던 모양이지만 그 안은 마치 목욕탕처럼 더워서 갓난아기들 얼굴이 새빨갛게 달아올랐다고 한다. 마타요시는 이 기억을 「텐트 취락 기담テント集落奇談」(『文学界』, 2009.2)에서 썼다.

마타요시의 작품 세계는 그가 태어난 우라소에의 지정학적 위치와 불가분의 관계다. 마타요시 문학은 오키나와 우라소에라는 한 장소에 깊게 뿌리를 내리고 있다는 점에서 문학에서 장소성(로칼리티, 토포스)이 어떻게 활용되는지를 잘 보여준다. 마타요시가 자란 '집'을 중심으로 옛 류큐왕국의 유적지와 오키나와전쟁의 상흔, 그리고 미군 지배 하의 오키나와의 현실이 중첩돼 있음을 알 수 있다. 마타요시가 태어나 자란 우라소에는 오키나와의 과거와 현재가 농축돼 있는 축도다. 마타요시의 작품 세계는 크게 두 개의 축으로 구분할 수 있다. 하나는 전후 미군 지배 하의 오키나와의 현실을 그린 세계이고, 다른 하나는 오키나와의 자연, 문화, 풍습을 그린 세계이다. 전자는 주로 1970년대에서 1980년대 마타요시 문학의 특질을 나타낸다. 이는 졸역 『긴네무 집』(2014)에 수록된 「조지가 사살한 멧돼지」, 「창가에 검은 벌레가」, 「긴네무 집」으로 대표된다. 후자는 『돼지의 보복』(114회 아쿠타가와상 수상작, 1995년 하반기) 등으로 대표된다. 한편, 마타요시 초기 문학에는 일본인(본토인)이 소설 속에 부재해 있다. 오키나와는 1952년 대일강화조약(샌프란시스코조약)으로 미국의 시정권하에 놓이며 이때부터 급속하게 기지건설이 시작됐다. 이때, 일본 본토 건설업체가 대거 오키나와로 넘어오기도 했지만, '일본 복귀'(1972) 전까지 일본인의 모습을 오키나와에서 보는 것은 흔한 일은 아니었다. 「소싸움장의 허니」에서도 일본인의 모습을 찾아볼 수 없는 것은 그러한 이유에서다.

이 두 축 모두를 포함하고 있는 소설로 마타요시의 '소싸움' 관련 소설을 꼽을 수 있다. 이와 관련된 소설로는 한국에도 이미 졸역으로 번역 소개한 「카니발 소싸움 대회」(1976), 「헌병틈입사건」(1981) 외에도 「소를 보지 않는 허니」(1982), 「시마부쿠로 군의 소싸움」(1982), 「소싸움장의 허니」(1983) 등이 있다. 마타요시는 오키타와의 소싸움 관련 잡지 『투우 오키나와闘牛沖縄』라는 잡지에 「투우찬가」를 기고하기도 했다. 「투우찬가」는 결핵을 앓고 있던 마타요시가 이십 대에 소싸움을 보면서 위로를 받았다는 등의 내용이다. 소싸움과 관련된 이 5편의 소설에는 미군 지배하의 오키나와에서 전통문화를 둘러싼 점령군과 오키나와 사람들의 갈등, 그리고 복잡한 인간의 내면이 그려져 있다. 「카니발 소싸움 대회」나 「헌병틈입사건」은 소싸움 대회 날에 펼쳐진 오키나와인과 미군의 갈등이 심각하게 드러난 소설이다.

다만, 이들의 갈등은 이항대립적인 구조 속에 펼쳐지지는 않는다. 그보다는 미군의 지배하에서 오키나와의 전통문화를 둘러싸고 민족 대 민족의 대립만이 아니라, 그 안에서 펼쳐지는 인간 군상의 내면적 갈등과 감정의 대립 양상을 유약한 인간의 내면을 통해서 고찰하고 있다. 그러한 약함을 지닌 오키나와인들과는 달리 "오키나와의 소"는 거대한 상대 소와 맞붙어서 목숨을 걸고 싸운다. 이러한 모습은 「소싸움장의 허니」(1983)에 등장하는 난세이1호의 장렬한 최후에서 찾아볼 수 있다. 크라포드의 허니인 요시코는 거대한 소와 맞붙어 싸우다 죽은 난세이 1호의 죽음을 애도하며 눈물을 흘리지만, 오키나와 소년은 복잡한 요시코의 감정을 가식이라고 간단히 판정해 버린다. 이처럼 마타요시 문학은 선 안에 깃든 악을, 악 안에 깃든 약함을 통해서 '문제적' 장소와 사건 속에서 드러나는 인간 내면을 드러내는 특징을 보여준다. 복잡한 문제를 단순화 하는 것은 정치의 논리이며, 혁명의 논리라는 점에서, 마타요시 문학은 복잡한 현실의 문제를 단순화하지 않고 최대한 중층적으로 드러낸다. 이는 현실의 문제를 작가 정신으로 돌파해 미래를 선취해 나가는 방식과는 변별된다. 이러한 특징에 마타요시 문학의 가능성과 한계 모두가 잘 드러나 있다고 할 수 있다.

이치하라 치카코
市原千佳子

등대는 큰 뱀 외

등대는 큰 뱀

용을 너무나 동경하여
몸이 비틀린 큰 뱀이
곶에 있는 등대*의
나선형 계간을 알맞은 거처로 삼아
3천 년 동안 빛을 닦고 있다
하는데

빛을 내기까지
뜨거운 나선형 미로를 제 자신의 극점까지
매달아 올려 힘들게 견디며
그 굽어 있음을 동경해
빛의 아름다움을 소생시킨다
등대가 꾸미는 직립부동의 허구는
너무나도 순백하고 온화하여
업보를
자궁이 아직 알지 못하는 것처럼
무구한 성기를 하늘의 스커트로 감싸고 서 있다

그래도 등대는 큰 뱀

큰 뱀이 건너는 피로 된 운하의 급경사

한밤 집들은

우주로부터 내리는 암야의 광택을

지붕으로 가로막는

어두움으로

사람도 허구를 벗으면

흉물스런 짐승의 곡선으로

까맣기만 하다

* '등대'는 미야코섬에 실제로 있는 헨나사키 등대(平安名埼灯台)가 모델이다.

수평선 초抄

1. 실 전화

길어

뻗어가는 거 봐

어디까지 갈까

바다 위를

흔들려

흔들리잖아

녹아버릴 것 같아

바다 위에서는

누가 듣고 있어?

가만히 응시하면

눈에 젖어서

실 전화 파도가 될 것 같아서

등대는 큰 뱀 외

귓불에 샘솟을 거야

물결 모양으로 내 목소리

잘 들리는 거야

먼 거리를 잡아 당겨서 목소리

홀로

방파제에 기어올라서

보이지 않는 사람을 향해서

몇 번이고 불러 본다

2. 고도孤島에서

밀려오는 파도를 세어보면 안 된다

파도는 끝이 없다

하늘 꼭대기까지 오른 파도가

가슴 속에서 철썩 무너져 거품이 돼

터지며 스며들었다

수평선보다 낮게 앉으면 안 된다

바다가 넘쳐서 물가가 깊어진다.

버려진 완구가 둥실둥실 떠서

해초에 목이 졸려서
몇 번이고 토를 계속 하고 있다

엄마를 기다렸다
바다에는 파도 산이 이어져서 거칠어서
엄마는 바다 터널을
찾을 수 없다

멀고 먼 도시!

3. 바다 모양

환초로부터
파문이 무수히 태어나
수평선까지 퍼져간다
섬세한 소용돌이
중심에
언제부터 내가 있었을까
호흡을 하면
다시 하나의 파문이 태어난다

등대는 큰 뱀 외

4. 바다 터널

건너편 물가에서 이쪽 물가로

배가 돌아온다

물결 계단을 올라가서 돌아온다

바람이 판 터널을

파도가 메운다

하늘과 바다가 섞여서

맑아질 때까지

순간의 흐림 저편으로

눈을 한 꺼풀 벗겨낸다

그 위치를 기억하기 위해서

5. 물 칼날

해뜨기 전의

결의처럼

자르는 날카로움이

남은

떠들썩한 바다를

반쯤 무너진 무지개가

형형색색의 선분(線分)으로

종일

장식하는

통절한

아치로서

체액이 방울져 떨어지는 아래에서

아마도 물고기들은 죽을 것이다

붉게 벌어져서

U섬 단장斷章 –이케마섬 비망록

1

부감해 보는 바다 일대가 에메랄드그린인 것은 산호초가 투명하게 보이기 때문이다. 시선을 먼 바다로 향하자 좌우 눈의 시야 밖으로 감색 수평선이 끝없이 계속돼 해반구를 숨기고 있다. 하늘은 바다보다 푸르고 깊으며 그 안에 높게 밀어 올리고 있는 것이 섬에서 가장 호기심이 강한 기린의 목이 아닌 흰 벽의 등대다.

청색과 백색을 배합한 수평과 수직의 대조에 섬 좌우상칭의 맵시가 곁들인 고전미가 넘치는 경관은 너무나도 선명했다. 섬은 그 허리 부근이 맥없이 구부러진 말굽 모양의 자석 그 자체다. 깊숙한 후미의 형세와 자력은 완전히 여자의 음부라서 섬은 여자 섬임이 틀림없었다. 그 숙명의 섬을 나는 U섬이라 부르겠다.

2

U섬에는 비너스가 살고 있다. 창조의 배꼽과 파괴의 진원이 하나임을 U섬은 직접 실증해 들이밀고 있다.

3

U섬의 아침은 지구의 성스러운 해저에 있는 뼈 꽃을 베개 삼아 잠든다. 언제 영원한 것이 돼도 좋을 잠과 같이, 아름답게 애도하는 산호초가 섬의 고요한 숨결을 가만히 감싸며……. 에메랄드그린, 트로피컬그린, 스카이블루, 코발트블루, 마린블루. 꽃은 바다의 깊이를 색깔로 나누고 넓고 넓은 바다를 각양각색으로 치장한다.

4

큰 뱀은 넓고 넓은 바다에 군집하는 것일까. 군집해서 뭘 하려는 걸까. 동쪽에서 서쪽에서 남쪽에서 U섬을 향해서 우글우글 대며 몸을 구부리며 오는 뱀의 배로부터 파란 비늘이 벗겨져서 빛나면서 물결 사이로 박힌다. 바다에 둘러싸여 있다는 냉엄한 사실에 아름답게도 공포가 밀려왔다.

5

파도를 타고 오는 큰 뱀은 항만 입구부터 가파른 벼랑까지 몇 겹의 신중한 방파제를 포개져 딱딱한 몇 겹의 꽃 봉우리처럼 한 장 한 장 밀어 열어 꽃 피우면서 U섬 깊숙이 헤치고 들어간다. 부서지기 쉬운 여문 꽃의 좌우상칭symmetry은 해조음이 간지럽히는 것마저도 화심花芯으로 받아들여서 전율하며 마침내 오는 격랑에 헐떡이며 무너져 내리는가. 꽃의 향낭이 항만에 넘쳐 흐르고 있다.

　　　　　　　　　　　　　　등대는 큰 뱀 외

6

U섬의 자력이 유턴하는 허리 부근에 흰 색의 무인등대가 직립해 있다. 북위 24도 55분 55, 6초·동경 125도 14분 14, 1초의 좌표로 부터 2백만 칸델라의 번뜩이는 흰색 광선 한줄기가 어두운 들판을 회전하면서 비춰 간다. 등대가 조용히 배란하고 있는 것이다.

7

U섬의 죄는 깊고 깊어 용서하기 힘들다. 그 U자 형태의 틈으로 많은 피를 버려온 죄. U자 형태의 틈 깊숙한 곳에 살인자의 구조를 숨기고 있는 죄. 그 구조를 인류의 반에게 대를 잇게 한 죄. U섬에 서는 죄스러운 피를 몸에서 모두 뱉어낸 후의 초로^{草露}만이 신에 가 깝다. 초로들은 낮이고 밤이고 기원을 올리며 죄를 사하여 달라고 빈다.

8

U섬이 양발을 아무렇게나 뻗으면서 숨을 죽이고 있다. 신에게 바치는 희생양으로 바다 위에 바쳐져 있다. 파도가 필요 없는 것부 터 순서대로 녹였다. 지금 U섬은 씨앗을 존속시키는 기관만 남은 원시로 돌아갔다. U섬. 그것은 신이 먹다 남긴 인류를 향한 성스러 운 용서의 답례품.

9

U섬의 모래사장에서 거북이 알을 발굴했다. 거북이는 한 번에 백 개 이상의 알을 낳는다 하니 이것도 분명히 백 개 중의 하나일 것이다. 수직으로 파인 직경 20센티 정도의 구멍 속에서 알은 탁구공 모양으로 잠들어 있다. 구멍 안에서 까칠까칠한 모래가 넘쳐 나왔는데 생각해 보니 깊은 상처 자리를 판 것과 마찬가지다. 할머니는 모래를 뿌려서 구멍을 막고서 불룩해진 모래를 손바닥으로 정리했다. 우리는 그곳을 떠났다. 지금 낯선 땅에서 그 모래의 자궁을 짐승처럼 찾고 있다. 우리는 그곳으로부터 멀리 멀리 와 버렸다.

10

꽃을 괴롭혔다. 오판화 잎을 한 잎 한 잎 잘라 떼서 얼굴 전체에 붙였다. "꼬꼬데 꼬꼬데" 하고 울면서 엉망진창으로 도움닫기를 하고 있다. 닭의 볏에 구한 동경을 흐슬부슬 하게 만들었다. U섬에는 가는 곳마다 진홍색 불상화가 진하게 피어 있다. 피가 뿜어져 나오는 장치가 지하에 흐르고 있을 것이다. 언젠가는 비상할 수 있다고 생각한 것일까. U섬의 닭은 도움닫기만을 반복해서 하고 있다. 유치한 환상의 뜰에서.

11

닭을 짓눌러 죽이는 장면을 봤다. 새끼 돼지의 목을 따는 것을 봤다. 거북이, 산양, 낙지, 물고기. 그들의 숨이 끊어지는 모습을 눈을 부라리며 봐왔다. 먹기 위해서는 무언가를 죽여야만 했다. 살아가기 위한 인간의 천연덕스러운 수라의 항간에는 슬픔과 고통의 줄이 가늘고 날카로워서 멀리 내가 있는 곳으로 전해져 왔다.

12

가슴의 거문고 줄이 때때로 욱신거리며 아프다. 그런 때다. 그 말발굽 형태의 자장에 내 자신이 속해 있음을 깨닫는 것은. 여기에도 등대의 번뜩이는 흰 빛이 신기하게도 전해져 와서, 어린 시절처럼 빛이 사라지면 "하나, 둘, 셋, 넷……" 하고 세어 본다. 번뜩이는 흰 빛이 건너편을 비추고 있는 사이에 이쪽은 암흑으로 "팔, 구, 십……" 하고 이어 가지만, 어린 시절처럼 온 정신을 다 팔지는 못한다. 이쪽으로 번쩍 하고 나타날 때까지의 어둠 속에서의 불안으로부터 멀어지는 것이, 멀다 하여도 자장 안에 있음을 나는 받아들일 수 없다.

13

긴네무(열대 상록수)를 밀어 헤치면서 U섬의 허리 부근에 기어 올라간 적이 있다. 가까이서 보는 등대는 위엄에 넘쳤다. 등대 옆에 지어진 건물의 지붕 위로 올라가자 북쪽 해상이 한 덩어리로 보였다. 야나기타 구니오의『해상의 길』을 낳은 야에비시八重干瀬*가 펼쳐져 있다. 바다의 낭만을 찾아서일까. 등대는 고독하게 낮이고 밤이고 섬광을 내뿜고 있다. (참고로 12초에 한 번 섬광을 발한다)

14

번뜩이는 흰 빛이 U섬을 한 바퀴 돌 때마다 코로나를 환시(幻視)하게 됐다. 암흑을 향해서 열 두 방위를 펼치는 꽃의 꽃잎 하나하나의 둘레를 갈고닦듯이 빛을 착색해 갔다. 암야에 멋지게 개화시키는 번뜩이는 흰 빛의 경이와 감동이여! U섬 자신이 꽃이 아니고 다른 무엇일 수 있을까. 한순간의 코로나에 휩싸인 우주의 신비에 빛나며 떠 있는 남쪽 바다의 아아 고독한 섬이여!

15

내 위를 번쩍 덧씌우며 돌아가는 빛. 영원히 가위가 들어가지 않는 배꼽의 실. 멀리서 누군가가 당기거나 이쪽에서부터 끌어당기거나 해서 나는 광원光源과 언제나 연결돼 있다.

---

* 　오키나와 미야코 열도의 이케마섬 북측에 펼쳐진 산호초군.

　　　　　　　　　　　　등대는 큰 뱀 외

인력. 이 얼마나 애달픈 감정의 줄인가. 세계에서 가장 작은 바다를 우리는 눈꺼풀 속에 숨기고 있다. 눈을 뜨면 바다가 쏟아질 것 같다. 아아 들린다. 작은 물고기가 펄떡펄떡 하고 슬픈 듯이 아가미 호흡을 하고 있는 소리가.

인력. 그 자그맣고 촌스러운 자석이 내 통점痛點을 적확하게 끌어낸다. 마음이 육체의 내벽에서 억지로 벗겨져서 새 상처가 끊이지 않고 생긴다.

인력. 수평선이 부르고 있다. 어린 나는 어떤 감정의 속삭임을 듣고서 수평선에 도전해 경주를 했던 것일까. 비스듬하게 수평선을 바라보면서 물가의 모래 위를 여전히 내 그림자는 달리고 있을까. 불러보지만 망원경 안의 인물처럼 어린 내가 멀고 멀다.

정신을 차려보니 U섬은 수평선이 부드럽게 지키는 원의 원심으로 숭엄하게 놓인 자석이었다. 자석에 사람들이 모여 있었다. 때때로 도르르 하고 내려와서 물가의 내장을 찾았다. 물가는 벌집처럼 구멍투성이라서 가엾다. 석산호. 산호^{Acropora squarrosa}. 꽃 모양 산호. 생강 모양 산호. 꺾이지 않도록 가만히 체중을 발끝에 뜨게 하고 걸었는데 물가의 꽃들은 뚝뚝 소리를 내면서 뒷다리에서부터 말라갔다. 뒤돌아보니 수선을 할 수 없는 상처가 한 면에 퍼지고 있었다.

20

물가에 있는 큰 조개가 울고 있었다. 입술을 파장에 힘껏 구부리며 펄쩍 뛰어올라서 낙폭이 큰 바이오리듬인가 하고 생각했다. 왠지 피에로의 눈과 입이 떠올랐다. 이윽고 난 바다에서 밀려오는 파도의 심포니에 물가는 매장됐다.

21

이미 자라버린 구멍. 가위와도 같은 깊고 날카로운 베인 자국. U섬의 후미에서 매일 여자는 익어갔다. 구멍이여, 청색을 향해 훌륭한 상처가 돼라.

22

옛날 옛적 어느 남쪽 작은 섬에 할아버지와 할머니, 그리고 손자가 살고 있었단다. 할아버지는 바다로 물고기를 잡으러 갔고, 할머니는 밭으로 고구마를 캐러 갔단다. 손자는 종다리 보육원에 씩씩

　　　　　　　　　　　　　등대는 큰 뱀 외

하게 다녔단다. 새끼 돼지처럼 동그랗고 귀여운 여자아이였단다.

23

예전에 어느 시인이 "장미는 그 아름다움을 먹고 죽는다"라고 했지. U섬은 자신이 자리 잡은 곳에서 미신美神을 먹고 당차게 살아갈 것이야. 파괴와 창조를 깊이 삼키고서 씩씩하게 그 아름다움에 윤을 내겠지. 저 남방의 대 로망인 『해상의 길』에서.

『海のトンネル』(修美社, 1985)

이치하라 치카코

등대는 큰 뱀 외

이치하라 치카코, 「등대는 큰 뱀」 외 2편

이치하라 치카코市原千佳子(1951~)는 오키나와현 미야코섬宮古島 안의 이케마섬池間島에서 태어났다. 1959년부터 오키나와 본섬인 나하에서 살았고 1970년에는 일본 본토로 이주해 진학해 시 창작을 시작했다. 1972년에 도쿄에 있는 초등학교 교사로 취직해 2004년 퇴직한 후 이케마섬으로 돌아왔다. 이치하라는 지금까지 『도깨비는 이쪽으로』(1975)으로부터 『바다 터널』(1985), 『태양의 알』(1992), 『달 길잡이』(2011), 『탄생, 죽음 그리고』(2014)까지 총 5권의 시집을 펴냈다. 이치하라는 『바다 터널』로 1985년 제8회 야마노구치 바쿠상山之口獏賞을 수상했고, 『달 길잡이』로 2012년 제21회 마루야마 유타카丸山豊 현대시상을 수상하는 등 미야코섬과 오키나와를 대표하는 시인으로 활동하고 있다.

이번에 번역한 「등대는 큰 뱀」, 「수평선 초抄」, 「U섬 단장斷章―이케마섬 비망록」은 이치하라 치카코의 두 번째 시집 『바다 터널海のトンネル』(修美社, 1985)에 수록된 시로 미야코섬(이케마섬)의 정취가 물씬 풍긴다. 미야코섬은 오키나와 본도로부터 남서방향으로 약 290킬로 떨어져 있는 이도離島로 타이완과 오키나와 본도 중간에

위치해 있다. 미야코섬은 전근대 시기부터 오키나와 본섬과는 다른 말과 문화를 간직해 왔던 것으로 남방 문화의 영향을 받은 흔적이 섬 곳곳에 남아 있다. 예를 들어 판토ᵖᵃ⁻ⁿᵗᵘ는 미야코에서 하는 악령 퇴치 행사로 해류를 타고 떠내려 온 가면이 시원이었다고 전해지고 있다. 「U섬 단장─이케마섬 비망록」의 한 행인 "야나기타 구니오의 『해상의 길』을 낳은 야에비시가 펼쳐져 있다."는 구절은 미야코섬의 문명사적 위치를 잘 드러내고 있다. 『해상의 길』(1961)은 일본인 선조의 기원을 남방으로 설정한 것으로 오키나와를 일본문화나 일본어의 원점으로 설정하고 있다.

미야코는 전근대 시기부터 류큐왕국의 가혹한 인두세人頭稅 부과에 고통을 받아온 곳으로, 근대 이후에도 본섬과는 다른 문화와 언어를 지켜오고 있다. 미야코섬 출신의 사상가인 가와미쓰 신이치川滿信一는 일본 본토와 오키나와의 차별적 구조만이 아니라 일본 본토─오키나와─미야코 섬으로 이어지는 중층적 구조를 '공통어'에 이르는 과정으로 설명한다. 다시 말하면, 오키나와 본도 사람들이 일본어를 배우기 위해서는 일본어만을 배우면 되지만, 미야코인들은 우치나구치(오키나와 언어로 나하에서 쓰이는 말)를 배운 후에 다시 일본어 공통어에 이르를 수밖에 없다는 것이다. 가와미쓰는 "여기 오키나와에서는 권력의 증층구조와 언어의 소외(또는 차별)을 한 장의 지도로 명확하게 나눌 수 있다"고 하면서 "방언의 차이가 세분화된 지배구도이고, 의식영역에 있어서의 엄연한 차별"임을

315

밝히고 있다(가와미츠 신이치, 이지원 역, 『오키나와에서 말한다』, 한국학술정보, 2014). 그렇기에 미야코 사람들은 오키나와 본도와는 다른 정체성을 보인다. 그러한 다름과 이중 삼중의 억압구조와 그와는 대조적으로 사방이 완전히 열린 공간에서 형성된 미야코인들의 사상은 예술에도 농밀하게 투영돼 있다. 이치하라 치카코의 시에도 시인의 미야코인으로서의 자의식과 예술미가 농밀하게 드러나 있음을 확인할 수 있다.

사키하마 신

崎浜慎

산딸기
숲

비가 촉촉이 내린 밤이면 눈을 뜰 때 늘 같은 꿈을 꾼다.

눈을 뜨기 전까지 이런저런 꿈을 꾸기 마련이지만 일어나서 아무리 생각해 봐도 꿈이 조각조각 흩어져 잘 떠오르지 않는다.

경편철도軽便鉄道가 있는 요나바루与那原까지 걸었다. 먼지가 덮여 새하얀 길이다.

허허벌판에 모여 있는 사내들. 그들이 둘러싸고 있는 것은 불에 탄 거대한 소의 사체다.

어릴 적 죽은 두 아들의 얼굴. 어제 몸 상태가 좋을 때 쇼핑을 하러 나갔다 생선 가게에서 본 노파의 얼굴.

맥락도 없이 그런 단편적인 이미지가 머릿속을 아무렇게나 헤집고 다닌다. 꿈속에서 시간은 효력이 없어서 어제 다음에 60년 전에 본 풍경이 이어지고, 어릴 적 옆에 살던 노파의 얼굴이 생선가게에서 본 노파의 얼굴과 겹쳐진다. 우시ウシ는 내일 보게 될 텔레비전 화면의 한 장면이 요즘엔 예삿일처럼 보여서 두 번 즐길 수 있으니 좋잖아 하고 생각하게끔 되었다. 하지만 날이 밝을 무렵 마지

막으로 보게 되는 꿈은 늘 똑같다. 눈을 뜨면 비가 함석지붕을 때리는 소리가 나서 '아직도 내리네' 하며 멍하니 생각하고는 한다.

습기 때문인지 예전에 다친 발목 부근이 아프다. 그래서 비가 내리는 날에는 절벽에서 떨어지는 꿈을 반복해서 꾸는 것일까. 절벽에서 떨어졌는데도 기적적으로 발목 골절 정도로 끝나다니. 어머니나 할머니에게 감사해야 한다고 생각한 우시도 처음에는 기뻐하며 불단에 손을 모았다. 하지만, 늘 똑같은 이야기를 몇 번이고 듣다보니 질려버려서 어느 순간부터 대충 손을 모아 빌었다. 그 때문인지 50살을 넘어서자 발목에 위화감을 느꼈고, 그로부터 몇 년 후에는 걷기 불편한 정도로 발목이 뻣뻣해졌다.

근처에 사는 기쿠ㅋ૧에게 그 이야기를 하자 미신을 잘 믿는 그녀는 마치 자신이 나쁜 짓을 하기라도 한 양 금방 울음을 터뜨릴 것 같은 표정을 지으며 어쨌든 불단 앞에서 빌라고 말한다. 그런 말을 듣자 우시는 옹고집이 더 심해져서 지금까지 불단에 빌어 왔지만, 어린 자식도 둘이나 물에 빠져 죽고, 술이 유일한 위안이었던 숙부는 전쟁에서 돌아오지 않으며, 남편도 병으로 죽어 버린데다 무슨 착오가 생긴 것인지 연금마저 예정 금액이 다 돼 지급되지 않는다고 말하며 마치 기쿠가 나쁘다는 것처럼 불평을 늘어놓는다. 그러자 기쿠는 당황해서 찻종을 든 손을 떨기 시작한다. 물론 기쿠를 몰아세우는 것이 아니라, 불만을 늘어놓으며 마음을 누그러뜨릴 셈이다. 기쿠는 얌전히 말을 들어줬다. 하지만 기쿠가 72살에 맥없이 저 세상으로 가버리자 우시의 이야기나 푸념을 들어줄 사람은 주변에서 모두 사라져서 점차 외출도 하지 않았다.

꿈속에서 10살도 되지 않은 우시는 이젠 이름도 잘 떠오르지 않는 여자아이와 언덕을 함께 걷고 있다. 산딸기가 열리는 계절이다. 산딸기를 집으며 입에 조금씩 넣는다. 달고 시큼한 맛에 침이 고여서 계속 먹고 싶어졌지만, 나중에 가족에게도 나눠줘야지 하는 생각에 식욕을 눌렀다. 가져온 헐렁한 주머니 안에 산딸기를 아무렇게나 담았다. 그렇게 언덕 위에 오르자 산딸기가 그 일대에 가득했다. 이렇게 산딸기가 많은 곳은 아무에게도 알려지지 않았으니 실로 대발견인 셈이다. 흥분한 두 아이는 맨발로 뛰어다니면서 발바닥이나 옷자락이 보라색으로 물들 정도로 산딸기를 밟아도 별로 마음에 걸리지 않았다. 정신이 팔려서 산딸기를 따는 중에 우시는 절벽 근처에 이르렀다. 꿈속에서 나이든 우시가 그 광경을 내려다보고 있다. 위험하다는 것을 알고 있었지만 목소리가 나오지 않는다. 그녀는 이마에 진땀을 흘리면서, 어린 우시가 절벽에서 떨어지는 것을 가만히 보고 있을 수밖에 없었다. 그런 꿈을 반복해서 꾸니 견딜 수 없다.

이마에 진땀이 맺힌 채로 어둠 속에서 눈을 떴다. 비는 이미 그쳤고 파르스름한 빛이 방 안에 쏟아져 들어오고 있다. 힘겹게 일어나서 천천히 창가까지 걸어가서 보니 어두운 새벽녘 하늘을 한줄기 빛이 가로지르며 아침의 시작을 알리고 있다. 창문을 열어 서늘

한 공기를 맞으며 식은땀을 식히며 어쩌면 그때 일을 막을 수 있지 않았을까 하고 여전히 후회하고 있다. 그때 절벽에서 떨어지지 않았다면 이렇게 힘겹게 걷지 않았을 텐데. 죽은 네 번째 누이동생은 죽지 않은 것만으로도 다행이야 하고 말했지만, 그렇다 해도 납덩이를 짊어지고 있는 듯 무거운 몸은 고통스럽다. 그렇게 몇 십 년을 살았지만 익숙해지지 않는다. 어릴 적 바람을 가르면서 들판을 자유롭게 질주하던 감각이 몸 곳곳에 여전히 남아 있어서, 자유롭지 못 하다는 생각을 하지 않을 수 없다.

몸 한쪽이 불편한 것만으로 삶은 이토록 울적한 것인가? 자신이 안고 있는 장해는 그래도 가벼워서 다른 사람들과 비교하면 별 것 아닐 수도 있으나, 자유롭게 걷고 있는 사람들을 보고 있노라면 자신의 몸이 저주스러웠다. 절벽에서 발을 잘못 디디지 않았다면……. 치사토ちさと도 나와 마찬가지로 자신이 언어장애인이라는 사실을 싫어할까? 우시는 머리맡에 앉아서 증조모의 얼굴을 들여다보고 있는 치사토의 표정을 살폈다. 맑은 눈만 보면 치사토의 곤경을 알 수 없다. 태어날 때부터 언어장애인이었으니 애초부터 아무런 문제 의식이 없을지도 모른다.

치사토가 할머니를 좋아한다고 증손부인 가오리馨가 말했지만 정말일까. 조용히 응시하고 있는 증손주의 표정에서는 아무 것도 읽을 수 없다. 하지만 철이 들 무렵부터 치사토는 누워 있는 우시의 머리맡에 앉아서 언제까지고 떨어지지 않았다. 이상한 아이야

하고 우시는 주위에 불평을 늘어놨지만, 치사토가 자신을 잘 따르자 속으로는 나쁘게 생각하지 않았다. 치사토가 말을 하지 않아도 우시는 이런저런 말을 했다. 질문을 해도 답변을 하지 못 하니, 점차 우시 자신의 이야기만을 하게 됐다. 치사토는 이해를 하고 있는 것인지 질리지도 않고서 몇 시간이고 이야기를 듣고 있었다. 가오리는 어린 치사토를 재우지 않아도 되는 고마움에 예전부터 곧잘 우시의 집에 놀러왔다. 할머니 걷지 않으면 다리를 더 쓸 수 없어요 하고 가오리는 말했다. 우시는 그렇겠지 하고 수긍했으나, 사실 최근에는 화장실을 다녀오기도 힘들어져서 가능하면 참고 있었다.

　할머니 걷지 않으면 다리를 더 쓸 수 없어요 하고 예전에 다른 누군가가 말했던 것을 떠올리리며 그게 누구였는지 깊은 생각에 잠겼다. 정신을 차리니 또 새벽녘 전으로 밤의 정체된 공기가 어느 순간을 경계로 해서 새로운 날을 위한 공기로 변하고 있다는 사실에 퍼뜩 놀랐다. 그러다 그게 누구였는지 퍼뜩 떠올랐다. 할머니 걷지 않으면 다리를 더 쓸 수 없어요 하고 말했던 사람은 바로 어린 시절의 자신이 아니었나. 당시 할머니는 고령으로 누워만 있었다. 왜 그런 말을 했는가 생각해 보니 발이 골절돼 한동안 침상 밖으로 나가지 못했던 우시는 부목을 겨우 치우고서 일어서려고 했으나, 왼발에 전혀 힘이 들어가지 않아서 쓰러졌기 때문이다. 한동안 걷지 못한 것만으로 이렇게 소용없는 사람이 되고 마는가 하고 홀쭉해진 자신의 발을 어이없이 바라봤다. 그런 기억이 있었기에 할머니에게 걷지 않으면 다리를 더 쓸 수 없어요 하고 어른처럼 충고를 했던 것이다. 할머니는 천정을 응시한 채로 그렇겠구나 하고 낮은 목소리로 중얼거릴 뿐 움직이려 하지 않았다. 이미 그럴 기력이 남아있지 않았던 것일까. 할머니는 몸집이 컸다. 하지만 이상하게도 자손들은 그렇게 큰 체격이 아니라서 가족 안에서 할머니의 모습은 더욱 두드러져 보였다. 커다란 몸을 옆으로 흔들면서 집안을 소처럼 걷고 있는 할머니의 뒷모습을 겨우 떠올렸다. 할머니가 자리를 보존하고 눕기 몇 년 전의 기억이다.

그렇지, 할머니는 어떻게 됐을까? 전부터 할머니가 어떻게 됐는지를 확인해 보려 했지만, 누군가에게 묻기 전에 잊어버렸고, 어떤 계기로 다시 떠올렸을 때는 할머니를 잘 아는 사람들은 이미 이 세상 사람이 아니었다. 그런 상태가 몇 년이고 계속 되는 사이에 우시 홀로 남겨졌다.

우시가 어릴 적에 죽은, 몸집이 큰 할머니는 집 근처에 있는 무덤에 묻혔다. 할머니가 어떻게 죽은 것인지 묻고 싶었지만 야단맞는 것이 두려워서 주위 어른들에게 묻지 못했다. 우시는 태풍이 가까이 다가온 어느 날 아침, 할머니가 바람에 날려서 산 저쪽으로 사라지는 것을 보고 있었다. 그것을 본 것은 그녀 혼자였다. 이른 아침이라서 어쩌면 잠에 취해 꿈속에서 본 것일지도 모른다는 생각에 몇 년 동안 그녀는 괴로워했다. 할머니가 바람에 날아가던 광경이 선명하게 머릿속에서 떠올랐다. 그 다음으로 기억나는 것은 눈물로 눈이 벌겋게 부은 어른들에 둘러싸여 관 앞에 앉아 있던 자신의 모습이다. 나무관 속에서 할머니가 자고 있다고 누군가가 작은 목소리로 알려줬지만, 안을 들여다 볼 수는 없었다. 역시 할머니가 바람에 날아간 것은 꿈속의 일이라 생각하기 시작했다. 바보 같은 말을 하지 말라며 혼나고 맞는 것도 싫었기에 입을 다물고 살았다. 하지만 그 광경을 꿈속에서 몇 번이고 다시 봤다.

으스스한 추위에 눈을 뜨고 화장실에 가려고 밖으로 나와서 이슬을 맞아 젖어 있는 풀을 밟으며 걸었다. 태풍이 어제부터 가까이 와 있었다. 해가 뜨기 시작할 무렵이었다. 집 뒤에 있는 화장실에서 볼일을 보다가 눈을 위로 떠서 보자 뜰 앞에 할머니가 서 있었다. 동쪽을 보고 있어서 옆모습밖에 보이지 않았다. 뭘 하고 계시지 하고 가만히 보고 있자, 할머니가 고개를 휙 돌려서 우시와 눈이 마주쳤다. 강한 바람이 갑자기 상사수相思樹 가지를 흔들어댔다. 우시가 흔들리는 가지에 정신이 팔려 있다가 할머니를 다시 봤을 때 옷자락이 바람에 흔들리고 있었다. 다음 순간 할머니 몸이 공중으로 떠올랐다. 할머니는 정월에 날리는 연처럼 바람을 타고서 기세 좋게 하늘로 올라갔다. 커다란 몸이 체중을 다 잃은 것처럼 가볍게 상승하는 모습이 이상했다. 위로 올라가다가 옆바람을 맞고 방향을 바꿔서 날아가더니 산 저편으로 사라져 버렸다.

어른이 돼서도 그때 일을 자주 떠올렸다. 역시 꿈이라 생각한 것은 걷지 못 하는 할머니가 뜰에 나올 수는 없기 때문이다. 우시가 잠이 덜 깨서 심야에 옆 마을까지 걸어갔다는 이야기를 가족들은 반쯤 우스개처럼 말했고, 꿈속에서 봤던 남자의 얼굴을 다음날 시장에서 발견한 후 어머니에게 말하자 신이 내렸다면서 집에 돌아가 뺨을 맞은 적도 있었다. 그런 일이 자주 있어서 할머니가 바람에 날아간 사실을 스스로 믿기 힘들었다. 하지만, 선명히 기억나는 것은 바람을 타기 전에 할머니가 짓고 있던 미소다. 그때 할머니는 우시를 보고서 미소를 짓고 있었다.

우시는 요즘 마지막에 누군가 그런 미소를 지을 수 있다면 행복한 인생을 산 것이 아닐까 하고 생각했다.

오래도록, 눈 가리고 아웅식으로 불단에 빌었지만, 옆집의 기쿠가 죽은 후부터는 정성을 다해 손 모아 빌었다. 시간이 많기도 했으나, 열과 성을 다해 불단에서 빌던 기쿠를 바보 취급했던 것이 후회됐기 때문이다. 자신의 진심을 기쿠에게 알리기도 전에 그녀가 죽은 것을 생각하면 망막함에 찻종을 벽에 던지고 싶어진다. 앞으로 몇 년이 지나면 저세상에서 기쿠와 만나 나도 선조나 죽은 사람을 기리는 마음은 똑같다고 마음껏 설명할 수 있을 것이다. 하지만, 그전까지는 불단을 향해 자신의 마음을 말할 수밖에 없다.

자신의 부모, 아이, 손자, 증손자의 이름을 한 명 한 명 가슴속으로 외면서 모두의 안녕을 빌었다. 그중에는 기쿠의 이름도 있었고, 산 저편으로 사라진 몸집이 큰 할머니의 이름도 빠지지 않았다. 매일 이렇게 비는 것이 아침 식사 전의 습관이 됐다.

손자인 다카시隆는 한눈도 팔지 않고 불단을 향해 입안에서 우물우물 거리며 한마음으로 이름을 외는 우시를 보면서 아내인 가오리와 눈을 자주 마주봤다. 처음에는 열심히 한다고 생각하는 정도였지만, 일단 빌기 시작하면 한 두 시간 이상 이어졌다. 너무 심하다고 생각해서 우시의 어깨를 흔들면서 할머니 이제 그만 하시고 식사 하세요 하고 말을 했다.

다카시는 가오리의 재촉으로 그렇게 지나치게 비시는 건 좋지 않다고 충고를 했지만, 오히려 우시로부터 넌 그러니까 일도 제대로 찾아내지 못 하는 거야 하는 설득을 당했다. 그래 갖고 어찌 가오리랑 치사토를 먹여 살리려고 하냐는 말을 듣고서 아연실색했다. 혼자 사는 할머니가 걱정돼 이렇게 때때로 찾아오는데 그런 말을 하다니 하면서 속으로는 이제 그만 와야겠다고 생각했다. 그런데 그러니까 일도 제대로 찾아내지 못한다는 말 중에서 "그러니까"는 무슨 뜻일까. 의미를 잘 알 수 없는 말인데도 우시의 기세에 압도당해서 입을 다문채 밥을 먹었다.

또 꿈을 꿨다. 산딸기를 집고 있는 우시는 옆에 있는 여자아이와 흥분해 말을 하면서 허리를 숙이며 앞으로 나아갔다. 위에서 보면 바로 앞에 절벽이 있는 것이 잘 보였다. 산딸기를 따는 것에 너무 집중해서 눈앞의 위험을 보지 못하다니 어리석은 아이라고 마구 악담을 했지만 그 목소리가 닿을 리 없다. 목소리를 크게 해봐도 어린 우시에게는 아무런 소리도 들리지 않는다는 사실을 지금까지 몇 차례 꿈속에서 충분히 깨달았다. 도와줄 방법은 없다. 절벽에서 떨어지는 자신을 차마 볼 수 없어서 그 순간만은 고개를 돌렸지만, 두둥실 몸이 떠서 공중으로 급격하게 떨어지는 감각이 신체에 각인돼 있어 떠올리는 것만으로도 손바닥에 땀이 흥건했다.

눈을 뜨자 땀이 줄줄 흘러서 나쁜 기분을 간신히 억누르자 오히려 마음이 후련했다. 이렇게 몇 십 년에 걸쳐서 악몽을 길들여 가는 것인가 하고 반쯤 포기할 때 검은 그림자가 우시를 덮치듯이 가까이 다가왔다. 아악 하고 고함을 지르며 양손으로 얼굴을 막으려했다. 아무 일도 일어나지 않아서 감은 눈을 겁을 내며 뜨자, 검은 그림자는 얼굴을 가까이 대고서 우시의 모습을 살피고 있다. 시선을 딴 데로 돌리자 파르스름한 어둠 속에서 증손자인 치사토의 얼굴이 나타났다. 안심하는 동시에 화가 나서 이런 시간에 아이 혼자서 여길 왜 오는 거야 하고 목소리를 높였지만, 치사토가 순진무구한 눈동자로 바라보자 맥이 탁 빠졌다.

지금은 몇 시일까. 해가 뜨려면 아직 먼 것 같기도 하고, 조금 있다가 아침 해가 뜰 것 같은 기분이 들기도 했다. 항상 어중간한 시간에 눈을 뜨고 만다. 반사적으로, 빗소리가 들리지 않나 해서 귀를 쫑긋 세웠다. 무거운 몸을 무리하게 일으켜서, 베갯머리에 앉아서 아무 생각 없이 자신을 바라고보고 있는 치사토에게 말했다.

"엄마 아빠가 걱정하잖니. 어서 가. 아무리 집이 가까워도 그렇지 이런 시간에 여길 오면 어떻게 해."

치사토는 고분고분하게 고개를 끄덕였지만 몸을 움직이지 않았다. 욘석이 정말, 하고 중얼거리고 있을 때 치사토가 손을 앞으로 내밀고 있다는 사실을 깨달았다. 무언가 작은 것을 갖고 있었는데 그 물체에서 나온 긴 끈과 같은 것을 우시의 귓가에 가까이 댔다.

"이게 뭐니?"

치사토의 얼굴을 보자 양쪽 귀에서 끈이 아래로 이어져 있었고 작은 물체와 연결돼 있었다. 끈이 양쪽 귀를 막고 있기에 우시의 목소리가 들리지 않는 것이 분명했다. 어둠 속에서 치사토의 표정이 보이지 않아 어쩐지 기분이 나빴지만 아무렇지도 않은 척을 하면서 그것을 받아들었다.

곤약의 끄트러기와도 같은 반들반들한 물체로부터 튀어 나온 끈을 들어서 치사토가 했던 것처럼 양쪽 귀에 넣자 시냇물이 졸졸 흐르는 소리가 들려왔다. 이윽고 그 졸졸 거리는 소리에 잡음이 섞였는데, 그것은 라디오에서 자주 듣던 소음과 똑같았다. 그제야 우시는 그것이 소리를 들려주는 라디오 비슷한 것임을 깨달았다. 그렇지 텔레비전에서 젊은이들이 모두 귀에 꽂고 있는 거잖아.

"이 나이를 먹고 이런 걸 귀에 끼고 듣게 될 줄이야."

우시는 혼잣말을 중얼거렸지만, 끈 너머에서 치사토가 히히히 하고 웃는 소리를 들었다. 환청인가 하고서 치사토에게 얼굴을 가까이 대자, 미소를 짓고 있다. 우시는 입을 열다가 들려오는 소리에 정신이 팔려서 치사토에게 말을 걸다가 그만뒀다. 시냇물이 졸졸대는 소리가 점차 작아지더니 사람들이 속삭이는 소리로 바뀌었다. 물이 흐르는 소리라고 생각했는데 사실은 그게 아니라 많은 사람들이 속삭이는 소리였다. 어둠 속에서 몇 백 명인지 알 수 없는 사람들의 중얼거림을 우시는 잘 알 수 없었지만, 무언가 중요한 이야기를 진지한 어조로 말 하고 있다는 느낌을 받았다. 집중해서 들어보려 해도 다른 나라 사람이 말을 하고 있는 것인지 단어 하나 의미를 제대로 파악할 수 없었다. 개미가 무리를 지어서 웅성대고 있는 모습을 상상했다. 점차 기분이 나빠져서 식은땀이 이마에서 흘러내렸다. 그러자 이번에는 정말로 시냇물 소리가 들려왔다. 그 소리에 섞여서 여자아이 둘이 속삭대는 소리가 들려왔다. 왜 작은 소리로 말을 나누고 있지? 주위에는 아무도 없잖아. 여자아이들의 이야기는 뒤에서 명료하게 들렸다. 둘은 어두운 숲속을 손을 잡고 걷고 있다. 여자아이들은 하천을 따라 걸으면서 흥분하고 있다는 사실을 들키지 않으려 억제된 소리로 말했다. 하지만 말하고 있는 내용을 보면 둘 다 확실히 신이 나서 시시덕거리고 있는 모습이라 우시는 미소를 지었다. 좀 더 앞으로 가면 산딸기가 자라는 들판이 있다. 그 사실을 알려준 것은 우시의 옆에서 걷고 있는, 지금은 이름도 잘 떠오르지 않는 여자 아이다. 그녀의 손바닥은 밭일을 너무 해서 거칠고 단단했다. 나무줄기를 만지는 것과 똑같은 감촉이다. 우시는 조금만 더 가면 정말로 산딸기가 있을까 하고 반신반의했다. 여자 아이는 확실히 본 적이 있다면서 자신 있게 말한다. 둘은 물 길어오는 일을 땡땡이 치고서 숲속으로 들어갔다. 걸으면서 산딸기를 배가 아플 때까지 먹고 싶다거나, 집에 가득 가져갈 것이라거나, 어쩌면 내일 아침 엄마가 시장에 산딸기를 팔아서 그 돈으로 옷이나 빗을 사주시지 않을까 하는 등의 이야기를 활발히 나눴다. 그 사이에 다리가 아파 와서 언제쯤 도착 하냐고 몇 번이나 물었다. 언제까지고 어두운 숲속을 걷고 있다는 사실에 불안이 엄습해 왔다. 이미 다시 되돌아갈 수 없다고 생각하고 있을 때 갑자기 숲이 열리며 들판이 나왔다. 둘은 환성을 내질렀다.

우시의 몸은 공중에 떠 있다. 그때 절벽에서 떨어지면서 내장이 급격하게 깎여나가는 것 같은 감각이 아니라, 부드러운 구름을 타고 있는 듯한 편안한 기분이다. 처음에는 앉아 있던 이불에서 아주 조금 틈이 생겼을 뿐인데, 조금씩 몸이 상승해 갔다. 옆에 있는 치사토의 몸도 우시와 마찬가지로 떠 있다.

덧문을 언제 열어뒀던 것일까. 우시의 몸은 쑥 하고 창문을 통과해서 한밤 대기 속으로 나아갔다. 뒤에서 조금 늦게 치사토도 따라왔다. 그렇군 이게 바로 하늘을 날아가는 것이야 하고 우시는 생각했다. 텔레비전에서 푸른 옷에 붉은 천 조각을 등에 늘어뜨린 미국 사람이 하늘을 날아가는 장면은 본 적이 있지만, 어떻게 저렇게 날 수 있지 하고 생각했다. 하지만, 설마 자신이 하늘을 날줄이야 꿈에서도 생각한 적은 없다.

아무리 생각해도 몸은 날지 못 한다. 자연히 몸을 맡기고 흘러가는 것이라는 편이 맞을지도 모른다.

커다란 몸집의 할머니가 체험한 것은 바로 이것이 아닐까.

흥분한 우시는 뒤를 돌아보며 치사토에게 말을 걸려고 했다. 하지만, 치사토는 평소와 다름없는 표정으로 오히려 시시하다는 태도로 공중에 떠 있어서 홍이 깨졌다. 어쩌면 치사토는 몇 번이고 하늘을 날았던 것이 아닐까.

그런 생각이 들자 치사토를 손짓으로 불러서 앞서 가게 했다. 태어나 처음으로 하늘을 날게 된 우시는 어찌하면 좋을지 알 수 없었다. 오른쪽으로 체중을 실으면 끝도 없이 하강해 갈 것 같았고, 조금 공중을 차면 어디까지고 상승해 갈 것 같은 기분이 들어서 움직이는 것이 무서웠다. 몇십 년 만에 몸의 체중을 느끼지 않게 돼 어린 시절로 되돌아 간 것처럼 손발이 자유로웠다. 자유로운 몸으로 돌아가자 뭘 하면 좋을지 알 수 없었다. 자유를 부여한 누군가가 어딘가에서 보고 있을 것 같은 느낌이 들어서 몸에 힘이 더 들어갔다. 지금이라면 어디든 갈 수 있지만, 어디로 가면 좋을지 적당한 곳이 떠오르지 않았다. 그래서 치사토를 의지하기로 했다.

"그런데 이제 어디로 가면 좋을꼬"

하면서 물을 바라봤다. 치사토는 히히힛 하고 입을 다물고 웃었는데, 그 소리가 양쪽 귀에 꽂은 줄을 타고서 명확히 들렸다. 죽은 네 번째 여동생의 목소리와 똑같다. 치사토는 그대로 더 높은 곳으로 향했다. 허둥대며 그 뒤를 쫓아갔다. 하늘은 어렴풋이 우중충한 파란색이다. 긴장을 풀면 그대로 그 안으로 빨려 들어갈 것만 같았다. 그 정도로 깊은 색이다. 아래를 보고서 한순간 숨을 죽였다. 거리의 등불이 이런 시간인데도 황황히 빛나고 있다. 살아있는 것처럼 빛이 여기저기에서 점멸하며 마치 우시에게 무언가 말하려는 것처럼 보였다.

하늘을 나는 느낌은 이런 것이구나 하면서 90살 가까이 살며 처음으로 맛본 감각을 반추하는 사이에 눈을 떴는데, 방안에 한낮의 햇빛이 넘실대자 깜짝 놀랐다. 늦도록 잠을 잔 것은 몇 십 년 만에 처음이다.

옷을 갈아입고서 불단이 있는 방으로 가자 다카시 등이 놀러와 있었고 가오리가 점심을 만들고 있었다.

할머니, 웬일로 늦잠을 다 주무세요 하고 말하는 다카시에게 대답도 하지 않고서 그 옆에 앉아서 동화책을 펼치고 있는 치사토에게 말을 걸었다.

"왜 어젯밤에 갑자기 없어진 거니?"

물론 치사토가 제대로 대답을 할 리는 없다고 생각했지만, 묻고 싶었다. 치사토는 책에서 눈을 떼지 않았다. 다카시는 당황해서 치사토가 무슨 짓을 했냐고 우시에게 물었다.

"너희들이 아이를 제대로 안 돌봐서 치사토가 밤에 혼자 쏘다니는 거야"

하고 일갈했다. 당황하는 다카시에게 한밤중에 치사토가 집을 나와서 우시의 머리맡에 앉아 있었다는 이야기를 했다. 하지만, 하늘을 함께 날아다녔다는 이야기는 하지 않았다. 다카시는 믿을 수 없다는 듯이 가오리와 얼굴을 서로 마주봤다. 가오리가 몹시 망설이며 말했다.

"그런데 어머니, 치사토는 어젯밤에 계속 제 옆에서 잤어요."

그럴 리가 없어 하고 우시는 흥분해서 책을 펼치고 있는 치사토의 어깨를 흔들어 봤지만, 치사토 투명한 눈으로 우시를 올려다 볼 뿐, 아무런 말도 하지 않았다. 그 눈을 본 우시는 깜짝 놀랐다. 어젯밤에 치사토를 봤던 기억은 과연 진짜 있었던 일인가? 꿈과 현실이 애매해 져서 그 갈림길에 서 있었던 것은 아닐까. 그렇게 생각하자, 우시의 말은 점차 힘을 잃어갔다. 그런 모습을 본 다카시는 그럴 줄 알았다고 생각하면서도 입 밖에 꺼내지는 않았다. 그보다도 오늘은 중요한 행사가 있는 날이 아닌가? 그 때문에 모두 모였는데 우시가 늦잠을 잤다. 게다가 알 수 없는 말을 하면서 혼자 분개하고 있다. 벙어리인 자신의 딸을 거칠게 다루는 우시에게 분노마저 느꼈다.

"할머니, 오늘은 조상님들의 제삿날이잖아요. 성묘하러 가셔야죠."

무뚝뚝한 다카시의 말투에 우시는 깜짝 놀랐다. 홍수로 죽은 두 아들의 제삿날을 잊고 있었던 것이다. 이날은 우시에게 대단히 특별한 날이다. 그래서 몇 달 전부터 준비를 시작했다. 그러고 보니 올해도 한 달 전쯤에 무덤에 풀이 무성할 것 같아 다카시에게 벌초를 하라고 했다. 청명절清明節이 끝나도 두 아들의 기일에는 다시 성묘를 하러 갔다. 무덤 안에 두 아들의 유골은 들어가 있지 않다. 홍수로 떠내려가 버려서 유골이 어디에 묻혀 있는지 알 수 없다. 그래도 우시는 성묘를 빼먹지 않았다. 청명절을 보냈으니 됐지 않냐면서 싫어하는 남편을 억지로 데려가고는 했다. 남편이 죽은 후부터는 다른 자식들과 손주인 다카시를 데려갔다.

"아, 그렇구나. 옷 갈아입고 나오마."

잊어버렸다는 것을 들키지 않으려고 다카시의 말에 눈치 빠르게 맞장구를 치면서 우시는 점심도 거르고서 무거운 발을 끌며 방으로 돌아갔다.

여름이 이미 시작됐다. 차창 밖으로 흘러가는 풍경이 하얗게 눈을 자극했다. 밖에 나가는 것은 오랜만이다. 올해 청명절에는 건강이 좋지 않아서 성묘를 하러가지 못했다. 좀 높은 언덕에서 멀리 바다가 보인다. 나무 그늘 아래에서 바다를 보고 있다. 벌초가 끝나자 다카시가 할머니 하고 큰 소리로 불렀지만, 우시는 한동안 움직이지 않았다.

햇빛을 차단하는 비닐 텐트를 산소 주변에 치고서 그 아래에서 음료수를 마시거나 식사를 했다. 매년 우시는 홍수로 죽은 두 아들 이야기를 했다. 다카시 부부도 몇 번이고 들었던 이야기라 잘 알았

산딸기

지만 그런데도 불평하지 않고서 들었다.

　말을 하고 있는 사이에 우시는 그 일이 마치 어제 벌어진 일인 것처럼 뜨거운 눈물을 흘렸다. 갑자기 그때 발이 움직이지 않아서 범람한 물에 떠내려가는 두 아들을 구하지 못했다면서 흐느껴 울며 띄엄띄엄 말하는 우시를 가오리가 늘 위로했다. 가오리는 결혼 한 후 한동안은 우시의 기세에 눌려서 말도 제대로 하지 못했지만, 매년 이런 상황이 계속되자 첨차로 무감각해졌다. 우시의 등을 쓰다듬는 손도 기계적으로 움직이고 있을 뿐이다. 울음을 멈추지 않는 우시를 달래는 방법은 가져 온 과자를 억지로라도 먹이는 것뿐이다.

　한낮에 가오리가 준 과자의 맛이 입안에서 되살아났다. 예전에는 정월이나 오봉절お盆(선조의 제사) 때 시장 높은 선반에 진열돼 있던 과자를 부러운 눈빛으로 바라볼 뿐이었다. 그런데 지금은 이토록 간단히 손에 넣을 수 있다니. 게다가 우시의 손자들은 옛날 과자는 맛없다면서 손도 대지 않았다. 정말로 삶이 사치스러워졌다. 한입 먹으면 습관적으로 전부 다 먹었지만, 그렇게 맛이 좋지는 않아서 손자들이 하는 말도 일리가 있노라 생각했다. 그런데 오늘 며느리인 가오리가 준 과자는 정말로 맛이 좋아서 무덤 앞에서 눈물에 젖어 있던 마음도 누그러졌다. 그 과자는 도대체 뭘까 하고 생각해봤지만 잘 떠오르지 않았다. 우연한 계기에 그 이름이 떠오를 때가 있다는 것을 경험상 잘 알고 있었기에 초조해 할 필요는 없다. 그보다도 지금 꿈에서 깬 것은 과자 맛이 입안에서 되살아나서

였는데, 어떤 맛이었는지 천천히 음미해봤다. 방금 전까지 입안에 퍼져 있어서 침이 넘쳐나 소리를 내며 침을 삼켰는데, 어떤 맛이었는지 표현할 수 없었다. 순간 산딸기의 달고 시큼한 맛이 혀 뒤에서 느껴졌다. 역시 그 맛은 특별했다. 옆에 있던 지금은 이름도 잊어버린 여자아이도 멀리 봐도 들판 한 가득 퍼져 있는 산딸기를 보며 아무리 먹어도 질리지 않을 것 같다고 말하지 않았나. 산딸기의 맛은 특별해서 어린 시절 홍수로 죽은 두 아들도 무척 좋아했다. 남편은 산에 가면 곧잘 산딸기를 따와서 아이들에게 먹였다. 산딸기를 좋아했던 두 아들이 없다는 사실을 우시는 갑자기 실감했다. 그때 갑자기 자신의 다리가 움직이지 않아서 범람한 물에 떠내려가는 두 아들을 구해주지 못했음에 후회가 밀려왔다. 눈물이 넘쳐 흘러 천정의 검은 옹이구멍이 더욱 뒤틀려 보였다.

쓱 눈앞으로 튀어나온 손에는 가는 끈이 쥐어져 있다. 머리를 움직이자 치사토가 우시의 얼굴을 들여다보고 있다. 우시는 손자에게 눈물을 보이면 안 된다고 생각해 양손으로 얼굴을 가리고서 눈가를 세게 비볐다.

"그때 먹었던 산딸기는 정말 맛이 있었단다"

하고 누구에게라고 할 것 없이 중얼거렸다. 그리고 나서 치사토가 내민 끈을 전과 마찬가지로 양쪽 귀에 끼었다. 둘의 몸은 벽을 빠져나와서 거리를 내려다보고 있었다. 역시 건물과 인간의 불빛이 살아 있는 것처럼 점멸하고 있다.

"틈도 없을 정도로 집이 이렇게 많구나."

거리를 내려다보고 감탄하고 있을 때 끈을 타고서 치사토가 히히힛 하고 가볍게 웃는 소리가 들려왔다.

"너 말을 할 수 있는 거야?"

"이 ipod을 통해서는요."

"아이팟?"

치사토는 얼빠진 소리를 내고 끄덕이더니 곤약의 끄트머리처럼 반들반들한 기계를 가리켰다. 이렇게 곤약보다 작은 것에서 소리가 들려오다니 요즘 시대는 정말로 알 수 없다니까 하고 우시는 한숨을 내쉬었다.

치사토는 맑은 목소리로 말했다. 몇 년 전, 78세에 죽은 네 번째 여동생과 똑같은 목소리다. 그러고 보니 하고 우시는 생각해 봤다. 손녀인 치사토도 확실히 남편의 피를 이어받았다. 높은 콧마루와 째진 눈초리에 초롱초롱 큰 눈은 남편 집안의 특징이다. 죽은 네 번째 여동생은 좀처럼 보기 힘든 미인으로 근처 마을에서 남자들이 보러 올 정도였다. 치사토가 그 동생을 닮은 것은 아니었지만, 몸짓이 가끔 완전히 똑같아서 깜짝 놀랐다. 동생이 살아 있다면 양가의 피가 이상적으로 섞인 치사토를 보고서 기특해 했을 것이다.

치사토가 손을 잡아끌었다. 손을 잡고 따라가면 됐다. 주위 것들과 일체화된 것처럼 자신의 체중을 전혀 느끼지 못했다. 위를 보면 푸른 하늘이 어디까지고 뻗어있고, 앞뒤 모두 끝이 없었다. 완만하게 굴곡진 지평선을 보고서 지구가 정말로 둥글다는 것을 깨달았다. 썰렁한 바람이 뺨을 스쳐갔다. 잠시 후 해가 뜬다. 지평선이 하얗게 물들어 간다. 치사토가 저길 보라며 손가락으로 가리키는 방향에는 은색 하천이 꾸불꾸불 흘러가고 있다. 우시가 기억하는 것보다 더 가늘었다.

"그래, 저 하천이 범람해서 우리가 사는 마을까지 물이 들이닥쳤어."

치사토에게 설명했지만, 이미 다 알고 있다는 것을 깨닫고서 말을 맺었다. 치사토라면 자신의 마음을 알 수 있을 것이라는 확신이 갑자기 들었다. 치사토는 끄덕였다.

"둘은 이 거리 어딘가에 있겠죠."

치사토가 말했다. 그 말 그대로다. 처음엔 넓게 어디까지고 이어진 것처럼 보이는 거리도 하늘 높이 올라가면 갈수록 바다와 산이 접하는 경계가 명확히 보였다. 그러자 이번에는 이토록 좁은 곳에 집과 사람들이 밀치락달치락 살고 있다니 하고 놀랐다. 인간의 삶은 정말 규모가 작다고 생각했다. 이 땅 어딘가에 두 아들의 뼈가 묻혀 있다면 그것은 그것대로 괜찮지 않나. 자신과 떨어져 있다고 생각해도, 사실은 이어져 있는 것이 아닌가. 언젠가 자신도 이 땅에서 흙으로 화할 테니, 서로 이어져 있는 것이 아닐까. 그런 생각에 잠긴 우시는 한동안 망연자실하게 지상을 바라봤다. 태양이 떠올라서 시계가 좁아졌다. 눈이 부셔서 이제 그만 돌아가자고 재촉하는 치사토의 손을 잡고서 우시는 다시 움직였다.

산딸기

그런데 어째서 치사토는 평소에는 말을 하지 않는 것일까? 우시와 함께 하늘을 자유분방하게 날아다닐 때는 수다쟁이처럼 소학교 생활이나 텔레비전 프로그램 이야기나, 가끔은 부모님이 싸운 이야기를 재미있다는 듯이 말했다. 그런데 우시의 머리맡에 있을 때는 그녀의 얼굴을 가만히 들여다볼뿐이라서 무슨 생각을 하고 있는지조차 알 수 없었다. 걱정이 된 우시는 이런저런 말을 해봤지만 치사토는 아무런 대답도 하지 않았다.

처음에는 치사토가 잡아끄는 대로 두려워하며 거리를 내려다봤지만, 그러는 사이에 자신이 앞서가며 안내를 하게 됐다.

매일 물을 뜨러 갔던 우물이 여기에 있었단다. 저기 있는 시장은 멀어서 가끔 엄마를 따라갈 때면 너무 신기해서 두리번대다가 엄마를 잃어버려서 미아가 된 적도 있었어. 엄마를 다시 만났을 때 지독하게 혼났지. 저기 남편이 일하던 동사무소가 있었어. 도시락을 싸서 다녔지. 여기 보이는 커다란 고개를 오르내리며 얼마나 고생을 했는지 몰라. 언제 공사를 했는지 지금은 훌륭한 길이 됐지만. 이 고개에서 어느 날 거리를 내려다보니 불탄 건물뿐이었지. 새로운 건물이 들어선 후에야 아아 정말로 전쟁이 끝나고 꽤나 시간이 지났다고 생각하게 됐지. 저기 보이는 곳에는 기쿠가 복권에 당첨됐던 쇼핑센터가 있었지. 하지만 기쿠는 당첨금을 아들들에게 나눠주고 자신은 조금도 가지지 않았어. 저기는 죽은 두 아들이 다니던 소학교인데 지금은 폐교된 모양이야 하면서 차례차례 치

사토를 안내해줬다. 우시의 말에 치사토는 하나하나 고개를 끄덕
이면서 듣고 있었다. 그리고 끝으로,

"모두 다 사라져버렸어"

하고 힘없이 중얼거렸다. 그렇네, 정말로 모두 다 사라져버렸어 하
고 우시는 새삼 깨달았다. 겨우 옛 모습을 간직하고 있는 곳도 있
었지만, 대부분은 우시가 잘 모르는 거리로 변모해 있었다. 그곳에
서 과거에 살고 있던 지인들은 우시를 제외하면 모두 죽었다. 목
에 갈증을 느꼈다. 일단 그것을 의식하자 고통스러울 정도의 갈증
으로 목구멍이 뜨거워져서 빨리 돌아가자고 치사토에게 말을 했
지만 뒤를 돌아보니 모습이 보이지 않았다. 홀로 남겨진 것 같다는
생각에 초조해져서 좌우, 상하를 둘러봐도 두둥실 공중에 떠 있는
사람은 자신뿐으로 사람의 모습은 보이지 않았다. 이렇게 넓은 공
중에서 어디로도 갈 수 없을지도 모른다는 공포에 심한 충격을 받
고서 그 자리에 잠시 멈춰 섰다. 점점 더 고통스러워져서 자신의
피를 마셔도 좋으니 목을 축이고 싶다고 생각했을 때, 산딸기 맛이
또 되살아났다. 산딸기를 먹을 수 있다면 무슨 짓을 해도 좋다고
생각했다. 눈을 뜨니 걱정된다는 듯이 우시의 얼굴을 들여다보고
있는 사람들이 보였다. 다카시와 가오리, 그리고 치사토였다. 아침
은 이미 한참 지나 어느새 대낮인 것 같았다. 우시가 눈을 뜬 것에
안도해서 작은 환희가 방 안에 퍼져 있었다. 할머니, 눈을 떠서 다
행이에요, 하고 말하는 다카시에게 노골적으로 불쾌한 표정을 지

산딸기

어보였다.

"아무리 깨워도 눈을 안 떴어요. 잠꼬대만 계속 하시고요"
하고 말하는 다카시에게 뭐야 그런 걸 가지고 하고 일부러 뱉듯이
말했다. 하지만 혀가 뒤얽혀서 과연 제대로 말을 한 것인지 자신이
없었다. 졸음이 다시 몰려왔다.

　어두운 숲이 갑자기 열리고 나타난 들판은 햇볕을 받아서 녹색
으로 빛나고 있었다. 눈이 부셔서 눈을 가늘게 떴다.
　녹색 가운데 보랏빛 산딸기가 주위 한가득 열매를 맺고 있었다.
자연스레 환성이 터져 나왔다. 옆에 있는 기요도 흥분을 감추지 못
하고서 소리를 질렀다. 우선 산딸기를 조금 땄다. 아직 아침 이슬
에 젖어 있어서 입에 넣자 달고 시큼한 맛이 쫙 하고 퍼져나갔다.
기요와 얼굴을 마주보고서 서로 미소 지었다. 몇 개 맛을 보았는데
모두 처음 먹었던 것처럼 신선했다. 자리에서 일어나서 주위를 둘
러보자 들판의 녹색 풀 사이로 보라색 열매가 빛나며 어른거렸다.
내일은 가족을 모두 데려와서 따가자. 아무리 따도 없어지지 않을
정도로 많았다. 엉겁결에 속도를 내 뛰어서 기요와 경쟁이라도 하
듯이 산딸기가 한데 모여 있는 수풀로 향했다. 바람이 뺨에 부드럽
게 와 닿았다. 미소가 자연스레 떠올랐다. 옆에 있는 기요는 붉게
물든 입가를 크게 벌리면서 웃고 있다. 맨발로 산딸기를 찌부러뜨
려서 붉게 물들어 있었지만 조금도 신경 쓰이지 않았다. 아무리 따

도 끝이 없었다. 가져온 헐렁한 주머니가 무거워져서 등에 짊어질
수조차 없었다. 들판 한가운데 주머니를 놓고서 양손 가득 산딸기
를 따서 안에 넣었다. 몇 번이고 반복했다. 해가 머리 위로 올라갔
다. 꿀벌이 어쩐지 나른한 날개소리를 내면서 날아다니고 있다. 내
쫓는 것도 불쌍해서 그대로 꿀벌과 함께 산딸기를 땄다. 이 정도
있으면 내다 팔 수 있을지도 모른다. 어머니한테서 칭찬을 받을 수
있을 테고, 형제들도 부러워 할 것임이 틀림없다. 평소 갖고 싶었
던 빗도 살 수 있고 형제들은 산딸기를 실컷 먹일 수 있다. 내다 팔
아서 과자를 살 수 있을지도 모른다. 평소 항상 배가 고팠으니 모
두 기뻐할 것이다.

　부지런히 산딸기를 따면서 언덕 위로 올라가니 더 많은 산딸기
가 그 일대에 자라고 있는 것이 보였다.

　그곳에서 모두가 앉아 기다리고 있었다. 기쿠가 맨 앞에서 손짓
을 하고 있다. 둥글게 둘러앉은 모두는 웃는 얼굴이다. 권하는 자
리에 앉으니 부모님 사이였다. 바람에 날아간 몸집이 큰 할머니도
있었는데, 산바람이 불 때마다 몸이 흔들려서 눈을 뗄 수 없었다.
하지만 네 번째 여동생이 할머니의 손을 꼭 쥐고 있는 모습을 보
고서 안심했다. 모두 각자 따온 산딸기를 앞에 놓았다. 전쟁에 나
갔다 돌아오지 못 한 숙부는 변함없이 술병을 손이 닿는 곳에 두고
서, 산딸기와 술이 잘 맞는지는 모르겠지만 안주 삼아 산딸기를 먹
고는 다시 술병을 들었다. 어린 두 아들이 건너편에서 손을 흔들고

있다. 바로 아래 여동생이 뛰어가려는 둘의 몸을 부드럽게 막았다. 다카시와 가오리 사이에 앉아 있던 치사토가 일어서서 다가오더니 눈앞에 산딸기를 내밀었다.

할머니, 맛있어요, 하고 말하더니 웃었다. 붉게 물든 치아가 보였다. 그러고 보니 이 아이는 산딸기를 먹은 적이 없다고 말했다. 요즘엔 산딸기를 보는 것도 쉽지 않다고 한탄했다. 그래서 산딸기가 가득한 이 언덕을 모두에게 보여주는 것은 자랑스러웠다. 치사토가 내민 선명한 색의 산딸기를 입안에 넣었다.

천천히 불어오는 바람 속에서 자신의 주위에 둘러앉아 즐거운 듯이 이야기를 나누는 사람들의 웅성거림을 또렷이 느끼면서 홀로 미소 지었다.

우시는 내겐 시간이 얼마든지 있다, 앞으로 한 사람씩 이야기를 나눠보자고 생각했다. 자리에서 일어난 우시는 우선 자신에게 손을 뻗고 있는 아들 쪽으로 향했다.

「野いちご」(『琉球新報』, 2008.1.22)

제35회 『류큐신보』 단편소설상 수상작품

숲

창문 틈에서 흘러 들어오는 바람 소리는 멀리서 누군가 호각을 날카롭게 불고 있는 소리처럼 느껴진다. 그는 꾸벅꾸벅 졸다가 눈을 완전히 떴다. 한번 마음에 두기 시작하면 머리에서 좀처럼 떨어져 나가지 않는 집요한 소리다. 옆에서 규칙적인 숨소리를 내며 자고 있던 카나가 조용해졌다.

낮에는 그 정도는 아니지만 해가 저물고 모두가 잠들어 고요해질 무렵이 되면 바람 소리가 한층 더 커지는 것만 같다. 한밤중에 선술집에 갔다 오는 길에 마을에 하나 있는 큰 거리를 걷고 있노라니 산위에서 직접 불어오는 찬바람에 몸이 움츠러들었다. 술에 취해서 온몸이 멍해진 것 마냥 상쾌해졌다가도 바람을 맞으면 현실로 되돌아오게 된다.

"잠이 안 와?"

카나가 속삭이는 목소리로 물어본다. 그녀도 잠에서 깨어 있다.

그는 천정을 응시한 채로 "응" 하고 대답했지만 쉰 목소리밖에 나오지 않아서 그녀에게는 들리지 않았을지도 모른다.

카나가 알몸으로 몸을 찰싹 붙였다. 그녀의 온기가 느껴지는 가슴을 왼쪽 팔로 느끼면서, 그는 기묘한 생각에 사로잡혀 있었다. 꽤 오래전에 이와 비슷한 장면을 봤었던 것만 같은 기분이 들었다. 언제였는지 떠올려보려 했으나 그다지 상관없는 장면만 머릿속에서 차례차례 되살아나서 초조한 마음이 들었다.

바람 소리가 마중물 구실을 해서 옛일을 떠올릴 때가 왕왕 있다.

분별심이 생겼을 때부터 이 바람 소리를 들어왔으니 그 소리에 인도돼 어린 시절이나 그 밖의 여러 일들이 되살아나는 것도 이상한 일은 아니다. 많은 것을 보았다면 그 만큼 무언가를 회상할 때 기억이 착종되는 것도 흔한 일이다. 그렇게 자신을 타일러 봤으나 기분은 역시 시원찮다. 눈이 더 말똥말똥해졌다.

심야에 눈을 떠 평소와는 다른 고독함을 절절히 느꼈다. 옆에서 카나가 자고 있는데도 고독을 떨쳐버릴 수 없다.

얇은 커튼을 통해 바깥이 밝아오고 있음을 알 수 있었다. 그는 빨리 아침이 밝아왔으면 좋겠다고 생각했다. 출근하는 사람들로 아파트 밖이 분주해지고, 마을의 큰길가는 평소처럼 활기에 넘칠 것이다.

불안한 마음으로 천정과 커튼 모양 등을 보다가 카나의 눈과 마주쳤다. 아무런 말도 하지 않았지만 걱정하고 있는 것인지 애절해 보이는 눈빛을 띠고 있다. 그는 이불 속에서 그녀의 손을 잡으려 했다.

언젠가 다시 홀로 남겨진다 해도 지금은 카나가 옆에 있지 않은가.

서로 알게 된 지 얼마 지나지 않았으며 서로 모르는 사이로 지냈던 시간이 훨씬 길었으나, 그를 정말로 이해하는 사람은 이 마을에서 그녀 혼자뿐일 것이라고 그는 요즘 들어 곧잘 그렇게 생각하고는 했다.

촉촉하게 젖은 그녀의 손바닥을 잡았다.

이렇게 동이 틀 때까지 시간을 보낼 수 있을 것이다. 바람 소리는 그치지 않는다. 그렇기는커녕 바람 소리는 더욱 세져서 지금은 그의 머리 바로 위에서 울리고 있다. 그는 손을 더욱 꼭 쥐었다. 그녀가 손을 마주 잡았다.

1

이렇게 일찍 눈을 뜬 것은 몸 깊은 곳에서 평소와 무언가 달라졌음을 느꼈기 때문일까. 커피 향이 부엌에서 감돌고 있다. 한밤에 경직된 몸을 천천히 펴면서 숙부가 와 있을까 하고 아직 몽롱한 머리로 생각했다.

커피 향에 이끌려서 부엌에 가자 등을 보이고 바쁜 듯이 아침 준비를 하는 어머니가 서 있다. 고개를 돌린 어머니의 얼굴은 20년 전과 똑같았다.

"아침이 늦구나. 벌써 아홉 시가 넘었단다."

어쩐지 텔레비전 드라마에 나올 법한 대사라고 생각하면서도

숲

어머니가 권하는 대로 그는 식탁 의자를 당겨서 앉았다.

다시 어머니의 얼굴을 봤다. 그가 초등학생이었을 때 기억하고 있던 어머니 모습과 전혀 달라지지 않아서 놀랐다. 그렇다면 올해 31살인 그와 거의 같은 나이일 것이라고 생각했지만 정확하게 계산할 수 없었다. 죽은 지 20년이 지났으니 얼굴에 주름 하나 정도는 있어도 이상하지 않을 것이다. 지그시 바라보니 어머니는 다른 쪽으로 눈을 돌렸다.

갈색으로 알맞게 구워진 토스트와 김이 나는 커피, 스크램블에그와 베이컨을 담은 그릇을 식탁에 늘어놓더니 어머니가 그와 마주보고 앉았다. 그가 먹는 것을 자세히 쳐다보다가 "무슨 일을 하고 있어?" 하고 갑자기 물었다.

어머니 전 실업자랍니다 하고 말하려 했지만 목이 막혔다.

소학생이었을 때 그가 '어머니'라는 말은 쓸 엄두도 내지 않았다. 마마라고 불렀던 것일까 아니면, 엄마라고 불렀던 것일까. 어쨌든 그는 처음부터 쉽지 않은 상황이 전개되고 있노라 생각했다. 그것은 생각 이상으로 그를 동요시켰다.

"일은 하지 않고 있어요."

그의 말에 어머니는 한순간 표정이 어두워지는 것처럼 보이더니 "그렇구나. 마모루가 있으니 일할 필요가 없겠구나" 하고 납득한 듯 고개를 끄덕였다. 부모님이 돌아가신 후부터는 숙부네 집에서 자랐다. 현재 홀로 남은 숙부는 바로 옆에서 살고 있다. 하긴 옆에 산다고 해도 그가 숙부네 집 부지에서 조금 떨어진 곳에 살고 있다고 하는 것이 정확한 표현이다.

"나중에 마모루한테 인사하러 가야 할 텐데. 꽤 오래 만나지 못했으니……."

그것으로 대화가 끝났다. 그는 좌우간 식사에 집중하려 했지만 어머니가 그의 목 부분을 가만히 보고 있어서 (자신이 만든 요리가 입맛에 맞는지 어떤지 신경 쓰고 있는 것일까) 마음이 편하지 않았다.

어머니가 다시 채워준 커피를 잘 확인하지 않고 마시다가 너무나 뜨거워서 내뱉고 말았다. 놀란 어머니가 당황하며 행주로 그의 가슴팍과 옷을 닦았지만 그의 손가락 끝에 닿은 어머니의 손은 깜짝 놀랄 정도로 차가웠다.

2

"어쨌든 한 번 죽은 사람이 되살아나는 것은 곤란한 일이야" 하고 말하고서 유지(裕二)는 맥주를 단숨에 들이켰다. "이미 사망 신고를 했으니 살아 돌아오면 그걸 어떻게 처리할지 문제가 생기잖아."

동장이 판단해서 되살아온 사람들을 다시 출생한 것으로 취급해 출생 신고를 낼 수 있게 했다고 한다.

"그렇게 하면 세금이 늘어나니까. 머리 좀 썼는걸. 그런데 문제가 생겼어. 마을 인구가 급격하게 늘어나서, 그 사이에 현에서도 인구수가 이상하다는 것을 눈치채고 조사하러 오지나 않을까 동사무소에서는 그것이 화제라니까. 간혹 동장의 방식이 틀렸다면서 공공연하게 비판하는 사람도 나오고 있고……"

유지의 어리석은 말이 언제 끝날지 알 수 없었다. 죽은 사람이 차례차례 다시 살아 돌아오고 있는 것은 모두가 알고 있었지만, 그것이 동사무소 업무에 지장을 주고 있으리라고는 상상조차 하지 못했다. 그렇기도 하겠어 하고 그는 맞장구를 칠 수밖에 없었다.

"출생 신고만이 아니라 그 때문에 다른 창구도 혼잡해졌어. 이상하게 신고가 많아. 죽은 사람들이 말이야. 국민건강보험이라던가 주민세나."

"하지만 그 사람들이 세금을 내면 마을 재정도 윤택해지잖아?"

"그건 그렇다만……" 하고 유지는 주저했지만 "하지만 죽은 사람이 되살아오면 혼란해질 뿐이야."

뱉어 버리듯이 말하고서 다시 맥주를 단숨에 들이켰다.

죽은 사람이 되살아오면 혼란해진다는 말을 가슴 속에서 반복하며 역시 나도 혼란스러워하고 있는 것일까 하고 생각하며, 그는 사흘 전에 되살아온 어머니와, 카나의 얼굴을 떠올렸다.

오늘밤 카나와 만나리라 생각하니 흥분되는 동시에 유지한테는 꺼림칙한 기분이 들었다.

그는 유지의 옆얼굴을 봤다. 동사무소 일로 지쳐 있어서인지 아니면 취기가 돌고 있어서인지, 그와 같은 나이임에도 꽤나 늙어보였다. 남들이 보기엔 나도 그렇게 보일지도 모르겠노라 생각했지만, 아니지 그 정도로 고생하며 일을 한 것도 아니고 경제적으로 어려운 것도 아니니까. 그래서 언제나 나이보다 어려 보인다는 말을 듣는 것이라고 다시 생각했다. 요전에 버스를 탔을 때 운전기사가 "젊은이 어디까지 가나" 하고 허물없이 물었던 적도 있다.

유지는 한숨을 쉬었다. 일 때문만은 아닐 것이다. 고등학교 동창과 결혼을 해서 그 사이에 아이 셋을 두고 좁은 아파트에서 살고 있다. 나와 일주일에 한 번 술을 마시는 것이 유일한 안식이라고 평상시에 말하고는 했다. 유지를 동정해서 위로의 말을 건네기도 했으나 솔직히 말해서 내가 그와 똑같은 처지라고 생각하면, 한 여자에게 붙잡히지 않아서 다행이야 하고 안도하게 된다.

"가만 너희 어머님도……"

유지가 갑자기 화제를 바꿨다. 말을 생략했지만 무슨 말을 하려는지 알 수 있다.

"응" 하고 그는 끄덕였다. 바로 현실로 되돌아왔다. 어머니에게 밖에서 식사를 한다고 말하지 않고 나왔다. 손목시계를 보니 9시를 넘었다. 설마 차려놓은 저녁 식사에 손을 데지 않고 식탁에 앉아 기다리고 있는 것은 아니겠지. 하지만 어머니라면 그러고도 남을지도 모른다.

"빨리 출생 신고를 다시 하는 게 좋아. 여하튼 서둘러서 수속을 마치는 편이 좋잖아" 하고 유지가 말했다.

"세금은 누가 내는 거야?"

숲

갑자기 의문이 들어서 물었다.

"그건 네가 어머니 몫까지 다 내야 할 거야. 이제 막 다시 살아온 사람이 바로 일자리를 찾을 수는 없을 테니까. 대체로 가족이 내는 것 같아."

들어왔을 때는 떠들썩하던 가게 안도 이 시간이 되니 조용해졌다.

그는 이 선술집에 있는 모든 사람이 자신이 아는 사람임을 갑자기 눈치챘다. 만날 때 마다 가볍게 인사를 나누는 상대도 있고, 인사는 하지 않지만 몇 번인가 길에서 봤던 얼굴도 있다. 저녁의 위안이라고 하면 선술집밖에는 없는 작은 마을이다. 사방이 산에 둘러싸여 있어서 더욱더 좁고 갇혀 있는 장소로 느껴졌다.

마을에 하나 밖에 없는 슈퍼마켓에 장을 보러 갔다가 반가운 얼굴을 발견했다. 아는 얼굴인데 하고 생각했지만 이름이 떠오르지 않았다. 집에 돌아와서 욕조에 몸을 담구면서도 그것이 신경 쓰였다. 아마도 고등학교 시절에 알고 지내던 사람일 것이다. 그때 갑자기 깨달은 것은 그 남자의 모습이 기억에 남아 있던 당시의 모습과 조금도 달라지지 않았다는 것이었다.

깊은 생각에 잠겨 있는 그에게 유지가 말을 걸었다.

"너희 어머니는 눈에 띌 정도로 아름다웠잖아."

그런 말을 들으면 불쾌한 마음이 들었겠지만 반쯤 건성으로 들으며 "응" 하고 흘려버리듯이 끄덕였다.

수업 참관일에 내가 다니는 초등학교에 어머니가 왔다. 교실 뒤에서 제각각 서 있는 부모님 중에서 어머니가 가장 젊었다. 지치고 초라해 보이는 다른 부모님 사이에 있으면 어머니는 그의 눈에조차 이질적인 사람으로 보였다. "너희 어머니 정말 예쁘시구나" 하고 담임선생님이 감탄 섞인 목소리를 내는 것을 낯간지럽게 생각하며 들었다.

그 무렵과 완전히 똑같은 어머니가 그의 앞에 나타났던 것이다. 처음에는 당황스러웠으나 하루 세끼를 만들어 주는 어머니는 옛날 그대로의 모습이라서 그는 그것에 얼마간 안도했다. 잠자리에 들기 전에 양치질을 했는지, 입었던 옷은 세탁 바구니에 제대로 넣었는지 등 어린아이에게나 하는 주의를 줬다. 애가 아니니까 좀 내버려 두면 좋을 텐데 하며 진절머리를 내면서도 이런 식이라면 오히려 편해서 좋을지도 모르겠노라 생각했다.

11시를 넘어서 선술집을 나섰다. 봄이 된 지 얼마 지나지 않아 밤바람은 차가웠다. 마을의 큰길을 걷고 있는 사람은 그와 유지 두 사람 뿐이었다. 8시가 되면 자동적으로 점멸하는 황색 신호가 불빛을 성급히 도로에 비추고 있다.

유지는 술이 부족한 모양으로 직장 근처에 있는 바에 가자고 그에게 권했지만 내일도 일을 해야 하잖아 하고 말하자, 그건 그렇지 하고 간단히 포기했다.

숲

오늘 밤 그는 카나네 집에서 자고 집에 돌아가지 않겠노라고 결심했다. 아파트 계단을 올라가면서 몸이 휘청대는 것을 느꼈다. 그 정도로 술을 마시지 않았는데 생각보다 취한 모양이다. 이래서는 카나를 안을 수 없을지도 모른다는 불안감이 가슴을 스쳤지만, 맥주만 마셨으니 괜찮겠지 하고 정신을 바짝 차렸다. 문을 두드리고 열릴 때까지 몇 번이고 숨을 깊이 들이마셨다.

카나는 그가 온 것을 확인하고는 어렴풋이 웃음을 지었다. 지금이라도 바로 사라질 것 같은 희미한 웃음을 짓는 것이 카나의 습관으로 그거야 말로 그녀답다고 그는 생각했다.

방에는 최소한의 가구만 가져다 놔서 휑한 느낌이 드는 것은 어쩔 수 없었다. 그 정중앙에 놓인 텔레비전은 켜진 채로였다. 바닥 위에 엉덩이를 붙이고 다리를 옆으로 뻗은 채로 텔레비전을 열심히 보고 있는 카나의 옆모습이 보였다. 그 표정은 평소와 달리 묘하게 어린애 같다.

"내가 없는 동안에 이런저런 일이 벌어졌다고 생각하니까 텔레비전에서 눈을 뗄 수 있어야지" 하고 그녀는 멋쩍은 듯이 말했다.

그녀가 모든 일에 신중하게 행동하는 것은 죽은 사람으로서 살아있는 사람을 배려하고 있는 것이라 생각했었는데, 사귀는 사이에 꼭 그런 것만은 아니라는 것을 알게 됐다. 처음에 그녀를 봤을 때 느꼈던 인상은 틀리지 않았기에, 그는 자신의 행복에 감사하고 싶은 기분이 들 때가 왕왕 있었다.

3주 전의 일이다. 그날 밤, 유지와 선술집에서 헤어진 후 위스키가 마시고 싶어져서 직장 옆에 있는 바에 들렀다. 스낵크*는 이 작은 마을에도 네다섯 개 정도 있지만 어디에 가더라도 그의 여자 동창생이 여러 명 일하고 있어서 좀처럼 기분 좋게 갈 수 있는 곳이 없었다. 직장이 어디야? 하고 모두가 마치 짜기라도 한 것처럼 물어보는 것이 귀찮았고 초등학교나 중학교 시절의 추억에 대해 말하는 것도 싫었다. 차분하게 술을 마실 수 있는 바는 이곳 밖에는 없다.

문을 열자 카운터 안쪽에 앉아 있는 여자의 모습이 바로 눈에 들어왔다. 그는 관심이 갔지만 비어있는 여자의 옆자리에 갑자기 앉을 용기가 나지 않아서 두 자리 건너 뛴 곳에 앉아서 물 탄 위스키를 주문했다.

가게 안에 다른 손님은 없었다. 여자는 주문한 오렌지주스로 보이는 것에 거의 손을 대지 않고 (얼음이 녹아서 없어져 있다), 등골을 펴고 정갈한 자세로 텔레비전 화면을 보고 있다. 카운터 끝에 놓인 텔레비전은 켜져 있을 뿐 소리가 나지 않았다. 마스터를 중앙에 놓고 비스듬하게 뒤에 있는 커다란 스피커에서 조용히 재즈가 흘러나오고 있다.

---

* 일본식 작은 술집으로 마을 입구 등에 있다.

숲

이렇게 열심히 텔레비전을 보고 있으니 마스터가 눈치채고 소리를 나오게 해주면 좋으련만 하고 생각하면서 여자의 시선이 향하고 있는 화면을 한동안 보고 있었는데, 이렇다 할 내용의 프로그램은 아니었다.

한동안 그렇게 그와 그녀는 텔레비전을 보고 있었다. 때때로 노골적인 시선을 여자의 드러난 목덜미나 긴장감이 감도는 옆얼굴에 뒀다. 여자는 그의 시선에 아랑곳 하지 않고서(그는 여자가 눈치채는 것이 아닐까 해서 다소 그것을 걱정하면서도 한편으로는 눈치채 주길 기대하면서 그녀를 쳐다봤다), 고집이 세다고 해야 할 만큼 텔레비전에서 눈을 떼지 않고 있다.

그의 마음을 마침내 헤아려 준 것일까. 마스터가 그를 그녀에게 소개해줬다. 그는 기회를 놓치지 않고 바로 여자의 옆으로 자리를 옮겼다.

여자의 이름은 카나라고 했다. 그도 자신의 이름을 말했다. 카나와는 처음부터 의견이 서로 잘 맞지 않았다. 그를 경계해서 그런 것인지 이야기가 겉돌아 그것이 서로를 어색하게 만들고 있다고 생각했는데, 아무래도 그런 것이 아니라는 것을 도중에 눈치챘다. 카나는 최근의 화제를 따라오지 못했다. 일주일 전에 현에서 일어난 커다란 사건을 알지 못했고, 텔레비전을 좋아하기에 최근 인기 있는 드라마로 화제를 돌려도 의아한 표정을 지었다. 불안한 마음에 그녀의 눈은 물기가 어려 흐릿해졌다.

그는 이야기가 서로 잘 맞지 않는 것을 불쾌해 하기는커녕 괜찮다고 하면서 카나의 가느다란 어깨를 두드리며 격려하고 싶어질 정도였다.

한동안 바에 있다가 그녀가 사는 아파트까지 바래다주었다. 걸으면서 손을 잡자 희미한 온기가 전해져 왔고 손에 힘을 넣자 그녀도 손을 마주잡았다.

그것이 카나와의 시작으로 그 이후 매일 밤 그녀가 사는 아파트에 드나들었다.

사흘 전에 갑자기 나타난 어머니를 배려해서 10시까지 귀가했지만 오늘 밤은 괜찮겠지. 내가 어린 애도 아니고, 외박을 하면서 어머니에게 허락을 받는 것도 새삼스럽다고 그는 자신에게 말했다.

산에 둘러싸인 이 마을에는 놀러갈 곳이 없다. 차를 타고 산을 넘어 볼링장이나 쇼핑센터가 있는 커다란 도시까지는 1시간이면 가지만, 언제인가부터 그는 흥미를 잃고 차를 팔아버렸다.

굳이 젊은 커플이 마을 안에서 갈 수 있는 곳이라 하면 진자神社나 동사무소에서 5킬로 정도 떨어진 남쪽에 있는 삼림공원 정도였다. 무엇보다 진자 경내에서 불경스러운 행동을 하는 것은 망설여졌고, 삼림공원에도 정기적인 순찰이 있어서 이제 막 사귀기 시작한 커플을 빼면 그러한 곳을 찾아가는 사람은 많지 않았다.

이번에는 어디 갈까? 하고 카나에게 물어보자, 그녀는 말을 하지 않고 고개를 옆으로 흔들 뿐이었다. 밝은 햇살 아래에서 신이

숲

나서 뛰는 그녀를 상상할 수 없었던 만큼, 대답을 듣고서 안도했던 것은 꼭 불가해한 일은 아니었다. 그럼 비디오라도 빌려올까 하고 말하자 카나는 살짝 미소를 지었다.

그녀의 온기를 느끼지 않고서는 밤을 제대로 넘길 수 없었다. 몸 여기저기를 어루만지고 있노라면 그의 차가워진 손가락 끝은 따뜻해졌다. 거친 숨을 끊어질 것처럼 토해낼 때 그녀의 살에 닿으면 뜨거울 정도였다.

잠시 긴장을 늦추면 그대로 꿈나라로 빠져들 것 같았다. 바람이 가끔 창문을 흔드는 소리가 방안에 울려도 잠에 빠져드는 유혹은 강렬했다.

일주일 전인가 옆에서 조용히 숨소리를 내고 있던 카나가 상반신을 일으키더니 그의 얼굴을 들여다보고 있었다. 비몽사몽간에 그녀가 나는 한 번 죽었어 하고 말하는 소리를 들었다. 그다지 놀라지 않았던 것은 나중에 생각해봐도 이상한 일이다. 카나도 그의 반응을 살펴봤을 텐데 어딘가 태연해 보였다. 그것이 그를 침착하게 만든 것인지도 모른다.

만난 지 3주 밖에 되지 않았지만, 이미 몇 년이나 함께 있었던 것처럼 시간 감각이 마비되고 있었다. 1시간 정도 카나와 몸을 맞대고 서로를 위로한 후에야 그는 안심하고 잠이 들 수 있었다. 그때만은 밖에서 불고 있는 바람 소리도 그의 머리에서 사라졌다. 아무리 늦어도 외박만은 하지 않기로 했지만, 오늘 밤은 자고 가도 된다 생각하니 기쁨이 솟아났다.

카나는 이미 잠에 빠져들고 있다. 그녀의 머리카락에 손을 뻗었다. 언제나 조금 뜨거운 그녀의 몸과는 달리 머리카락만은 바깥 공기에 오랜 시간 노출된 것처럼 차갑다. 한동안 손가락으로 머리카락을 빗어줬다. 그녀가 눈을 뜰 기색은 없다.

설령 그녀가 죽은 사람이라 해도 그게 어쨌단 말인가 하고 그는 생각했다. 카나를 안았을 때 그 온기는 진짜이니 그것만이 소중하다고 생각했다.

4

동생이 원래 이랬었나. 그는 그야말로 여우에게 홀린 듯한 기분이 들었다. 카나의 방에서 자고 오고 나서 며칠인가 지난 아침의 일이다. 부엌에 가자 그에게 등을 돌린 자세로 어머니와 한창 수다를 떨고 있는 동생이 보였다. 평소와 달리 쾌활한 표정의 어머니를 보며 그는 조금 놀랐다.

동생은 그가 온 것을 눈치채고 돌아봤다. 소학생 무렵의 천진난만한 얼굴 그대로라서 그의 아들이라고 해도 이상하지 않았다. 당황하고 있는 그에게 동생이 쾌활하게 말을 걸었다.

"어제 귀가가 늦던데. 형아 좀 적당히 하지 그러냐."

상스러운 말투에 어이가 없어서 바로 대응할 수 없었다. 형아? 텔레비전을 보고 배운 말인 것일까?

"자아, 아침 먹어야지."

그 자리를 수습하듯이 어머니가 말했다. 동생이 나타난 영향일까 말투가 신나 있다. 그는 불쾌함을 느끼면서도 그것을 표현할 말이 튀어나오지 않아서 난폭하게 의자를 당겨서 앉는 정도밖에는 할 수 없었다. 게다가 두 사람은 그가 불쾌해 하는 것을 눈치채지 못한 듯 옛날이야기에 집중하고 있다.

옆에서 듣고 있는 그가 혀를 내두를 정도로 어머니는 옛일을 상세하게 기억하고 있다. 동생도 두드러지게 "아아 그랬지" 하고 맞장구를 치고 있다. 때때로 어머니는 그랬었지 하면서 그에게 동의를 구해왔지만, 그는 전혀 기억이 나지 않는 이야기뿐이었다. 마치 다른 가족의 이야기라도 듣고 있는 것 같아서 마음이 거북해졌다. 엉덩이를 굼실굼실 거리자 그것을 재빠르게 발견한 동생이 "형은 별 관심도 없겠지만" 하면서 코웃음을 치기에 '이 자식이' 하고 생각했다.

그의 기억 속 동생은 언제나 웃는 얼굴로 어딘가 알아듣기 어려운 이야기를 했다. 다섯 살 터울이 있음에도 동생을 괴롭힐 때가 있었다. 그럴 때면 어기찬 성격의 동생은 눈물을 보이지 않으려 필사적으로 참았는데 그 모습은 참으로 다기찼다.

지금 눈앞에 있는 사람은 역시 동생이 아닌 것은 아닐까…… 하는 의문이 새삼스럽게 들었다.

그것은 기쁜 듯 옛일에 빠져 있는 어머니에게도 마찬가지로 말할 수 있다. 두 사람이 죽은 지 20년이나 지나지 않았나. 내가 20년 전에 비해 달라졌듯 죽은 사람 또한 변하지 않았노라 말할 수 없다. 죽을 당시의 연령과 겉모습이 전혀 변하지 않았다손 치더라도 내면의 변화는 외양만 보고는 알 수 없지 않나. 동생은 이렇게 건방진 말투를 쓰지 않았고 어머니는 이처럼 가볍게 행동하지 않았다.

역시 각자 변화했기에 이 두 사람은 이미 내가 알고 있던 그 사람이 아니라, 완전히 타인이라 생각하는 편이 좋지 않을까. 그렇게 결론을 내리자 기분이 조금 풀렸다.

어머니가 따라준 커피를 마시자 머리가 더욱 맑아졌다. '결국' 하고 그는 생각했다. '죽은 사람이 살아 돌아오는 예측할 수 없는 사태에도 나는 잘 대응해 갈 것이다.'

"엄마랑 얘기하고 있었던 건 말이지" 하고 동생이 갑자기 말을 꺼내기 시작했다. "나랑 엄마가 차에 치여서 죽은 후에 아버지랑 형이 어떻게 살았는가에 대해서야. 물론 아버지가 몇 년 후에 숲속에 들어가서 행방불명이 된 것은 알고 있어. 그러니까 그 전까지 어떻게 지냈는지를 말하고 있었어."

이상한 것을 물어본다. 짓궂게 굴고 기뻐하며 일부러 눈을 반짝이는 것 같다. 어머니는 어떨까 하고 바라보자 그에게서 시선을 돌리더니 엉뚱한 곳을 보고 있었지만, 호기심이 가득한 모양새다.

"아버지는 술에 절어서 살았어."

"그러셨겠지" 하고 동생은 기뻐서 어쩔 줄 모르겠다는 듯이 말했다. '머지않아 두들겨 패 주마' 하고 그는 속으로 생각했다. 누가 윗사람인지 확실히 보여주지 않으면 안 된다. 소학생의 모습이라 해도 용서하지 않겠다.

어머니와 동생이 교통사고로 죽은 후 그는 아버지와 둘이서 살았다. 그것은 지금도 떠올리고 싶지 않은 몇 년 동안이다. 아버지가 숲속으로 들어가 행방불명이 돼 결국 시체를 찾지 못했지만 1년 후에 정식으로 사망했다고 간주되는 통지서를 숙부가 보여줬을 때 그는 마음속으로부터 안도했다.

그 후에는 고생하지 않고 최근까지 지내고 있다. 숙부 부부가 부자였던 것이 컸다. 그가 고등학생 무렵에 숙모는 병으로 돌아가셨지만, 숙부는 착실하게 마지막까지 학비를 대줬다. 본래 일자리가 없는 마을이라서 고교를 졸업한 젊은이들은 유지처럼 공무원으로 일하거나, 부모의 뒤를 이어서 마을의 주요 산업인 임업에 종사할 수밖에 없었다. 그래서 대부분의 젊은이는 마을을 한 번은 떠난다.

주변이 벽과 같은 산에 둘러싸인 이런 마을에서 계속 사는 것은 질색이라 생각하면서도, 결국 그는 지금 나이가 될 때까지 여기서 살고 있다. 그의 나이에 일도 없이 빈둥빈둥 대고 있으면 주위의 차가운 시선을 느끼고 험담 한마디라도 듣게 되는 것이 보통이겠으나 "뭐 마모루 씨네 조카잖아" 하고 모두 납득하는 측면도 있다. 물론 그가 눈에 띄는 행동을 하는 일도 없었다. 평상시에는 자기 방에서 텔레비전을 보거나 책을 읽거나 밖을 산책할 때도 진지神社

경내로 가는 길에 있는 자갈밭 돌 위에 앉아서 시시각각 변하는 하천의 빛을 바라보고 있을 뿐이었다. 밤에는 선술집에서 술을 마셨다. 불러낼 수 있는 친구는 유지 외에는 없다.

그런 생활이 지금부터도 계속될 것이다. 불만은 없다. 그때 카나가 파고 들어왔다. 아니, 그가 카나를 골랐다고 해야 할 것인가. 최근 몇 년 동안 파란이 없었던 그의 일상에 새롭게 일어난 사건이라고 해야 하겠으나, 그는 카나 또한 언젠가는 매일 규칙적으로 회전하는 거대한 수레바퀴의 일부가 될 것임을 멍하니 예감했다. 그는 지금까지 사귀었던 몇 명인가의 여자를 떠올렸다. 극적인 일은 전혀 없이 자연스럽게 그로부터도 멀어져 간 여자들.

동생이 그의 소매를 당겼다.

"형 괜찮아?"

"응" 하고 그는 정신을 차렸다.

"형아 딴 생각 하지 말고 좀 정신 차려. 아버지 이야기를 하고 있잖아."

"일일이 그 형아형아 좀 하지 마."

동생은 어안이 벙벙해 하며 어머니와 얼굴을 마주봤다. 왜 그러는지 모르는 것 같다.

"내가 네 형은 맞지만 그렇다고 해서 너무 형아형아 하고 불러대면 짜증이 난다고."

이런 말을 하는 자신이 우습게 느껴졌다. 이까짓 것으로 하고 말

숲

하는 듯한 눈빛으로 동생은 어머니에게 쓴웃음을 짓고 있다. 그것
에 발끈했지만 간신히 참았다.

"네 아버지는 술만 안 마셨다면 정말 좋은 사람이었단다."

어머니는 다시 아버지 화제로 이야기를 돌릴 생각으로 말했다.
그렇게 하면 형제간의 언쟁이 진정되기라도 하는 것처럼.

'그렇게 진부한 말은 좀 그만 하세요. 피해를 입은 것은 나니까'
하고 생각해 입 밖으로 내려 했지만 참았다. 감정적인 상황으로 치
닫는 것은 그가 바라는 바가 아니었다.

아버지는 하루 종일 술에 절어서 자신을 바라보는 그의 눈초리
가 마음에 들지 않으면 몇 번이고 폭력을 휘둘렀다. 그가 울기 시
작해도 살살 때리지 않았기에 울면 울수록 손해라 생각해서 나중
에는 거짓 눈물만이 흘러내렸다.

"남모르는 고뇌가 아버지한테 있었을 테니, 그걸 이해해 줘야지.
형이야 꽤나 불만이 있었겠지만 말이야."

동생이 마치 잘 알고 있는 것처럼 말하다니 사리에 맞지 않는다.
그는 도중에 그 말을 가로막았다.

"이해하고 뭐고 없어. 두들겨 맞은 것은 나잖아. 내가 어떻게 생
각하는지가 중요한 거 아니야. 그런 점에서 정말로 좋은 아버지는
아니었어."

동생은 그의 기세에도 여유롭게 어머니 쪽으로 천천히 몸을 돌
렸다. 정말 침착했다.

"정말로 아버지가 그렇게 나쁜 사람이야, 엄마?"

어머니는 당황하고 있다. 그 말에 대답을 하게 되면 둘 중 한명에게 체면이 깎여서 상처를 입을지도 모른다고 걱정하고 있는 것 같았다.

"죽은 사람을 이제 와서 좋게 말해도 뭐가 달라지겠어."

그는 엉겁결에 중얼거렸다. 그렇게 말하고 나서 그 말이 눈앞에 있는 두 사람을 포함해 죽은 사람에게 하는 말치고 적절하지 않은 것이라 생각하며 후회했다. 둘은 입을 다물고 있다. 어색한 침묵을 참을 수 없어서 그는 둘을 남겨두고 집을 나왔다.

5

울적한 마음을 어찌할 줄 몰라 마을을 거닐었다. 바람 없는 날로 자리에 멈춰 서자 추위가 조용히 발밑부터 기어 올라온다.

카나를 만나러 가고 싶어도 그녀는 낮에는 계속 자고 있을 것이다.

유지가 동사무소 창구도 죽은 사람들로 인해 혼잡하다고 했던 말이 떠올라서 그를 보러가는 것을 망설이다가 역시 그만두자고 생각하고 산사로 이어지는 돌계단을 올라갔다.

산사의 담장에서 묘비가 몇 개 튀어나와 있는 것을 오른쪽으로 보면서 산길을 따라 올라가서 숲속으로 들어갔다.

대나무 숲 사이를 통과하자 마을이 내려다 보였다. 마을은 분지의 작은 한 구석을 차지하고 있을 뿐으로 나머지는 하천이나 숲,

그리고 산이 어디까지고 이어져 있다. 중학생 무렵 유지와 둘이서 숲속으로 들어가서 오랜 시간 동안 질리지도 않고 마을을 내려다보고는 했다.

숲속에는 새의 지저귐이나 바람에 가지와 잎이 스치는 소리와 풍뎅이 유충 소리로 넘쳐났다. 그 속에 몸을 숨기듯이 땅에 앉았다. 눈 아래로 보이는 마을로부터 때때로 지나가는 차 소음이나 소학교 운동장에서 놀고 있는 학생들의 환성, 공사 현장 소리 등이 들려왔다. 도대체 마을에는 얼마나 많은 사람이 있는 것일까. 물론 인구수는 알고 있었지만 이렇게 작은 마을에서조차 그가 아직 모르는 사람이 무수히 많다는 사실을 생각하자, 마을 전체에서 나오는 생활과 관련된 소리가 무언가를 나타내는 신호인 것 같아 그것을 상상하자 마음이 활짝 갰다.

한동안 마을을 바라보다가 진자로 향했다. 하천을 건너서 경내에 들어가 몇 그루인가 식수된 수령 사백 년 정도 되는 나무를 올려다보며, 진자 주변을 산책하다 하천 자갈밭으로 내려왔다.

빛을 난반사 하며 어디까지고 흘러가는 하천을 보고 있자니 떠들썩하던 마음이 겨우 침착해졌다. 그는 자신의 상황을 차분하게 생각해 보기로 했다.

죽은 사람이 소생하는 믿기 힘든 일이 한 달 정도 전부터 계속되고 있다. 소문으로는 들었지만 실제로 자신에게 그런 일이 일어날 일은 없노라고 제멋대로 생각하고 있었다. 하지만 그 사이에도 드문드문 과거에 알고 있던 사람의 얼굴을 마을에서 발견하는 일이 없지는 않았다.

유지가 가자고 해서 찾은 스낵크 옆 자리에 앉아 있던 사람은 소학생 무렵의 교장이 아니었을까. 목례를 하자 상대방은 술이 취해 얼굴이 붉어져서 절도를 잃은 얼굴에 한 순간 긴장한 빛을 띠다가 잠시 고민하더니 입을 다물고 눈길을 돌렸다. 다음날 교장은 이미 10년 정도 전에 병으로 죽었다는 이야기를 누군가에게서 과거에 들었던 것이 떠올랐다. 그 사람이 정말로 교장이었는지 취했던 탓에 확신할 수 없었다.

그 후 카나가 그의 눈앞에 나타났다. 카나는 오랜만에 사귄 여자다. 그녀의 온기를 느끼며 오래도록 이런 느낌을 잊고 있었던 것마냥 처음 접할 때와 같은 신선한 놀라움을 경험했다.

방 안으로 들어가서 그녀를 바로 껴안았다. 그녀의 몸 여기저기를 만지작거리는 손끝이 차가워서 그녀의 뜨거운 몸에 닿을 때면 그것을 더욱 더 의식했다. 차가워진 것은 손끝만이 아니라 그의 손과 발 그리고 몸 전체라는 것을 깨달았다. 이래서는 자신이 죽은 사람 같다고 생각하며 가슴속으로 쓴웃음을 짓다가도 카나의 몸을 탐닉해 들어갔다. 그녀와 껴안고서 꾸벅꾸벅거리고 있자 바람소리가 들려왔다. 바람은 산위에서부터 골짜기에 있는 이 마을로 직접 불어왔다. 어릴 적부터 들어왔던 소리다. 어린 시절의 그는 그 소리에 떨면서 어머니 가슴팍에 얼굴을 묻었다. 그 순간에 후욱

숲

하고 코로 들어오던 향기가 그리웠다. 지금은 그런 것을 할 나이가 아닌데다 한밤중에 바람 소리를 듣고 있노라면, 이 마을에서 자기 혼자만이 눈을 뜨고 있는 것만 같아서 몹시 외로움을 느꼈다. 잠들어 있는 카나의 손을 잡자 이제 막 태어난 토끼처럼 심장 박동이 빨라진다.

어머니가 살아서 돌아오고, 오늘은 동생이 마치 당연하다는 듯한 얼굴로 식탁에 앉아 있다.

동생은 사실 괴물이 아닐까. 동생이라 우겨대지만 말을 하면 할수록 그 안에는 다른 사람이 들어 있는 것 같다는 생각을 그는 곰곰이 하게 됐다. 이것이 돌파구가 되리라 생각했다. 요컨대 이런 것이다. 그들은 죽은 지 20년도 넘었으니 완전 남이라 간주해도 되는 것이 아닌가. 가족임에는 분명하지만 실제로 자신은 그들로부터 꽤 멀리 떨어져 있는 것 같은 묘한 소외감을 느꼈다. 물론 이는 그들이 죽은 사람이기 때문으로 20년도 만나지 못 한 사람을 수줍음도 없이 어머니라고 부를 수는 없다.

어머니나 동생이나, 친숙한 사람이 옛 모습 그대로 살아 돌아와 과거에 살던 그대로 생활을 하려고 하니 일이 이상해지는 것이다. 왜 그들이 그렇게 행동하려 하는 것인지는 잘 모르겠다. 하지만 그로서는 그들이 나타나기 전의 평온한 일생생활을 되찾고 싶을 뿐이다.

죽은 사람을 내버려 두라고 했던 것은 누구 말일까. 정말로 말 그대로다. 내가 그들을 상관하지 않는다는 태도를 표명한다면 그들도 그것을 존중해 줄 것이다. 눈에는 보이지 않아도 역시 죽은 사람과 살아 있는 사람 사이에는 엄격한 선이 그어져 있는 법이다. 죽은 사람들이 제 멋대로 되살아나서 돌아왔을 따름으로 내가 뭘 했던 것이 아니다. 당황할 필요는 없다. 자신을 가져라.

자갈을 사뿐이 밟는 소리가 나서 그의 생각은 중단됐다. 고개를 들자 숙모가 상냥한 얼굴로 서 있다. 그는 이제 누가 살아 돌아온다고 해도 놀라지 않는다. 숙모는 그가 고등학생일 무렵에 보았던 그대로 기품 있는 몸가짐을 하고서 천천히 돌 위에 앉았다.

잠시 침묵이 흘렀다. 숙모의 온화한 표정은 흔들리지 않고 있었는데 그것을 보는 사이에 무엇이든 스스럼없이 털어놓았던 예전 일이 떠올랐다. 다른 사람에게 고민을 늘어놓는 일이 없던 그는 어째서인지는 숙모에게만은 어째서인지 숨기지 않고 미주알고주알 이야기를 했었다. 이제와 생각해 보니 그때의 기분을 상상조차 할 수 없지만, 정신을 차려보니 그는 당시의 습관 그대로 방금 전까지 하천의 흐름을 멍하니 바라보며 생각했던 것을 입 밖으로 내뱉고 있었다.

숙모는 그의 이야기를 도중에 끊지 않고 그를 격려라도 하듯이 맞장구를 치면서 끝까지 들어줬다. 한바탕 이야기를 다 하고 나자 술렁대던 마음이 가라앉았다. 병으로 죽은 숙모가 지금 이 곳에 있는 것에 감사하는 마음이 솟구쳤다.

"네 고민은 잘 알겠어" 하고 숙모가 말했다. "아마 어머니나 동생에게도 시간이 필요하겠지. 서로 할 말이 있을 테니 조금씩 양보하지 않으면 안 되는 부분도 있다고 생각해. 나한테 맡겨보렴. 오늘밤 네 어머니와 동생에게 말해 볼 테니."

이럴 때 숙모는 참으로 든든하다. 어머니와 동생을 어떻게 대하면 좋을지 정해서 세게 밀고 가려 하는데 숙모가 이렇게 뒷받침을 해준다면 만사가 잘 될 것이다.

"그럼 부탁드릴게요."

숙모는 끄덕였다. 그는 조금 생각해 보고 덧붙였다.

"숙부님도 숙모가 돌아와서 기쁘게 생각하실 거예요."

6

숙모와 헤어지고 저녁에 카나의 아파트로 갔다. 그는 고양된 기분을 간직한 채로 사온 맥주를 연이어서 세 캔이나 마셨다. 평상시에 별로 술을 마시지 않는 카나에게도 마셔보라고 권했다. 평소와 달리 기분이 좋은 그에게 영향을 받은 것인지 그녀도 맥주에 입을 댔다. 전부 숙모에게 말을 하자 무거운 껍데기를 벗어던진 기분이 들었다.

카나의 볼이 붉은 색으로 변할 즈음 그녀를 안고서 그대로 바닥 위로 쓰러졌다. 따뜻한 진흙 속으로 몸이 서서히 잠겨 가는 듯한 느낌을 그는 탐닉했다. 어디까지고 제한 없이 가라앉아서 어느 단계에 이르자 살짝 답답함을 느꼈다. 그대로 계속하면 자신이 엉망이 될 수도 있겠다 생각하면서도 알게 뭐야 하고 침하 속에 몸을 맡겼다.

그 사이에도 머릿속이 조용해지는 일이 있었다. 나는 도대체 어디에 있는 것일까, 물론 어딘지는 알고 있었지만 그렇게 생각했다. 이렇게 몸을 겹치고 있으면 둘이서 어딘가 다른 세상으로 가버릴 것만 같은, 혹은 지금 존재하는 세상에 둘만이 있는 것 같은 착각에 빠져든다. 그는 소리가 사라진 곳에 카나와 단 둘이 있다.

탐닉을 끝내면 언제나 평온한 졸음이 찾아온다.

창문 밖으로부터 변함없이 새어 들어오는 바람 소리에 잠들어 있던 그가 눈을 떴다. 역시 카나도 일어나 있다.

그는 아버지가 숲속 깊은 곳으로 사라진 이야기를 카나에게 했다.

오늘 밤과 똑같은 바람이 그때도 불고 있었다. 소학생이었던 그는 불온한 분위기에 눈을 떴다. 커다란 어둠이 그를 뒤덮고 있었다. 창문 틈으로부터 귀를 세게 찢어대는 바람 소리가 방안에 울려서 그를 두려움에 떨게 했다. 정체를 알 수 없는 살아있는 무언가가 어두운 창밖에 숨어 있다가 그를 덮치려 기다리고 있다.

그를 뒤덮고 있던 어둠은 누군가가 그의 위로 몸을 구부려 웅크리고 있기 때문인 것을 갑자기 알았다. 그것은 아버지였다.

하지만 졸음 때문에 그는 멍한 상태였다. 깊이 생각하지도 않고 아버지가 재촉하는 대로 잠옷 위에 점퍼를 걸치고서 밖으로 나갔다. 아버지가 하자는 대로 차를 탔다. 달빛에 비춰진 바깥 풍경은 낮에 보던 것과 달라서 아련한 의식 속에서도 아름답게 생각했던 것을 확실히 기억하고 있다. 차에서 내렸을 때도 눈앞에 있는 숲속 나무에 달린 이파리 하나하나가 달빛이 비추는 정도에 따라서 물 위에 반사돼 살랑대고 있는 것처럼 보였다.

아버지는 그저 "가자" 하고 말하더니 걷기 시작했다. 그는 뒤를 따라 숲속으로 들어갔다.

그 후 몇 번이고 그때 일을 반추하면서 그건 아마도 꿈이었는지도 몰라 하고 생각하기도 했다. 무릎 아래로는 힘이 들어가지 않아서 구름 위를 걷고 있는 것 같았다. 그 감각이 지금도 생생히 떠오른다. 달빛이 꿈 속 세계에 있는 것 같은 느낌을 더해 준다.

다음날 정신을 차려보니 숲 입구에 쓰러져 있는 그를 경찰관과 자경단 청년들이 둘러싸고 있었다.

아버지 소식은 그 이후로는 알 수 없었다.

숲속에서의 일은 꿈이었단 말인가. 나중에 자신이 날조해 낸 것인지, 아니면 정말로 현실이었던 것인지 알 수 없었다. 아버지의 커다랗고 새까만 등을 올려다보면서 그는 걷고 있다. 숲 깊은 곳으로 들어감에 따라서 바람 소리가 작아졌고, 어느 지점에 이르자 소리가 완전히 사라졌다. 땅 냄새가 훅하고 풍겨왔다.

"걸으면서 뭘 생각하고 있었어?"

그의 이야기를 가로막고 카나가 물었다.

"글쎄 뭘 생각하고 있었던 것일까. 잘 떠오르지 않아. 하지만……"

"그때까지 술에 취한 아버지한테 몇 번이고 두들겨 맞아서 숲에 거의 끌려가다시피 했을 때도 체념하고 있었는지도 몰라."

"체념했다고?"

그렇다. 이 말이 꼭 들어맞는 기분이 들었다. 이 말을 입 밖에 내자마자 그때 당시 자신의 모습이 영상이 돼 머릿속에 떠올랐으며, 그때 자신이 그런 기분이었다는 확신에 가까운 감정까지 솟구쳐 올랐다.

얼마나 걸었던 것인지 모르겠다. 옆구리가 아파서 다리를 끌면서 걸으면서도 앞서 가는 아버지의 등을 향해서 단 한마디도 약한 소리를 흘리지 않았다. 아버지가 그런 것을 신경 쓰지 않는다는 것을 알기 때문이다. 아버지는 단 한 번도 돌아보지 않고 숲속을 향해서 성큼성큼 걸어 들어갔다.

정신이 점차 몽롱해져 가는 가운데 (그것은 결코 괴로운 성질의 것이 아니다) 아버지와 나는 죽겠지 하고 생각했다. 무섭지는 않았다. 죽는다는 것은 그렇게 대단한 것이 아니라, 숲속으로 걸어 들어가는 사이에 따듯한 세계에서 어느새 멀리 떨어져 나가서 다른 세계로 이행하는 성질의 것이 아닐까. 앞서 걸어가는 아버지의 등은 반쯤 투명해져서 앞에 있는 나무 형태가 들여다보이고 있다. 그는 이미 반쯤 눈을 감고서 그 자리에 지쳐 주저앉으려 했다. 그러자 아버지가 손을 내밀어 그를 지탱했다. 그는 계속 걸었다. 그러다 한참 지

숲

나서 땅위로 쓰러질 것 같았다. 그러자 아버지가 다시 손을 뻗었다. 그것이 반복됐다. 몇 번이고 계속됐다.

죽는다는 것은 간단한 일이다. 하지만 아버지가 그것을 어디까지고 연장시키려 하고 있다. 그는 이상하게 생각해 아버지의 얼굴을 올려다보지만 그 얼굴은 어두운 그림자에 뒤덮여 있었다.

정신을 차리자 아침이었고 숲 입구에 쓰러져 있었다. 가만히 누워 있자, 해가 뜨고 따듯한 햇살이 뺨을 비췄으며, 닫힌 눈꺼풀에 빛이 느껴졌다. 차가운 몸에 열이 되돌아오고 있다. 풀에 맺힌 이슬이 잎을 지나 그의 입가로 흘러내려 왔다. 달콤했다.

이윽고 그를 발견한 자경단 청년이 큰 소리를 질러서 다른 사람을 불렀다.

"아버님은 일부러 당신을 여기에 두고 숲속으로 들어간 것이 아닐까."

갑자기 생각난 듯이 카나가 말했다.

"설마" 하고 그가 말했다. "나를 일부러 깨워서 숲까지 함께 갔던 건 그럼 뭘까."

"처음에는 그럴 생각이었는지 모르지만 숲속을 계속 걷고 있는 사이에 마음이 변한 것이 아닐까. ……나는 그런 생각이 들어."

그 후 어른이 되고 나서도 숲속을 걸었던 것을 회상하고 그때마다 그 의미가 무엇이었는지를 자문자답했지만, 아버지가 일부러 그를 숲 입구에 두고 갔다고 생각했던 적은 없었다. 그것은 뜻밖의 공상이라 생각했는데 조금 더 시간을 들여 생각해 보니 그것만큼 기발한 발상도 없다는 생각이 들기 시작했다. 하지만 역시 왜 그랬는지 알 수 없었다. 본래 의미 따위를 생각하는 것은 바보 같은 짓인지도 모른다. 그와 아버지의 관계 자체가 불합리한 것의 연속이지 않았나. 그는 그것을 받아들일 수밖에 없는 처지였다.

아버지는 마모루 숙부의 친형이다. 지금은 마무로 숙부만이 아버지의 과거를 기억하는 유일한 친족이다.

"네 아버지는 널 정말로 귀여워했었지."

숙부네 집 거실 고타쓰*에 몸을 넣고 텔레비전을 보고 있을 때 갑자기 숙부가 말했다. 숙부도 고타쓰에 몸을 넣고 있다. '숙부의 등이 점점 더 둥글어지고 있잖아' 하면서 그는 전혀 상관없는 것을 생각했다.

그에게 아버지는 분별심이 생겼을 때부터 가까이 하기 힘든 존재였다. 어머니와 동생이 교통사고로 죽고 나자 아버지의 광기는 점점 더 심해져서 마치 모르는 사람처럼 변해 갔다.

숙부는 그의 얼굴을 말끄러미 바라봤다. 눈이 부시는 것처럼 눈을 가늘게 떴다.

"그러고 보니 넌 네 아버지와 꼭 닮았어. 어릴 적에는 언제나 아버지 다리를 붙잡고서 떨어지지 않았지. 어디서부터 잘못된 것인

---

* 　일본식 난방 기계. 각로(脚爐)

　　　　　　　　　　　　　　　　숲

지……"

그는 몸서리를 쳤다.

이불이 비뚤어져 있어서 몸이 냉기에 노출돼 있다.

카나는 무언가 착각을 한 것인지 "가엾어라" 하고 말하더니 그의 몸을 어루만졌다.

점차 졸음이 밀려오고 있다.

"나 출생 신고를 다시 하려 해" 하고 그녀는 조용한 목소리로 말했다.

지금 상황에 맞지 않는 돌발적인 말이었지만 언젠가는 둘이서 직면해야 할 일이라고 전부터 생각하고 있던 일이다.

"동사무소 창구는 꽤나 혼잡한 모양이야. 유지에게 바로 수속할 수 있도록 부탁해 둘게" 하고 그는 침착하게 대답했다.

그의 말투에서 무언가를 느꼈던 것인지 카나는 끄덕인 채로 그 이상 아무런 말도 하지 않았다.

그는 천정을 보면서 방금 전에 카나가 했던 말에 대해서 생각하고 있다. 출생 신고를 한다는 것은 그녀가 이 사회에서 제대로 살아가겠노라는 결심의 한 표현일 것이다. 그로서는 그것에 대해서 무언가 자신의 생각을 표명할 수밖에 없다.

지금까지는 단순 명쾌한 관계라 할 수 있었다. 살아 있는 사람과 죽은 사람이라는 울타리는 있었다 하더라도 몸을 섞어가며 서로를 위로할 때는 아무런 지장도 없었다.

지금 카나는 한 발을 내딛으려 하고 있다. 그에 따라 자신도 변화할 것을 재촉당하고 있는 것 같아서 그는 압박을 느끼고 있다. 물론 카나가 그것을 의도해서 하고 있지는 않다.

카나와 사는 것도 괜찮다. 집에서 그가 돌아오는 것을 기다리는 어머니나 갑갑하고 교활한 동생과 얼굴을 마주하는 것은 생각만 해도 진저리가 난다.

집을 나와서 카나와 함께 산다. 매력적인 생각이 아닌가. 그렇게 하고 싶다고 그는 생각했다. 하지만 그녀에게 그것을 전하는 것은 나중으로 미루자. 지금 문득 생각난 것이니 곰곰이 다시 생각해야만 한다. 방심 하면 마음이 들썽거릴 것 같아서 자신을 진정시키면서도 앞길에 빛이 비추고 있는 것 같아서 볼의 긴장이 자연스레 누그러진다.

카나가 잠자리에서 숨결을 내기 시작해도 그는 한동안 잠들지 못했다.

7

그는 잠에서 깨어나서 자신이 아직 카나의 방에 있는 것에 놀랐다. 옷을 서둘러 입고 집으로 향했다.

어머니의 표정을 보니 그냥 조용히 넘어갈 것 같지 않은 예감이 들었다. 아침에 집에 들어온 것이 문제인 것 같았다.

어머니의 양옆에는 여전히 짓궂은 표정의 동생과 이상하게 주뻣주뻣 하고 있는 숙모가 있어서 그는 이 세 명과 대면하는 형태로 자리에 앉을 수밖에 없었다.

"무슨 일 있어?"

일부러 가볍게 말하려 했는데 별로 성공적이지 못했다. 목소리가 상기돼 있는 것을 그 자신도 알 수 있었다.

어머니는 눈썹을 찡그리고 그를 바라볼 뿐 아무런 말도 하지 않았으나 결국 동생이 말을 꺼냈다.

"형은 아닌 척 하면서 할 건 다한다니까."

"무슨 소리야?"

그는 시치미를 뗐지만 카나에 대해 말하고 있음을 눈치챘다. 숙모를 중재자로 내세운 협상이 잘 진행되지 않았던 모양이다. 원만이 모든 일을 수습하는 숙모치고는 좀처럼 없는 실책이다. 어떻게든 진의를 전하려 생각한 바를 말하려 했지만 어머니는 그것마저 막았다.

"죽은 사람하고 사귀다니 나는 절대로 반대야. 이미 결혼까지 하자고 했을지 모르겠다만 죽은 사람 사이에서 아이가 태어나면 불쌍해서 어쩌니. 거기까지 다 생각하고 있는 거야?"

물론 거기까지 생각하지 않는데다 결혼이라는 말을 꺼낸 기억도 없다. 이게 도대체 무슨 일인지 말문이 막혀서 숙모를 바라봤지만 그녀는 눈을 맞추려 하지 않는다.

"누구랑 사귀던 내 맘이잖아."

그는 정색을 하고 말했다. 어머니의 눈이 동그랗게 변했다. 아들이 반항적인 태도를 취하리라고는 상상도 하지 못했던 것 같다. 동요해서 눈에 눈물이 맺혀 있다. 그러자 숙모가 이때다 싶었던 것인지 도우려 나섰다.

"성실한 아이인 모양이니 그렇게 화내지 말고 이야기라도 들어 보는 게 어때……"

숙모가 하는 말을 듣고 놀랐다.

예고도 없이 나타난 죽은 사람들과 원만한 관계를 맺지 못하는 것이 문제임에도 어째서인지 카나와의 관계가 화제가 되고 있었다. 쓸데없는 이야기를 하지만 않았어도 이런 일은 없었을 텐데 숙모가 원망스러웠다.

히죽히죽 웃으면서 상황의 추이를 보고 있던 동생이 끼어들었다.

"모두 같이 그 여자를 만나러 가는 게 어때?"

"넌 좀 가만히 있어."

어머니가 일갈하자 동생은 풀이 죽었다.

"내가 비록 오래도록 부재했지만 아들한테는 책임감을 느껴. (하고 동생과 숙모를 향해서 말했다.) 그야 (하고 그를 향해 몸을 틀면서) 갑자기 나타난 엄마가 이래라저래라 하는 것이 불쾌하겠지만 속았다고 생각하고 내가 하는 말을 들어주지 않으련? 먼 훗날을 생각하면 엄마가 하는 충고가 맞을 테니까……"

어머니는 호소하는 듯한 눈으로 그를 보고 있다. 엉겁결에 설득

당할 뻔했지만 아니지 잠깐 하고 생각했다. 말하는 것이나 행동 모두 너무나 엄마 같아서 마치 무리하게 그 역할을 연기하고 있는 것이 아닌가 하는 의문이 들 정도였다. 아들이 잘 모르는 여자와 사귄다고 하니 걱정이 되는 것은 납득할 수 있다. 하지만 그의 기억 속 어머니는 설교조의 말을 입 밖에 내지 않을 뿐더러 조용히 어딘가 불안한 듯한 웃음을 지으며 그를 응시할 뿐이었지 않나.

어딘가 결정적으로 다르다.

"왜 죽었던 사람들이 다시 살아 돌아오는 건지 난 정말 모르겠어."

그런 말이 자연히 입 밖으로 나왔다. 동생이 험악한 얼굴을 했다.

"그건 우리도 몰라, 형. 어쩌다 이렇게 됐다고밖에 달리 무슨 말을 해……"

그의 중얼거림이 의외의 효과를 불러왔다. 죽은 사람들은 이 문제에 대해서 진지하게 생각하기 시작했다.

"그렇긴 하지" 하고 어머니가 끄덕였다. "이유 따위는 모르겠지만 나는 다시 살아나서 잘 됐다고 생각하고 있어."

숙모도 그에 동의하는 것인지 고개를 끄덕이고 있다.

"나는 뭐라 해야 할지 모르겠어" 하고 동생이 이의를 제기했다. "죽는 것은 물론 싫지만 한 번 죽고 나면 더 이상 두렵지 않아. 그렇잖아?"

하고 어머니와 숙모에게 동의를 구했다. 둘은 확실히 그렇긴 해 하고 납득하고 있다.

"오히려 그냥 살아 있는 게 더 괴롭지 않을까 하고 생각하기 시작했어. 삼시 세 끼를 먹어야 하고 화장실도 가야하고 목욕도 해야하잖아. 형을 보고 있으면 이런저런 고민도 많아 보이고 말이지."

숙모는 깊게 고개를 끄덕이며 덧붙인다.

"살아 있음 나이도 먹잖아."

"어머, 살아 돌아온 죽은 사람들도 나이를 먹을까?"

어머니가 지당한 의문을 꺼냈다.

죽은 사람들끼리의 대화에 불이 붙어서 그는 홀로 남겨졌다. 어느새 술상이 나왔다. 아직 아침이 아닌가. 동생은 당연하다는 듯한 얼굴로 술을 마시고 있다. 죽은 사람들에게는 시간관념도 도덕심도 없단 말인가.

가장 큰 문제는 하고 그는 생각했다. 그들은 자신들만을 생각할 뿐으로 죽은 사람이 다시 살아서 돌아오면 현재 살아 있는 사람들에게 폐를 끼치게 된다는 것을 상상할 능력이 결여돼 있다.

어머니의 출현으로 그의 생활에 그림자가 드리워져 있는 것도, 다시 나타난 동생이 아무런 도움도 안 되는 존재라고 그가 생각하고 있는 것도 전혀 눈치채지 못하고 있는 것 같다.

모든 것이 귀찮아져서 그는 숙모가 조용히 권한 술을 받아 들었다.

다시 원래 이야기로 돌아오자 어머니는 취기가 도는 물기 어린 눈으로 그를 응시했다.

"죽은 사람과 진지하게 교제하는 것은 아무리 그래도 찬성할 수 없어."

견디기 힘들어 술잔에 손을 뻗었을 때 무언가 번쩍 하고 떠올랐다.

취한 김에 난폭한 척을 해 보자고 생각했다. 그들을 곤혹스럽게 하고 싶다.

그래서 손에 들고 있던 유리잔을 벽을 향해서 던졌다. 유리잔은 기세 좋게 깨져서 유리 파편이 그의 얼굴까지 날아왔다. 지나쳤던 것일까 하며 세 사람의 얼굴을 보자 죽은 사람들은 조용히 고개를 숙이고 있다.

"그런 눈이 마음에 안 든다고!"

하고 고함을 쳤다. 자신의 목소리가 아닌 것 같은 기분이 들었다. 숙모가 몸을 떨었다. 분노를 보여줘서 죽은 사람들의 반응을 이끌어 내자고 순간적으로 생각했던 것인데 상당히 극적인 상황이 나타났다. 연기를 할 생각이었는데 자신의 감정을 억제할 수 없었다. 점점 더 격렬해졌다.

"날 좀 내버려 둬. 갑자기 나타나서 내가 부모라느니, 동생이라느니 하고 나서는 것은 곤란할 뿐이잖아. 살아 있는 사람한테 상관하지 말라고!"

점차 흥분하는 마음을 억제할 수 없어서 식탁을 있는 힘껏 쳤다. 정말로 지금 말한 대로 생각해 왔던 것인지는 의문이 잠깐 들었지만 그것은 모른척 했다. 이미 무엇을 향해 화를 내고 있는 지도 알 수 없었다.

그가 화를 내고 있는 동안 세 사람은 입을 다물고 가만히 있었다.

한참 지나서 기회를 잡은 듯이 어머니가 뱉은 한마디에 그는 큰 충격을 받았다.

"넌 역시 아버지랑 닮았구나."

숙부가 전에 내가 아버지와 닮았다고 했던 것과는 의미가 달랐다. 술에 취해서 난폭하게 굴 때의 아버지와 지금 자신의 모습이 겹쳐졌다. 아아 똑같잖아 하고 빠르게 정신이 드는 머리로 생각했다.

그는 벽으로 던지려 했던 찻종을 원래 있던 자리에 올려놨다. 잠시 생각하고 나서 서서히 일어나 현관으로 향했다. 구두를 신고 밖으로 나갔다.

뒤에서 동생이 어머니와 숙모에게 이야기를 하는 소리가 들렸지만, 뭐라고 하는 것인지 알 수 없었다.

8

동사무소로 향했다. 유지와 대화를 하면 마음이 진정될지도 모르겠다고 기대했지만, 창구가 혼잡해서 멀리서 봐도 그럴 여유가 없다는 것을 알았다. 그는 말을 걸지 못하고 그곳을 뒤로 했다.

*

산사로 이어지는 돌계단을 올라가 대나무 숲속으로 들어갔다. 풀숲에 앉았다. 중학생 무렵에는 이곳을 좋아해서 여기에 서서 마을을 내려다 봤지만, 지금은 정말로 갈 곳이 없어서 다시 왔다는 느낌이 들었다.

그렇게 막연하게 바라보고 있자 마을에서 들려오는 이러저런 술렁임이 하나의 덩어리가 돼 그의 몸을 감싸더니 몸의 윤곽이 애 매해진 것처럼 느껴졌다.

마을의 건물이 끝나는 곳에서 바로 산이 보인다. 그것이 수직으 로 우뚝 솟아서 사방을 둘러싸고 있어서 마을 전체가 더 갇힌 것 같다. 산을 하나 넘어도 다음 산이 막아서고 그런 산이 계속 이어 져 생각하는 것만으로도 마음이 가라앉았다.

그는 처음으로 이 마을로부터 도망치고 싶은 마음이 강하게 들 었다. 고등학생 때도 이 마을에서 나가고 싶다고 생각한 적이 있지 만, 그렇게 절실한 마음은 아니어서 우물쩍 하고 있는 사이에 어느 새 그런 마음도 사라졌다.

마을에서 나간다는 생각에 그는 흥분했다. 잘 생각해 보면 이 마 을에서 그를 잡아둘 수 있는 것은 아무 것도 없었다. 그는 세 들어 살고 있을 뿐이었고 살아 있는 친척도 숙부뿐이었다. 그럴 생각만 있다면 내일이라도 떠날 수 있다. 도시 어딘가에 아파트를 빌려서 살면 어디서 온 누구인지 알 수 없는 평범한 사람으로 살 수 있다. 어째서 이렇게 단순한 사실을 눈치채지 못했던 것인가.

지금 사는 집에 계속 집착할 필요는 없다. 한 명 또 한 명씩 죽은 사람이 집에서 늘어나고 있는 것에 압박감을 느껴서 어떻게든 해야겠다고 생각하고 있었는데 그가 나가면 되는 것이 아닌가. 그것은 그의 패배를 의미하지 않으며 무익한 분쟁을 피할 수 있는 어른다운 지혜의 일종이다.

카나의 얼굴이 떠오른다. 어제 생각했던 대로 그녀와 함께 사는 것이 현실적인 느낌을 띠기 시작했다. 그것을 그녀에게 차분히 설명해야 한다면 바로 지금 해야 하는 것이 아닐까.

이상하게 카나가 방에 없었다. 문을 몇 번이고 두들겨 본 후 포기하고 마을의 큰길로 나갔다.

*

선술집에서 맥주 두 세잔을 마시면서 시간을 죽일 생각이었다. 두 잔째를 마시고 있을 때 귀가 중인 유지가 들어왔다. 녹초가 된 모습의 그를 그대로 두고 나갈 수 없어서 앉으라고 하고 자신의 것까지 포함해서 술을 다시 주문했다.

"살아 돌아오는 죽은 사람이 점점 늘어나는 것 같은 기분이 들어."

맥주를 단숨에 한 정도 마시고 유지가 이야기를 시작했다.

동사무소 창구는 요즘 죽은 사람들로 혼잡하다. 그중에서는 제멋대로인 죽은 사람도 있어서 점심시간에 창구를 닫으려 하면 "행정을 그 따위로 태만하게 할 거야!" 하고 소리치고 유리창을 힘껏 흔들어 댄다.

그 정도라면 좋겠는데 하고 유지는 한숨을 쉬었다.

일을 마치고 버스로 집으로 갈 때였다고 한다. 버스 맨 뒤에 앉아 있자 도중에 탄 승객이 그의 앞에 서더니 자리를 양보해 주지 않겠냐고 말했다. 지쳐 있어서 눈앞에 있는 사람에게 전혀 주의를 기울이지 않고 있던 유지는 그 사람이 무슨 말을 하고 있는 것인지 바로 알아듣지 못했다. 그대로 앉아 있자 갑자기 그 남자가 소리를 지르기 시작했다. 주변에 있던 승객은 무슨 일이야 하면서 두 사람을 주시했다.

그 남자가 자리를 양보해 주지 않는 자신을 비난하고 있음을 유지는 겨우 이해할 수 있었다. 그때 그 남자의 오른 발이 의족임을 알았다. 다른 승객이 일어나서 두 사람이 있는 곳으로 왔다.

"장애가 있는 사람이 오면 자리를 양보해야 하지 않소"

하면서 강한 어조로 질책했다. 유지는 허둥대며 자리에서 일어나려 했는데 그때 또 다른 승객이 다가왔다. 의족을 한 남자가 이 둘에게 유지가 자리를 양보해 주지 않은 것에 대해서 원망하듯이 도도하게 말하고 있다. 흥분한 그 남자의 목소리에 이제는 버스 승객모두가 엉덩이를 들썩이고 있었는데 그때 실제로 몇 명인가가 유지가 있는 곳까지 다가왔다.

"살아 있는 사람들은 예의를 모른다니까……"

라는 중얼거리는 소리가 들려서 주위의 얼굴을 둘러보고 경악했다. 모두 죽은 사람이었다.

매일 동사무소 창구에서 죽은 사람들과 얼굴을 마주하는 사이에 점차로 누가 죽은 사람인지를 구별할 수 있게 됐다. 당연한 일이지만 죽은 사람들 눈에는 온기가 없다. 웃고 있어도 눈만은 차가운 다른 생명체처럼 보인다. 검은자위의 색소가 빠진 것 같은 느낌이라 할 수 있을까.

어쨌든 유지는 신변의 위협을 느꼈다. 버스가 정차하는 동시에 죽은 사람들이 둘러싸서 만들어진 원을 헤치고서 문이 닫히기 전에 바깥으로 뛰쳐나갔다. 식은땀이 겨드랑이 아래로 흘러내리고 심장의 두근거림이 언제까지고 진정되지 않았다.

"…… 우리는 죽은 사람에 대해서 이러쿵저러쿵 험담을 했잖아. 이제는 그것도 할 수 없는 상황이 됐어" 하고 유지가 말했다.

그는 속으로 혀를 찼다. 그는 어째서 매번 어두운 이야기만 하는 것일까. 죽은 사람도 살아 있는 사람도 하나같이 그를 우울하게 만들 뿐이다.

몇 잔인가 더 걸치는 사이에 그도 꽤 취했다. 하지만 속마음을 토로하며 유지에게 화풀이를 할 정도로 긴장이 풀리지는 않았다.

카나와 꼭 만나야 한다. 유지가 말하고 있는 중이었지만 오천 엔 지폐를 한 장 그의 앞에 두고서 갈 곳이 있노라 말하고 밖으로 나갔다.

*

지독하게 취해서 발밑이 불안정하다. 아스팔트 도로가 고무처럼 부드럽다. 이래서는 카나의 아파트에 도착하기 전에 어떻게 되

는 것은 아닐까 불안했는데, 그러는 사이에 익숙한 아파트 앞에 도
착했다. 그 사이의 기억은 사라져 버렸다.

문을 열고 나온 카나의 팔 안쪽으로 그대로 몸을 내맡기듯이 쓰
러졌다. 놀랍게도 카나는 그의 체중을 그대로 받으면서도 흔들리
지 않았다.

"많이 취했네."

조용한 목소리다.

소파에 그를 앉히더니 억지로 물을 마시게 했다. 목이 너무 말라
물을 한 잔 더 마시고 싶어졌다.

"도대체 무슨 일이야?"

그가 진정되는 것을 기다렸다가 카나가 물었다. 그는 오늘 있었
던 일의 경위를 설명하려 했지만 말이 나오지 않았다. 정말로 긴
하루였다는 생각이 들었다. 모든 것이 머릿속에서는 선명해서 그
가 생각했던 것이 차례대로 떠올랐다. 하지만 그것을 언어화해서
입 밖으로 말하려하자, 목구멍 부근이 막혀서 말이 이어지지 않았
다. 자신이 하려는 말을 믿을 수 없다.

무력감에 휩싸여서 자포자기 하는 심정이 됐다.

카나를 기세 좋게 바닥에 쓰러뜨리고 입술을 세게 들이밀었다.
카나는 그가 하는 대로 따랐다.

밖에서 바람이 울부짖기 시작했다. 그와 카나의 머리 바로 위에
서 울고 있는 듯한 착각이 들었다. 이 바람 소리가 그에게는 묘한

생각을 불러일으킨다. 그는 잡념을 떨쳐버리고 카나의 위를 덮쳤다. 그녀는 바로 그를 받아들일 자세를 취했다.

따듯한 진흙 속으로 천천히 가라앉아 가면서도 한 순간 각성해 천정에서 그와 그녀의 모습을 내려다보고 있었다. 그는 노출된 엉덩이가 부끄럽다고 순간 생각했다.

"이제 자야지⋯⋯"

카나의 목소리가 멀리서부터 들려왔다. 그는 안심하고 잠이 들었다.

*

이상한 꿈.

가위에 눌려서 눈을 뜨자 옆에서 자고 있어야 할 카나가 자리에 없다.

현관문이 반쯤 열려 있고 그곳으로부터 냉기가 흘러들어오고 있다. 잠에 취한 눈을 비비면서 엉겁결에 입맛을 다셨다. 벌거벗은 몸 위에 모포를 걸쳤다. 뭔가 중대한 일이 벌어졌다는 것을 눈치채고 벌떡 일어났다. 창문으로 달려가 도로를 보니 마침 흰 형체가 길모퉁이를 돌아 사라지고 있었다.

그는 바로 웃옷을 입고서 밖으로 뛰어나갔다. 뛰어가면 바로 따라잡을 수 있을 것으로 생각했는데 일직선으로 뻗은 길에 흰 형체는 보이지 않았다. 조금 뛰었을 뿐인데 숨이 찼다. 술기운이 아직

숲

남아 있다. 간헐적으로 내뱉는 입김이 흰 연기가 돼 뒤로 길게 뻗어갔다.

큰길로 나오자 저 멀리 건너편에서 흰 형체가 걷고 있다. "카나!" 하고 큰 소리로 부르자 흰 형체는 일단 멈춰서는 것 같더니 다시 움직이기 시작했다.

그는 어떻게든 따라잡으려고 전속력으로 달렸다. 인기척이 없는 큰길에 구두소리가 크게 울렸다.

흰 형체는 소학교를 지나서 하천을 따라 걷더니 숲을 향해 이어진 길을 오른쪽으로 돌았다. 그가 길을 돌았을 때 카나가 그 주변에 있는 인기척은 느껴지지 않았다. 설마 숲으로 들어간 것일까. 그는 망설였다. 심야에 숲속에 발을 들여놓는 것은 아버지가 행방불명이 된 후로는 처음이었다. 특별히 공포감을 느끼거나 그런 것은 아니었으나 무의식중에 숲에 발을 들이는 것을 피하려고 했는지도 모른다. 본래 숲에 뭔가 볼일이 있는 것도 아니라서······.

웃음소리가 들려왔다. 둘 아니면 셋이다. 그중 한 명은 틀림없이 카나의 목소리다. 방울이 아스라이 울리는 것 같은 웃음소리.

그는 결심하고 숲속으로 들어갔다. 그 순간에 바람 소리가 그쳤다. 바로 다시 되돌아 갈 수 없는 것이 아닐까 하는 불안이 엄습했으나 깊숙한 곳까지 가지 않을 것, 그리고 길을 잃으면 그 자리에서 움직이지 않고 아침까지 기다릴 것이라고 자신을 타이르며 어쨌든 들어가 보자고 생각했다.

흰 형체가 그의 앞을 스쳐갔는데 바로 눈앞에서 사라졌다. 형체가 사라진 쪽을 향해서 "카나!" 하고 불러봤지만 목소리는 두터운 잎사귀가 겹겹이 있는 수목 사이로 빨려 들어가고 말았다.

이제 카나와 두 번 다시 만날 수 없을지도 모르겠다는 의심이 들었다. 본래 죽은 사람이 살아 돌아온 것이니 언제 다시 사라진다 해도 이상할 것은 없다. 원하면 언제나 그곳에 있어주겠지 하고 생각하는 것은 살아 있는 사람의 교만함이 아닌가.

그런 것을 생각하면서 걷고 있노라니 눈앞에 카나가 나타났다. 너도밤나무 그늘에 숨듯이 그에게 등을 돌리고 서있다. 어깨를 조금씩 떨고 있어서 울고 있는 것이라 생각해 어깨에 손을 올렸다.

뒤돌아본 그녀의 얼굴은 웃고 있다. 평소의 미소와는 달리 가면을 쓴 것처럼 자연스럽지 않은 웃음이라 어쩐지 무서운 느낌이 들어 뒤로 물러났다. 그것을 카나가 알아채면 어쩌지 하는 마음에 거북해져서 주저하고 있는 사이에 그녀는 나무 사이로 사라졌다. 아차 하고 생각하며 나뭇가지를 헤치고 앞으로 나아갔다. 점차 얕고 짧아지는 호흡을 가다듬기 힘들어진다.

앞쪽의 나무 그늘에 사람 그림자가 보여서 그는 용약해서 뛰어갔다. 카나라고 생각했던 그 형체는 동생이었다. 그는 화를 내며 "야!" 하고 거칠게 말을 걸었다.

"그러니까 내가 말했었지" 하고 동생이 웃고 있다. 무슨 말인지 알 수 없었는데 얼굴에 아로새겨진 웃음에 압력을 느끼고 그 자리

숲

에 멈춰 섰다.

그러더니 그는 느닷없이 뛰기 시작했다. 숲 밖으로 나가려고 필사적으로 달렸다. 하지만 길을 잃어버리고 말았다. 숲으로 들어갔을 때 자신을 타일렀던 내용도 전부 잊고서 허둥지둥 앞으로 걸어 들어 갔을 뿐이다.

숙모가 그를 부르는 소리가 나무 그늘로부터 들려왔다. 멈춰 서지 않고 지나쳤다.

숲 밖으로 나가려 했는데 반대로 주위 나무가 점점 더 울창해져서 밝게 비추고 있던 달도 머리 위의 가지와 잎에 완전히 가려져 보이지 않는다.

그는 숲속을 헤매고 있다. 침착함을 완전히 잃고 계속 걷고 있다. 멈춰 서면 공포가 엄습할 것 같아서 어쨌든 계속 움직일 수밖에 없다. 허둥대며 아파트에서 나와서 얇은 옷차림이었음에도 추위를 전혀 느낄 수 없었다.

나무 그늘에 또 누군가가 있다.

어머니였다. 그는 갑자기 울음이 터져 나올 것 같았다. "어머니!" 하고 가슴팍으로 뛰어들 수 있다면 얼마나 행복할까. 하지만 그는 고개를 젓고서 등을 돌린 채로 어머니의 어깨에 가볍게 손을 대는 것에 만족했다.

돌아본 어머니는 역시 웃고 있다. 그는 있는 힘껏 어머니를 들이받고서 도망쳤다. 몇 번이고 나무뿌리에 다리가 걸려 넘어질 뻔 했다. 한 번은 얼굴이 몹시 세 개 땅바닥에 부딪쳤다. 고통에 눈물이 번져 나왔다. 그래도 자리에서 일어나서 바로 다시 뛰기 시작했다. 숨이 차올라서 무릎부터 그 아래로 감각이 사라지기 시작했다. 힘이 몸에 들어가지 않는다. 기계적으로 계속 달렸다.

수목이 사라진 넓게 열린 곳에 도착했다. 그곳만은 텅 빈 공간이라서 맥이 빠졌다. 머리 위로 달이 보였다. 아침이 가까이 다가오고 있는 것인지 하늘에 푸른 기운이 어려 있다. 그는 공터 정중앙에 앉았다. 더 이상 일어서지 못할 정도의 피로가 몰려왔다. 땅의 온기가 엉덩이에 차츰 전해져 왔다.

이대로 아침이 올 때까지 기다리겠노라 생각하고 숨을 고르고 있자 정면에 있는 너도밤나무 그늘에 누군가 있는 것이 보였다. 그는 어떻게든 자리에서 일어나 그곳으로 향했다. 이것으로 끝이라고 생각했다. 하지만 무엇이 끝이란 말인가. 아직 시작조차 하지 않은 것은 아닐까.

나무 그늘에 있는 남자는 등을 그에게 돌리고 서 있다. 거대한 체구의 남자다. 그 넓은 등은 물론 전에 본 적이 있다. 그가 뻗은 손은 그 남자의 허리에밖에 닿지 않는다.

그 남자가 천천히 몸을 돌리고 있다.

「森」(『沖繩タイムス』, 2011.1.10 · 17 · 24 · 31, 총 4회 연재)

제36회 신오키나와문학상 수상작품

숲

샤키하마 신

사키하마 신, 「산딸기」·「숲」

사키하마 신崎浜愼은 1976년 오키나와에서 태어나, 호주 라트로 브대학La Trobe University을 졸업했으며 현재는 오키나와대학 도서관에서 직원으로 일하며 창작을 하고 있다. 「산딸기」(2008)는 그의 데뷔작이며 한국에 번역된 두 번째 소설이다. 첫 번째 소설은 「숲」으로 『내일을 여는 작가』(2017.상반기)에 실렸다. 그는 전후 오키나와문학 첫 세대에 속하는 오시로 다쓰히로, 그리고 그 후속 세대인 마타요시 에이키, 사키야마 다미, 메도루마 슌과는 확연히 다른 작품 세계를 보여준다. 사키하마는 선배 작가들과는 달리 오키나와적인 것을 작품 세계에서 극구 회피하는 방식으로 소설을 써왔다. 메도루마 슌 이후 이렇다 할 오키나와 출신 젊은 작가가 나오지 않는 상황에서 사키하마는 등장했지만 선배 세대들과는 꽤나 다른 지점에서 작품 활동을 해나가고 있다.

　「산딸기」나 「숲」을 읽고 놀란 점은 작품에 오키나와의 지명이나 고유명사 등이 최소한도로 나온다는 점이다. 물론 오키나와전쟁과 관련된 내용도 찾아볼 수 없었다. 이렇게 철저하다고 할 만큼 오키나와적인 고유명사를 지워낸 소설을 쓰는 이유는 무엇일까? 이는 사키하마가 오키나와적인 것에 느끼는 양가적인 감정에서 기인하는 것으로 보인다. 오키나와에 대한 애정과 증오가 뒤섞인 상태에서 오키나와적인 것을 쓴다는 것은 어떤 의미가 있을까. 이는 선배 세대 작가가 오키나와적인 것을 일본적인 것에 대한 대항논리로써 확고히 품고 있었던 것과는 변별된다. 오키나와적인 것을 선^善으로 인식할 수 없기에 일본 제국의 피해자로서의 자기 인식과 저항 또한 쉬이 창출될 수 없다. 사키하마의 고민은 자신이 오키나와를 대표할 수 있는가라는 지점에서 시작된다. 이는 선배 세대와는 다른 문학을 창출해야 한다는 창작 방법론상의 문제만이 아니라, 오키나와인(민족)으로서의 자기 인식이 점차 희박해져 갔던 젊은 세대의 상황과도 맞물려 있다고 할 수 있다. 하지만 치누아 아체베가 "평화를 지향하는 모든 문학은 반드시 특정 지역을 그 이야기의 중심에 담아내야"(치누아 아체베, 이석호 역, 『제3세계 문학과 식민주의 비평』, 인간사랑, 1999) 한다고 했던 의미를 되새겨 본다면 사키하마는 오키나와에서 자기 문학의 뿌리를 내리는 중이라 할 수 있다.

사키하마 소설의 또 한 가지 특징은 오키나와어(우치나구치)가 대화문에서도 등장하지 않는다는 점이다. 이 또한 이들 세대가 민족어보다는 공통어인 일본어에 더 익숙한 상황과 연관돼 있다. 이들 세대는 일부를 제외하고는 오키나와어를 자연스럽게 구사하지 못하는 상황이라서 이를 문학적 언어로 사용하는 것은 쉽지 않은 일이다. 그런 의미에서 오키나와어를 문학적 항전의 언어로 자연스레 구사한 것은 메도루마 슌까지였다. 또 하나의 난관은 그렇다고 해서 일본어를 위화감 없이 받아들일 수도 없다는 사실에 있다. 민족어를 제대로 구사하지 못하며 공통어 또한 자연스레 받아들일 수 없는 곤경이야말로 사키하마를 포함한 오키나와문학의 새로운 세대 작가가 처한 현실이라 할 수 있다.

하지만 그렇다고 해서 사키하마문학의 전망이 어두운 것만은 아니다. 그는 자신이 체화하지 않은 것을 체화한 것인 양 쓰는 것에 거부감을 지니고 있기에, 앞으로의 문학적 행보는 이를 어느 지점에서 넘어서느냐와 맞물려 있다. 그런 의미에서 그의 대표작은 아직 나오지 않았다고 볼 수 있다. 데뷔작 등, 초기작이 품고 있는 문제의식은 "누가 오키나와를 말할 수 있는가?"라고 볼 수 있기에, 직접적으로 오키나와를 그리고 있지 않아도 그의 소설에는 오키나와가 농밀하게 담겨 있다. 「산딸기」와 「숲」 모두 '숲'과 '죽음'이 모티프이다. 어둠을 웅숭깊이 간직하고 있는 사키하마의 소설은 오키나와의 현실을 직접적으로 말하지 않아도 고도의 은유로써 드러내고 있다. 사키하마가 오키나와적인 것에 대한 거부감을 극복해 내고 오키나와라는 장소를 높게 쌓아올려서 더 넓은 지평으로 나아가는 날, 그의 대표작은 마침내 탄생할 것이다.

메도루마 슌

日取貞俊

버들붕어

경찰 기동대 대장이 흰 지휘봉을 들어 올렸다 아래로 내리자 지금까지 1열 횡대로 늘어서 있던 대원들이 미군기지 출입구 앞에서 연좌 농성중인 사람들에게 달려들었다. 출입구 안쪽에서 작업복 차림에 휴대용 확성기를 손에 들고 큰소리로 외치는 남자들의 목소리가 시끄러워 견디기 힘들었다. 딸 도모미和美가 흰 헬멧을 쓴 사람들은 작업원이 아니라 오키나와방위국에서 나온 것이라고 알려줬다.

방위국의 썩어빠진 나이챠(내지인) 놈들아 그 입 닥쳐라. 오키나와에서 썩 나가지 못 해.

연좌 농성중인 남자의 욕설이 들렸다. 기동대원은 세 곳으로 흩어져 농성중인 사람들 앞에 몸을 굽히고 설득하려다 바로 팔을 붙들더니 그들을 강제로 일으켜 세우려 했다. 스크럼을 짜고 있는 시민의 팔을 떼어놓고 저항하는 사람의 손목이나 팔을 비틀어 올렸다.

아파, 이거 놓지 못 해.

교통에 방해가 됩니다. 바로 일어나서 이동하기 바랍니다.

뭐야 일부러 팔을 비틀고 있잖아.

자진해서 일어나세요.

탄압을 멈춰라. 오키나와의 민의를 짓밟지 말라.

이봐, 날뛰지 마.

난폭하잖아. 이런 짓을 하고도 부끄럽지 않아? 너도 오키나와 사람이잖아.

더 이상 이러면 공무집행 방해입니다.

너희들이 말하는 공무집행 방해는 공무원의 폭력을 말하는 거야?

자, 채증해 채증. 여기를 찍으라고. 여기야.

쫄 거 없어. 느긋이 버텨. 우치난츄를 깔보지 말라고.

확성기와 육성이 뒤섞인다. 기동대 대원 셋이 강제로 일으키려 해도 양발로 힘껏 버티고서 저항하고 있는 초로의 남자를 보더니 비디오카메라를 손에 든 형사가 다가와서 채증해 채증하고 목소리를 높인다. 발목을 붙잡혀 위를 향해 넘어진 선글라스를 낀 남자를 기동대 대원이 누른다. 모자가 날아가고 땅에 떨어진 하얀색 플래카드를 기동대 대원이 밟는다. 다른 곳에서 방울을 울리고 탬버린을 치며 합창하고 있던 여자들도 한 명 한 명 제압돼 기동대 대원에게 양손과 양발을 붙잡힌 채로 물건처럼 운반된다. 마흔 정도의 여자가 아스팔트 위로 질질 끌려가며 플래카드를 가슴 앞으로 내보인다. 모든 기지를 철거하라!고 쓰인 붉은 글자가 보인다. 위법공사를 멈춰라 하고 외치며 저항하는 젊은 남자가 기동대 대원에게 둘러싸인다.

너 그만하지 못 해.

중년의 형사가 청년을 꾸짖는다.

이거 놓지 못 해. 아프잖아.

청년의 목소리가 울린다. 힘이 센 기동대 대원이 연좌 농성 중인 사람들을 차례차례 끌어내 보도 위 철책 안으로 집어넣는다. 몸을 지키려고 웅크리고 있는 생물을 검은 짐승 무리가 습격해 살을 물어 찢고 붉은 피를 입에서 흘리며 나르고 있는 것 같았다.

미군기지 출입구를 사이에 두고 한쪽 보도에는 시민을 가둔 철책 감방이 있고, 다른 한쪽 차도에는 쇄석을 잔뜩 실은 대형 덤프 트럭과 레미콘이 몇 십대나 늘어서 있다. 일반 차량이 섞인 차량 행렬은 삼백 미터 떨어진 굽은 길까지 이어져 있고 그 너머는 보이지 않는다.

미군기지 출입구 맞은편 보도에 서 있던 가요는 눈앞에 펼쳐진 광경이 슬프고, 아프고, 고통스럽고, 분해서 견딜 수 없었다. 도로를 건너 자신도 연좌 농성을 하고 싶었지만 함께 온 딸 도모미가 그 몸으로는 못 견딘다며 제지했다. 조금만 더 젊었더라면……. 85살이 돼 지팡이에 의지해야만 걸을 수 있는 몸이 답답했다.

헤노코辺野古 앞바다 오우라만大浦湾을 메워서 새로운 기지가 만들어지고 있는 현실은 오키나와 섬 북부 얀바루山原*에서 태어나 자

---

*   오키나와 본섬 북부 지역의 산과 삼림이 많은 지역을 말한다.

버들붕어

란 가요에게는 남의 일이 아니었다. 미군기지가 지금보다 늘어나면 미군 병사도 많아지며 사건 사고도 끊이지 않는다. 이는 자신의 가족과 친척, 지인이 미군과 관련된 사건 사고에 휘말릴 가능성이 높아짐을 의미한다. 북부 마을의 작은 회사 사무원으로 일하며 노동조합이나 사회운동과는 관련 없이 살아왔던 가요에게도 그것은 명백한 일로 다가왔다.

오키나와가 일본으로 복귀하기 전[*]에 택시 회사에서 일하던 무렵, 가요의 동료 운전기사가 캠프 한센Camp Hansen에서 복무중인 미군 병사에게 살해되는 사건이 벌어졌다. 승객으로 가장해 탄 미군 병사 두 명이 현금을 빼앗으려고 뒷좌석에서 동료의 목을 칼로 찔렀다. 병원에 도착했을 때는 과다출혈로 인해 이미 호흡이 멈춰 있었다고 한다. 동료에게는 소학생인 아이가 두 명 있었다. 아이 셋을 키우고 있던 가요는 고별식에서 쓰러져 울던 동료의 아내 모습을 보고 슬픔과 괴로움에 온몸의 떨림이 멈추지 않았다. 그건 언젠가 자신도 같은 일을 당할지도 모른다는 불안함의 표출이기도 했다.

미군 병사가 자신을 지켜줄 리 없다. 오히려 자신을 위협하는 존재일 뿐이다. 그렇게 생각하게 된 것은 그 사건 때문만은 아니다. 오키나와전쟁 당시 가요가 살고 있던 마을이 미군의 공습을 받았다. 동급생 가족이 숨어 있던 방공호가 직격탄을 맞아서 모두가 생

---

[*] 　오키나와는 1972년 5월 15일에 일본으로 복귀했다.

매장을 당해 죽었다. 미군 전투기가 사라진 후에 근처 주민들이 방공호를 파내는 모습을 보고 있던 가요는 흙투성이가 돼 나온 동급생의 크게 벌어진 입이 적토로 막혀 있고, 열린 눈도 흙에 더러워진 것을 보고서 허둥대며 집으로 도망쳐 돌아왔다. 가요는 집이 가난해서 괴롭힘을 많이 당했는데 자신을 친절하게 대해줬던 여학생이 죽었다.

그 가족이 숨어 있던 방공호 근처에는 일본군 진지가 있어서 폭격이 집중됐다. 일본군 옆에 있으면 안전하다고 생각했던 마을 사람들은 자신들의 생각이 얼마나 잘못된 것인지를 깨달았다. 미군은 일본 군대가 주둔하고 있는 곳을 가장 먼저 노린다. 그것을 알고 난 후부터 가요는 일본군이든 미군이든 근처에 있으면 위험하다고 생각해왔다.

현재 가요가 살고 있는 마을에는 미군기지가 없다. 그래도 전쟁이 끝난 후 73년이나 오키나와에서 살며 미군이 일으킨 사고와 범죄가 자신과는 상관없다고 생각할 수 없었다.

기지가 필요하다고 말할 거면 자기 집 근처에 만들면 되잖아.

가요는 자식들에게 곧잘 그렇게 말해왔지만, 기지가 필요하다고 주장하는 치들은 모두가 그것을 싫어해서 남에게 억지로 떠맡기려 한다. 야마톤츄만이 아니라 우치난츄 중에서도 인구가 적은 얀바루 쪽이 후텐마普天間 기지보다는 훨씬 낫다고 말하는 자들이 있어서 화가 나 견딜 수 없다.

텔레비전이나 신문에서 헤노코와 관련된 소식을 접하고서 현장에 가고 싶다고 생각할 때가 있었다. 다만 자신과 같은 노인이 가더라도 도움이 되기는커녕 폐만 끼치는 게 아닐까 생각하자 기가 죽었다. 그래도 오늘 딸에게 부탁해서 캠프 슈와브^{Camp Schwab} 출입구 앞에 함께 가게 된 것은 신문에서 오우라자키^{大浦崎} 수용소와 관련된 기사를 봤기 때문이다.

지금은 철조망으로 가로막힌 수용소 안에 유골이 남아 있을지도 모른다. 본격적인 공사가 시작되기 전에 조사해야만 한다. 그렇게 호소하고 있는 유골수집 자원봉사자 남자를 취재한 기사는 지금까지 몇 번이나 읽었다. 그때마다 수용소에 있던 당시의 기억이 떠올랐지만, 딸에게는 차마 말하지 못하고 시간만 흘러갔다. 하지만 다시 신문기사를 읽고 하다못해 멀리서 보는 것만으로도……하고 생각해 결심을 하고 함께 가자고 부탁했다. 두 달 전부터 무릎의 통증이 심해져서 이대로는 걷지 못할 수도 있겠다고 생각해서이기도 했다.

이제 그만하세요. 폭력은 안 됩니다…….

젊은 여자의 목소리가 들려왔다. 확성기로 고래고래 소리를 질러대는 남자들의 목소리에 묻히면서도 필사적으로 호소하는 그 목소리는 떨렸다. 연좌농성이 시작되기 전에 100미터 정도 떨어진 곳 근처의 푸른 천막이 쳐진 텐트 아래에서 가요에게 말을 걸던 여학생이 기동대 대원에게 양팔을 붙잡힌 채 필사적으로 저항하고 있었다. 앉아 있던 긴 판자에서 떨어져서 아스팔트에 엉덩방아를 찧은 여학생을 기동대 대원 두 명이 몹시 거칠게 질질 끌어 일으켜 세우려 했다.

그만둬요. 그만하면 됐으니 그만둬요.

앉아 있던 직물로 만든 접이식 의자에서 일어나려던 가요는 무릎에 통증에 느껴져 얼굴을 찡그리고 다시 앉았다.

괜찮아?

도모미가 허둥대며 가요의 어깨를 지탱했다.

아무 일도 아니야. 괜찮아.

통증이 있었지만 그렇게 말하고 출입구 앞을 바라봤다. 여학생은 옆에 있던 여자의 발에 달라붙었다. 주위에 있던 여자들이 달려들어 기동대 대원에게 항의를 했다. 지휘관의 지시로 대원 두 명이 일단 손을 놓아주고 여학생을 내려다 봤다. 하지만 바로 다른 대원들이 도착했다. 비명이 터진 후 대원들이 여학생을 무리로부터 떼어내서 철책 안으로 질질 끌고 갔다.

이 지역 대학에 다니고 있다던 그녀는 구스쿠마城間라고 자신을 소개했다. 중부에서 태어나 자랐고 대학원에서 오키나와전쟁을 배우고 있다고 말했다. 오키나와전쟁 체험을 말해주시지 않겠어요 하고 조심스럽게 말하는 표정이 너무나도 진지해서 호감이 생겼다. 다만 자신의 전쟁 체험을 말하는 것은 썩 내키지 않았다.

전에 오키나와전쟁 기록영화를 만들고 있다는 남자가 찾아와서 카메라 앞에 서서 말한 적이 있다. 부락의 공민관 관장을 하던 동급생 이사가와伊佐川와 함께 와서 집요하게 부탁을 하는 바람에 승낙을 하고 말을 했지만 1년 정도 지나 공민관에서 열린 시사회에 참가하고 낙담하고 말았다. 가요가 말한 내용은 전혀 나오지 않았다.

이사가와는 시간이 한정돼 있어 나이가 많은 사람의 증언을 우선시 했다고 말했다. 당시 어린아이의 체험은 넣지 않은 모양이야, 내 이야기도 커트 당했어…… 하고 설명을 해줬다. 이사가와는 쓴웃음을 짓고 있었지만 가요는 카메라 앞에 선 것을 후회했다. 오키나와전쟁 당시 가요는 12살이었다. 어른들처럼 당시 상황을 파악할 수 없었기에 자신의 체험은 다른 사람에게 들려줄 만한 가치가 없다고 생각해 왔다.

그때 난 어린아이였다니까. 전쟁 당시의 상황 말이지. 자세한 건 잘 몰라.

구스크마라는 여학생은 망설이는 가요에게 열심히 말을 걸었다.

어린아이의 눈으로 본 것도 있다고 생각해서요. 어린아이든 어른이든 체험은 그 사람만의 것이잖아요. 어떤 체험이든 소중한 것이라 생각해요. 할머니, 이야기를 들려주시겠어요?

망설이는 가요에게 도모미가 말을 걸었다.

엄마가 나한테 해줬던 말을 해줘. 예전 일을 선명히 기억하고 있잖아. 어린 학생이 이렇게 열과 성을 다해 부탁하는데.

그렇게 열심히 설득을 하자 73년 전의 기억을 가요가 이야기하기 시작했다.

너 버들붕어 어떻게 할 거야?

간키치ﾛﾝﾄｷﾁ가 손에 들고 있는 빈 깡통 안을 보여줬다. 요전에 잡았던 버들붕어 한 마리가 푸르고 긴 꼬리를 흔들고 있었다.

그런 건 못 가져가. 논에다가 풀어줘.

네.

간키치는 깡통을 들여다보고 있었다. 얼른 준비해 하는 어머니의 목소리가 들려오자 허둥대며 우물 쪽으로 달려가 깡통을 기울여 물을 흘렸다.

응, 깨끗한 물이야. 우물 안에 물고기를 넣었어.

간키치는 장난스럽게 웃더니 집으로 들어가 갈아입을 옷이 들어 있는 보자기를 가져왔다.

허술한 집이다. 아버지가 아직 건강했을 무렵에 지은 것인데 오두막집이라고 하는 편이 맞을 것 같다. 2평반과 2평 정도의 마루방이 두 개 있고 땅이 그대로 드러난 봉당에 솥이 있었다. 벽은 대나무로 엮어 만들었고 짚으로 덮은 지붕은 나무가 그대로 드러나 비가 심하게 샜다.

1년 전에 아버지가 병으로 돌아가신 후부터 어머니와 남동생과 여동생 이렇게 네 가족이 허름한 집에서 함께 살았다. 3월 말에 미군 공습과 함포사격이 심해지자 가져갈 수 있는 만큼의 식량과 조상님의 위패를 들고서 산으로 피난을 갔다. 가요 가족이 살고 있는 오키나와 북부는 4월 중순 무렵 본격적인 전투가 끝나서 미군은 산속으로 도망친 일본군 소탕으로 작전을 변경했다.

가요 가족은 같은 부락 사람들과 산속 가마(동굴)에 숨었다. 밤이 되면 부락에 내려가 밭에서 고구마를 가져와 굶주림을 견뎠다. 하지만 4월 하순에 미군에게 발각돼 마을로 다시 돌려보내졌다. 일본군과 미군의 전쟁터는 섬 중남부라서 국민학교를 거점으로 삼은 미군은 주민을 마을로 보냈다. 미군은 일본군이 마을로 내려오는 것은 경계했지만 주민들의 상처나 병을 치료하고 식량을 배급하고 밭에서 작물을 수확하거나 바다에서 조개나 고기를 잡아 자활하는 것은 인정했다.

마을을 순회하는 미군 중에는 주민에게 세탁을 부탁하는 병사도 있었다. 가요는 학교에서 귀축미영鬼畜米英* 이라고 배우고 미군 병사에게 붙잡히면 난폭한 짓을 당하고 살해된다고 들었는데 싱긋싱긋 웃으며 말을 걸어오는 병사를 보고는 당황했지만 점차 친밀함을 느꼈다. 다만 어머니인 우시ウシ는 경계심을 늦추지 않았다. 겉으로는 애교 있게 행동했지만 미군 병사가 없으면 저놈들을 신용해선 안 돼 하고 가요에게 주의를 줬다. 우시의 그런 태도는 일본군에게도 마찬가지였다. 우시에게는 일본군이나 미군 모두 제멋대

---

* 마귀와 짐승 같은 미국과 영국이라는 뜻이다.

로 마을에 들어와서 마을을 휩쓸고 가는 타지 사람에 불과했다.

6월이 끝나갈 무렵이었다. 구청장을 하고 있던 오시로大城가 집 집을 돌며 모두 내일 아침에 손에 들 수 있을 만큼 짐을 들고 국민학교에 모이라고 말했다. 미군의 소집 명령이 내려와 한동안 다른 장소로 이동한다고 했다. 우시는 조상님의 위패와 얼마간의 의류, 고구마 등의 식량을 보자기에 쌌고, 취사용 냄비 속에 된장과 소금통을 넣었다.

다음날 아침 우시는 4살 미요를 업고, 양손으로 보자기와 냄비를 들었다. 가요와 간키치도 들 수 있는 만큼 고구마를 들고 집을 나섰다. 간키치가 버들붕어를 우물에 넣은 것은 그날 아침이다. 가요 가족이 미군 본부가 설치된 국민학교에 가자 같은 부락 사람들이 운동장에 모여서 불안한 듯이 이야기를 나누고 있었다. 다른 부락 주민까지 포함해 수백 명이 모여 몹시 붐비고 있는 가운데 통역을 맡은 2세 병사*가 여기저기 돌아다니며 트럭에 타는 순번을 지시했다. 식량과 의복은 준비해뒀으니 걱정하지 않아도 된다고 했지만 어디로 가는 것인지 알 수 없어서 불안함을 입 밖에 내서 토로하는 사람이 많았다.

설마 죽이는 건 아니겠지(마사카구루시야산쿠세라야)?

근처에 사는 도쿠키치德吉라는 칠순을 넘긴 노인이 2세 미군병사

---

* 오키나와 출신의 2세 미군 병사.

버들붕어

가 들을 수 있게 크게 말했다.

쓸데없는 소리는 하지 않는 게 좋아요(우와바구토, 이와란시가마시도).

도쿠키치의 아내인 가마도ㄱㄱㄷㅡ가 화를 내더니 남편의 옷을 잡아 당겨 자리에 앉혔다. 트럭에 탈 때 짐이 많은 사람은 짐의 일부를 놓고 타야만 했다. 불평을 하는 사람도 있었지만 미군 병사 한명이 총으로 짐을 쳐서 떨어뜨리자 모두 체념하고 다시 짐을 꾸렸다. 우시도 냄비와 된장통을 놓고 갈 수밖에 없었다. 먼저 트럭 짐칸에 짐을 올리고 사람이 짐 위에 앉았다.

짐칸에 주민을 가득 채운 트럭이 마을을 출발해 모토부本部 반도를 남하해서 나고名護로 들어갔다.* 불에 탄 벌판으로 변한 마을을 보고서 아이고 저런(아키사미요나) 하고 한탄하며 눈물을 훔쳐내는 노파도 있었다. 십자로에 서서 보초를 서고 있던 미군 병사가 트럭을 봤다. 새빨갛게 탄 얼굴은 아직 소년티가 났다. 미군 병사는 걷어 올린 소매로 얼굴에 난 땀을 닦은 후 씹고 있던 껌을 뱉었다.

힌푼가주마루ひんぷんがじまる**는 타지 않았어.

가까이 앉아 있던 노인이 기쁜 듯이 말했다. 여기저기에 불타 남아있는 붉은 기와지붕을 가리키며 저기도 타지 않았어 하고 간키치가 목소리를 높였다. 트럭은 나고의 마을을 지나 산길로 접어들었다. 꼬불꼬불한 데다 좁고 울퉁불퉁한 길을 지나자 트럭이 심하

---

*   모토부와 나고 모두 오키나와 북부 지역이다.
**   대만고무나무의 일종이다.

게 흔들렸다. 짐칸에서 여러 사람이 밀고 밀렸다. 우시는 미요를 안고 가요는 간키치를 뒤에서 안으며 따가운 햇살과 사람들의 훈기로 인한 불쾌함을 참아냈다. 간키치만은 왕성한 기력으로 저기봐 바다가 보인다, 저기 매미가 울고 있어, 저기 미군 병사 정말 크잖아 하고 손가락으로 가리키며 까불고 있었다.

간키치는 이제 8살로 모든 것에 흥미를 느끼고 관찰하며 기뻐하는 아이였다. 영리해서 공부하는 것도 좋아했다. 이제 막 입학한 국민학교에서 빨간 동그라미를 받았다고 기쁜 듯이 가요에게 답안지를 보여주며 자랑했다. 하지만 학교에 다닌 건 정말로 짧은 기간이었다. 전쟁이 곧 시작돼 산에서의 피난 생활이 시작됐다. 동굴 안에서는 조용히 지내야 했지만 집에 돌아와서는 가요에게 다시활발히 질문을 하거나 혼자서 발견한 것을 말하다 칭찬을 받으면 기뻐했다.

가요는 불안함과 더위 속에서 서로 밀착된 상태로 초조해 하는 어른들 사이 끼어 있기에 까불다가는 혼이 날 것 같아서 간키치의 귓가에 대고 너 좀 조용히 하고 있어 하고 속삭였다. 간키치는 킥킥 웃으며 몸을 꼬았지만 순순히 말을 알아듣고 차 위로 보이는 경치를 천천히 바라봤다. 트럭이 산길을 계속 가며 흔들거리는 바람에 가요는 지금이라도 토할 것 같았다. 조금이라도 신선한 공기를 들이마시려 심호흡을 반복했다. 몇 명인가는 짐칸 뒤나 옆에서 얼굴을 내밀고 토를 했다. 배기가스에 토사물 냄새가 뒤섞여 더욱 구

버들붕어

역질이 치밀어 올랐다. 낮이 되자 트럭이 내리막길로 들어서며 나무 사이로 바다가 보였다. 햇살에 빛나는 하얀 파도가 산호초에 부딪쳐 부서져 띠처럼 변했다.

여기가 어디야(구마야다가)?

구시ㅈ촌 아니야?

헤노코 근처인 것 같아(히누쿠누구토우쿠아이시가).

남자들의 대화가 들려왔다. 구시, 히우쿠(헤노코)라고 들어도 가요는 여기가 섬 어디쯤인지 알 수 없었다. 다만 나고에서 산을 넘어 반대쪽으로 왔으니 동쪽 해안에 도착했을 것이다.

얼마 안 가 트럭이 멈추더니 가요 가족에게 내리라고 했다. 트럭이 멈춘 곳은 지면을 정비한 광장으로 미군 차량이 몇 대나 늘어서 있었다. 바다 쪽으로 기복이 많은 지형을 그리며 내리막길을 형성한 땅은 여기저기에 적토를 드러내며 계단식으로 깎여나가 있다. 곳곳에 참억새와 띠, 소철, 작은키나무의 초록이 남아 있었지만 이제 막 개간된 황무지와도 같았다. 오른쪽에 있는 골짜기를 사이에 둔 구릉지에는 텐트가 몇 개인가 세워졌고 거기에는 먼저 온 주민들이 살고 있는 것 같았다.

2세 미군 병사로부터 설명을 들은 구청장이 부락 사람들을 모았다. 이곳은 미군이 만든 민간인전용 수용소로 앞으로 여기서 생활하게 될 것이다. 철조망이 쳐진 곳은 미군 캠프이니 들어가면 안 된다. 마을에는 일본군이 올지도 몰라 위험하니 마음대로 돌아가

서면 안 된다. 밤에 다니는 것도 안 된다. 식량은 배급할 테니 안심하라. 구청장은 2세의 말을 반복했다.

일본이 전쟁에 졌으니 미군의 명령을 따를 수밖에 없어.

구청장의 말에 반론을 제기하는 사람은 없었다. 미군과 접촉한후 그들의 물량과 기술에 압도돼 이런 적과 전쟁을 했단 말인가 하고 자신들의 무능함을 통감했다. 미군 전차가 지나가지 못 하게 어른 둘이서 간신히 소나무를 쓰러뜨려 도로를 막았는데, 미군은 불도저라는 기계를 가져와서 간단히 그것을 밀어버렸다.

아이고 저런(아키사미요나). 저 기계가 도대체 뭐야? 우리가 정말힘들게 쓰러뜨린 나무를 간단히 치워버렸잖아.

그 광경을 지켜보던 마을 사람은 미군의 힘에 새파랗게 질리며 감탄하고는 자신들의 헛수고를 비웃을 수밖에 없었다. 처음에는 모두 살해될 것이라 겁을 먹었는데 식량을 얻고 상처를 치료해 주자 그토록 두려웠던 미군 병사에게 친밀함을 느끼기 시작하는 마을 사람이 하나둘 나타나기 시작했다.

가능한 평탄한 곳을 찾아 남자들이 텐트를 세우고 잘 곳을 만들었다. 텐트나 재목, 로프는 미군이 준비해 뒀고, 텐트를 세우는 법을 가르쳐 주는 야마톤츄* 두 명도 있었다. 포로가 된 병사 같았다. 남자들이 잘 곳을 만드는 동안에 여자와 아이들은 텐트에 깔 참억

---

*   일본 본토 사람.

         버들붕어

새와 띠를 손으로 꺾어서 모았다. 텐트 하나 당 대여섯 가족이 들어가 각자 지낼 곳을 확보했다. 우리 사족은 출입구 근처에 짐을 내려놓고 잠자리를 만들었다.

텐트를 다 세우고 쉬고 있을 때였다. 트럭에서 내린 곳에 모두 다시 모이라는 지시가 내려왔다. 2세 병사는 주민을 정렬시키고 미군 병사 여러 명이 서 있는 곳 앞으로 순서를 지켜서 걸어오라고 우리에게 말했다. 주뼛주뼛 하며 다가가는 주민에게 미군 병사가 머리에서부터 하얀색 분말을 뿌렸다. 노인 중에서는 독을 뿌리는 것이라며 무서워하는 사람도 있었다. 2세 병사는 이를 죽이는 약이라고 설명해줬다. 새하얗게 변한 가요와 간키치는 서로를 손가락으로 가리키며 웃었다. 미군 병사가 자리를 떠나자 모두 머리와 옷에 묻은 하얀 가루를 떨어내고 하천으로 내려가 얼굴과 몸을 씻었다. 하천 옆에는 감시중인 남자가 하천을 더럽히면 안 된다며 하류 쪽에서 씻으라고 말했다.

다음날이 지나서도 트럭이 주민들을 차례차례 실어왔다. 마을별로 거주구가 지정됐고 그 안에서도 부락별로 모여서 수용소 생활을 시작했다. 미군 캠프 주변에는 유자철선*이 깔렸지만 그 외에는 특별히 철조망도 없어서 자유롭게 이동할 수 있었다.

밤이 깊어지면 걸어서 마을로 돌아가 냄비와 낫 등의 도구와 고

---

* 가시가 돋친 철선.

구마, 쌀, 된장 등의 먹을 것을 가져왔다. 젊은 여자들은 미군 병사가 덮치는 것을 두려워해 머리카락을 잘라 남자처럼 보이게 했다. 마흔을 넘긴 우시는 머리카락을 천으로 가리고 얼굴에는 냄비 밑의 검댕을 바르고서 사촌인 겐쇼源生 큰아버지와 함께 마을까지 먹을 것을 가지러 갔다. 그 사이에 어린 미요를 돌보는 것은 가요의 몫이었다.

우시가 텐트에 있을 때 가요는 간키치와 함께 식량을 찾으러 나갔다. 하천과 바다에서 새우와 게, 조개를 잡고 산에 가서 산딸기와 버섯 등을 찾아 다녔다. 미군 병사가 지급하는 식량만으로는 부족했다. 다만 사람이 너무 많아서 산과 하천에서 나는 먹을 것은 곧 바닥이 났다. 성인 남성이 있는 집에서는 미군의 식량창고에서 훔쳐온 통조림 등의 '전과戰果'로 배를 채웠다. 아버지가 없는 가요는 미군의 쓰레기장에 가서 잔반을 구하고 버린 통조림을 주워서 배고픔을 달랬다.

그 무렵엔 매일매일 살기 위해 필사적이었어.

가요의 이야기를 녹음하고 대학노트에 메모를 하고 있던 구스크마는 고개를 들어 끄덕였다.

수용소를 자유롭게 드나들 수 있었나요?

내가 있던 수용소는 말이지 철망을 친 것도 아니라서 산에 가서 먹을 걸 찾아다녔지. 마을에 갈 때는 도중에 미군에게 발각되면 붙잡히니까 야밤에만 갔어. 걸어서 마을까지 가서 밭에 남아 있는 고구마를 캤지. 자기 밭만이 아니라 남의 밭에서도 캤어. 가마니에 넣어서 날랐어. 지금은 도둑질이지만 살려면 어쩔 수 없었어. 미군에게 걸리지 않으려고 낮에는 숨어 있다가 밤에 걸어서 수용소로 돌아왔어. 하지만 도중에 우군 패잔병에게 발각되면 모처럼 캐온 고구마랑 식량을 모두 빼앗길 때가 많았어. 우리 어머니도 몇 번인가 빼앗겨서 빈손으로 돌아와서 분해하시고는 했으니까.

일본 병사가 빼앗았나요?

전쟁에 져서 산속에 숨어 있는 병사가 꽤 많았어. 패잔병이지. 병사들도 배가 고프잖아. 길에 서서 구걸을 하는 얌전한 병사도 있었던 모양이지만 대부분은 자신들이 나라를 위해 싸우고 있으니 식량을 주민들이 가져와야 한다고 생각했어. 병사들은 총과 일본도가 있었으니 거스르면 살해될지도 모르니까……

정말 죽이나요?

구스크마의 표정이 순간 굳었다.

일본 병사만이 그랬던 건 아니야. CP라고 오키나와인 경찰도 있었는데 그 놈들도 주민의 식량을 뺏었어. 하루하루가 살기 힘겨웠지만, 그래도 힘든 일만 있었던 건 아니야. 간키치와 함께 산과 하천과 바다를 돌아다니며 먹을 것을 찾아다니는 건 참으로 즐거웠어. 간키치는 새우와 게를 참말로 잘 잡았어. 나무도 잘 탔고, 애교가 있어서 미군 병사들도 좋아했어. 친해진 병사가 통조림과 초코

렛을 간키치에게 줄 정도였으니까.

상자 가득 통조림을 받아서 양손으로 안고서 텐트로 돌아와 가요에게 뽐내던 간키치의 얼굴이 떠오른다. 같은 텐트의 다른 가족에게 우시가 통조림을 나눠주는 것이 간키치는 불만이었다. 그래도 모두 고마워하고 치켜세워주자 칸키치는 또 잔뜩 받아올게 하고 금방 쾌활해졌다.

간키치는 지혜로워서 나중에 꼭 성공할 거야.

주위 사람이 간키치를 칭찬하면 우시는 정말로 기뻐보였다. 생활이 어려워 병원에 데려갈 돈이 없어 우시는 장남과 차남을 여섯 살도 되기 전에 병으로 잃었다. 셋째 아들인 간키치는 무사히 여덟 살이 됐고 정말로 건강했다. 어느 날 낮잠을 자고 있던 간키치의 머리를 쓰다듬으며 우시가 가요에게 말했다.

간키치는 훗날 꼭 성공해서 집을 일으켜 세워줄 거야. 집안의 조상님 위패도 훌륭히 지켜줄 테니 저 세상에 있는 너희 아버지도 걱정이 없으실 거야.

미요를 가슴에 안은 우시는 가요의 손을 잡고서는 간키치의 손을 잡게 했다. 예부터 오키나와에서는 누나와 여동생이 오나리가 미おなり神*라고 해서 남자 형제를 지켜줘야 한다고 가르쳤다.

너도 간키치를 지켜줘야 해.

---

* 　오나리가미는 누나/언니가 동생들을 영적으로 수호한다는 믿음이다.

　　　　　　　　　　　　버들붕어

가요는 엄마가 자신을 의지한다고 생각하자 무척 기뻤다.

내가 지켜줄게.

가요는 끄덕이며 간키치가 자고 있는 얼굴을 바라봤다. 이 대화는 오키나와전쟁이 터지기 두 달 전인 겨울에 이뤄진 것이었다. 헛간 같은 집에는 틈이 많아 바람이 숭숭 들어와서 가요는 부뚜막의 남은 열기로 몸을 데운 후 간키치의 등을 안고 잠들었다.

이미 73년 전의 일인데 그때 보았던 엄마의 웃는 얼굴과 간키치가 자는 모습도 선명히 떠올릴 수 있다. 손바닥에는 간키치의 손감촉마저 남아있는 것 같다.

남동생과는 꽤 사이가 좋으셨나 봐요?

구스크마의 질문에 가요는 끄덕였다.

남동생도 미군기지 앞에 오나요?

가요는 고개를 숙였다. 손의 떨림을 들키지 않으려고 팔짱을 끼어서 숨겼다. 휴식중인 텐트 안에 사회자가 확성기로 내뱉은 소리가 울렸다. 재료를 실은 덤프트럭 행렬이 다가오고 있으니 연좌농성을 재개한다. 출입구 앞으로 이동해줬으면 좋겠다는 내용이다. 텐트 아래쪽에서 웅성거림이 들리더니 모두 자리에서 일어났다. 그 모습을 본 구스크마가 녹음기를 정지했다.

할머니 말씀을 나중에 다시 이어서 들을 수 있을까요?

가요는 명확히 답을 하지 않은 채로 지팡이에 몸을 의지하고 의자에서 일어났다. 도모미가 손을 잡으려는 것을 뿌리치고 텐트에서 보도로 걸어갔다. 햇살이 강했다. 가요는 한동안 소나무 그늘아래에 선 채로 먼저 가는 사람들을 보낸 후 공사용 출입구를 향해 천천히 걸어갔다.

그건 삼십 분 정도 전의 일이었다. 눈앞으로 덤프트럭과 레미콘이 차례차례 지나갔다. 출입구 앞에서부터 연행된 사람들은 여전히 보도에 설치된 철책 안에 갇혀 있다. 배기가스를 내뿜으며 좌회전해 기지 출입구 안쪽으로 들어가는 덤프트럭의 짐칸에 실린 바위가 보인다. 바위가 물보라를 일으키며 바다 속으로 떨어지는 영상을 뉴스에서 본 적이 있다. 매립을 하기 전에 호안(護岸)을 만들고 있는 것이라고 한다. 그곳은 가요와 간키치가 조개를 따러 갔던 해안인지도 모른다.

그날 말라리아에 걸려서 누워 있는 우시와 미요를 위해 조개 즙을 먹이려고 가요와 간키치는 물가로 내려갔다. 여름 햇살이 오우라만에 쏟아져 내려 흰 백사장이 달아올라 있어 발바닥이 뜨거웠다. 쭈그리고 모래를 손으로 헤치며 쥐어봤지만 조개는 나오지 않았다. 무릎 언저리까지 바다 속에 담그고 바다 속을 들여다봤지만 넘실대는 파도 아래에서 조개를 찾을 수 없었다. 수용소와 가까운 쪽의 물가나 바위 쪽의 조개는 모두 따서 하나도 남아 있지 않았다. 가요와 간키치는 해안가의 언덕을 참억새와 관목을 붙잡으며 움직여 곶 근처의 바위로 향했다. 곶 근처는 미군 캠프였지만 어린아이는 걸리더라도 묵인해 줄 것이라 생각했다. 가는 도중에 잔교(棧橋)

버들붕어

에서 작업하고 있는 미군 병사 몇 명과 마주쳤지만 아무도 뭐라 하지 않았다. 고열에 온몸을 떨고 있던 우시와 미요의 모습을 떠올리고 조개를 잡아서 뜨거운 국물을 마시게 하고 싶었다.

누나 조개야.

곶 근처의 바위에서 간키치가 고둥을 찾고서 기쁜 듯이 손을 들었다. 가요는 끄덕이며 자신도 조개를 찾으려 파도 아래를 뚫어져라 봤다. 그렇게 조개를 몇 개 줍고 지쳐서 허리를 펴 주위를 둘러봤다. 간키치의 모습이 보이지 않았다. 이름을 불러도 대답이 없다.

간키치, 어디야?

오우라만의 파도는 평온해 보였다. 건너편에 있는 세다케수용소瀬嵩收容所*에서 가느다란 연기 두 개가 하늘로 뻗어갔다. 그 뒤편 산줄기 위에서 거대한 구름이 일어났다. 눈 끝에서 무언가가 움직이는 것이 느껴졌다. 둘러 갈라져 작은 섬으로 향해가는 곳은 나가사키(長崎)라 불렀다. 이 부근은 조수의 흐름이 빠르니 조심해야 한다고 다들 말했다. 물결 사이에 돌출한 검은 바위 주위에 파도의 물보라가 올라간다. 바위 주위에서 휩쓸려 가는 간키치가 가요를 향해 손을 뻗었다. 50미터나 떨어진 곳이다. 가요는 허둥대며 바위를 달렸다. 파도가 발을 붙잡아서 허리춤까지 바다에 들어간 곳에서부터 앞으로 나아갈 수 없었다. 간키치는 필사적으로 손을 버둥

---

* 세다케는 나고시에 속해 있다.

거리며 헤엄치려 했지만 점점 더 섬 쪽으로 떠내려갔다. 머리가 물결 속으로 가라앉았다 떠오른 순간 크게 뜬 눈이 가요를 응시하며 헐떡이는 입으로 누나 하고 부르고 있는 것을 알아차렸다.

뻗은 손을 잡고 구해주고 싶었지만 몸이 움직이지 않았다. 누군가에게 도움을 청해야 한다. 그렇게 생각하고 뒤돌아 봤지만 근처에는 아무도 없다. 모래사장 건너편에서 미군 병사 여러 명이 달려온다. 가요는 말소리를 갖추지 못한 비명을 지르며 곶과 섬 사이를 가리켰다. 파랑색으로도 녹색으로도 보이는 바다는 바닥이 다 보일 정도로 투명하다. 하지만 간키치의 모습은 더 이상 어디에서도 보이지 않는다. 가요는 파도에 넘어져 바닷물을 마셨다. 무력했다. 아무것도 해주지 못했다. 하늘과 바다도 검게 변해 파도를 그대로 맞고 있는 가요를 누군가가 뒤에서 들어 올렸다. 거기서 가요의 기억은 끊어졌다.

눈을 떴을 때 가요는 오두막집에서 자고 있었다. 이미 한밤이라 대부분이 잠들어 있었고 몇몇이 소리를 죽여서 이야기를 나눴다.

눈 떴구나?

베갯머리에 앉아 있던 큰아버지 겐쇼가 말을 걸었다. 옆에는 미요가 자고 있었는데 고열과 땀은 여전했다. 엄마와 간키치가 없다고 생각한 순간 가슴을 도려내는 듯한 통증과 눈물이 넘쳤다.

엄마는?

큰아버지는 손바닥을 가요의 얼굴에 댔다.

열은 좀 내렸구나.

커다란 손바닥이 따뜻했다.

엄마는?

밖에 계신단다.

일어나려 하는 가요의 어깨를 큰아버지가 눌렀다. 그걸 뿌리치며 가요는 기어서 밖을 내다봤다. 3, 4미터 정도 떨어진 곳에 앉아 있는 엄마의 검은 그림자가 보였다. 말라리아 발작이 약해진 것인지 무언가를 속삭이며 부둥켜안은 몸을 어루만지고 있었다. 구름이 사라지고 달빛이 수용소를 비췄다. 간키치의 몸은 모포에 싸여 있었다. 우시의 겨드랑이 부근이 작고 흰 손이 보였다. 간키치, 미안해, 미안해 하고 가요는 계속 울었다.

오우라만에 달빛이 띠처럼 먼 바다까지 이어져 있었다.

며칠 후 캠프에서 미군이 소란을 떠나는 것을 보고 가요 가족은 전쟁이 끝났다는 것을 알았다.

간키치의 유골을 파내 세골洗骨한 후에 물가에서 화장한 것은 그로부터 3년 후 여름이다. 엄마와 큰아버지 둘이서 수골收骨을 했다. 가요는 집에서 미요를 돌봤다. 흙속에서 나오는 간키치의 유골을 볼 용기가 나지 않았다.

수용소 구석에 죽은 사람을 묻는 터가 있었다. 다음날 아침 엄마는 말라리아 발작이 심해서 움직일 수 없었다. 덜덜 떨면서도 간키치의 이름을 부르고 기어서라도 밖으로 나가려 했지만 같은 텐트의 사람들이 모포로 덮고서 제지했다. 큰아버지가 홀로 간키치의 시체를 업고서 묻으러 갔다.

자네까지 죽으면 어린아이들은 어쩌려고 그러나.

구청장인 오시로가 화를 냈지만 우시는 잠꼬대처럼 간키치의 이름을 계속 불렀다. 가요는 그 소리를 듣는 것이 괴로워서 텐트 밖으로 나갔다. 어디에 가도 간키치와의 추억이 어려 있어서 함께 간 적이 없는 잡초가 무성한 논 터를 걸으며 메뚜기와 나비를 잡은 후 풀어줬다.

11월에 수용소에서 나오기 전까지 우시는 말라리아에서 회복됐지만 제정신이 아닐 때가 많아서 큰아버지가 먹을 것을 구해오지 않았다면 세 가족은 아마 살아남지 못 했을 것이다.

마을로 돌아온 우시는 돌변해서 이른 아침부터 밤까지 황폐해진 밭을 계속 갈았다. 가만히 있으면 간키치가 떠올라 몸이 녹초가 될 때지 일하는 것이라고 가요도 느꼈다. 가요도 마찬가지였다. 계속 무언가를 하지 않으면 후회가 밀려오고 자신만 살아남은 것을 용서할 수 없을 것 같았다.

우시와 가요 모두 간키치를 입에 담지 않으려 했다. 어린 미요만이 오빠는 어디에 있어? 하고 때로 물었는데 그럴 때마다 두 사람은 슬픔을 가눌 수 없었다. 큰아버지의 도움을 받으며 매일 필사적으로 몸부림치며 가요 가족은 전쟁 후 3년을 어떻게든 살아냈다.

아침 일찍 집을 나선 두 사람이 돌아온 것은 한밤중이었다. 해안 길과 산길을 계속 걸은 두 사람도 녹초가 됐다. 유골함을 준비하지 못 해서 우시는 미군의 쓰레기장에서 주은 뚜껑이 달린 통을 깨끗하게 씻어 흰 천으로 감싼 후 품에 소중하게 안고 왔다. 램프 빛이 우시의 얼굴에 깊은 그림자를 만들었다. 4미터도 채 안 되는 방 끝자락에 있는 나무상자 위에 위패를 놓았다. 우시는 그 옆에 흰 천으로 싼 유골함을 놓은 후 가요가 준비한 조개 국물과 고구마, 특별히 챙겨 놓은 초콜릿을 올렸다. 우시가 가요와 미요를 불러 옆에 앉게 안 후 큰아버지까지 넷이서 손을 모았다.

미군 병사가 처음으로 초콜릿을 줬을 때, 어떻게 하지(챠스가) 하고 가요에게 묻고 있던 간키치의 눈빛이 떠오른다. 의심하는 눈빛을 본 미군 병사가 초콜릿을 눈앞에서 먹자 가요가 흠칫흠칫 그것을 입에 넣는 순간 간키치도 작은 조각을 입에 넣었다. 그때 놀란 표정을 짓던 동생의 모습이 눈에 선하다. 간키치가 실제로 초콜릿을 먹은 것은 몇 번뿐이다. 조금 더 먹게 해줬으면 하고 생각하자 눈물이 흘러넘쳤다.

큰아버지의 이야기로는 초목이 무성하지만 돌을 표식으로 남겨 놓아서 간키치의 무덤은 바로 알 수 있었다고 했다. 너덜너덜한 옷을 입고 잠든 모습으로 간키치는 유골로 변했다. 그 뼈를 흙속에서 집어 들어 천에 감싸 물가로 내려가 하나하나 깨끗하게 씻어냈다. 사랑스러운 듯 두개골을 어루만지는 우시의 몸짓에 겐쇼는 먼 바다를 바라보며 눈물을 닦아냈다.

세골을 우시에게 맡기고서 겐쇼는 물가를 걸어서 고목을 모았다. 판다누스의 마른 잎에 불을 붙이고 마른 작은 가지에 옮겨서 불을 크게 만들었다. 원형으로 만든 고목에서 불길이 치솟자 한가운데에 뼈를 넣어서 화장했다. 열이 잦아든 후에 우시와 겐쇼는 잿더미 속에서 새하얀 뼈를 주워 통에 넣었다. 집어넣지 못 한 뼈는 잘게 부셔서 바다에 흘려보냈다. 작고 흰 조각은 파도에 휩쓸려 표류하고 흔들리다가 넓게 퍼진 후에 바다 속으로 사라져 버렸다.

가요는 엄마와 큰아버지가 봤던 광경을 그대로 보고 있는 것 같았다. 오우라만 바닷물 내음. 건너편 물가 모래사장과 연산連山. 푸르고 깊은 하늘과 구름의 광채. 파도와 바람 소리. 매미 울음소리. 갑자기 가요는 마음에 떠오르는 광경에서 소리를 지웠다. 더 이상 떠올리면 다른 광경이 나타날지도 모르기 때문이다.

비나이다(우산데사야).

우시는 바친 고구마와 초콜릿을 가요와 미요에게 나눠줬다. 잠이 덜 깬 미요는 초콜릿을 받더니 갑자기 활발해졌다. 작은 손으로 은종이를 벗기더니 우시와 겐쇼를 보고 웃으며 입안에 가득 넣었다. 가요는 자신의 초콜릿을 미요에게 줬다.

난 저녁을 먹었으니 큰아빠와 엄마 드세요.

가요는 고구마를 내밀었다. 우시는 웃으며 난 배 안고파 하고 조개 국물만을 마시고 고구마는 겐쇼에게 줬다.

　　　　　　　　　　　　　　버들붕어

참 힘든 하루였어.

그렇게 말하며 누웠다.

푹 쉬어야지.

겐쇼는 우시를 달래고 미요의 머리를 쓰다듬은 후 돌아갔다. 미요는 우시의 품에 파고들더니 가슴에 얼굴을 묻었다.

가요는 두 사람이 자는 모습을 바라보며 나무상자 위의 흰 천으로 눈을 돌렸다.

간키치, 편히 잠들렴.

마음속으로 그렇게 중얼거리고 손을 모은 후 가요는 램프의 불을 껐다.

엄마, 세다케 쪽에 들러볼게.

운전중인 도모미가 뒷좌석에 앉은 가요에게 말을 걸었다.

가요는 집을 나설 때 돌아가는 길에 세다케 쪽에서 오우라만을 바라보고 싶다고 딸에게 말했었다. 피곤하기는 했으나 언제 다시 올 수 있을지 모르니 후회하고 싶지 않았다.

공사 차량이 모두 출입구로 들어가자 살수차가 나와서 길가의 돌가루와 진흙을 물로 씻은 후 민간 경비원이 출입구 철책을 닫았다. 항의하러 모인 사람들이 반복해서 구호를 외치고 있을 때 가요와 도모미는 화장실까지 태워준다고 한 작은 화물차로 걸어갔다. 그 뒤를 따라서 인터뷰를 했던 여학생이 다시 말을 걸었다.

집에 가세요?

구스크마는 길가에 쳐진 철책에서 풀려난 후 보도에 서서 플래카드를 들고서 공사용 자재를 운반하는 덤프트럭과 트레일러에 계속 항의 활동을 했다. 항의 활동에 열심인 젊은이들이 기특하다고 생각하는 한편으로 젊은 세대까지 이런 일을 할 수밖에 없는 상황에 미안한 마음이 들었다.

오늘은 이만 집에 가야지.

그렇게 대답을 하고 작은 화물차에 타려하자 도모미와 함께 구스크마도 손을 빌려줬다.

할머니, 다음에도 오키나와전쟁 이야기 계속 들려주시겠어요?

가요를 바라보는 여학생의 눈빛에서 간절함이 느껴지자 내심 기뻤으나 과연 어디까지 이야기할 수 있을지 불안한 마음이 스쳤다.

기회가 있으면 해요.

애매한 어조로 말한 후 가요는 차에 타고 닫힌 문 창가 너머에서 손을 흔들고 있는 구스크마에게 고개를 숙였다. 도모미는 어항漁港 근처에 있는 화장실을 쓴 후 해안 근처 도로에 세워 둔 차를 가지고 와서 기다리고 있던 가요를 태웠다.

신호등이 청색으로 바뀌자 도모미는 운전대를 오른쪽으로 꺾어서 세다케 방면으로 향했다. 터널을 빠져나오자 오른편으로 오우라만이 보였다. 언덕길을 내려가 해안가 도로로 향해 가는 사이에 가요는 오렌지색 부표가 떠 있는 오우라만을 계속 응시했다. 도로가에서 자란 목마황 옆에 차를 세운 후 도모미는 가요의 손을 잡고서 세 다케 해변가로 내려갔다. 해변가 앞바다의 잔잔한 물결 위로 부표가 떠 있는 부근에 작은 물고기 무리가 잔물결을 일으키고 있었다.

바다 건너편에 헤노코 탄약고가 있고 낭떠러지가 이어졌다. 그 왼쪽 안쪽으로 호안護岸과 모래사장이 보였다. 모래사장 앞에는 크레인이 달린 해상 작업용 폰툰pontoon*과 소형 배 몇 척이 멈춰서 있다. 가요는 저 해안가 위쪽에 우리 가족이 수용돼 있던 텐트가 있었지 하고 생각했다. 간키치와 함께 물가에서 조개를 잡았던 날들이 떠올랐다. 왼쪽으로 뻗은 헤노코 곶 쪽에는 크레인이 몇 개나 세워져 있다. 공사가 진행되고 있는 것 같았다.

바위를 기어오르던 간키치의 뒷모습이 눈에 떠오르고, 손을 높이 올려 자신이 잡은 조개를 자랑하던 웃는 얼굴이 겹쳐졌다. 가요는 웅크리고 앉아 가슴을 눌렀다. 심장이 크게 울리고 숨쉬기가 어려워져 눈앞에 캄캄했다.

엄마 괜찮아?

도모미가 등을 문지르며 몇 번이고 물었다. 대답을 할 수 없었다. 모래사장에 무릎을 꿇고 심호흡을 계속 했다. 점차 가슴 통증이 잦아들었다. 한동안 쉬고 나서 도모미의 손을 잡고 일어섰다.

심장이 아파? 구급차 불러줄까?

---

* 철제 부교.

불안한 표정의 도모미를 안심키기 위해 가요는 지팡이로 바다 쪽을 가리키며 말했다.

아무 일도 아니야. 걱정하지 않아도 돼. 옛날 일을 떠올리니 심장이 두근거려.

이제 괜찮아?

응, 걱정마.

도모미에게 의지해 천천히 차로 돌아갔다. 가요는 뒷좌석에 앉은 후 숨을 크게 쉬었다. 가져온 물통으로 수분을 섭취하는 모습을 가요가 바라보고 있었다.

오늘은 무리한 거야. 좀 더 빨리 집에 갔어야 해.

아니야 무리는 무슨. 전부터 꼭 한 번 와보고 싶었단다. 데려와 줘서 고맙구나.

그렇다면 괜찮지만.

도모미는 그렇게 말하고 운전석에 탄 후 좌우를 확인한 후에 차를 몰았다. 터널까지 돌아오는 동안 가요는 눈을 감고 바다를 외면했다.

이사를 가던 날 아침의 일이 떠오른다. 가요는 고등학교에 입학해 기숙사에 들어갔다. 집은 더 이상 서 있는 게 신기할 정도여서 다음 태풍을 견딜 것 같지 않았다. 3개월 전부터 우시는 밭을 팔고 돈을 꿔서 살 집을 찾아다녔다. 큰아버지가 진력을 다해 인근 마을에 있는 낡은 기와집을 찾아줬다.

얼마 없는 가재도구는 모두 날랐다. 섬에서의 마지막 날 밤, 가

버들붕어

요는 기숙사에서 집으로 돌아와 온 가족 셋이서 저녁을 먹고 지나간 일을 이야기하며 하룻밤을 보냈다.

다음날 아침 일찍 일어난 가요는 조심히 다루지 않으면 빠져 버리는 널문을 열고서 세수를 하러 우물로 향했다. 집 앞 논에는 벼가 녹색 행렬을 이뤘고, 숲에서는 이쥬伊集* 꽃이 하얗게 피었다. 하늘은 이미 밝았고 숲 위로는 금색 구름 띠가 몇 개나 뻗어 있다. 퓨르르르…… 하고 우는 코뿔새의 울음소리가 들린다. 집 근처에 핀 백합과 무늬월도의 흰 꽃에서 향기가 풍긴다. 숨을 깊게 쉬자 몸 구석구석까지 깨끗해지는 느낌이다.

가요는 우물 옆으로 가서 두레박을 떨어뜨렸다. 줄 끝에는 한 말들이 통을 달았다. 물을 퍼서 우물 근처에 깔아놓은 산호 파편 위에 놓고서 세수를 하려고 허리를 숙이고 손을 뻗을 때였다. 물통 속에 있는 작은 형체가 눈에 들어왔다. 버들붕어다. 우물에 두레박 물을 따르고 웃고 있던 간키치의 모습이 물에 겹쳐졌다. 그때 간키치가 넣었던 버들붕어일까. 그 새끼이거나 손자뻘 물고기일까. 섬에 있는 고향집으로 돌아온 후에 셀 수 없을 만큼 우물에서 물을 펐는데 버들붕어를 뜬 것은 이번이 처음이다. 차가운 물속에서 버들붕어는 작은 몸을 뒤집었다.

갑자기 누나 하고 부르는 소리가 들리는 것 같아서 가요는 뒤를

---

* 　동백나무의 일종.

돌아봤다. 기울어진 집 대문은 열린 그대로였고 아무도 없었다. 가요는 두레박의 줄을 푼 후 물을 조금 흘려서 가볍게 하고서 논으로 걸어갔다. 이슬에 젖은 풀을 밟고 좁은 용수로까지 온 후 투명하게 흐르는 물에 두레박 물을 따랐다. 버들붕어는 조금 흘러가다가 우거진 풀숲 그늘 웅덩이에 들어간 후 이쪽을 봤다. 작은 입을 벌리고 가요에게 무언가 말하고 있는 것 같았다. 그러더니 몸을 반전시켜 푸른 꼬리를 흔들며 유유히 헤엄쳐서 사라졌다.

가요는 용수로 물로 얼굴을 씻었다. 그날 간키치를 구해주지 못했던 일을 죽는 날까지 후회하게 될 것이다. 하지만 살아야만 한다고 생각했다. 간키치의 몫까지 제대로 살아서 엄마와 동생에게 큰 존재가 돼야 한다.

우시가 가요를 부르는 소리가 들렸다. 가요는 보자기를 하나 들고 미요의 손을 잡고 집 앞에 서있다. 가요는 두레박을 우물가에 두고서 집으로 돌아가 갈아입을 옷을 싼 보자기를 집었다. 위패가 놓인 안쪽 나무상자로 벽 틈으로 아침 햇살이 비췄다. 이 작은 헛간과 같은 집에서 아버지와 간키치 모두 함께 살았었다. 그렇게 생각하자 가슴이 미어졌다.

얼른 나오렴.

우시가 재촉했다. 가요는 집을 나선 후 걸어가는 우시를 추월하며 용수로를 향해 중얼거렸다.

간키치, 누나 이제 간다.

바람이 벼 잎을 흔들고 코뿔새가 우는 소리가 이쥬 꽃이 핀 숲과 하천, 그리고 가요 가족의 그림자가 비친 논에 울렸다.

결국엔 메워지는 걸까.

터널을 나와 한동안 달리자 가요가 물었다. 도모미는 순간 백미러로 가요의 모습을 봤다. 가요는 꽤 피곤한 것 같았다.

나라에서 하는 일이잖아. 쉽지 않겠지만, 그렇다고 간단히 자기들 마음대로 할 수는 없을 거야.

그렇다면 괜찮지만.

가요의 말에는 힘이 없었다. 도모미는 왼쪽 길가에 차를 세우고 뒷 차를 보낸 후에 가요를 쳐다봤다.

걱정하지 않아 돼. 몸은 괜찮아.

도모미는 끄덕이고 차를 천천히 다시 움직였다.

아까 바다를 볼 때 작은아버지를 떠올린 거야?

응, 그렇지.

도모미의 물음에 가요는 간단히 대답했다.

침묵이 계속 됐다. 굽은 길이 이어지는 언덕길을 내려간 후 나고 시가지 근처에 접어들 때 도모미가 말했다.

우리가 잊지 않고 기억할 거야.

갑작스런 말에 가요는 무슨 말인지 잘 알 수 없었다.

작은아버지 살아계셨던 걸 우리가 기억해서 아이들에게도 손자들에게도 전해 줄 거야.

고맙구나 하고 말하고 싶었지만 말문이 막혔다. 헤노코로 향해
가는 것일까. 맞은편 차선으로 대형 덤프트럭이 줄지어 서 있다.
감고 있는 눈 뒤로 투명한 물속을 헤엄쳐 가는 버들붕어의 푸르고
긴 꼬리가 출렁인다.

「鬪魚」(『世界』, 2019.1)

메도루마 슌, 「버들붕어」

메도루마 슌은 1960년 오키나와현 나키진에서 태어났다. 류큐 대학 법문학부에 들어가 문학 활동 및 반기지 활동을 시작했다. 젊은 시절 오에 겐자부로, 나카가미 겐지, 가브리엘 마르시아 마르케스 문학의 영향을 받았다. 대학을 졸업한 후에는 기간제 노동자, 경비원, 학원 강사 등을 했다. 이후 현립 고등학교에서 고등학교 선생님이 돼 2003년까지 일했다. 1983년 「어군기魚群記」로 등단한 후 1997년 「물방울」로 아쿠타가와 문학상을, 2000년에 「혼불어넣기」로 가와바타 야스나리 문학상과 기야마 쇼헤이 문학상을 수상했다. 미군 아이를 살해하는 내용의 「희망」(『아사히신문』, 1999.6.26)으로 일본 사회와 문단에 큰 파장을 일으켰다. 장편소설로는 『무지개 새』와 『기억의 숲』이 있다. 현재는 오키나와 반전 평화 운동의 최전선인 헤노코 앞바다에서 카누를 타고 미군기지 건설에 반대해 해상 저지 활동을 펼치고 있다. 반전 활동으로 인해 언제 실현될지 모르지만, 오키나와 근현대의 장대한 역사를 담은 대 장편소설을 구상 중이다.

메도루마 슌은 비단 오키나와문학(일본어문학)을 대표하는 작가만이 아니라, 21세기 비서구권 작가 가운데서도 가장 주목할 만한 작가 중의 한 명이다. 메도루마는 "자신의 장소를 쌓아올린 끝에 넓은 곳으로 나아가"(고노스 유키코, 일본문학 번역가)서, 냉전체제가 남긴 대립과 갈등, 충돌을 극복하고 탈근대적 상상력을 문학적/현실적 실천을 통해서 펼쳐나가고 있다. 문학자의 현실 실천이라는 측면에서 볼 때, 메도루마처럼 문학적 실천을 현실적 투쟁으로 승화시킨 예를 찾아보는 것은 쉽지 않다. 메도루마는 아쿠타가와상을 수상한 후에도 끊임없이 오키나와전쟁이 남긴 정신적 상흔(트라우마)과 미군 문제를 문학적으로 써나갔다. 혹자는 그의 이러한 창작을 지나치게 정치적이라 비판하기도 한다. 하지만, 그의 작품은 극한의 문학적 상상력을 발휘해서 오키나와 문제의 궁극적인 지점을 추구하고 있다는 점에서 단순히 이를 정치적/비정치적이라는 이분법으로 나눌 수 없을 것이다. 게다가 그는 일본 본토에서 금기시 하는 문학적 소재(천황, 미군)를 줄기차게 써서, 2000년대 이후 현실적 고난을 겪었다.

메도루마 슌은 데뷔작 「어군기」(1983)에서부터 오키나와 지역 '공동체'가 소수자(타이완 여공)에게 가한 폭력의 기억을 고통스럽게 소환했다. 「평화거리라 이름 붙여진 거리를 걸으면서」(1986)와 「1월 7일」(1989)에서는 일본 내에서 최고의 터부로 간주되는 '천황'의 전쟁책임 문제 등을 추구해서 논란의 중심에 섰다. 또한 1990년대에는 한국에도 잘 알려진 「물방울」(아쿠타가와상 수상작)

과 「혼 불어넣기」(가와바타 야스나리 문학상 수상작)에서 오키나와전쟁의 트라우마를 소환해서 아직 끝나지 않은 전쟁과 전후의 상처를 신랄하게 파헤쳤다. 2000년대에는 『무지개 새』와 『기억의 숲』 등의 장편 소설을 써서 미군에 대한 '대항폭력'을 문학적 상상력으로 재구성해 내며, 오키나와가 가야 할 방향을 찾으려 했다. 그리고 2010년 이후에는 오키나와 반전 평화 운동의 최전선인 헤노코 앞바다에서 카누를 타고 미군기지 건설에 반대해 해상 저지 활동을 펼치고 있다. 「버들붕어」는 메도루마가 처음으로 헤노코 앞바다에서의 활동을 소설로 승화시킨 작품으로 그 의의가 크다.

메도루마는 근대 이후 오키나와가 처한 식민지적 상황을 직시하고, 전쟁의 트라우마 및 오키나와의 종속적 상황을 문학적 고투 속에서 넘어서려 하고 있다. 메도루마는 끝나지 않은 전후와 전쟁의 상처를 직시하면서, 비극을 비극 그 자체로서만 그리는 것이 아니라, 그것을 통해서 미래의 평화로운 삶의 제 조건을 선취해 내려 한다. 이는 비단 오키나와에만 국한 것이 아니라 신 냉전체제가 펼쳐지고 있는 동아시아로 파급하고 있기에 전 지구적 차원의 분쟁과 상흔을 넘어설 수 있는 문학적 실천에 다름 아니다.

전 근대 시기부터 근대 이후까지, 끊임없이 강대국의 힘의 논리에 좌우돼 비극적인 삶의 조건을 강요받은 오키나와라는 로컬은, 냉전 시대의 모순을 그대로 간직한 곳이라는 점에서, "세계성을 동시에 지닌 로컬"이라고 할 수 있다. 오키나와 처한 고통스러운 현실을 깊이 사유하고, 이를 변혁하기 위해 문학적/현실적 실천을 해나가고 있는 메도루마 슌은 그 어떤 작가보다도 동아시아 역내 평화를 온몸으로 실천하고 있다. 남북의 통일 없이 아시아와 세계의 온전한 평화를 말할 수 없듯이, 오키나와의 자립과 독립 없이 아시아와 세계의 평화를 말하기 힘들다는 점에서 오키나와라는 로컬의 과거와 미래를 뛰어난 문학적 언어로 형상화 낸 메도루마의 문학은 분단된 한반도에서야말로 제대로 평가할 수 있다. 냉전체제로 인한 고통과 이를 넘어서려는 문학적 실천이라는 측면에서 메도루마의 문학은 글로컬리티를 드러내고 있으며, 이를 통해서 오키나와를 넘어서 아시아와 세계의 문학으로 자리매김해 가고 있다.

고명철(문학평론가, 광운대 교수)

1. 오키나와문학의 길 안내 지도

함부로 예단할 수 없으나, 일본보다 한국이 오키나와문학에 대한 관심을 집중하고 있는 것은 아닐까. 아니, 달리 말해 한국이 일본보다 오키나와문학을 훨씬 잘 이해하고 있는 것은 아닐까. 물론, 이것을 한국의 독서시장에서 오키나와문학이 잘 팔리고 있다는 것으로 이해해서는 곤란하다. 한국의 독서시장에서 오키나와문학이 차지하는 위상은 아직 미약한 게 사실이다. 하지만 시장에서의 시장지배력과 별개로 오키나와문학이 갖는 문학적 위상이 한국사회에서 점차 주목되고 있는 것 또한 외면할 수 없는 현실이다. 오키나와 주요 작가의 작품들이 속속 한국사회에 번역되고 있을 뿐만 아니라 해당 작가를 직접 초청하여 창작과 연관된 작가의 문학 얘기를 생생히 들을 수 있는 기회를 적극 마련하고 있다. 이 과정에서 오키나와문학에 대한 이해가 심화되고 확장되면서 그동안 전혀 몰랐거나 잘못 알고 있었던 오키나와의 삶과 역사를 보다 깊고 넓게 성찰하는 중요한 시간을 갖게 되었다.

이와 관련하여, 이번에 출간되는 오키나와문학 선집은 오키나와문학에 대해 그동안 거의 불모지와 다를 바 없는 한국사회에 오키나와문학을 지속적으로 번역 및 연구 활동을 해온 곽형덕 교수의 열정의 산물이다. 그동안 기회가 있을 때마다 곽 교수와 함께 오키나와의 곳곳을 현장 답사하면서, 나는 오랫동안 그와 문학적 우정을 나눈 오키나와의 작가들을 아주 가까운 곁에서 만날 수 있는 소중한 기회를 가졌고, 그들과의 만남의 시간 속에서 오키나와의 삶과 역사 그리고 문학이 우리들 사이에 시나브로 켜켜이 쌓여가고 있다는 것을 실감하곤 하였다. 몹시 쑥스럽지만, 이 자리를 빌어 오키나와문학의 문외한인 내게 오키나와뿐만 아니라 오키나와문학의 길에서 미아가 되지 않도록 손을 내밀어준 그 따뜻함에 감사의 마음을 전한다. 이 해설을 준비하는 과정은, 오키나와문학의 흐름과 함께 그 주요 문학적 특징을 짚어볼 수 있는 소중한 기회였다.

사실, 문학선집 대부분이 그렇듯, 선집을 묶는 일은 꽤 까다롭다. 무엇보다 작가와 작품을 선별하는 일이 생각만큼 쉽지 않다. 어떤 기준과 관점에 의해 취사선택되었는지, 그 과정 자체가 어려운 일이다. 여기에는 독자에게 모두 밝힐 수 없는 출간 과정에서 실무적인 일도 포함된다. 그렇기 때문에 오키나와문학 선집을 출간한 곽형덕 교수의 열정과 노력을 주목하지 않을 수 없다. 이번 선집에는

해설_ 오키나와문학의 길 위에서

모두 11명의 작가, 12편의 소설과 16편의 시가 묶여 있다. 시기적으로는 오키나와 근대문학 초기부터 시작하여 2019년까지를, 그리하여 근대문학 초기의 대표 작가 야마시로 세이츄부터 최근 촉망받는 신세대 작가 사키하마 신까지를 선집의 대상으로 선별하고 있다. 이들 작가의 작품을 통해 오키나와문학의 흐름을 살펴볼 수 있을 뿐만 아니라 그 흐름 속에서 오키나와의 작가들이 오키나와의 삶과 역사 및 문화에 대한 치열한 문학적 사유를 만날 수 있다. 그리고 이 만남의 길에서 오키나와가 당면하고 있는 정치사회적 문제를 함께 고민하고 그것에 대한 오키나와의 해결 전망을 위한 문학적 실천에 연대할 수 있다. 따라서 이번 선집이 갖는 의의를 아무리 강조해도 지나치지 않을 터이다. 이번 선집은 오키나와문학의 길에 첫 발을 딛는 독자에게 길 안내 지도의 몫을 톡톡히 해주고 있기 때문이다.

2. 류큐처분 이후 자기부정과 자기파괴로
흔들리는 오키나와

우선, 오키나와전쟁 이전 작품들을 살펴보자. 선집에는 세 작가의 소설들 — 야마시로 세이츄의 「쓰루오카라는 남자」(1910), 이케미야기 세키호의 「우쿠마누 순사」(1926), 구시 후사코의 「멸망해가는 류큐여인의 수기」(1932) — 이 실려 있다. 이들 작품은 서로 다른 문학적 개성을 보이지만, 근대에 접어든 오키나와의 자기부정 혹은 자기파괴를 동반하고 있는 심각한 자기분열과 자기모순에 초점을 맞추고 있다는 점에서 문제의식을 공유한다. 가령, 「쓰루오카라는 남자」에서 일본 본토의 문학을 좋아한 나머지 동경에 가서 작가의 꿈을 꾸지만 그러지 못한 채 결국 동경에서의 생활을 접고 고향 오키나와로 귀향할 수밖에 없는 작중인물 '쓰루오카'의 모습은 이 작품을 쓸 무렵 오키나와에 대한 작가의 인식을 압축적으로 보여준다. 널리 알듯이, 지금의 오키나와는 일본의 메이지정부가 류큐처분(1879)을 통해 류큐 왕국을 강제로 일본에 복속시킨 바, 류큐인들이 오랫동안 지닌 류큐의 역사문화 전통에 기반한 그들의 자기정체성은 쉽게 부정될 수 있는 게 아니다. 그렇다고 류큐가 일본 본토로 강제 복속하였다고 일본 본토로 쉽게 동일화, 즉 야마토大和화될 수 있는 것도 아니다. 은연중 류큐에 대한 식민지로서 차별적 인식이 일본 본토에서 작동하고 있는 것이다. 이것은 「쓰루오카라는 남자」에서 작중화자 '나'를 통해 엿볼 수 있다. '나' 역시 쓰루오카와 같은 류큐인임에도 불구하고 '나'에게 쓰루오카는 "불가사의한 현상을 볼 수 있는 사람의 인상"을 지닌 괴기스런 존재로서, 그리고 "검은 얼굴에 흰 치아를 드러내놓고 웃는 것이 꼭 아프리카의 숲에 사는 고릴라를 연상시"키는 존재로서, 근대 문명의 도시 동경과 전혀 어울리지 않는 전근대인으로서 간주된다. 그런 한편 '나'는 동경에서 문학을 하는 지식인으로서 동경의 근대에 적응하며 살고 있다. 여기서 주의를 기울여야 할 것은 '나'와 쓰루오카의 관계인데, 쓰루오카가 '나'에 의해 그려지고 있다는 점이 중요하다. 말하자면, 이 둘은 동일한 류큐인으로서 20세기 초 류큐가 당면한 현실을 작가는 정직하게 보여준다. 류큐처분 이후 류큐는 일본 본토를 향한 일본과의 동일시, 즉 야마토화를 추구하지만 '나'에 비친 전근대로서 쓰루오카의 모습과, 결국 야마토화에 실패하고 류큐로 돌아갈 수밖에 없는 쓰루오카의 현재, 무엇보다 이러한 쓰루오카를 우두망찰 방관할 수밖에 없는 처지에 놓인 '나'의 모습이야말로 20세기 초 류큐가 심각히 직면한 류큐의 자기부정에 따른 정체성의 흔들림을 보여주는 게 아닐까.

이러한 모습은 「우쿠마누의 순사」에서 더욱 분명히 드러난다. 오키나와의 나하 외곽 지역의 소수자로 살아가는 부락 사람들 중에서 순사가 출현한다. 그의 이름은 우쿠마누인데, 순사들 대부분이 야마토 출신이란 현실을 고려할 때 그가 당당히 순사가 된 것은 부락의 큰 자랑거리가 아닐 수 없다. 그러자 그는 점차 오키나와인으로서 삶보다 야마토화의 삶을 추구하면서 부락 사람들과 거리를 두고자 한다. 그렇게 그는 자신의 야마토화를 통한 삶의 행복을 추구하고 싶다. 그러던 그는 어느 무덤에서 한 절도범을 체포하여 심문을 한다. 그 절도범은 전염성이 있는 폐질환에 걸린 채 일자리를 찾지 못해 거리를 헤매다가 돈을 훔쳐 무덤에 숨어 있다가 그에게 우연히 붙들린 것이다. 그런데 그 절도범은 우쿠마누 순사가 유곽에서 만나 사랑을 느꼈던 여자의 오빠였다. 우쿠마누는 그를 심문하면서 심각한 회의감과 극도의 공포와 분노에 휩싸인다. 우쿠마누가 심문하고 있는 대상이 범법자인 것은 분명하되, 그 범법자는 다름 아니라 우쿠마누가 사랑했던 여인의 오빠이고, 폐질환에 걸린 사회무능력자이다. 그리고 그가 숨은 곳은 하필 무덤 안이다. 오키나와인으로서 순사가 된 우쿠마누는 오키나와 현재의 적나라한 모습을 응시한다. 부잣집 아들이 폐인의 나락으로 떨어진 채 범법자 신세로서 무덤 안에 숨어 있는 모양새가 바로 오키나와의 현재와 다를 바 없는 셈이다. 이렇게 쇠락해가고 있는 오키나와의 현재를 심문하고 있는 자신의 모습은 어떨까. 이런 오키나와의 현재를 동료 야마토 출신 순사들은 비아냥거리고, 여기서 더 나아가 그들은 우쿠마누로 하여금 그러한 모습을 심문하도록 하여 우쿠마누가 그들과 동일한 순사가 아니라 미개하고 전근대적인 류큐 태생이면서 류큐 내부에서도 차별 받는 소수자임을 인식하도록 하는 것은 아닐까.

이렇듯이 오키나와의 자기부정과 자기파괴에 따른 자기모순에 대한 정체성의 심각한 흔들림은 「멸망해가는 류큐 여인의 수기」에서 한층 또렷한 비판적 문제의식으로 표면화되고 있다. 작중 화자 '나'는 류큐 여인으로서 몰락해가는 류큐의 현실을 아주 냉정히 직시한다.

우리는 일찍이 자각해야만 했던 민족인데도 뼛속까지 찌든 소부르조아 근성에 화를 입었고, 좌고우면해 체면을 차리고 또 차리느라 그날 그날을 그저 보내왔다. 그래서 영원히 역사의 후미를 떠맡게 돼 남들이 걸으며 질러놓은 길바닥에서 질질 끌려가며 살아갔다.

무기력한 현실에 놓인 오키나와를 향한 비판은 매섭다. "뼛속까지 찌든 소부르조아 근성"과 역사의 주체적 자기결정력이 부재한 가운데 일본에 강제로 복속당한 이후 오키나와는 식민지 차별의 삶 속에서 야마토화에 따른 온갖 문제점을 감내하면서 살고 있다는 것을 '나'는 적시한다. 특히 류큐인으로서 자기를 부정하며 동경에서 출세하기 위해 안간힘을 쏟는 숙부의 삶을 안쓰럽게 느끼는 '나'의 인식은 그 구체적 사례이다. 때문에 '나'는 오키나와를, "아무래도 이곳은 '멸망해가는 고도孤島'라는 생각을 통절히 할 수밖에 없"다고 여긴다. 그러면서 '나'는 오키나와의 이 쇠락을 류큐의 예능과 연결지으며, "몰락의 미와 호응하는 내 자신의 내부에 잠재해 있는 무언가에 동경하는 마음"의 낭만적 파토스로 위안을 삼는다. 쇠락해가는 류큐의 모습 속에서 류큐의 전통과 예능은 류큐처분 이전으로 회복하기 힘든, 그래서 그 훼손된 상처의 통증이 너무 큰 것을 처연한 낭만적 파토스로 더욱 상기시킬 따름이다.

3. 오키나와전쟁에 대한 오키나와문학의 대응과 물음

오키나와인들에게 오키나와전쟁은 혼돈과 충격이었다. 일본 본토를 지켜내기 위한 전략적 일환으로 일본군은 오키나와를 군사기지화함으로써 미군의 파상 공격을 막아내려고 한다. 그리하여 아시아태평양 전쟁의 막바지에 오키나와인들은 자신들의 뜻과 무관한 전쟁의 참화 속에 내던져졌다. 그들은 아군이라고 생각한 일본군에게 무참히 희생당했고, 적군인 미군에게도 희생당하는 이중의 희생을 감내할 수밖에 없었다. 오키나와전쟁의 한복판에서 오키나와가 철저히 파괴되는 모습을 목도한 오키나와인들의 삶은 어떠했을까.

이번 선집에 묶인 오타 료하쿠의 「흑다이아몬드」(1949), 야마노구치 바쿠의 두 편의 소설 「노숙」(1950)과 「여름에 어울리는 하룻밤」(1950), 그리고 13편의 시 등은 오키나와전쟁 직후 오키나와문학에 대한 이해를 돕는다. 전쟁의 압도적 충격과 미처 거리를 두지 못한 시기에 쓰인 이 세편의 소설의 경우 오키나와전쟁에 대한 문학적 대응이 표면에 드러나 있지는 않다. 「노숙」과 「여름에 어울리는 하룻밤」의 경우 이 두 작품은 작가가 경험한 관동대지진을 소재로 하고 있는바, 오키나와전쟁과 직접적 관련은 없다. 하지만 이들 작품에서 정작 눈여겨 보아야 할 것은 표면상 관동대지진을 경험한 오키나와인의 삶을 그리고 있으나, 기실 오키나와전쟁의 충격을 겪고 전후의 황폐화된 대지에서 삶이 뿌리뽑혀 부유(浮游)하는 오키나와의 모습이다. 그들의 이러한 현실은 공원에서 노숙자의 삶으로 전락한 채 룸펜 취급을 받는 것으로 간명히 그려지는가 하면(「여름에 어울리는 하룻밤」), 동경에서의 야마토화한 삶에 정착하지 못한 채 오키나와로 귀향하였으나 가세가 몰락한 삶을 살게 되자 친구가 다시 동경행을 부추겨 동경에 왔지만 동경의 어느 거리의 토관 속에서 노숙을 하는 무능력한 청년으로 그려진다(「노숙」). 이들 작품에 등장하는 오키나와인들은 한결같이 무기력하다. 그러면서 그들은 오키나와를 떠나 일본 본토의 수도 동경에서 어떻게 해서든지 야마토화한 삶을 살고자 하지만 그것도 결코 쉬운 일이 아니다. 「노숙」에서 얘기되듯, 관동대지진 당시 일본 순사가 불심 검문을 할 때 타민족에 대한 제국 일본의 동화정책과 관계 없이 야마토와 다른 민족에 대한 차별적 인식 아래 조선인과 타이완인 외에 오키나와인을 포함한 비非야마토인들 모두를 대상으로 하였다는 것은, 오키나와인들이 일본 본토에서 야마토화의 노력을 통해 일본과 동일시하고자 애를 쓰는 모습이 오키나와인의 의지와 얼마나 괴리가 있는지를 작가는 예리하게 포착한다. 왜냐하면 류큐처분 이후 오키나와전쟁을 치르면서 오키나와에 대한 일본의 태도가 식민주의로서 차별적 인식을 벗어난 적이 없기 때문이다.

그렇다고 오키나와문학이 전쟁 직후 오키나와인의 방황에만 그 인식이 머물러 있지는 않다. 「흑다이아몬드」도 오키나와전쟁을 직접 다루고 있지는 않으나, 제국주의에 대한 비판적 문제의식을 엿볼 수 있는 흥미로운 작품이다. 작중 화자 '나'는 일본어 교육 임무를 맡은 통역병으로서 인도네시아에서 벌어진 전쟁에 참전하던 중 파니만이란 인도네시아 태생의 지원병 소년을 알게 된다. '나'는 2차 대전 종전 후 우연히 파니만을 만나는데, 그는 일본군이 패전 후 떠난 그곳에 다시 점령군으로 나타난 영국군에 대항하여 인도네시아 독립혁명 세력으로서 반영운동에 몸담고 있는 '인도네시아 전사'의 모습을 하고 있었다. 파니만은 "아름다운 청춘과 순결함을 민족을 위해 바치고 피와 먼지 속에서 총을 손에 쥐고 싸우는" 소년 전사의 모습으로 '나'에게 나타난 것이다. 이 작품의 마지막 장면은 파니만이 부르는 인도네시아 혁명의 행진곡을 듣고 서 있는 '나'의 모습과, "그로부터 사 년이라는 세월이 흘렀……"는 문장으로 대미를 장식한다. 이 작품이 흥미로운 것은 바로 이 마지막 장면과 문장 때문이다. 작가는 '나'의 눈에 비친 인도네시아의 청년 혁명가의 모습을, 파니만을 통해 보여주면서 무엇을 얘기하고 싶었을까. 혹시 너무 앞서간 해석일지 모르지만, 작가는 파니만으로부터 반제국주의 혁명의 모습을 보여주고 싶은 것은 아닐까. 비록 그 대상은 다르지만, 작가는 파니만을 빌려, 파니만처럼 식민주의적 차별의 고통을 경험한 오키나와 청년들로 하여금 일본 제국주의뿐만 아니라 오키나와전쟁을 통해 새롭게 등장한 미국이란 제국주의에 대해 저항하는 모습을 기대하고 있는 것은 아닐까. 마

해설_ 오키나와문학의 길 위에서

지막 문장의 말줄임표에 작가의 이러한 기대가 숨어 있는 것으로 읽는 것은 비약일까.

사실, 이러한 기대를 하는 것은 비약이 아니다. 야마노구치 바쿠의 시편에서는 오키나와의 역사와 오키나와전쟁 후의 현실, 그리고 제국의 문명에 대한 비판적 인식이 형상화되고 있다. "커다란 시를 써라 / 커다란 시를 / 신변잡기에는 질렸구나라고 한다."(「형님의 편지」)에서처럼 시인은 오키나와전쟁을 치른 후 오키나와의 시가 무엇을 어떻게 써야 하는지를 성찰한다. 특히 류큐의 역사를 찬찬히 되짚으면서 류큐가 오키나와 현으로 바뀌고 사실상 일본의 식민주의로 종속된 후 오키나와전쟁을 치른 후 전쟁의 상흔이 치유되기를 간절히 바라는 시심은 애틋하기만 하다(「오키나와여 어디로 가는가」). 그리하여 오키나와전쟁을 겪는 동안 섬은 폐허로 전락한 채 오키나와의 모든 것이 일본에 더욱 종속된 꼴로(「탄알을 뒤집어 쓴 섬」), 침몰하지 않기 위해 "80만의 비참한 생명이 / 갑판 구석에 내몰려서" "죽음을 달라고 부르짖고 있"(「불침모함 오키나와」)는 오키나와의 현실을 시인은 아주 냉철히 직시할 따름이다.

그런데, 오키나와전쟁에 대한 작가의 인식은 시간이 흐를수록 그리 단순하지 않다. 무엇보다 샌프란시스코 강화조약(1952) 체결로 인해 미국은 오키나와를 실질적으로 지배할 수 있는 권한을 부여받게 되면서, 오키나와는 1972년 일본으로 복귀하기 전까지 미군정이 식민통치하게 된다. 그에 따라 오키나와인들은 오키나와

전쟁을 전후로 그 이전에는 일본에 복속되었고, 그 이후에는 일본 복귀 이전까지 미국에 복속되는 등 식민지배를 받는 질곡의 역사를 겪게 된다. 오시로 다쓰히로의 「2세」(1957)와 미야기 소우의 「A 사인바의 여자들」(1959)은 이렇듯이 샌프란시스코 조약 체결 이후 미군정의 통치를 받는 현실을 바탕으로 하고 있는 문제작이다. 특히 「2세」에서 오키나와계 미군 병사를 에워싼 전쟁의 승리에 대한 질문들과, 일본인으로서 미군의 병사로 오키나와 점령지에 와 있는 현실 등은 미국 시민으로서 정체성이 뚜렷하되 오키나와에서 직면한 이와 같은 물음들로 인해 작중 인물 헨리는 더욱 곤혹스러울 따름이다. 헨리의 동생이 그에게 전쟁 중 할머니의 죽음을 미국 탓으로 돌리는 강한 원망을 대하면서 그의 고뇌는 한층 심각해진다. 오키나와전쟁에서 승리한 미국이 일본 제국의 지배로부터 속박받는 오키나와를 해방시킨 것과 달리 오키나와인들에게 미국은 어쩌면 일본 제국과의 전쟁을 통해 오키나와를 점령한 새로운 식민통치자로서 군림하고 있는 것인지 모르기 때문이다. 작품의 종결 부분에서 미군이 아무렇지도 않은 듯 마치 점령군이 누려야 할 권리처럼 오키나와 여인을 겁탈하려는 시도는 이를 단적으로 보여준다. 이렇듯이 샌프란시스코 체재 아래 미군정 지배 아래 놓인 오키나와는 미국의 군사기지로 전락한 오키나와의 현주소를 보인다. 「A사인바의 여자들」에서 확연히 읽을 수 있듯, 이것은 미군 기지촌에서 생계를 유지하며 살고 있는 매춘녀에게 한층 냉혹하다.

미군정청이 공식적으로 승인한 A사인바의 여자들은 미군의 성욕을 해소시켜주는 성적 대상 그 이상도 이하도 아니다. 미군과의 매춘 현장에서 생계를 유지하는 A사인바의 오키나와의 여인들은 임신과 낙태의 반복은 물론, "미군 병사에게 여자의 생명선을 아무렇지도 않게 희롱당하는 것뿐"이다.

4. 오키나와전후 오키나와문학의 현재

오키나와전후 오키나와가 현재 당면하고 있는 문제들은 마타요시 에이키와 메도루마 슌에 의해 밀도 있게 그려지고 있다. 선집에 수록된 마타요시의 「소싸움장의 허니」(1983)는 그의 다른 작품들이 그렇듯 전후 오키나와가 짊어지고 있는 내면적 상처와 고통을 오키나와의 일상 또는 문화 속에서 절묘히 포착해낸다. 이 작품에서 작가는 소싸움 장면을 아주 상세히 박진감 있고 생동감 넘치게 그려낸다. 그런데 소싸움에서 눈여겨 보아야 할 것은 체구가 작은 오키나와 소가 그보다 체구가 훨씬 큰 구로나이와호 소와 싸우다가 죽고 마는데, 이 소싸움을 지켜보는 오키나와 여인 요시코는 울음을 터트리지 않으면서 눈물을 가득 머금은 채 소리없이 울고 있다. 요시코가 할 수 있는 것은 그의 보호자격 미국인 크로포드 씨의 품에 안겨 화장이 눈물에 번지는 것도 모른 채 크로포드 씨의 애무를 받을 따름이다. 크로포드 씨는 오키나와의 작은 소가 싸움에 져 죽어가는 모습을 지켜본 요시코가 안쓰럽다는 듯 그를 위무한다. 그리고는 소싸움을 지켜봤던 오키나와의 소년들에게 미제 간식거리를 나눠준다. 이 작품에서 작가는 그저 오키나와에서 흔히 볼 수 있는 소싸움 장면을 보여줄 뿐이지만, 기실 소싸움장에서 미국인 크로포드 씨가 차지하고 있는 위계적 위치 — 오키나와인들에 비해 상대적으로 몸집이 거대한 체구를 지니고 있는 크로포드 씨의 외양과, 소싸움장에서 그만을 위한 특별한 지정석을 갖고 있는 것 등과 오키나와의 약자들을 향한 선민의식, 그리고 오키나와의 작은 소가 싸움에 패배한 것도 모자라 죽어가는 장면을 보며 환호하는 오키나와 사람들의 부조리한 생동감 등은 오키나와전후 오키나와의 현재를 담담히 보여준다. 이것은 오키나와의 현재를 간단히 이해할 수 없는, 그래서 오키나와의 곤혹스러움을 대면하고 있는 마타요시의 작품의 미덕이다.

그런가 하면, 메도루마 슌의 「버들붕어」는 마타요시와 현저히 다른 작품 경향을 보여준다. 메도루마의 작품은 오키나와전쟁에 대한 '기억의 정치학'을 작품으로 치열히 전개하고 있다. 그에게 문학은 일종의 '기억투쟁'의 일환으로, 「버들붕어」에서도 작중 인물 가요를 통해 미군기지 철폐운동에 따른 반미反美를 실천운동의 뚜렷한 목적으로 내세운다. 메도루마에게 오키나와전쟁은 과거의 전쟁이 결코 아니라 현재에도 진행중인바, 가요의 기억 속에서 지속적으로 재소환되고 있다. 그래서 현재 헤노코 미군기지 건설에 반대하는 역사적 도덕적 명분을 제공해준다. 비록 오키나와전쟁 중에 가요의 남동생 간키치는 죽었으나, 간키치가 죽기 전 고향집 우물에 두고 간 버들붕어는 살아 남은 듯한 존재로 현현됨으로써 오키나와에 전쟁의 참화가 없는, 이를 위해 현재 오키나와에 있는 모든 미군 기지가 철폐되는 미래를 향한 저항을 포기할 수 없는 것이다. 그런데, 이 작품이 헤노코 기지 철폐운동에 직접 참여하고 있는 메도루마의 최근 문제의식을 담고 있다는 점은 이번 작품이 갖는 각별한 의의임을 강조해두고자 한다. 이 작품을 계기로 그의 또다른 작품이 쓰여지길 기대해보자.

한편, 류큐 열도列島의 작은 섬 미야코에서 오키나와전후의 상처를 '우주적 생태계의 회복'이란 시작詩作에 매진하고 있는 이치하라 치카코의 시편은 오키나와문학의 또 다른 성취임을 강조해두고 싶다.

끝으로, 이번 선집에서 오키나와문학의 차세대로서 주목받는 사키하마 신의 작품 세계를 만날 수 있는 것은 소중하다. 신오키나와문학상을 수상한 그는 기존 선배 세대의 문학과 구별되는 그만의 참신한 문학 세계를 지니고 있다. 이번 선집에 소개되고 있는 그의 두 편에서 공통적으로 읽을 수 있듯, 그는 오키나와의 현실을 전경화前景化하지 않고, 환상과 현실을 자유자재로 넘나드는 소설을 쓰고 있다. 그는 오키나와전쟁 미체험 세대로서 오키나와전쟁과 관련한 문제를 애오라지 그의 작품으로 끌어오지 않는다. 그렇다고 그가 오키나와의 현실에 무관한 것은 결코 아니다. 가령, 오키나와에서 죽은 자와 산 자는 대립항으로 존재하는 게 아니라 서로 만난다. 「숲」에서 작중 인물 카나가 숲속으로 사라져 방황을 하다가 죽은 어머니와 동생, 숙모를 만나는 것은 오키나와의 현재와 과거의 관계 속에서 어떤 새로운 길을 찾기 위한 작가의 암중모색이라고 할 수 있다. 이것은 「산딸기」에서도 산딸기를 매개로 오키나와의 과거와 현재가 대화를 나누는 마지막 장면에서 이해할 수 있다. 물론, 환幻의 세계에서 만나는 이들을 두고 오키나와의 현재에 대한 회피가 아니냐고, 비판할 수도 있다. 하지만 사키하마 신은 그의 세대에 정직한 그의 세대의 문학으로 오키나와의 삶과 역사를 다루고 있다. 여기서, 「산딸기」의 마지막 장면에서 죽은 자와 산 자들이 모두 각자 따온 산딸기를 앞에 두고 자기만의 추억과 방식으로 그것을 먹는 산딸기 만찬의 풍요로운 장면은, 오키나와의 새로운 삶을 향한 사키하마 신의 문학적 욕망이 투영된 눈부시게 아름다운 장면이다.